호랑이 가죽을 두른 용사

ვეფხისტყაოსანი

쇼타 루스타벨리(შოთა რუსთაველი) 저
허 승 철 역

문예림

번역자 **허 승 철**(고려대학교 교수)

미국 브라운대학교 슬라브어학 박사(1988)
미국 하버드대학교 러시아연구소 연구교수(1988–1990)
건국대학교 러시아학과 교수(1992–1996)
고려대학교 노어노문학과 교수(1996–)
한국 우크라이나학회장(2003–2006)
주 우크라이나 대사(2006–2008)
주 조지아, 몰도바 겸임대사(2006–2008)

[저서] 《우크라이나어–한국어 사전》(공저, 2007)
《나의 사랑 우크라이나》(2008)
《Geopolitical Transformation in Eurasia》(공저, 2009)
《우크라이나의 이해》(공저, 2009)
《한국어–우크라이나어 사전》(공저, 2011)
《우크라이나 현대사》(2011)
《사고와 언어(비고츠키 저)》(공역, 2013)
《우크라이나의 역사》(편역, 2015)
《벨라루스의 역사》(편역, 2015)
《조지아의 역사》(편역, 2016)
《코자크와 우크라이나의 역사》(편역, 2017)

호랑이 가죽을 두른 용사

ვეფხისტყაოსანი

초판 발행 2017년 6월 10일
초판 인쇄 2017년 6월 10일

번역자 허승철
발행인 서덕일

펴낸곳 도서출판 문예림
주소 경기도 파주시 회동길 366(서패동) (10881)
전화 (02)499–1281~2
팩스 (02)499–1283
홈페이지 http://www.bookmoon.co.kr
E–mail info@bookmoon.co.kr

출판등록 1962. 7. 12 제2–110호
ISBN 978–89–7482–884–4 (93890)

번역자 소개(조지아어)

მთარგმნელის შესახებ

სნგ-ჩოლ ჰო

კორეის უნივერსიტეტის პროფესორი რუსეთის კვლევების ფაკულტეტი.
კორეის ელჩი უკრაინაში, საქართველოსა და მოლდოვაში 2006-2008 წლებში.
ჰარვარდის უნივერსიტეტში, დევისის ცენტრი რუსეთის კვლევებში: მეცნიერ-თანამშრომელი.
ბრაუნის უნივერსიტეტის დოქტორანტ დამთავრებული სლავურ ენებში 1988წ.
კალიფორნიის უნივერსიტეტის დოქტორანტურა სლავურ ენებში.
ბრაუნის უნივერსიტეტის მაგისტრ დამთავრებული სლავურ ენებში.
კორეის უნივერსიტეტის ბაკალავრი რუსეთის კვლევებში.
პროფესორი კორეის უნივერსიტეტში: 1996 წლიდან დღემდე.
დირექტორი პროგრამისა კორეა-რუსეთის დიალოგი: 2012 წლიდან დღემდე.
კონგუგის უნივერსიტეტის პროფესორი: 1992-1996 წლებში.

მთარგმნელის ნაშრომები

ალექსანდრე პუშკინი - "ევგენი ონეგინი"
ალექსანდრე პუშკინი - "კაპიტანის ქალიშვილი"
ლევ ვიგოტსკი - "აზროვნება და მეტყველება" (თარგმანის თანაავტორი)
მიხაილო გრუშევსკი - "უკრაინის ისტორია" (თარგმანის თანაავტორი)

머리말

《호랑이 가죽을 두른 용사》는 조지아국민들이 국보처럼 소중하게 생각하며 세계에 자랑하는 장편 서사시이고, 쇼타 루스타벨리는 소련 시대에 교육을 받은 러시아어 사용자는 거의 모두가 알고 있는 작가이다. 조지아의 수도 트빌리시에는 물론이고, 우크라이나의 수도 키예프, 우즈베키스탄의 타쉬켄트, 카자흐스탄의 알마티에도 쇼타 루스타벨리 거리가 있다. 번역자는 우크라이나 대사관에 근무할 때, 키예프 중심가에 조지아의 작가인 루스타벨리의 이름을 딴 거리가 있는 것을 보고 잠시 의아해 한 적이 있었다. 이 작가가 얼마나 유명하면 우크라이나가 독립국이 된 후에도 이 거리 이름을 계속 사용하는지 궁금하기도 했다. 마침 조지아를 겸임국으로 관할하며 업무 차 여러 번 방문하면서 조지아국민들에게 이 작품이 얼마나 자랑스러운 문화유산인지를 깨닫게 되었다. 조지아 출신 학생에게서 들은 바로는 초등학생들도 중세적 표현이 섞인《호랑이 가죽을 두른 용사》의 심오한 구절들을 뜻도 잘 모르면서 암송하느라 고생을 하지만, 어려서 외운 구절들을 평생을 잊지 않는다고 한다. 조지아의 결혼식에서는 이 작품에 나오는 사랑을 표현하는 구절들이 하객들 앞에서 크게 낭송된다고 한다. 인구가 채 5백만도 되지 않는 작은 나라인 조지아의 모든 국민이 이렇게 사랑하고 존중하는 문학작품이 있다는 것이 부러웠고, 한편으로는 우리에게는 이만한 작품이 있는지 돌아보는 계기도 되었다.

대사관 생활을 마치고 학교에 돌아온 후에도《호랑이 가죽을 두른 용사》을 번역한다는 생각은 감히 하지 못했으나, 약 2년 전 국내에 조지아를 소개하는 첫 책으로《조지아의 역사》 편역 작업을 시작하면서 이 작품도 번역해야겠다는 결심을 하게 되었다. 조지아어를 잘 모르는 상태에서 다른 번역본을 가지고 중역(重譯)을 한다는 것이 마음에 부담으로 다가왔지만, 조지아어와 러시아어 이중언어 구사자에 의해 구소련 시대에 러시아어로 번역된 작품은 원전에 상당히 근접하게 번역되어 있다는 얘기를 듣고 러시아어본을 저본으로 번역하기로 하였다. 러시아어 번역본을 읽어 본 러시아 지인들이 한결 같이 이 작품을 높이 평가하는 것을 보고 러시아어를 통해 이 작품을 번역해도 원전의 문학성을 상당 부분 살릴 수 있겠다는 확신을 갖게 되었다.

부록에 상술한 바와 같이 번역 작업은 매우 힘들었지만, 이제까지 번역한 다른 어느 책보다 이 작품의 번역에 많은 정성을 쏟았다고 생각한다. 2년 이상 지속된 번역과정에서 많은 분들의 도움을 받았다. 먼저 상트 페테르부르그에서 러시아어 번역본을 구입해 주고, 작품 해설을 수정하고 보완해준 최정현 박사, 트빌리시에서 조지아어 원본과 러시아어 번역본을 구입하여 보내준 조지아한인회 이광복 회장님, 삽화에 대해 자문을 해준 조지아의 화가 잉가 크빌리타야(Inga Qvilitaia, ინგა ქვილითაია)씨, 일본어 번역본의 필요 부분을 우리말로 번역해준 고려대 일어일문과 박사과정의 한원미씨, 조지아어 원본을 보며 나의 번역을 일일이 수정하고 보완해준 서강대 국제대학원의 관차 거갈라제(გვანცა გოგალაძე)양, 작품해설 부분의 문장을 검토해준 고려대 박사과정 손재은양에게 큰 감사를 표한다. 또한 이 책의 출간을 적극 지원하고, 사진과 그림 자료를 제공해 준 주한조지아대사관에도 깊은 사의를 전한다. 상업적 고려를 떠나 특수 지역 언어, 사전, 지역학 책 발간에 평생을 이바지하시는 문예림 서덕일 대표님께도 심심한 감사와 존경을 표한다.

지역학이나 외국 문화 공부와 연구에서 흔히 빠지는 오류가 영향력이 큰 국가 위주로 공부를 대충하고, 그 주변국들의 문화는 모두 이 중심국가의 아류로 치부하는 것이다. 이러한 학문적 태도는 서구의 학생들 상당수가 한국의 언어, 문화 대부분이 중국 문화의 일부이거나 아류로 생각하는 것과 흡사한 큰 실수이다. 아무리 작은 나라라도 오랜 세월 동안 외부의 도전과 침략을 극복하며 고유의 언어를 유지하고, 민족 고유의 문화와 문학을 발전시켜 왔다면 그 국가의 문화를 독자적 관점에서 연구해야 한다. 우리나라의 지역학 연구가 강대국 위주의 지역학 연구에 머무는 것은 연구 전통이 짧고, 우리의 세계화가 초기 단계인 것도 원인이 되지만, 연구자들의 시야가 좁은 탓이 더 크다고 생각한다. 이 책의 번역을 놓고 니콜라제 주한 조지아 대사와 환담을 하다가, 일본에서는 1940년대 이미 조지아어 원전에서 이 작품을 번역한 사람이 있고, 자신이 일본에 근무할 때 조지아어를 유창하게 구사하는 학자들을 여러 명 만났다는 얘기를 듣고 얼굴이 화끈거린 적이 있다. 우리나라에서도 조지아어를 완벽하게 구사하는 후학이 하루 빨리 나와서 《호랑이 가죽을 두른 용사》를 원전에서 번역하고, 내 중역(重譯)의 오류를 바로 잡아주기를 바라며 이 번역본을 내놓는다.

2017년 5월 번역자 허 승 철

წინასიტყვაობა

სნგ- ჩოლ ჰო

ჩემთვის ძალიან დიდი პატივია შოთა რუსთაველის "ვეფხისტყაოსნის" თარგმნა კორეულ ენაზე. ჯერ-ჯერობით კორეელი ხალხის უმეტესობამ არ იცის რამხელა ნაციონალური განძია ეს ნაწარმოები ქართველი ხალხისთვის და როგორ ამაყობენ ისინი "ვეფხისტყაოსნით".

ერთი წლის წინ, მე გამოვეცი წიგნი -"საქართველოს ისტორია", რათა კორეელი ხალხისთვის საქართველო გამეცნო. რამდენადაც 2006-2008 წლებში ვმსახურობდი კორეის არარეზიდენტ ელჩად საქართველოში, თავი ვალდებულად მიმაჩნდა დამეწერა ან მეთარგმნა წიგნები საქართველოზე. სწორედ "საქართველოს ისტორია" იყო ჩემი პირველი, საამაყო რეზულტატი. ამის შემდგომ, თავი ვალდებულად ჩავთვალე კორეელთათვის მეთარგმნა "ვეფხისტყაოსანი", რათა მათაც ჰქონოდათ შოთა რუსთაველის ამ ეპიკურ, ულამაზეს პოემასთან ზიარების შესაძლებლობა. სამწუხაროდ ქართულის არცოდნის გამო ეს ნაწარმოები წავიკითხე რუსულად და ინგლისურად. დიდი აღფრთოვანება გამოიწვია ჩემში ამ ნაწარმოებმა, ამიტომ მოვიკრიბე გამბედაობა და შევუდექი მის თარგმნას სამ ენაზე – რუსულ, ინგლისურ და იაპონურ ენებზე არსებული თარგმანებიდან.

აღსანიშნავია, რომ "ვეფხისტყაოსნის" ერთი თარგმანი უკვე არსებობს კორეულ ენაზე, თუმცა მე, ჩემი

შესაძლებლობების ფარგლებში, ვეცადე გამომეცა სხვა თარგმანი, სადაც შეცდომები მინიმუმადე იქნებოდა დაყვანილი და სტროფებიც უფრო პოეტურად იქნებოდა გადმოცემული კორეულ ენაზე. თუმცაღა, არ ვარ დარწმუნებული, თუ როგორ შევძელი ამ მიზნის მიღწევა. ვიმედოვნებ, რომ ქართველი სტუდენტები, რომლებიც მომავალში იქნებიან დაინტერესებულნი კორეული ენის სწავლით, გამოიყენებენ ამ ესტეთიურ თარგმანს კორეულის სასწავლადაც. ვიმედოვნებ იმასაც, რომ ამ თარგმანთან ერთად, ახლო მომავალში კორეულად გადმოითარგმნება სხვა დიდი ქართველი პოეტების ნაწარმოებები და, იმავდროულად, კორეული ლიტერატურა ქართულ ენაზე, რითიც გაძლიერდება ორი ქვეყანის კულტურული კავშირი.

ძალიან დიდი მადლიერება მინდა გამოვხატო იმ ადამიანების მიმართ, ვინც ამ ორი წლის მაძილზე მეხმარებოდნენ ამ ნაშრომის დახვეწაში. გვანცა გოგალაძე - რომელიც დამეხმარა გამესწორებინა შეცდომები თარგმანის პირველად ვერსიაში და ცდილობდა მოეძებნა თარგმანთან მიახლოებული და ყველაზე შესაფერისი აფორიზმები, ანდაზები და გამოთქმები. აგრეთვე დამეხმარა შეუსაბამოებების შესწორებაში, რომლებიც რუსულ, ინგლისურ და იაპონურ ვერსიებში არსებობდა. მინდა ჩემი მადლიერება გამოვხატო კორეაში საქართველოს საელჩოს მიმართ, ამ წიგნის გამოქვეყნების მხარდაჭერისა და წიგნში არსებული ილუსტრაციების უზრუნველყოფაში. მადლობა მინდა გადავუხადო ბატონ

გვანგ-ბოკ ლის, რომელმაც თბილისიდან გამომიგზავნა ამ ნაწარმოების ქართული წიგნი და რუსულად ნათარგმნი ვერსია. აქვე მინდა მადლობა გადავუხადო ჩემს ქართველ პარტნიორს, ინგა ქვილითაიას, ამ წიგნში არსებული ილუსტრაციების შერჩევისათვის.

დაბოლოს, მივმართავ ჩემი თარგმანის მკითხველებს: ამ ნაწარმოების თარგმანისას მე გამოვიყენე "ვეფხისტყაოსნის" სხვადასხვა ენაზე თარგმნილი ვესიები: რუსული, ინგლისური და იაპონური თარგმანები. მათ შორის, შალვა ნუცუბიძის რუსულად თარგმნილი ვერსია (თბილისი, მერანი, 1979), იყო ჩემი მთავარი სახელმძღვანელო.

მაისი 2017 წელი

სნგ-ჩოლ ჰო

სეული, სამხრეთ კორეა

목 차

• 서 문 13

1장 아랍인들의 왕 로스테반의 이야기 21

2장 로스테반왕과 압탄딜이 사냥에 나서다 30

3장 아랍의 왕이 호랑이 가죽을 두른 용사를 만나다 33

4장 티나틴이 호랑아 가죽을 두른 용사를 찾도록 압탄딜을 보내다 . 42

5장 신하들에게 보내는 압탄딜의 편지 54

6장 압탄딜이 호랑이 가죽을 두른 용사를 찾아 나서다 57

7장 압탄딜이 동굴에서 아스마트와 대화를 나누다 69

8장 타리엘과 압탄딜이 만나다 81

9장 타리엘이 압탄딜에게 고백한 이야기 90

10장 타리엘이 자신이 어떻게 사랑에 빠지게 되었는지를 이야기하다 97

11장 네스탄-다레잔이 사랑하는 사람에게 보낸 첫 편지 106

12장 타리엘이 사랑하는 사람에게 쓴 첫 편지 108

13장 타리엘이 편지를 써서 하타이 사람들에게 보내다 110

14장 네스탄-다레잔이 타리엘을 초대하다 112

15장 하타이 왕이 타리엘에게 보낸 답장 116

16장 타리엘과 네스탄-다레잔이 만나다 118

17장 타리엘이 하타이로 원정하여 큰 전투를 치루다 122

18장 타리엘이 하타이인들을 정복한 후 인도의 왕에게 보낸 편지 . 133

19장 네스탄-다레잔이 사랑하는 사람에게 보낸 편지 139

20장 타리엘이 울며 정신을 잃다 141

21장 사랑하는 사람에게 보내는 타리엘의 편지 143

22장 네스탄-다레잔이 결혼한다는 소식이 알려지다 144

23장 타리엘과 네스탄-다레잔의 대화와 결정 147

24장 인도에 도착한 호라즘 왕자가 타리엘의 손에 죽임을 당하다 · 154
25장 타리엘은 네스탄-다레잔이 사라졌다는 소식을 듣는다 …… 159
26장 타리엘이 누라딘-프리돈과 만나다 …… 165
27장 타리엘이 프리돈을 돕다 …… 171
28장 프리돈이 네스탄-다레잔에 대한 이야기를 하다 …… 174
29장 압탄딜이 아랍으로 돌아오다 …… 185
30장 압탄딜이 왕에게 출발을 허가해 주도록 청원하다 …… 198
31장 압탄딜과 세르마딘의 대화 …… 209
32장 압탄딜이 로스테반왕에게 보낸 유서 …… 213
33장 압탄딜의 기도 …… 219
34장 로스테반왕이 압탄딜이 몰래 떠난 것을 알게 되다 …… 220
35장 압탄딜이 타리엘과 재회하기 위해 출발하다 …… 224
36장 압탄딜이 정신을 잃은 타리엘을 찾다 …… 232
37장 타리엘이 사자와 호랑이를 죽인 이야기를 하다 …… 241
38장 압탄딜과 타리엘이 동굴로 돌아가 아스마트를 만나다 …… 243
39장 압탄딜이 프리돈을 만나다 …… 251
40장 타리엘과 헤어진 압탄딜이 프리돈에게 가다 …… 256
41장 압탄딜이 프리돈을 떠나 네스탄-다레잔을 찾아 나서다 …… 269
42장 압탄딜이 굴란샤로에 도착하다 …… 278
43장 압탄딜을 사랑하게 된 파트만이 그에게 연서를 보내다 …… 284
44장 파트만이 압탄딜에게 보낸 연서 …… 285
45장 압탄딜이 파트만에게 답장을 보내다 …… 289
46장 파트만이 압탄딜에게 네스탄-다레잔에 대한 이야기를 하다 … 295
47장 네스탄이 카지족에게 잡힌 이야기를 파트만이 압탄딜에게 하다 …… 319
48장 파트만이 네스탄-다레잔에게 쓴 편지 …… 331
49장 네스탄-다레잔이 파트만에게 쓴 편지 …… 334

50장 네스탄-다레잔이 사랑하는 사람에게 쓴 편지 ………………… 336
51장 압탄딜이 프리돈에게 보내는 편지 ……………………………… 342
52장 굴란샤로를 떠난 압탄딜이 타리엘을 만나다 …………………… 344
53장 타리엘과 압탄딜이 프리돈에게 가다 ………………………… 354
54장 누리단-프리돈의 제안 ………………………………………… 358
55장 압탄딜의 제안 ………………………………………………… 360
56장 타리엘의 제안 ………………………………………………… 362
57장 카제티요새를 점령하고 네스탄-다레잔을 구하다 …………… 364
58장 타리엘이 바다의 왕에게 가다 ………………………………… 370
59장 프리돈의 궁전에서 타리엘과 네스탄이 결혼식을 올리다 …… 378
60장 세 용사가 동굴을 거쳐 아랍왕국으로 가다 …………………… 385
61장 압탄딜과 티나틴이 아랍의 왕의 궁전에서 결혼식을 올리다 ‥ 399
62장 타리엘과 네스탄-다레잔이 결혼식을 올리다 ………………… 406
63장 대단원의 막을 내리다 ………………………………………… 410

[부록]

1. 작품의 번역 과정 ………………………………………………… 412
2. 《호랑이 가죽을 두른 용사》의 작품 줄거리 ………………………… 415
3. 작가와 작품에 대해 ……………………………………………… 422
4. 《호랑이 가죽을 두른 용사》 유네스코 세계문화유산 추천서
 -2012년 …………………………………………………………… 438
5. 조지아 소개 ……………………………………………………… 440
 1) 조지아의 개황 • 440
 2) 조지아의 고대, 중세 역사 • 441
 3) 조지아의 기독교 전파 과정 • 443
 4) 11-13세기의 조지아 역사 • 445
 • 다비드 대왕 시기
 • 타마르 여왕 시기
 • 몽골의 침입과 쇠퇴

서문

1 경이로운 능력으로 하늘과 땅을 만드신 분이여
당신은 모든 창조물에 생명의 숨을 불어 넣으시고,
우리 인간들에게 다양한 형상과 수많은 빛깔이 넘치는 아름다운 이 땅을 주시고,
자신과 닮은 얼굴을 지상의 왕들에게 주셨습니다.

2 만물 하나하나를 어울리는 형태로 만드신 유일한 신이여,
나를 강하게 하시고 악마를 제압할 힘을 주소서.
죽는 순간까지 사랑에 대한 갈증에 목말라 살게 하시고
우리가 죽을 때까지 짊어질 죄의 짐을 덜어 주소서.

3 번쩍이는 칼과 방패와 창이 사자같이 용맹한 용사에게 어울리듯
칠흑 같은 머리채와 루비 같은 뺨은 타마르 여왕에게 어울린다.[1)]
나는 감히 그녀에게 걸맞은 찬사를 바칠 자격이 있는 것인가.
태양 같은 여왕을 보는 사람마다 달콤한 꿀에 취하듯 그녀의 아름다움에 넋을 잃는다.

4 피눈물 같은 찬미의 비로 타마르 여왕에게 영광을 돌린다.
사원에서 울리는 기도처럼 찬미의 시를 그녀에게 바쳤다.

---

1) 타마르(Tamar) 여왕(재위 1184~1212년) – 12세기말부터 조지아의 전성기를 이끈 여왕. 조지아 최초의 여왕으로서 1173년부터 부왕인 게오르기 3세와 공동 통치를 하였으나, 부왕이 죽자 반대세력의 저항에 직면했다. 반대자들을 지혜롭게 제압한 후 셀주크 투르크의 쇠퇴를 틈타 뛰어난 외교술과 군사력으로 조지아의 영토와 영향력을 크게 확대했다. 1185년 루스의 왕자와 결혼했으나, 2년 뒤 그를 쫓아내고, 1191년 알란족 출신의 다비드 소슬란과 결혼하여 두 아들을 낳았고, 이들이 왕조를 이어갔다. 조지아의 역사와 전승에서 타마르 여왕은 가장 뛰어난 군주로 추앙되며 조지아 정교회에 의해 성인으로 시성되어 매년 5월 14일은 타마르 성일로 기념된다.

칠흑 같은 호수를 잉크로, 흔들리는 갈대를 펜으로 삼아 쓴
나의 찬미를 들은 이들은 가슴이 창에 찔린 것처럼 놀라리라.

나는 새로운 시로 여왕을 찬양하라고 지시 받았다. 5
눈썹, 흑옥 같은 눈동자가 빛나는 얼굴과 검은 머리결,
루비 같은 입술과 진주처럼 하얀 이를 찬미하라고.
납망치 같은 그녀의 치아는 단단하고 거친 돌도 깨뜨린다.

그녀를 찬양하기 위해서는 빼어난 문재(文才)와 혀와 심장이 6
필요하다.
힘과 영감을 나에게 주소서! 당신이 주는 지혜와
불멸의 언어로 타리엘을 회상하고,
고난을 감내한 별처럼 찬란히 빛나는 세 친구가 우정으로 엮이게
하소서.

여기 내 옆에 앉아 끝없이 흘러내리는 눈물을 멈추지 말자. 7
아직까지 슬픔의 창에 찔린 채
나는 지금까지 인구에 회자되는 타리엘에 대한 이야기를
진주알을 꿰듯이 시로 만들겠다.

나, 루스타벨리는 이 노래를 멋지게 엮어서 8
군대를 거느린 내가 흠모하는 그분에게 나의 생명과 함께 바친다.
사랑으로 연약해지고 병이 든 나를 치료할 약은 없다.
그분이 사랑으로 나를 치료해 주지 않으시면 이 땅이 곧 나의 무덤이
될 것이다.

오늘날까지 전해져 내려오는 놀라운 페르시아 이야기를 노래로 9
만들었다.
이 이야기는 값비싼 진주처럼 세대를 거쳐 전해져 왔다.

그 이야기를 찾아 운(韻)을 붙여 시로 만들었지만 부족함을 느낀다.
나의 정신을 온통 빼앗아 간 여왕이시여, 나의 이 노래를 거부하지 마소서.

10 여왕을 갈망하다가 어두워진 내 눈은 다른 것을 보기를 원하지 않는다.
사랑에 사로잡힌 나의 마음은 황량한 들판을 정처 없이 방황한다.
누가 나를 도울 수 있겠는가? 육신은 불타버렸지만 영혼이라도 안식을 찾게 해다오.
세 가지 다른 색의 노래가 아름다운 시가 되어 온 지상을 다 덮기를.

11 사람은 누구나 자기에게 주어진 운명에 만족해야 한다.
일꾼은 열심히 일해야 하고, 용사는 용감히 싸워야 하는 법.
그리고 진정으로 사랑에 빠진 자는 사랑의 열기에 타버려야 한다.
사랑에 빠진 다른 사람을 심판하지 않음으로써 우리도 다른 사람의 심판을 받지 않을 것이다.

12 시를 쓰는 것은 지혜라는 커다란 나무의 한 가지.
시 안에 있는 신의 노래를 듣는 사람은 복 받은 것이다.
시에 귀 기울일 줄 아는 사람은 달콤한 충만감을 느끼고
긴 이야기를 압축된 말로 아름답게 전하는 시의 가치는 소중하다.

13 경주마는 먼 길을 달려보아야 그 진가를 보여줄 수 있다.
격구(擊毬)[2]를 잘하는 선수는 큰 관중의 시선과 소란 속에서도 목표를 맞춘다.
달콤한 말을 적절하게 배치하는 시인의 능력은 긴 시를 쓸 때 드러난다.

---

2) 격구 – 말을 타고 달리며 공을 모든 격구는 페르시아에서 시작됨. 현대 폴로 경기의 원조.

말의 힘이 메말라지면 시인은 다시 시를 지어야 한다.

시인을 바라보고, 영감에 가득 찬 그의 천재성을 경애하라. 14
시인이 모국어를 어떻게 구사해야 할지 당황하는 순간, 그의 시는 졸작이 된다.
시인이 생각의 흐름에서 망설이면 그는 전투에서 후퇴하는 것이나 마찬가지다.
뛰어난 격구 선수처럼 말이라는 공을 솜씨 있게 다루면 그는 다시 영웅이 될 수 있다.

우연히 한두 시구를 지었다고 다 시인이 되는 것은 아니다 15
그런 사람은 스스로를 시인이라고 생각하면 안 된다.
때때로 되는대로 한두 줄을 작시했다고 해도 그 안에 시가 들어 있지는 않다.
'나의 시가 꽃을 피우고 있다!'라고 외쳐도 그것은 고집 센 당나귀의 외침에 불과하다

다른 종류의 시인들도 있다. 불완전한 시구를 지어놓고 대단하다고 허세를 떤다. 16
그러한 시인들은 우리의 가슴을 꿰뚫는 언어를 구사할 줄 모른다.
이러한 시인들은 사냥을 나가서 큰 동물은 잡지 못하고
작은 동물 잡은 것을 자랑스러워하는 풋내기 사냥꾼에 비유할 수 있다.

세 번째 유형의 시인들은 즐거운 가무와 축제에만 쓸모가 있는 시를 쓴다. 17
이런 시인들은 주연과 연애와 장난스런 오락에나 쓸모 있는 시를 쓴다.
이러한 시는 명료한 소리로 낭독되면 우리를 즐겁게 한다.

그러나 장엄한 시를 쓰지 못하는 사람은 시인이라 부를 수 없다.

18 시인은 자신의 재능을 쓸데없이 낭비해서는 안 된다.
시인은 한 여인만을 사랑해야 하고, 그 여인만을 숭배해야 한다.
모든 재능을 바쳐 그녀를 찬양해야 하고, 오직 그녀를 위해 마음을 태워야 한다.
어떠한 상도 바라지 말고 혀로 가장 아름다운 음악을 창조해야 한다.

19 내가 변함없이 찬양하는 그녀를 모든 사람이 알게 하라.
나는 이것을 무한한 영광으로 느끼며 아무것도 부끄러워하지 않는다.
그녀는 암호랑이처럼 매섭기도 하지만 나의 생명과 같은 존재이다.
나는 그녀의 이름을 드러내지 않고 그녀를 찬양하는 송시를 쓸 것이다.

20 성스럽고 지고지순한 사랑을 노래하는 것이 나의 목표이다.
이러한 사랑을 말로 묘사하는 것은 불가능하다. 말은 고뇌만 더 할 뿐이다.
우리에게 영감을 주는 것은 우리의 영혼을 고양시키는 지고지순한 사랑이다.
이러한 노력을 하려는 사람은 모든 고통을 견뎌내야 한다.

21 현자들도 이러한 사랑의 비밀을 이해할 수 없고,
말하는 사람의 혀의 힘이 빠지고, 듣는 자의 귀가 지칠 것이다.
육체적 갈망을 담은 지상의 감정을 표현할 수 있을 뿐이지만,
방탕에 몸을 맡긴 사람이 아니라, 지고한 사랑의 갈증으로 고통 받는 사람을 노래한 것이다.

22 아랍인들은 '사랑에 빠진 사람'[3)]을 미친 사람이라고 부른다.

사랑하는 사람과 헤어지게 되면 정신이 나가버리기 때문이다.
어떤 이는 신 가까이 가려고 무진 애를 쓰지만 거기까지 가는 동안
지쳐 쓰러진다.
다른 이들은 지상의 아름다움의 손길에 넘어가 다시 사랑에 빠진다.

'사랑에 빠진 사람'은 태양과 같은 광채가 빛나며, 23
인생의 만족과 현명함, 관대함과 평안을 보상으로 받고
지혜와 유머를 가질 수 있고, 최고의 용맹으로 전투에 임할 수 있다.
이러한 자질을 갖추지 못한 사람은 '사랑에 빠진 사람'이라 부를 수
없다.

'사랑에 빠진 사람'들의 감정이 왜 아름다운지 우리는 이해하기 24
힘들다.
사랑은 방탕함과는 전혀 다르고 성스러운 것을 추구한다.
사랑과 방탕함은 서로 비교할 수 없고, 넘을 수 없는 경계선이 있다.
내가 이 점을 분명히 말한 것을 기억하며 이 둘을 혼동하지 않도록
하자.

'사랑에 빠진 사람'은 변하지 말아야 하고 순수함을 잃지 말아야 25
한다.
그는 사랑하는 여인과 떨어져 있으면 깊은 한숨을 피할 수 없다.
운명이 아무리 가혹하더라도 그는 오직 한 여인에게만 마음을
바친다.
서로 감정 없이 포옹하고 입맞추는 소리만 나는 떠들썩한 사랑을
나는 혐오한다.

사랑을 찾아 이리저리 방황하는 사람을 '사랑에 빠진 사람'이라고 26

---

3) 원문의 '미드주누르(midzhnur, миджнур, მიჯნური)'라는 단어는 '사랑에 빠진 사람' 정도로 번역할 수 있고, '진정한 우정을 나누는 사람'이라는 뜻도 있다.

불러서는 안 된다.
오늘은 한 여자를 사랑했다가 내일이면 다른 여자를 찾는 이런 사랑은 곧 말라버린다.
이런 식으로 위안을 얻는 것은 소년들의 장난과 비슷하다.
'사랑에 빠진 사람'은 사랑을 위해 세상의 고통을 뛰어넘을 줄 알아야 한다.

27 '사랑에 빠진 사람'이 해야 할 가장 중요한 일은 자신의 사랑을 내밀하게 감추는 것이다.
사랑하는 사람의 모습을 그리며 그리움에 사무쳐야 한다.
그는 먼 곳에서 사랑하는 사람을 그리워하며 마음을 불태운다.
사랑하는 사람이 보이는 어떤 분노도 기꺼이 참고 견뎌낸다.

28 그는 고난을 받는다고 해서 절대 성스러운 사랑의 비밀을 드러내서는 안 된다.
사랑하는 사람에게 창피한 그늘이 드리우지 않도록 사람들 앞에서 큰 한숨을 쉬어서도 안 된다.
어떤 상황에서도 다른 사람들이 미칠 것 같은 감정과 사랑의 흔적을 알아차리지 못하게 해야 한다.
뜨거운 불길에 자신을 태우더라도 사랑을 위해 고통 받는 것은 기쁨이 될 수 있다.

29 오로지 바보만이 사람들을 믿고 자신의 사랑의 비밀을 털어놓는다.
사랑을 떠벌리면 자기 자신이나 그녀 모두 큰 상처를 입게 된다.
사랑의 비밀이 크게 떠벌려지면 다음에는 어떻게 그녀를 수치에서 구할 수 있겠는가?
'사랑에 빠진 사람'의 의무는 젊은 처녀가 사랑 때문에 고통 받지 않도록 하는 것이다.

나는 자신의 사랑을 크게 떠벌리는 사람을 이해할 수 없다. 30
이들은 마치 벌을 주는 것이 목적인 것처럼 이미 상처 입은 마음에 상처를 또 입힌다.
만일 그녀를 사랑하지 않는다면 도대체 왜 그녀에 대해 말을 하는가?
악한 사람들은 자신의 영혼보다 악한 말을 더 사랑한다.

사랑에 빠진 사람이 사랑하는 여인을 위해서 흘리는 눈물은 가장 고상하다. 31
그녀를 찾아 들판을 방랑하고 고독을 견디는 것은 당연한 일이다.
늘 사랑하는 여인의 얼굴을 생각하는 그의 마음은 그녀를 떠나지 않는다.
그러나 그가 사람들 사이에 있을 때는 사람들이 이를 알아차리지 못하게 해야 한다.

1장 아랍인들의 왕 로스테반의 이야기

32 아랍에 신의 은총을 받은 로스테반이라는 왕이 있었다.
그는 고결하고 겸손했으며 강한 군대를 거느리고 있었다.
선하고 관대하며, 왕국을 현명하고 정의롭게 다스렸다.
그는 최고의 용사였을 뿐 아니라 뛰어난 웅변술을 자랑했다.

33 로스테반왕에게는 아름다운 외동딸이 유일한 자식이자 왕권 상속자였다.
그녀는 태양 이외에는 어느 것과도 견줄 수 없을 정도로 빼어났다.
그녀를 한 번이라도 본 남자들은 마음과 영과 혼을 그녀에게 빼앗겼다.
현자들만이 아주 유창한 말로 그녀의 아름다움을 찬양할 수 있었다.

34 그녀의 이름 티나틴을 세상 모든 사람에게 알려라.
티나틴이 자라서 성숙한 숙녀가 되자 태양도 그녀의 아름다움에 사로잡혔다.
어느 날 왕은 수심 가득한 얼굴로 신하들을 불러모았다.
왕은 신하들과 우아하게 국사를 논하기 시작했다.

35 "오늘 제군들의 충언을 듣고 싶다."라고 왕이 말했다.
"한때 아름답게 핀 장미꽃도 때가 되면 마르고 시들기 마련이다.
마른 장미가 정원에 떨어지면 새로운 장미가 피어난다.
이제 우리의 해는 졌고, 어두운 그믐밤이 다가오고 있다."

36 "나는 인생의 황혼에 다다라서 질병 중 가장 고약한 늙음이 무거운

짐처럼 다가왔고,
만일 오늘이 아니라면 내일 죽게 될 것이다. 이것이 인생의 법칙이다.
인생에 일부라도 구름이 끼면 빛은 도대체 무슨 소용이 있는가?
태양보다 밝게 빛나는 나의 딸을 왕으로 지명하도록 하자."

신하들이 대답했다. "왕이시여, 왜 춘추 얘기를 하시는지요? 37
장미는 시들더라도 사람들의 시선을 사로잡고, 다른 꽃들보다 향기와 빛깔이 아름답습니다.
달은 기울더라도 여전히 밝게 빛납니다.
별빛이 아름답기는 해도 별빛이 달과 경쟁할 수는 없습니다."

"전하, 그렇게 말씀하지 마십시오. 당신의 장미는 아직 시들지 38
않았습니다.
그러나 전하의 엄한 말씀이 그 어떤 좋은 말보다 뛰어납니다.
전하의 마음이 원하는 대로 결정을 이행하시지요.
태양보다 더 빛나는 공주에게 왕국을 통치하게 하십시오."

"공주는 비록 여자이지만, 그녀는 신에 의해 군주로 태어났습니다. 39
아부하기 위해 이런 말씀을 드리는 것이 아니고, 그녀는 현자처럼 통치할 수 있습니다.
태양처럼 빛나는 왕관은 그녀의 빛나는 행위와 잘 어울립니다.
사자의 새끼는 암놈이건 수놈이건 사자의 새끼입니다."

압탄딜 장군은 총사령관의 아들이었고, 누구도 그 풍채를 따라올 수 40
없었다.
플라타너스처럼 키가 컸고, 그가 나타나면 해와 달이 동시에 떠있는 것 같았다.
수염이 나지 않은 빛나는 그의 고운 얼굴은 수정처럼 투명했다.

티나틴 공주의 아름다움과 짙은 속눈썹에 그는 넋을 잃었다.

41 사랑에 빠진 용사는 공주에 대한 사랑을 마음 속 깊이 감추고 있었다.
그녀의 모습을 보지 못하면 그의 얼굴은 시들은 장미처럼 창백해졌다.
그녀를 보면 연모의 불길이 다시 타올라서 마음의 상처는 더욱 깊어졌다.
사랑에 빠진 사람은 동정 받아 마땅하다. 그에게 열정은 죽음과 같이 고통스러웠다.

42 왕이 티나틴을 왕으로 삼도록 결정을 했다는 소식을 들은
압탄딜은 한줄기 희망의 빛을 발견하고 기쁨으로 가득 찼다.
스스로 생각하기를 '이제 수정과 같은 티나틴의 얼굴을 더 자주 볼 수 있을 것이고
아마도 나의 안색을 창백하게 한 마음의 병을 고칠 수 있을 것이다.'라고 했다.

43 왕은 아랍 전역에 칙령을 전달할 전령을 보냈다.
"나는 공주의 아버지로서 티나틴을 왕으로 지명한다.
그녀는 빛나는 태양같이 왕국에 사는 모든 사람을 밝게 비출 것이다.
모든 백성들은 그녀를 알현하고 찬양과 칭송을 바쳐라!"

44 궁정에는 모든 아랍인들이 모여들었다. 신하들도 다 모였다.
수많은 병사를 거느리며 광채처럼 빛나는 얼굴을 한 압탄딜 장군과
신하들을 대표한 왕의 최측근인 재상 소그라트[4]가 나섰다.
그들은 왕관을 봉헌하고 말했다. "이 왕관은 다른 보화보다 백 배가

4) 소그라트 – 군주의 총애를 받는 원로대신으로 현인으로 추앙됨.

값진 것입니다."

부왕이 태양과 같이 빛나는 티나틴을 옥좌로 인도했다. 45
왕은 그녀를 자리에 앉히고 자신의 손으로 그녀의 머리에 왕관을 씌웠다.
그는 그녀에게 왕의 홀(笏)을 넘겨주고, 왕의 황금 가운을 입혔다.
자신의 지고한 위치를 깨달은 태양과 같은 공주는 사려 깊게 주위를 보았다.

왕과 신하들은 뒤로 물러서서 그녀 앞에 머리를 조아리며 예를 표했다. 46
그들은 큰 소리로 그녀에게 축복의 기도를 하고 그녀를 왕으로 즉위시켰다.
나팔이 연주되고, 심벌즈 소리가 아름답게 울려 퍼졌다.
까마귀 날개보다 더 검은 처녀의 속눈썹은 눈물로 젖었다.

그녀는 부왕의 옥좌에 자신이 앉는 것이 합당하지 않다고 생각했다. 47
그래서 그녀는 장미 정원 같은 뺨을 눈물로 적셨다.
왕은 그녀를 타일렀다. "자식이 아비의 지위를 이어받는 것은 정해진 일이다.
내가 이 법을 어기면, 나는 불에 타 죽어 마땅하다"라고 했다.

왕은 말했다. "사랑스런 딸이여, 울지 말고 내 말에 귀를 기울여라. 48
오늘 너는 아랍인들의 왕이 되었고, 나와 동등한 군주가 되었다.
이제부터 이 왕국을 너의 손으로 통치하거라.
모든 행동에 신중을 기하고, 겸손하며 분별력을 잃지 마라."

"태양이 장미나 퇴비더미를 가리지 않고 비추는 것과 같이, 49
위대한 자나 미천한 자를 가리지 말고 자비를 베풀어라.

복종하지 않는 자를 관용으로 제어하면 그 사람은 우리 편이 된다.
바다가 흘러 들어온 물을 다시 쏟아놓듯이 모든 것을 넉넉하게 베풀어라."

50 "군주의 관대함은 에덴동산에 심어 놓은 알로에 나무와 같이 군주를 멋지게 만든다.
악의를 품은 자라 하더라도 관대한 사람에게 복종하게 되어 있다.
먹고 마시는 것은 필요한 일이지만, 거기에 탐닉하면 무슨 이익이 있겠느냐?
네가 나누어 주는 것은 네 것이 되고, 네가 갖고자 하는 것은 잃어버릴 것이다."

51 티나틴은 아버지의 말씀을 경청했고, 권면 속에 들어있는 지혜를 탐구했다.
그녀는 주의를 기울여 말을 듣고, 가르침을 가슴 속에 새겼다.
왕은 기분이 좋아 신하들에게 술과 음식을 권했고, 연회는 흥이 넘쳤다.
태양은 티나틴을 흉내 내려 했지만, 그녀 앞에서 태양은 빛이 바랬다.

52 그녀는 자신이 신뢰하는 충실한 개인교사를 불러들여 지시했다.
"나의 모든 보물창고의 봉인과 빗장을 어서 열고,
내가 공주로서 상속한 모든 재화를 이리로 가져오세요."
모든 것을 가져오자, 그녀는 아낌없이 보화를 나누어주었다.

53 그날 티나틴은 상속받은 모든 보화를 사람들에게 나누어 주었다.
그녀는 보잘것없는 사람들과 위대한 사람들 모두를 부유하게 해주었다.
그런 다음 그녀는 "나는 아버지가 가르쳐주신 것을 실천한다.

한 사람도 빠지지 않고 궁정의 보물을 받게 하라"고 말했다.

그녀는 명령했다. "가서 보물이 가득 찬 보물창고를 열어라! 54
시종장이여, 당나귀들과 말들을 몰아 오너라!"
그는 모든 말들을 데려왔다. 그녀는 아낌없이 나누어 주었지만 어느 것 하나 아깝지 않았다.
그녀의 관대함은 끝이 없었다. 병사들은 마치 해적들처럼 모든 것들을 챙겼다.

병사들은 그녀의 보물들을 투르크인들에게서 뺏은 노획물처럼 차지했다. 55
병사들은 윤기 있게 잘 사육한 그녀의 아랍 종마들을 데려갔다.
그녀의 관대함은 하늘에서부터 휘돌아 내리는 눈보라 같았다.
남녀노소를 가리지 않고 아무 것도 챙기지 못한 사람이 없었다.

먹고 마시며 즐기는 가운데 하루가 지나갔지만 연회의 열기는 식지 않았다. 56
병사들은 술독에 빠져 흥청망청 잔치를 즐겼다.
오직 왕만이 머리를 숙이고 수심에 찬 모습을 보였다.
사람들은 서로 수군대기 시작했다. "전하께서는 무엇 때문에 슬퍼하시는가?"

왕 옆에는 모든 사람에게 사랑 받는 태양같이 빛을 비추는 압탄딜이 앉았다. 57
호랑이 같이 민첩하고 사자의 시선을 한 군대의 총사령관이었다.
나이 많은 현명한 재상인 소그라트가 그의 옆에 앉았다.
그들은 서로 수군대었다. "무엇 때문에 전하의 용안에 수심이 끼었는가?"

58 그들은 "전하께서 무언가 언짢은 생각이 들었나 보다.
전하를 슬프게 할 어떤 일도 생기지 않았는데."라고 말했다.
압탄딜이 재상에게 말했다. "전하께서 우리 때문에 화가 나셨는지
직접 여쭈어보십시다.
재미있는 얘기를 해드려서 전하가 수심에서 벗어나시게 해 봅시다."

59 소그라트와 우아한 모습의 압탄딜이 자리에서 일어났다.
이들은 각자 잔을 채우고 겸손한 태도로 슬픈 표정을 하고 있는
왕에게 다가갔다.
그리고는 미소를 띤 얼굴로 왕 앞에 무릎을 꿇고, 유쾌한 어조로
고상하게 말했다.
재상의 우아한 언변과 왕에 대한 칭송은 더할 나위 없었다.

60 "오 전하, 슬퍼 보이십니다. 용안에 더 이상 미소를 짓지
않으십니다.
전하가 옳으셨습니다. 전하의 따님이 후한 손으로 모든 것을 나누어
주어
전하의 보화와 재물에 손실을 입혔습니다.
그녀를 왕으로 만드시고, 어찌하여 전하께서 스스로 슬픈 일을
감당하십니까?"

61 재상의 말을 들은 왕은 슬픈 얼굴에 미소를 띠고 그를 바라보았다.
왕은 재상이 얼마나 큰 용기를 내어 이런 말을 했는지에 놀랐다.
"나의 딸의 열정과 자비를 칭찬하다니 가상하다.
"나를 인색한 구두쇠라고 비난하는 사람은 거짓말하는 수다꾼이다."

62 "재상이여, 나를 근심하게 하는 것은 다른 것이다.
나의 젊은 날은 다 소진되었고, 이제 백발 노인이 되었다.
문제는 나의 왕국 어디를 둘러보아도

내가 가진 무술을 전수받은 사람이 없다."

"나에게 곱게 키운 외동딸이 있는 것은 사실이지만, 63
신은 나에게 나를 닮은 아들을 주지 않았다. 인생은 나에게 시련을 주고 있다.
궁술과 격구에서 나에게 필적할 자는 없다.
내가 가르친 덕에 압탄딜이 어느 정도 나를 닮은 것은 사실이다."

당당한 젊은이는 왕의 이런 말을 겸손한 자세로 경청했다. 64
그는 머리를 숙이고 있었지만, 마음에는 기쁨이 넘쳐서 미소를 지었다.
진주와 같이 빛나는 그의 치아는 초원에 비추는 태양빛처럼 빛났다.
왕은 그에게 물었다. "자네는 어찌하여 미소를 띠는가? 내가 자네를 당황하게 만들었는가?"

왕은 다시 말했다 "나는 맹세하건대, 내 얘기에는 웃을 만한 이유가 65
전혀 없다."
용사는 대답했다. "전하께서 제가 말을 하도록 윤허해 주시면 말씀을 드리겠습니다.
제가 올리는 말씀을 듣고 노여워하지 마시고, 저를 나무라지 마십시오.
전하를 섬기는 자로서 저를 불충한 놈이라고 낙인을 찍지 말아주십시오."

왕은 대답했다. "아무 문제없을 터이니 하고 싶은 말을 해 보게나. 66
나는 황금빛 태양보다 더 빛나는 티나틴을 두고 맹세한다."
그러자 압탄딜이 말했다. "그러면 제가 감히 아뢰겠습니다.
전하의 궁술을 자랑하셨으면 직접 나서 증명해 보이시는 게 좋습니다."

67 “저 압탄딜은 전하께서 밟고 있는 땅과 같은 존재이지만, 궁술은
양보할 수 없습니다.
병사들을 증인으로 입회시켜 한 번 실력을 겨루고 싶습니다.
용사는 승리하기 전까지는 자기 자랑을 하지 않는 법입니다.
광장과 사냥터에서 격구술과 궁술을 겨뤄보고 누가 승자인지를
가리도록 하십시오.”

68 왕은 유쾌한 목소리로 답했다. “나와 감히 겨루려고 하다니! 그러나
너의 당돌함이 맘에 든다.
나는 너의 도전을 받아들인다. 한번 활을 쏴서 겨뤄보자.
가장 뛰어난 사람들을 데리고 가서 우리의 심판이 되도록 하자.
그러면 사냥터에서 누구에게 찬사가 쏟아질 지 분명해질 것이다.”

69 압탄딜은 바로 왕의 말에 복종하여 시합에 나서기로 했다.
왕과 신하들의 즐거운 웃음소리와 유쾌한 함성이 한데 어우러졌다.
사냥에 나서기 전 다음과 같은 내기를 걸었다 –
패배하는 사람은 삼 일 간 머리를 빡빡 깎고 지내기로.

70 왕은 사냥꾼들에게 명하였다. “먼저 들판으로 나가
넓게 사냥감 몰이를 시작하여, 가능한 많은 사냥감들을 우리에게
몰아오라.
병사들을 소집하여 출발 준비를 시키고 우리의 증인이 되게 하라!”
술잔치와 연회는 이렇게 끝났다. 자리에 모인 모두가 유쾌하고
기분이 좋았다.

2장 로스테반왕과 압탄딜이 사냥에 나서다

동이 틀 무렵 압탄딜은 만개한 백합화처럼 앞으로 나왔다. 71
그는 붉은 옷을 입고 있었고, 그의 얼굴은 수정과 같이 빛났다.
그는 황금빛 망토를 걸치고 어깨에는 화려한 각인이 새겨진 칼을 메고 있었다.
그는 백마 위에 늠름히 앉아 왕이 나오기를 기다렸다.

출정 준비를 갖춘 왕이 말에 올라타자 일행은 사냥을 위해 바로 출발했다. 72
마치 적을 포위하는 것처럼 병사들이 들판을 에워쌌다.
겹겹이 들판을 둘러싼 병사들이 열을 맞추어 소리를 지르고 호각을 불었다.
사방에서 활을 쏘며 병사들은 열심히 사냥감들을 몰아왔다.

왕은 명령했다. "열두 명의 사냥꾼은 이리 와서 나를 따르라. 73
우리를 위해 날렵한 활과 화살을 늘 준비하고 있으라.
활이 어디에 명중하는지 잘 보고 점수를 매겨라."
계곡 사방에서 사냥감이 쏟아져 들어왔다.

셀 수 없이 많은 사냥감들이 모였다. 74
염소들, 야생 당나귀들, 영양들, 들소들이 높은 곳에서 달려 내려왔다.
왕과 용사는 사냥감을 뒤쫓았다. 누가 이보다 더 멋진 장관을 볼 수 있겠는가.
두 사람의 팔은 지칠 줄 모르고 활을 당기고 화살을 쏘았다.

75 달리는 말발굽에서 일어나는 먼지바람이 태양빛을 가렸다.
화살이 날며 동물들을 죽이고, 피가 강처럼 들판에 흘렀다.
화살통이 비자, 노예들은 화살이 떨어질 때까지 화살을 더 가져왔다.
화살에 맞은 동물들이 비틀거리며 쓰러졌다.

76 병사들이 들판을 달리며 사냥감들을 몰자 짐승들은 도망가기 위해 온 힘을 다해 앞으로 내달았다.
사냥꾼들은 동물을 찌르고 죽이며 하늘의 신을 격노하게 했다.
들판은 동물들이 흘린 피로 선홍색으로 물들었다.
병사들은 "압탄딜은 에덴동산에 심어진 플라타너스 나무 같다."라고 소리쳤다.

77 드넓은 들판을 달리며 진행된 사냥몰이는 그렇게 끝났다.
들판의 저쪽에는 개울이 흐르고 있었고, 개울가에는 바위들이 솟아 있었다.
사냥감들은 말이 쫓아올 수 없는 숲 속으로 도망쳤다.
로스테반왕과 압탄딜 모두 지쳤지만 의기양양한 모습을 보였다.

78 이들은 여러 번 유쾌하게 웃으며 서로 말했다. "내가 이겼다!"
이들은 장난치듯이 서로를 격려하며 크게 웃었다.
노예들이 왕의 명령을 수행하러 왔다.
왕은 그들에게 말했다. "누가 이겼는가? 아부하지 말고 사실을 말하라."

79 노예들은 용기를 내어 말했다. "진실을 고합니다. 전하를 속이면 저희를 벌하십시오.
오 왕이시여, 전에는 압탄딜을 감히 전하와 비교할 수 없었습니다.
그러나 지금은 그의 실력이 더 뛰어납니다. 거짓이면 저희를 바로 죽이십시오.

압탄딜이 활로 맞춘 동물들을 우리 눈으로 보았고, 그가 더 많이 죽였습니다."

"전하와 압탄딜은 합쳐서 200마리를 사냥했습니다. 80
그러나 압탄딜이 20마리를 더 죽였습니다.
압탄딜은 화살 한 발도 목표에서 어긋나지 않았지만,
전하의 화살은 땅에 떨어진 것이 있어 우리가 전하의 명대로 치웠습니다."

왕은 이 이야기가 감송(甘松)향처럼 감미롭게 들렸다. 81
그는 자신이 키운 압탄딜이 이긴 것을 기뻐했다.
그는 마치 나이팅게일이 장미를 사랑하듯 그를 자기 자식처럼 사랑했다.
웃음은 그를 행복하게 했고, 슬픔은 왕의 마음에서 흔적도 없이 사라졌다.

이들은 땀을 식히기 위해 나무 아래 그늘에 앉았다. 82
병사들이 모여들어 이들 주변을 빵 둘러섰다.
이들 근처에 가장 용맹스런 노예 열두 명이 섰다.
이들은 유쾌하게 떠들면서 개울과 숲 쪽을 바라보았다.

3장 아랍의 왕이 호랑이 가죽을 두른 용사를 만나다

83 강가에 낯선 용사가 울면서 앉아 있는 것이 보였다.
사자를 닮아 보이는 그 용사는 까마귀처럼 검은 흑마와 같이 있었다.
갑옷, 말의 재갈, 안장은 빛나는 진주로 치장되었고,
그 붉은 뺨은 가슴으로부터 솟아오르는 눈물로 뒤덮여 있었다.

84 용사는 얼룩무늬 호랑이 가죽으로 된 긴 외투를 입고 있었다.
머리에도 호랑이 가죽으로 된 터번을 쓰고 있었다.
손에는 신비한 각인이 새겨진 팔뚝보다 두꺼운 채찍을 쥐고 있었다.
왕 일행은 이 신비한 광경에서 시선을 떼지 못했다.

85 슬픔에 찬 영웅에게 물어보기 위해 한 노예가 다가갔다.
절벽 옆에서 울고 있던 용사는 시선을 떨구고 있었다.
황옥 같은 눈썹으로부터 이어진 골에는 수정 같은 눈물이 비처럼 흘러내리고 있었다.
노예는 다가갔지만 무슨 말을 물어보아야 할지 말을 꺼낼 수 없었다.

86 노예는 그 앞에 섰지만, 겁이 나서 감히 말을 꺼낼 수 없었다.
오랜 시간 당황하여 쳐다보기만 하다가 이윽고 용기를 내어 말했다.
"왕께서 당신을 보자고 하십니다." 노예는 그에게 조심스레 다가갔다.
그러나 신비한 용사는 눈물만 떨구며 꿈속을 헤매듯 멍한 상태로 있었다.

87 깊은 슬픔에 빠진 용사는 노예가 하는 말을 듣지 못했고, 무슨 말을 하는지도 몰랐다.
그는 들판에서 병사들이 크게 소리치는 것도 전혀 듣지 못하고
마치 불 속에 던져진 듯 가슴으로부터 신음소리를 냈다.
눈물은 피와 섞여서 수문에서 쏟아져 나오는 물처럼 흘러내렸다.

88 그의 마음은 먼 곳으로 달려갔고, 그의 생각은 깊은 상념에 잠겼다.
노예는 참을성 있게 다시 한 번 왕의 명령을 전했지만
용사는 아무 것도 듣지 못하고 미친 듯이 계속 눈물을 쏟았다.
굳게 닫힌 장미 같은 그의 입술은 보석 같은 치아를 감춘 채 열리지 않았다.

89 용사가 아무 대답을 하지 않자, 노예는 뒷걸음을 쳐서 돌아가서
로스테반왕에게 고했다. "용사는 전하를 만나고 싶어 하지 않는 것 같습니다.
그의 눈이 발하는 빛을 보자 너무 겁이 났습니다.
저는 전하의 명을 전하고 기다렸지만 그는 말을 듣지 않았습니다."

90 왕은 크게 화를 냈다. 용사의 행동이 도무지 이해가 되지 않은 왕은 수심에 잠겼다.
그는 앞에 서 있던 열두 명의 노예를 불러 명령을 내렸다.
"전쟁에 쓰는 무기를 손에 들고 그에게로 가서,
이리로 오기를 거부하는 저 용사를 내게 끌고 와라."

91 노예들은 무기를 쟁그렁거리며 용사에게 다가갔다.
그제서야 용사는 몸을 움직였고 눈물을 훔쳤다.
그는 눈을 들어 주위를 돌아보았고, 왕의 병사들이 다가오는 것을 발견했다.
지금까지 침묵하던 용사는 "너무 슬프구나!"라고 크게 외쳤다.

그는 눈으로 두 손을 올려 뜨거운 눈물을 훔치고 나서는, 92
자신의 화살통과 칼을 단단히 붙들어 매고 감정을 억제한 다음
그들과 얘기를 할 생각을 전혀 하지 않고 자신의 말에 올라탔다.
그는 노예들에게 시선을 주지 않고 말에 박차를 가해 떠나려 했다.

노예들이 손을 뻗어 그를 잡고 그의 길을 막으려고 하자, 93
화가 난 용사는 노예들에게 바로 반격을 가해 적조차도 동정을 할 광경이 벌어졌다.
그는 노예들을 한 명씩 잡아 인정사정 없이 서로 부딪치게 던지고,
몇 명은 채찍으로 휘갈겨서 가슴까지 살이 찢어지게 했다.

왕은 격노했고 병사들을 출동시켜 그를 추격하게 했다. 94
병사들이 따라잡을 때까지 용사는 추격자들을 뒤돌아보지 않았다.
그러나 용사를 따라잡은 병사들은 하나같이 죽은 자처럼 힘을 쓰지 못했다.
그는 노예들을 한 명, 한 명씩 내동댕이쳤다. 이 광경을 본 로스테반왕은 탄식을 했다.

압탄딜과 로스테반왕은 말에 올라타 용사를 추격했다. 95
멋진 용사의 몸은 말 위에서 앞뒤로 흔들리며 들판을 달려 나갔다
그의 말은 메라니[5]같이 미친 듯이 질주했고, 그의 몸은 태양과 같이 빛났다.
단 한 번 뒤를 돌아본 용사는 왕이 자신을 추격한다는 것을 알아챘다.

왕이 좇아 오는 것을 본 용사는 채찍으로 말을 쳤고, 다음 순간 신기한 일이 벌어졌다. 96

5) 메라니(Merani) - 전설의 명마.

한 순간 그는 시야에서 사라져 버렸다. 아무도 그가 어디로 갔는지 알 수 없었다.
그는 땅 속으로 사라지거나 페가수스[6]가 하늘로 데려간 것처럼 순식간에 사라졌다.
일행은 그를 찾아 헤맸으나, 그의 흔적은 자취도 없이 사라지고 말았다.

97 그의 흔적을 끈질기게 찾아보았지만, 아무 것도 찾지 못한 일행은 몹시 당황했다.
데브[7]나 환영(幻影)처럼 어떻게 사람이 사라질 수 있단 말인가?
병사들은 죽은 동료들을 애도하고, 서둘러 다친 동료들의 상처를 싸맸다.
왕은 탄식하며 말했다. "이제 우리의 즐거운 시간은 끝이 났구나."

98 왕은 말했다. "신은 내가 이제까지 누려온 행복에 싫증이 났구나.
신은 나의 달콤한 행복을 쓸개같이 쓰디쓴 고통으로 바꾸어 버렸다.
나는 헤어날 수 없는 고통에 빠져 거의 죽을 지경이 되었다.
하나님 맙소사, 이것이 신의 뜻이고 바람이구나."

99 이렇게 그는 말하고 수심에 가득 차서 귀환 길에 올랐다.
병사들에게 철수 명령이 내려졌고, 병사들의 탄식이 이어졌다.
원정대는 해산되었고, 병사들은 각자 집으로 돌아갔다.
어떤 병사들은 왕이 옳다고 했고, 다른 병사들은 신이 그나마 자비를 베푼 것이라고 했다.

100 슬픔에 싸인 왕은 수심에 가득 차서 침실로 들어갔다.

---

6) 페가수스(Pegasus) - 그리스 신화에 나오는 날개 달린 명마.
7) 데브(Dev) - 조지아 영웅전설의 신비한 거인.

아들같고 친구같은 압탄딜만 왕을 따라 들어갔다.
나머지 사람들은 모두 물러났고 하인들도 자리를 떴다.
즐거운 분위기는 사라지고 달콤한 음악소리도 멈췄다.

티나틴 공주는 부왕이 크게 상심하고 있다는 것을 들었다. 101
태양과 같이 빛나는 얼굴을 한 그녀는 왕의 침실 문 앞에 다가가 시종에게 물었다.
"전하는 주무시냐 아니면 재상과 함께 계시냐?"
시종은 대답했다. "전하께서는 수심에 잠겨 앉아 계십니다. 전하의 안색은 창백하고 시선은 어둡습니다."

"압탄딜 혼자만 전하 앞에 앉아있습니다. 102
이분들은 이상한 모습의 용사를 보았고, 그 사람 때문에 수심에 잠겼습니다."
티타틴은 말했다. "아버님께 더 심려를 끼치느니 나는 물러나겠다.
전하가 물으시면, 내가 잠시 있다가 물러갔다고 말씀드려라."

시간이 좀 흐른 후 왕이 물었다. "내 딸은 어디 있는지 알고 싶다. 103
나에게 그녀는 생명의 샘물이다. 그 애가 나를 도울 수 있으면 좋으련만.
시종이 대답했다. "따님께서 창백한 얼굴로 오셨지만,
전하가 수심에 싸이신 것을 듣고 자리를 물러갔습니다."

왕은 말했다. "가서 그녀를 데려오라. 내가 어떻게 내 딸 없이 지낸단 말인가? 104
그녀에게 전하라 '왜 왔다가 돌아갔는가, 오 무엇보다 소중한 딸이여.
와서 나의 마음을 치료하고, 나의 수심을 빨리 몰아내다오.
무엇 때문에 기쁜 날이 사라졌는지를 너에게 말해 줄 것이다.'

105 티나틴은 말씀에 순종하여 왕에게로 와서 그 앞에 섰다.
태양같이 환하게 빛나는 그녀의 얼굴은 달빛을 어둡게 만들었다.
왕은 그녀의 이마에 입 맞추고 그녀를 옆에 앉혔다.
"왜 나에게 오지 않고 내가 부를 때까지 기다렸느냐?"

106 처녀는 말했다. "오 왕이시여, 아무리 용기 있는 사람이라도
아버님께서 슬픔에 잠겨 있는 것을 알면서 어떻게 다가갈 수 있겠습니까?
아버님의 진노는 하늘의 별도 나락으로 떨어지게 합니다.
상심만 하시지 말고 서둘러 문제를 해결하는 게 낫다고 생각합니다."

107 왕은 대답했다. "오 나의 딸아, 이 일이 아무리 나를 슬프게 해도,
너의 모습과 네가 내 옆에 있는 것으로 나는 치유가 된다.
너는 나를 비탄에서 구하고, 나의 고통을 흔적도 없이 사라지게 한다.
무슨 일이 일어났는지 알면 너도 내가 왜 괴로워하는지 이해할 것이다."

108 "나는 들판에서 우연히 신비로운 용사를 만났다.
그의 광채는 온 우주 위에 빛났고, 땅의 경계들을 밝게 했다.
누구 때문에 비탄에 빠져서 우는지 그는 말하지 않았다.
내가 불러도 그는 오지를 않아서 나의 분노는 끓어 넘쳤다."

109 "그는 나를 보자 흐르는 눈물을 닦고 말에 올라타 달려나갔다.
나는 추격대를 보내 그를 잡으려고 했지만, 그는 나의 병사들을 다 죽였다.
이렇게 이상한 조우를 뒤로 하고 그는 마치 악한 영처럼 사라지고 말았다.
나는 지금도 그가 실제 사람인지 환영(幻影)인지 알지 못하겠다."

"도대체 그가 누구인지, 사람인지 귀신인지 나는 지금도 알 수가 110
없다.
그는 내가 보낸 병사들을 모조리 죽였고, 피가 흘러넘치게 했다.
그는 사람의 몸을 가졌는지, 아니면 신비한 덮개가 그를 덮어버려
보이지 않게 한 것인가?
지금까지 나는 행복을 누렸지만 이제 신의 가호가 사라져 버렸다."

"오늘부터 신의 달콤한 자비는 쓰디쓴 맛으로 변했다. 111
이 고통 앞에 즐거움 가득 찼던 지난날들이 잊혀졌다.
나에게 다시 행복을 가져 올 사람은 이 세상에 없을 것이다.
내가 지상을 떠도는 끝날까지 나는 더 이상 즐거움을 느끼지 못할
것이다."

처녀가 대답했다. "아버님, 황송하지만 제 말도 들어주십시오. 112
왜 모든 운명을 주관하는 신에게 불평하십니까?
우리에게 모든 것을 마련해 주시는 자비로운 신은 아무 이유 없이
고통을 주시지는 않습니다.
선을 창조하신 이가 왜 악을 만들겠습니까?"

"제가 감히 충언 드립니다. 아버지는 왕 중의 왕이시고 막강한 113
군주이십니다.
아버지의 영토는 끝이 없이 넓고, 그 안의 모든 것을
지배하십니다.
방방곡곡에 사람을 보내 이 사람에 대한 소식을 가져오게 하십시오.
그러면 이 용사가 살아 있는 사람인지 하늘에서 던져진 사람인지를
아시게 될 것입니다."

왕은 사람들을 풀어 푸른 하늘 아래 모든 땅끝에 보냈다. 114
"고통을 마다하지 말고 가서 이 사람을 찾아라.

원정의 목적을 잊지 말고, 방방곡곡을 남김없이 찾아 다니며
수색하라.
길이 없어 도달할 수 없는 곳에는 전갈을 보내라."

115 병사들이 사방으로 흩어져서 일 년 내내 용사를 찾아 헤맸다.
그들은 여기저기를 둘러보고 수색했으며, 사람들에게 묻고 또
물었다.
그러나 그를 보았다는 사람은 한 명도 찾지 못했다.
그들은 헛고생에 지쳐서 가슴에 수심을 가득 안고 돌아왔다.

116 전령들은 말했다. "오 왕이시여, 우리는 온 땅을 돌아다니며
온갖 고생을 마다하지 않고 안 가본 구석 없이 그 용사를 찾아
헤맸고,
만나는 사람마다 물어보았지만 그 용사에 대한 아무 얘기도 듣지
못했습니다.
저희는 왕의 명을 수행하지 못했으니, 다른 방도를 찾으시기
바랍니다."

117 왕은 대답했다. "나의 딸 티나틴의 말이 맞았다.
나는 틀림없이 환영을 보았거나 악마의 피조물을 본 것이다.
그는 하늘에서 날아온 나의 적이다.
이제 나는 슬픔은 잊고 다시 즐거움을 누릴 것이다."

118 이렇게 말하고 왕은 마음이 유쾌해졌고 주연으로 위로를 찾았다.
음유시인들과 곡예사를 있는 대로 찾아 모았고,
손님들과 하인들에게 선물을 아낌없이 나누어주었다.
신은 이보다 자비심이 넘치는 사람을 창조하지 않았다!

4장 티나틴이 호랑이 가죽을 두른 용사를 찾도록 압탄딜을 보내다

압탄딜은 자신의 방에 속옷만 걸친 채 앉아 있었다. 119
하인들이 연주하는 하프와 노래 소리를 들으며 흥을 즐겼다.
티나틴의 흑인 노예가 그에게로 와서 말했다.
"플라타너스나무[8] 같고, 달 같은 얼굴을 하신 분께서 당신을
부르십니다."

압탄딜은 이 기쁜 소식을 듣고 기분이 날아갈 듯 했다. 그의 꿈이 120
이루어진 것이다.
그는 가장 멋지고 빛나는 겉옷을 서둘러 입었다.
장미와 같은 공주를 만난다는 것에 뛸 듯이 기뻐했다.
눈부시게 아름다운 사랑하는 공주를 단 둘이 만난다는 것은 가슴
떨리는 일이었다.

압탄딜은 전혀 당황하지 않고 당당하게 그녀에게 갔다. 121
그는 자신으로 하여금 수많은 눈물을 흘리게 한 그녀를 만나러 온
것이다.
그녀는 번개처럼 밝은 빛을 내며 슬픔에 잠겨 앉아 있었다.
그녀 앞에서는 달도 빛이 바래 어두워졌다.

그녀의 아름다운 몸은 흘러내리는 담비 모피에 싸여 있었다. 122
그녀는 값을 말할 수 없는 베일을 머리에 두르고 있었지만,

---

8) 조지아어로 '알바(ალვა)', 러시아어로 '치나라(чинара)'로 나오는 나무 이름은 우리말로 플라타너스, 백양나무, 삼나무, 알로에 나무 등으로 번역할 수 있는데, 이 작품에서는 플라타너스로 번역한다.

가슴을 뚫을 듯한 속눈썹은 검은 창처럼 날카롭게 빛나고
백옥 같은 그녀의 흰 목을 풍성한 머릿결이 감싸며 흘러내렸다.

123 그녀는 붉은 베일을 얼굴에 걸치고 슬프고 사색에 잠긴 표정으로 앉아 있었다.
그녀는 차분한 목소리로 압탄딜을 맞았고, 그를 자리에 앉도록 했다.
그는 공경스러운 자세로 여종이 만들어준 자리에 앉았다.
그는 기쁨에 차서 사랑하는 여인의 얼굴을 정면으로 응시했다.

124 티나틴이 말했다. "할 말을 찾지 못할 정도로 제가 힘든 상태에 있어요.
내가 이 말을 해야 할 지 망설였지만, 하지 않을 수가 없네요.
제가 왜 당신을 이곳으로 불렀는지,
왜 제가 이토록 슬픔에 쌓여 있는지 잘 아실 거예요."

125 압탄딜은 말했다. "여왕님이 이렇게 깊은 수심에 싸여 있는데 제가 무슨 말을 할 수 있겠습니까?
밝게 빛나는 해를 만나면 달은 색이 바래고 녹아버립니다.
저는 공주님 때문에 꿈속을 헤매는 것 같고, 의식의 흔적도 지워졌습니다.
공주님이 왜 슬퍼하시는지, 제가 어떻게 도와드려야 하는지 직접 말해 주십시오."

126 그러자 공주는 기품 있는 어휘를 쓰며 우아하게 말했다.
"지금까지 저는 당신과 가까이 할 수 있었으면서도 거리를 두고 있었지요.
그러나 오늘 행복이 우리에게 미소를 지은 것이 분명합니다.
나는 먼저 내가 왜 슬픔에 사로잡혔는지를 말씀드릴게요."

127 “당신과 부왕께서 들판에 사냥을 나가 많은 동물들을 잡은 날,
강가에서 슬프게 울고 있는 한 용사를 만난 것을 기억하시지요?
그 이후로 나는 그에 대한 생각을 떨쳐버릴 수 없고, 가슴이 타면서 행복을 잃었어요.
당신이 나서서 그를 찾아주세요. 땅끝과 바다 끝까지라도 가서 그를 찾아주세요.

128 “용사님이 사랑의 고백을 하지 않아서 나도 조심스러워 했지만
멀리서라도 당신이 나를 사랑하고 있다는 것을 알았습니다.
나로 인해 당신 눈에서 눈물이 떠나지 않았고,
사랑의 포로가 된 당신은 영원한 사랑의 맹세를 했습니다.”

129 “나를 도와주시는 것이 왜 필요한지 두 가지 이유를 말씀 드리겠습니다.
첫째, 당신은 전쟁터에서 아무도 필적할 자가 없는 최고의 용사입니다.
둘째, 당신은 또한 진정으로 내가 ‘사랑하는 사람’입니다.
가서 그 용사를 찾으세요, 가까운 곳이건 먼 곳이건 가리지 말고.”

130 “그 임무를 수행하며 나에 대한 사랑을 더욱 굳게 하고,
그 용사를 찾으면 슬픔에 빠진 나를 구할 수 있고, 역겨운 악마를 무찌를 수 있습니다.
나의 마음에 희망의 장미꽃을 뿌려주고, 제비꽃을 심어주세요.
당신이 사자와 같은 모습으로 나에게 돌아오면, 나는 태양처럼 일어나 당신을 맞을 것입니다.”

131 “3년의 기한 동안 골짜기와 비탈을 다 찾아 다니며 그 사람을 찾아오세요.
만일 당신이 그를 찾으면 당신의 승전보를 전하며 기쁘게

귀환하세요.
만일 당신이 그를 찾지 못하면, 나는 그가 환영(幻影)이었다고
생각하겠습니다.
시들지 않고 빛이 바래지 않은 장미 봉오리로 나는 당신을 맞을
것입니다."

"나는 맹세합니다. 만일 내가 당신 이외의 남편을 맞는다면, 132
그 사람이 설령 사람의 모습을 한 태양이라 할지라도
나는 낙원을 버리고 지옥의 심연으로 떨어질 것입니다.
내가 당신을 실망시킨다면 당신의 칼에 찔려 죽어도 할 말이
없습니다."

용사는 대답했다. "흑옥(黑玉)[9] 같은 눈썹이 빛나는 태양 같은 133
님이시여,
내가 감히 무슨 다른 말을 하겠습니까? 나의 사랑을 아직 믿지
못하시나요?
당신은 죽음을 기다리고 있던 나에게 생명의 불꽃을 다시
피워주셨습니다.
주인에게 복종하는 노예처럼 당신의 명을 따라 모든 나라의 경계를
찾아다니겠습니다."

용사는 다시 얘기했다. "태양 같은 분이여, 신은 당신을 태양으로 134
창조했기에,
모든 별들은 어디에 있건 당신에게 복종합니다.
은혜가 넘치는 당신의 말씀을 듣고 나는 한없는 기쁨에 가득
찼습니다.

9) 이 작품에서 흑옥은 검은 눈동자, 장미와 루비는 붉은 뺨, 진주는 흰 치아를 비유하기 위해 자주 쓰임.

당신의 광채를 넘치게 받은 나의 장미는 영원히 시들지 않을 것입니다."

135 두 사람은 마음으로 굳게 서로에게 맹세를 하고,
강물처럼 흘러내는 다정한 얘기를 오래 나누었다.
이제까지 압탄딜을 괴롭혔던 수심은 눈 녹듯 사라졌다.
그는 번개보다 투명한 하얀 이를 보이며 환하게 미소 지었다.

136 두 사람은 다정히 마주 앉아 즐겁게 농담을 주고받으며 많은 얘기를 나눴다.
이들은 수정 같은 치아, 루비 같은 얼굴빛과 흑옥과 같은 눈으로 서로를 보며 얘기를 했다.
용사가 말했다. "당신을 한번이라도 본 사람은 정신을 잃지 않을 수 없습니다.
당신의 용모를 보고 나의 심장은 놀라서 불에 타 재가 됩니다."

137 그녀와 헤어지는 것이 너무 싫었지만, 용사는 작별을 고하고 밖으로 나왔다.
그의 눈은 눈물로 앞이 흐려졌고, 끊임없이 사랑하는 사람을 향해 뒤를 돌아보았다.
그의 멋진 몸이 떨렸고, 수정 같은 눈물이 흘러내려 장미 같은 얼굴을 얼어붙게 했다.
위대한 사랑의 힘으로 그는 자신의 고통스런 심장을 그녀의 심장에 내맡겼다.

138 그는 스스로 말했다. "태양빛을 받지 못한 장미는 이렇게 빨리 시드는군요.
나의 수정 같은 얼굴은 노랗게 바랬고, 루비는 진홍색 빛을 발하지 못합니다.

이제 나는 어떻게 해야 하나요? 오랫동안 당신을 볼 수 없다니.
용사에게 사랑하는 사람을 위해 목숨을 바치는 것보다 더 고귀한 영예는 없습니다."

용사는 침대에 누워 슬피 울었다. 계속 눈물이 쏟아져 그는 눈물을 훔칠 수도 없었다. 139
그는 바람에 흔들리는 버드나무처럼 떨며 몸을 뒤척였다.
잠시 졸음에 빠졌을 때 그는 사랑하는 아름다운 그녀를 보았다.
잠에서 깨자 번민이 스무 배나 커졌다. 그는 몸을 떨며 크게 소리쳐 울었다.

사랑하는 사람과 헤어지자 그의 가슴은 맹렬한 그리움에 사로잡혔다. 140
진주 같은 눈물이 이슬이 되어 장미 같은 뺨을 촉촉이 적셨다.
그러나 날이 밝자 그는 옷을 멋지게 차려입고 출정 준비를 했다.
그는 말에 올라타서 자신의 임무를 왕에게 보고하기 위해 궁전으로 들어갔다.

그는 시종을 보내 왕에게 자신의 보고를 올리도록 했다. 141
"제가 생각하고 있는 것을 감히 전하께 아룁니다.
온 세상이 당신의 칼에 복종하고 당신의 명령을 따릅니다.
모든 적들이 이 사실을 잊지 않도록 만들어야 합니다."

"저는 폐하의 왕국 끝까지 다니며 적을 물리치고 오겠습니다. 142
적들의 가슴을 창으로 찔러서 티타틴 공주가 우리의 여왕이 되었다는 소식을 알리겠습니다.
복종하는 자들은 기쁨을 맛 볼 것이고, 칼을 잡는 자들은 울게 만들 것입니다.
나는 전하께 계속 선물을 보내고, 수시로 문안과 소식을 드리겠습니다."

143 왕은 큰 감사의 뜻을 그에게 전했다.
"오 나의 사자여, 수많은 무공을 세운 자네는 적을 전혀 두려워하지 않는다.
자네의 충언만큼 자네의 용기도 가상하다.
길을 떠나는 것을 허락하지만, 오랜 기간을 자네를 보지 못하게 되니 심히 괴롭다."

144 압탄딜은 왕 앞에 나아가 머리를 숙여 인사했다.
"전하께서 저를 그렇게 치하해 주시니 저는 놀랄 따름입니다.
신의 가호로 대낮 같은 기쁨 속에서 전하의 용안을 다시 뵙기를 원합니다.
제가 빠른 시일 안에 무사히 귀환하여 전하의 기뻐하시는 모습을 뵙게 되기를 기원합니다."

145 왕은 압탄딜의 목을 끌어안고 마치 아들에게 하듯이 입을 맞추었다.
세상에 이들과 같은 부모와 자식이 어디 있겠는가?
압탄딜은 슬픔에 싸인 왕께 작별을 고하고 장도에 올랐다.
로스테반왕은 그의 뒷모습을 보며 영혼이 낙담하여 마음속으로 울었다.

146 압탄딜은 슬픔을 보이지 않고 당당하게 진군해 나갔다.
스무 날을 그는 혼자 여행을 했다. 밤에도 그는 먼 길을 달려갔다.
그녀는 그에게 가장 소중한 보물의 창고였고 환희의 원천이었다.
그는 어디를 가든 온통 티나틴 생각뿐이었다. 그녀의 불길은 그를 완전히 태웠다.

147 압탄딜이 자신의 영지에 도착하자 사람들이 나와 크게 기뻐했다.
귀족들이 풍성한 선물을 가지고 그를 맞으러 나왔다.
태양 같은 얼굴을 한 용사는 약속한 기한을 생각하며 길을 재촉하여 먼 길을 갔다.
그가 들르는 곳마다 행복이 넘쳤고, 집집마다 기쁨이 솟았다.

그의 성은 적들에게 공포를 주는 철옹성이었다. 148
성의 외벽은 공성이 불가능한 바위로 둘러싸여 있었다.
용사는 그곳에서 즐겁게 사냥을 하며 사흘을 머물렀다.
그는 자신의 심복인 충신 세르마딘을 불러 자신의 결정을 알리기로 했다.

그는 이렇게 말했다. "충직한 세르마딘아, 자네에게는 내가 숨길 것이 없네. 149
나는 지금까지 자네와 모든 일을 상의해 왔네.
자네 앞에서 내가 눈물을 보이지 않았기 때문에 왜 내가 그 많은 눈물을 흘렸는지는 알지 못하네.
내가 그렇게 괴로워하며 흠모했던 그녀가 나에게 다시 기쁨을 주었다네."

"티나틴을 향한 죽음보다 강렬한 사랑이 나를 불태워왔네. 150
수선화 같은 눈물이 얼어붙은 장미 같은 나의 얼굴을 적셨네.
어느 누구에게도 털어놓지 못하고, 지금까지 나 혼자 사랑의 고통을 견뎌왔다네.
그녀는 나에게 희망의 씨를 뿌려주었고, 그래서 자네는 기쁨에 넘치는 나를 보고 있는 것이네."

"그녀는 나에게 말했네. '사라진 용사가 어디 있는지 알아오세요. 151
당신이 귀환하면 당신 가슴에 불타는 열정에 화답하겠습니다.
낙원에 심겨진 나무와 같은 남자라 하더라도 다른 사람을 내 남편감으로 생각하지 않겠습니다.'
그녀의 말은 고통에 매여있던 나의 마음을 치료하는 영약이 되었네."

152 "우선 나는 용사답게 나의 임무를 수행하러 갈 것이네.
가신인 우리는 주군에게 온 힘을 다 바쳐 충성해야 하네.
여왕은 자신이 지핀 나의 고뇌의 불을 꺼주었네.
남자는 불행 앞에 굴복하면 안 되고 남자답게 당당히 맞서야 한다네."

153 "모든 주군과 가신들 중 자네와 나는 가장 가까운 사이이네.
그래서 내가 하는 말을 주의 깊게 가슴에 새기기 바라네.
자네가 당분간 이 나라를 다스리고 군대를 지휘하도록 하기 바라네.
나를 대신해 이 나라를 통치하고, 오직 자네만을 믿고 나는 길을 떠나네."

154 "백성들을 보호하고, 병사들과 귀족들을 전투에 이끌고 나가고,
왕궁에 전령을 보내 정세를 보고하여 전하께서 모든 것을 알게 하게.
나를 대신해 전하께 고귀한 선물을 보내기 바라네.
그리고 내가 멀리 갔다는 것을 아무도 알아차리지 못하게 하기 바라네."

155 "사냥이나 전투에서 내가 한 것을 본받아 행동하고,
3년을 나를 기다리며 내가 한 말을 비밀로 지켜주기 바라네.
플라타너스 같은 내 몸이 불행에 꺾이지 않는다면 나는 틀림없이 돌아올 것이네.
그러나 만일 내가 돌아오지 않거든, 상복을 입고 나를 위해 울고 탄식해 주기 바라네."

156 "왕께는 나의 행적과 불행을 알리기 바라네.
나의 의식이 사라지고 내가 죽었다고 전하께 말씀을 올리게.
내가 낯선 땅에서 죽게 되면 왕께 말씀 드리게 – '아무도 피할 수 없는 일이 그에게 닥쳤습니다.'

나의 모든 금은보화는 가난한 사람들에게 나누어 주게."

"마음을 강하게 먹고 나를 도와주기 바라고, 157
자네의 기억 속에서 나를 지우지 말고, 나의 운명을 기억해 주게.
나를 위해 애곡하고 나를 이승의 경계 너머로 데려다 주기 바라네.
우리의 어린 시절을 회상하며 어머니와 같은 마음으로 나를
회상해다오."

이 말을 들은 충신은 당황하여 어떻게 이해해야 할지를 몰랐다. 158
이별을 맞은 그의 눈에서는 뜨거운 눈물이 진주처럼 쏟아졌다.
그는 말했다. "당신이 없으면 저는 그리움을 도저히 견딜 수
없습니다.
제가 말려도 결국 당신은 떠날 것입니다. 저는 더 드릴 말씀이
없습니다."

"'잠시 나를 대신해 다스리라'는 말씀으로 저에게 고통을 주지 159
마십시오.
제가 어떻게 주군의 짐을 지고, 당신을 흉내 내거나 모방할 수
있겠습니까?
주인님과 헤어져야 하느니 차라리 땅 속에 눕는 것이 나을 것
같습니다.
나를 데려가십시오. 당신 뒤를 따라 가게 허락해 주십시오."

용사가 대답했다. "내 말을 듣고 잘 알아차리기 바라네. 160
'사랑에 빠진 사람'은 들판을 헤맬 때도 혼자 고독하게 돌아다녀야
하네.
진주를 얻기 위해서는 마땅한 값을 치러야 하는 법이네.
약속을 저버린 배신자는 창에 찔려 죽어 마땅하네."

161 "착하고 눈치 빠른 자네 말고 누구에게 내 가슴의 비밀을 말할 수
있겠는가?
누구를 자네와 비교하겠는가? 자네 말고 누구에게 성주의 자리를
맡길 수 있겠는가?
적들이 침범하지 않도록 국경을 튼튼히 방어하기 바라네.
신이 나를 저버리지 않으면, 나는 돌아올 것이네."

162 "재앙이 닥치면 한 사람이 죽거나 백 사람이 죽거나 마찬가지이네.
하늘의 힘이 나를 지켜준다면 나는 혼자 다녀도 전혀 두렵지 않네.
만일 내가 3년 안에 돌아오지 않으면 상복을 입고 나를 위해
애곡해다오.
나는 자네에게 편지를 써 줄 것이고, 나의 신하와 병사들은 자네에게
복종할 것이네."

5장 신하들에게 보내는 압탄딜의 편지

압탄딜은 다음과 같이 썼다 '운명으로 결합된 나의 스승과 나의 자식들이여, 163
믿음직스러우며, 충성스러우며, 전쟁에서 단련되고
그림자처럼 나의 명령에 귀를 기울이는 나의 가신들이여,
모두 궁전에 모여 나의 편지를 잘 읽기 바랍니다.

귀를 기울이십시오, 당신들 발 아래의 땅과 같은 압탄딜이 당신들에게 편지를 씁니다. 164
나는 당신들에게 손으로 직접 이 글을 씁니다.
나는 잠시 술 마시고 노래하는 생활을 즐겼지만, 이제 얼마 동안 당신들 곁을 떠나겠습니다.
나는 이제 나의 활과 화살에 나의 생명과 생계를 의지하겠습니다.

사연을 말할 수 없지만 나는 중요한 일이 생겨서 먼 나라로 떠납니다. 165
나는 홀로 떠나서 3년 내내 여행을 할 것입니다.
나의 제군들이여 오직 다음 한가지만을 부탁합니다.
적들과 재앙으로부터 왕국을 지켜주십시오.

나는 세르마딘을 나를 대신하여 성주로 임명했습니다. 166
내가 돌아오거나, 나의 생사여부를 알 때까지
그가 비추는 빛으로 장미는 시들지 않을 것입니다.
그는 모든 악행자를 불 아래 촛농처럼 녹도록 만들 것입니다.

세르마딘이 마치 형제처럼, 아들처럼 나와 함께 자란 것을 모두 잘 167

알 것입니다.
그를 압탄딜로 여기고 그에게 복종하기 바랍니다.
그가 나팔 소리를 울리면, 지금까지 나와 함께 한 것처럼 힘을 합쳐 임무를 완수하기 바랍니다.
내가 기한 내 돌아오지 않으면, 웃음이 아니라 애도가 당신들의 몫이 될 것입니다.'

168 이렇게 우아하고 부드러운 말로 편지는 끝이 났다.
압탄딜은 허리에 금을 둘러차고, 혼자 여행할 옷을 차려 입었다.
그는 "나는 들판으로 출정한다!"라고 외쳤다. 병사들은 줄지어 섰고,
그는 지체하지 않고 길을 나섰다. 그는 그렇게 고국을 떠났다.

169 그는 말했다. "들판에서 이제 모두 가도록 해라. 나는 아무 동지도 필요로 하지 않는다."
그는 모든 노예들도 멀리 보내고 혼자 남았다.
그는 당당한 모습으로 출발하여 서둘러 평원 한가운데로 나갔다.
죽을 것 같은 고통의 그리움을 주는 티나틴의 모습은 그의 눈 앞에서 떠나지 않았다.

170 그는 병사들을 옆에 정렬시키고 사냥을 시작하도록 했다.
병사들은 더 이상 그를 쫓아갈 수도 없었고 볼 수도 없었다.
영광에 싸인 그의 몸에는 적의 칼도 감히 닿지 못했다.
그러나 여왕이 그에게 얹어 준 비탄의 짐은 무겁기만 했다.

171 사냥이 끝나고 남겨진 병사들은 말을 달려 주군을 찾아 헤맸지만
태양과 같은 얼굴을 한 그를 찾지 못하자 지평선이 어두워졌고,
병사들의 기쁨은 울음과 탄식으로 바뀌었다.
빠른 말을 가진 병사들은 그를 찾아 사방을 이리저리 뛰어다녔다.

"오 사자 같은 분여, 당신을 대신 할 사람이 어디 있습니까?" 모두들 의문을 품었다. 172
병사들은 그를 본 목격자를 찾았고, 보는 사람마다 물었다.
그러나 압탄딜은 아무 흔적도 남기지 않고 멀리 사라졌다.
낙담한 병사들은 뜨거운 눈물을 흘렸다.

세르마딘은 조신들과 귀족들을 한자리 불러보아 173
압탄딜이 직접 쓴 편지를 보여주었다.
이들은 편지의 내용을 듣자 모두 겉옷을 찢었고,
눈물을 흘리고 탄식을 하지 않는 사람이 없었고, 마음에 상처를 입지 않은 사람이 없었다.

모두가 말하였다. "그분이 없으면 우리 인생에 큰 손해이지만, 174
당신 말고 누가 그의 권력과 옥좌를 맡을 수 있겠습니까?
당신이 우리에게 어떤 명령을 내리든 당신에게 복종하겠습니다."
그들은 세르마딘을 주군으로 모시고, 모두가 그에게 경의를 표했다.

6장 압탄딜이 호랑이 가죽을 두른 용사를 찾아 나서다

175 현자 에즈로스의 디오노시[10]가 이 사실을 증언할 것이다.
만일 장미가 찬 서리를 맞다 얼어 죽으면 얼마나 슬픈 일인가?
얼굴은 루비색을 잃고, 몸은 갈대줄기와 같이 흔들리며
조국을 떠나 혼자 방랑하는 압탄딜은 낯선 땅에서 지쳐 갔다.

176 압탄딜은 날아갈 듯한 속도로 평야를 가로질러 여행했다.
그는 아랍인들의 경계를 지나 낯선 땅으로 들어섰다.
그러나 태양과 같은 존재와의 이별은 비통한 감정을 다시 일으켰다.
'내가 그녀 옆에 있다면 이런 뜨거운 눈물을 흘리지 않을텐데…'라고 그는 탄식했다.

177 하얀 눈이 내려 장미 위에 얼어붙어서 장미를 시들게 했다.
때로 압탄딜은 죽기를 원했고, 단검을 꺼내기도 했다.
그는 '운명이 나의 가슴에 900배나 큰 슬픔의 창을 찌르고 있구나
나는 즐거움을 잃어버렸고, 하프, 수금도 멀어졌구나.'라고 탄식했다.

178 태양에서 멀어진 장미는 빨리 시들어갔다.
그는 스스로 가슴에 대고 말했다 "견뎌 내자!", 그러면 다시 힘이 돌아왔다.
그는 조금이라도 희망을 기대하며 먼 나라와 낯선 해변을 계속 여행했다.

---

10) 에즈로스(Ezros) - 12세기 초기의 시인. 아라비아어로 쓴 시집 〈디오노시(Dionosi)〉가 있음.

그는 나그네들에게 소식을 물었고, 그들의 길동무가 되었다.

그는 눈물을 흘리며 모든 곳을 찾아 다녔고, 그가 흘리는 눈물은 바다로 흘러 들어갔다. 179
그의 팔은 포근한 베개가 되었고, 넓은 땅은 안락의자가 되었다.
그는 말했다. "사랑하는 이여, 당신은 고통만 남겨두고 내 마음을 빼앗아갔습니다.
당신을 위해서라면 곧 생명과 이별해도 즐거움이 될 것입니다."

그는 모든 곳을 여행하며 땅끝까지 찾아 다녔다. 180
하늘 아래 그가 가보지 않은 곳이 없었다.
그러나 그가 찾는 사람에 대한 소식을 가져오는 사람을 아무도 만나지 못했다.
그러는 사이 약속된 3년이 거의 흘러 3개월 남게 되었다.

험악한 바위와 사막 같은 평원이 펼쳐진 곳에 그는 도달했다. 181
한 달 동안 그는 사람의 흔적은 아무 것도 보지 못했다.
비스나 라민[11]도 그가 겪고 있는 슬픔을 맛보지 못했을 것이다.
밤낮을 가리지 않고 그는 사랑하는 그녀만을 생각했다.

그는 높은 산에서 하룻밤을 보내기로 했다. 182
그 앞에는 7일이 걸려야 가로지를 수 있는 평야가 펼쳐져 있었다.
바위산 아래에는 강이 흘렀고, 계곡이 가파라서 가로지르기가 힘들었다.
강의 양쪽 둑은 숲으로 덮여 있었고, 험한 물결이 강둑에 넘실댔다.

그는 정상에 올라가 잠시 쉬면서 지나간 날들을 계산했다. 183

---

11) 예부터 페르시아에서 전해져 내려오는 3대 비극 이야기 중 하나인 〈비스와 라민〉의 주인공인 비스(Vis) 왕비와 라민(Ramin) 황제. 11세기 페르시아 시인 고르가니의 작품으로 알려짐. 12세기에 조지아어로 번역됨.

이제 두 달 밖에 남지 않았다. 그는 가슴에 고통이 압박하는 것을 느꼈다.
'만일 임무를 완수하지 못한다면!' 이런 생각이 미치자 그의 마음은 불안해졌다.
'누구도 악을 선으로 바꿀 수 없고, 누구도 스스로 다시 태어날 수 없는 법.'

184 그는 자신의 임무를 생각하며 여러 상념에 휩싸였다.
그는 말했다. '만일 지금 돌아간다면, 나는 무엇을 위해 오랜 시간을 들판에서 보냈는가?
태양 같은 분에게 내가 어떻게 시간을 허비했는지 감히 얘기할 수 있겠는가?
나는 용사의 흔적도 찾지 못했는데 어떻게 그녀 앞에 얼굴을 들 수 있겠는가?

185 돌아가지 않는다면 조금 더 시간을 들여 그를 찾아야 한다.
만일 내가 그에 대한 아무런 정보도 얻지 못하고,
세르마딘과 약속한 시간이 지나면, 그는 눈물에 젖어
슬픈 소식을 전하기 위해 왕에게로 갈 것이다.

186 그는 내가 부탁한대로 왕에게 내가 죽었다고 말할 것이다.
그러면 사람들은 궁전으로 모여 애통해 하고, 나에 대해 애곡할 것이다.
그 후에 내가 어떻게 멀쩡한 몸으로 그들 앞에 나타날 수 있겠는가?'
그는 이렇게 생각하자 마음이 너무 괴로워 눈물이 쏟아졌다.

187 그는 말했다. '오 신이여, 왜 나에게 부당한 판결을 내리셨습니까?
나의 모든 여행과 고생은 허사로 끝나야 합니까?
당신은 나의 마음에서 즐거움을 완전히 앗아갔고, 마음에 슬픔의 둥지를 만드셨습니다.
매일매일 나의 탄식과 눈물이 끝나지 않을 것입니다.'

그는 또 스스로에게 말했다. '너는 참고 견뎌내야 한다! 188
하늘의 기한이 될 때까지 죽을 것도 아니니 너무 실망하지 말자.
신이 가호가 없으면 나는 아무 것도 할 수 없다. 눈물과 통곡은 헛된 것이다.
되지 않을 일은 이룰 수 없고, 운명을 거스를 수는 없다.'

하늘 아래 모든 것이 다 나를 지나쳐 갔으나, 189
그 용사에 대해서는 어디에서도 소식을 듣지 못했다.
그를 카지[12] 같은 환영(幻影)이라고 부른 사람들이 맞았다.
울면서 쓰디쓴 눈물을 흘려도 아무 소용이 없다.'

압탄딜은 산에서 내려와 강과 숲을 지나 말을 달렸다. 190
그는 들판을 달렸다. 슬픔으로 인해 자연의 아름다움도 갑자기 캄캄해졌다.
그는 완전히 힘이 소진되어 팔의 힘이 빠졌고 시야가 흐려졌다
수정 같던 그의 얼굴은 갈대 같은 검은 수염으로 뒤덮였다.

모든 힘을 소진한 그는 탄식을 하며 돌아가기로 마음을 굳혔다. 191
그는 인적이 없는 황야를 내려가며 반쯤 감긴 눈으로 길을 살폈다.
그는 한 달 간 그곳에 있었으나 아무 사람도 보지를 못했다.
사나운 야생 동물들이 출몰했지만, 그는 동물들을 사냥하지도 않고 추격하지도 않았다.

압탄딜은 야생동물처럼 내내 들판을 방황했지만, 192
그도 인간의 욕구를 벗어날 수가 없어 허기를 채우고 싶은 욕구가

12) 카지(Kadj) – 마법을 부리는 사람의 모양을 한 요괴.

일었다.
그는 화살과 루스탐[13]보다 긴 팔로 야생 동물을 잡아서
갈대 숲 가에서 말에서 내려 숫돌로 불을 피웠다.

193 그는 고기를 굽는 동안 말이 돌아다니며 풀을 뜯어먹게 했다.
그는 말을 탄 여섯 사람이 자기에게 오는 것을 보았다.
그는 스스로 말했다. '저 사람들은 도적떼 같아 보인다.
제대로 된 사람들이 이렇게 황량한 곳에 올 리가 없지.'

194 그는 활과 화살을 손에 잡고 서둘러 그들에게 다가갔다.
턱수염이 난 두 사람이 반쯤 죽은 수염 없는 젊은 사람을 이끌고
오고 있었다.
그는 머리에 큰 부상을 입었고, 뜨거운 피가 어깨로 흘러내리고
있었다.
안색이 백지장같이 창백한 젊은이는 거의 정신이 나간 상태에서
비탄의 눈물을 흘렸다.

195 압탄딜은 소리를 쳤다. "당신들은 누구요? 나는 당신들을 도적으로
생각했소."
그들은 대답했다. "진정하시고, 우리를 도와주세요.
우리를 돕지 못한다면 우리와 슬픔을 함께 하시고,
불쌍한 우리와 같이 우시고, 당신도 뺨을 긁으며 슬픔을 표시하세요"

196 압탄딜은 그들에게 다가가서 사정을 캐물었다.
그 사람들은 눈물을 흘리며 자신들의 얘기를 털어놓았다.
"우리는 같이 있는 삼형제인데, 큰 불행을 당해서 울고 있는
것입니다.

13) 루스탐 – 페르시아 시인 필르다우스(940–1025년 경)의 대서사시 〈샤나메〉의 주인공. 이 작품은 창세기에서 7세기 이슬람의 페르시아 정복 시기까지의 페르시아의 신화와 역사를 담고 있음.

우리는 적들이 두려워하는 난공불락의 하타에티[14] 성(城)에 살고
있습니다."

"우리는 좋은 사냥터가 있다는 얘기를 듣고 이곳으로 사냥하러 197
왔습니다.
수많은 병사들이 우리 뒤를 따랐습니다. 우리는 강가에서 말에서
내렸고,
우리는 한 달을 머물며 동물을 쫓으며 사냥을 즐겼습니다.
들판과 산과 계곡에서 수많은 동물을 사냥했습니다."

"우리 세 형제는 다른 궁수들이 얼굴을 들지 못할 정도로 활을 잘 198
쏘았고,
우리끼리 누가 활을 잘 쏘는지 경쟁을 했습니다.
'내가 제일 많이 잡았다. 내가 너보다 낫다'라고 말하며 실력을
자랑했습니다
우리는 논쟁으로 진실을 밝힐 수 없었고, 서로 실력을 뽐내며
겨루었습니다."

"오늘 우리는 동물 가죽을 가득 실은 병사들을 멀리 보냈습니다. 199
'우리 중 누가 정말로 강한 지 겨뤄보자'고 결정했습니다.
우리만 남아서 남들이 보지 않는 데서 활을 쏘았습니다.
종들이 사냥감을 좇지 않아서 우리는 눈에 보이는 사냥감에 활을
쏘았습니다."

"우리는 각자 무기를 든 세 명의 시종만 데리고 다녔습니다. 200
시종들을 보내 사냥한 동물을 가져오도록 했습니다.
우리는 계곡과 숲과 산을 돌아다니며 사냥을 했고,

---

14) 하타에티 - 하타이인들이 사는 나라. 일부 학자들의 주장에 의하면 중국 북부에 도달할 정도로 영역이 넓었다고 함. 과거에는 안타키아라고도 불림.

야생 짐승들과 머리 위로 날아오르는 새를 사냥했습니다.

201 "그런데 갑자기 낙담하고 슬픈 모습을 한 용사가 나타났습니다.
그는 메라니처럼 까만 준마를 타고 있었고,
그는 호랑이 가죽으로 만든 겉옷을 걸쳐 입었고, 호랑이 가죽으로 만든 모자를 쓰고 있었습니다.
그렇게 신비로운 사람의 모습은 아무도 본 적이 없을 겁니다."

202 "우리는 그를 바라보았지만, 그가 발하는 번갯불 같은 광채로 눈이 멀 지경이었습니다.
하늘에 떠오른 태양이 우리에게 가까이 다가와 인사를 하는 것 같았습니다.
우리는 그 용사를 잡아보려고 그를 추격해 보았지만,
우리의 어리석은 행동으로 이렇게 눈물을 흘리고 탄식을 하게 되었습니다."

203 "맏형인 내가 적에게 멈출 것을 요구했습니다.
내 동생은 그의 멋진 말을 탐냈습니다.
막내 동생은 그와 싸움을 해 볼 생각에 불탔습니다.
우리가 그를 좇았지만, 태양보다 더 멋진 그 용사는 계속 달렸습니다."

204 "장미 같은 그의 얼굴에 수정과 루비 빛이 아름답게 비추었습니다.
우리의 허황된 꿈을 날려버린 그 용사는 우리를 쳐다보지도 않았습니다.
그는 우리가 부르는 소리에 아무 대답도 하지 않고 평원을 달렸습니다.
그는 채찍으로 무례한 말과 행동을 한 우리를 정신 차리게 했습니다."

"우리는 싸우고 싶어 하는 가장 어린 동생을 나서게 하고, 형들은 뒤로 물러났습니다. 205
동생은 용사에게 달려가서 그를 잡고 '멈춰라!'라고 외쳤습니다.
우리는 지켜보았습니다. 그 용사는 손에 칼을 잡지 않고,
동생의 머리를 채찍으로 갈겼고, 그의 머리에서는 피가 철철 흘렀습니다."

"그는 채찍 한 번 휘두르는 것으로 동생의 머리를 거의 쪼개버렸고, 206
동생은 호흡이 멈춘 채 땅에 떨어져 사지를 뻗었습니다.
용사는 자신이 당한 모욕을 그렇게 갚고, 동생의 목숨을 거의 빼앗았습니다.
우리의 눈앞에서 그는 당당하고 교만하게 멀리 가버렸습니다."

"그는 뒤를 돌아보지 않고 조용히 멀어져 갔습니다. 207
보십시오! 저기 그가 마치 태양같이 달같이 말을 타고 가는 모습을!"
그렇게 압탄딜에게 말하고 나서 그들은 다시 비탄에 젖어 오열했다.
태양처럼 얼굴에 빛을 발하는 용사는 메라니처럼 검은 준마를 타고 멀리 가고 있었다.

압탄딜에게 행운이 찾아왔다! 그는 이제 더 이상 백설 같은 눈물로 빰을 적실 필요가 없게 되었다. 208
그는 고향을 떠나 쓸데없이 오랜 세월 먼 곳을 방황한 게 아니었다.
사람이 자기가 열망하던 것을 얻으면,
지난날의 슬픔은 더 이상 기억할 필요가 없다.

압탄딜은 말하였다. "나는 정처 없이 떠도는 방랑자입니다. 209
그 용사를 찾기 위해 태어나 자란 곳을 떠나 이렇게 멀리 왔습니다.
지금 당신들로부터 기적처럼 내가 찾아 헤매던 사람에 대한 소식을 들었습니다.

신이 이제 당신들을 고통에서 건져주시기를 기원합니다."

210 "이제 신께서 나의 소원을 이루도록 도와주셨으니,
신께서 동생의 상처를 치료해 주기 바랍니다."
그는 자신이 쉬던 장소를 그들에게 보여주었다. "가서 쉬십시오.
그늘에서 그를 좀 쉬게 하면 회복될 것입니다."

211 그들에게 이렇게 말하고 압탄딜은 말에 박차를 가해 달려 나갔다.
그의 말은 끈에서 풀려난 매처럼 날듯이 달려 나갔다.
광채를 빛내는 해를 만나러 가는 달처럼
압탄딜의 고통은 사라졌고, 슬픔의 불꽃도 사그러들었다.

212 그는 용사에게로 다가가면서 그와의 만남을 어떻게 풀어나갈까
생각했다.
'쓸데없는 말은 정신 나간 사람을 더욱 화나게만 할 것이다.
어려운 일을 해내려면 현명한 사람처럼 행동해야 한다.
경솔하고 어리석은 생각을 버려야 한다.'

213 그 용사는 이성을 잃고 방황을 하고 있고, 괴로움에 시달려 왔다
그는 사람이 부르는 소리를 피했고, 사람의 시선도 싫어했다.
이대로 그에게 섣불리 말을 붙이면 우리는 피나는 결투를 피할 수
없을 것이고,
우리 둘 중 하나는 죽게 될 것이다.' 그는 울창한 숲으로 들어가며
이렇게 생각했다.

214 '내가 그렇게 고생하며 돌아다닌 것이 헛일로 끝날 수는 없다.
그가 누구이건, 그도 틀림없이 처소가 있을 것이다.
그가 배회하다가 자신의 은신처로 들어가게 놔두자.
그러면 거기서 내 임무를 완수할 수 있는 방도를 찾을 수 있을

것이다.'

한 사람은 앞에 가고, 한 사람은 뒤따라가며 이틀 밤낮을 그렇게 보냈다. 215
낮이고 밤이고 그들은 아무것도 먹지 않고 지친 몸을 이끌고 갔다.
오랜 길을 가면서도 어디에서도 잠시도 쉬지 않았고,
그들의 눈에서 흐르는 비탄의 눈물은 들판을 적셨다.

하루를 더 여행하자 저녁에 높은 바위산이 나타났다. 216
바위산에는 동굴이 있었고, 그 아래에는 개울이 흘렀다.
물가에는 셀 수 없이 많은 갈대가 무성하게 자랐고,
높은 나무들의 잔가지들이 구름에 닿을듯이 흔들렸다.

용사는 바위를 지나 개울이 시작되는 곳에 있는 동굴 쪽으로 갔다. 217
압탄딜은 숲 속의 나무 아래로 말을 끌고 가서,
나무 밑동에 말을 매고 나무 위로 올라갔다.
거기서 그는 신비한 용사가 계속 눈물을 흘리며 산을 올라가는 것을 보았다.

호랑이 가죽을 두른 용사가 숲을 지나서 동굴에 다다르자, 218
검정 가운을 입은 처녀가 동굴 문 밖으로 나와서 큰 소리로 울었다.
그녀는 바닷물을 넘치게 할 만큼 많은 눈물을 흘렸다.
용사는 말에서 뛰어 내려 팔로 그녀의 목을 감싸 안았다.

용사는 말하였다. "아스마트 누이여, 우리의 다리는 떨어져 바다로 흘러가 버렸다. 219
우리를 불사른 그녀의 흔적을 찾을 수 없었다."
그는 이렇게 말하고 손으로 가슴을 쳤다. 눈에서는 눈물이 소나기처럼 쏟아졌다.

이들은 껴안은 채로 피같이 흐르는 눈물을 서로 닦아주었다.

220 이들이 머리를 잡아 뜯어서 숲이 더 무성해진 듯했고,
용사와 처녀는 서로 부둥켜안은 채 슬픔의 눈물을 강처럼 흘려 보냈다.
절벽만이 이들의 울음과 탄식에 메아리로 대답했다.
압탄딜은 놀라서 이들의 행동을 계속 지켜보았다.

221 처녀는 마음의 상처를 참아내고 정신을 진정시켰다.
그녀는 용사의 말을 동굴 쪽으로 끌고 가 말굽을 벗기고,
용사의 허리띠를 풀고 갑옷과 무기를 풀어주었다.
그들은 동굴 안으로 들어갔다. 하루가 이렇게 저물고 어둠이 깔렸다.

222 압탄딜은 크게 놀랐다. '그들이 간직한 비밀을 어떻게 풀 것인가?'
다음 날 아침이 밝았다. 처녀는 같은 옷을 입고 밖으로 나왔다.
그녀는 검정말에 굴레를 묶고 자신의 옷자락으로 굴레를 닦았다.
그녀는 말에 안장을 얹고, 찰그랑 소리가 나지 않게 용사의 갑옷을 가지고 나왔다.

223 용사는 늘 그랬듯이 하루만 동굴에 머물고 또 길을 떠나려 했다.
처녀는 울며 가슴을 쳤고, 자신의 머리를 잡아당겼다.
용사는 그녀를 안고 입을 맞춘 다음 말에 올라타 온 길을 다시 갔다.
슬픔에 가득 찬 아스마트는 이별을 견디지 못하고 눈물을 쏟았다.

224 압탄딜은 용사가 지나갈 때 그의 얼굴을 보았다.
턱수염과 얼굴 가득히 난 수염을 보면서 '이 사람이 금빛 광채를 내던 태양 아니었던가?'라고 감탄했다.
압탄딜은 바람에 날려오는 알로에 같은 그의 체취를 맡으며 생각했다.

'그는 사자가 염소 죽이듯 사자 한 마리는 쉽게 죽이겠군.'

용사는 전날 동굴로 온 길을 따라 말을 달렸다. 225
그는 갈대숲을 지나 평원에 들어섰다.
압탄딜은 자신의 눈을 믿지 못하며 신께 찬사를 올렸다.
그는 말했다. '당신이 나를 돕기 위해 자비를 베푸시는군요.'

'하늘의 자비로 이보다 더 좋은 일이 벌어질 수 있겠는가? 226
그 처녀를 붙들고 저 용사에 대한 얘기를 들어보자.
그리고 나도 처녀에게 내 비밀을 말할 것이다. 그러면 그녀가 도움을 줄지도 모른다.
우리는 서로 칼로 겨루거나 목숨을 건 싸움을 할 필요가 없을 것이다.'

7장 압탄딜이 동굴에서 아스마트와 대화를 나누다

227 그는 나무에서 내려와 말고삐를 풀었다.
그는 말에 올라타 동굴로 달렸다. 그때 동굴 문이 활짝 열리고,
비탄의 눈물에 젖은 처녀가 달려 나왔다.
그녀는 태양 같은 원광(圓光)을 한 용사가 돌아온 것으로 생각했다.

228 그녀는 압탄딜의 얼굴을 알아보지 못했다. 그것은 용사의 얼굴이 아니었다.
그녀는 잽싸게 몸을 돌려 비명 소리를 내며 바위와 나무쪽으로 도망갔다.
압탄딜은 새그물 안에 잡힌 새처럼 순식간에 그녀를 낚아챘다.
처녀의 짧은 비명 소리가 바위산에 울려 퍼졌다.

229 그녀는 순순히 굴복하지 않고 그의 시선조차도 피하며 몸을 뿌리치려 했다.
독수리에게 잡힌 메추라기처럼 그녀는 이리저리로 몸을 펄덕였다.
그녀는 타리엘이라는 이름을 부르며 도움을 청했지만, 그녀의 보호자는 멀리 있었다.
압탄딜은 바로 그녀 앞에 무릎을 꿇고 그녀에게 화를 멈추도록 탄원했다.

230 그는 말했다. "제발 조용히 해다오! 나는 나쁜 사람이 아니다.
나는 창백해진 장미 같은 그 용사를 보았다.
몸은 플라타너스 나무 같고 얼굴에는 광채가 나는 그는 누구인지, 그에 대해서 얘기해 다오.

너를 해치지 않을테니 마음을 진정하고 그렇게 소리 내어 울지 마라."

계속 부탁하자 정신을 차린 소녀는 울면서 다음과 같이 대답했다. 231
"만일 당신이 미치지 않았다면 나를 보내주시고, 만일 미쳤다면 정신을 차리십시오.
지금 당신은 그에 대해 말해 달라고 하는데, 도저히 할 수 없는 일을 부탁하고 있습니다.
내가 그 비밀을 얘기를 해줄 것이라고 꿈도 꾸지 마십시오."

그녀는 재차 얘기했다. "당신이 알기를 원하는 그 용사는 불가해한 존재입니다. 232
그의 행동은 아무도 펜으로 쓸 수 없습니다.
당신이 '말해 주세요!'라고 한 번 부탁하면, 나는 '안됩니다!'라고 백 번 대답할 것입니다.
웃는 일이 우는 것보다 나은 것처럼, 나는 노래하느니 차라리 애곡하겠습니다."

"처녀여, 너는 내가 어디에서 왔는지, 내가 어떤 고통을 겪었는지 모른다. 233
나는 그 용사에 대한 소식을 들으려고 온 땅을 돌아다녔다.
이제 겨우 너를 찾았는데, 너를 화나게 하다니 큰 낭패다.
얘기를 해주기 전에는 너를 보낼 수 없다. 나를 믿고 얘기를 해다오."

처녀는 대답했다. "나는 당신께 누구이며, 당신은 누구신지요? 234
태양과 같은 나의 용사가 내 곁에 있지 않다고 낯선 당신이 나를 위협하고 있습니다.
길게 얘기해봐야 소용없습니다. 나는 당신에게 한마디도 하지 않을 것입니다.

당신이 무슨 짓을 하건 나는 당신에게 그 용사에 대한 비밀을 말하지 않겠습니다."

235 압탄딜은 그녀 앞에 다시 무릎을 꿇고 간절히 부탁했다.
그러나 그녀의 마음을 돌릴 수 없었다. 그녀에게 아무 것도 얻을 수 없었다.
그의 얼굴에는 화가 솟고 눈에는 피가 몰렸다.
그는 일어나서 그녀를 머리채를 잡고 끌어서 목에 칼을 들이댔다.

236 그리고는 그녀에게 말했다. "내가 이렇게 고통에 시달려 왔는데,
계속 방랑하며 강물처럼 눈물을 흘려야 한다는 말인가?
네가 나에게 얘기를 해주면, 나는 진정할 것이다. 나는 신께 맹세한다.
그렇지 않다면 적을 죽이듯이 너를 죽이겠다. 신이 우리의 증인이 되기를!"

237 처녀는 대답했다. "너무 오래 방랑해서 당신은 이렇게 사리분별을 잃었군요.
나를 죽이지 못합니다. 나는 나의 태양 같은 분을 다시 볼 때까지 살아있을 겁니다.
죽음의 안개가 덮쳐와도 당신에게 얘기하지 않겠습니다.
당신이 나를 죽이면, 나의 혀는 영원히 침묵할 것이고, 모든 것이 그렇게 사라지겠지요."

238 그녀는 다시 말했다. "당신은 누구이기에 이곳까지 왔습니까?
당신은 내가 살아있는 입으로 이 얘기를 하게 만들지 못합니다.
나는 나 자신을 기꺼이 희생양으로 바칠 준비가 되어 있고,
당신은 불길한 편지를 찢어버리듯이 나를 쉽게 찢어 죽일 수 있습니다."

“죽음이 나를 괴롭힐 것이라고 생각하지 마세요. 239
죽음은 오히려 내가 오늘까지 흘린 눈물과 울음에서 해방시켜 줄 것입니다.
내 생명은 나에게는 지푸라기 같습니다.
당신을 전혀 모르는데, 내가 당신에게 진실을 얘기해야 한다니요?”

용사는 이렇게 생각했다. ‘이렇게 해서는 그녀가 얘기하게 만들 수 없다. 240
다른 방법을 생각해 보자. 좀 더 신중히 생각하는 것이 낫다.’
그런 생각을 하고 그는 그녀를 놓아주고 그녀로부터 떨어져 앉아 눈물을 쏟았다.
그는 처녀에게 말했다. “내가 너를 화나게 만들었구나. 어떻게 너를 위로해야 할지 모르겠다.”

그녀는 시무룩하게 앉아있었고, 여전히 화가 나있었다. 241
압탄딜은 앉아서 계속 울었다. 그는 말을 잊었다.
그의 장미 같은 뺨은 눈물 바다가 되었다.
처녀도 멀리 떨어져서 계속 울었지만, 용사의 고통에 그녀의 마음은 녹기 시작했다.

그녀는 울고 있는 용사가 측은해졌다. 그녀도 뜨거운 눈물을 흘렸다. 242
그러나 그녀는 낯선 사람 옆에 앉은 것처럼 아무 말도 하지 않았다.
용사는 그녀의 흥분된 마음이 가라앉은 것으로 생각했다.
용사는 눈물을 흘리며 다시 무릎을 꿇고 그녀에게 간청했다.

“나는 너를 여동생이라고 부를 자격이 없다. 243
나는 너를 화나게 했다. 나는 고아와 같은 신세이고 배척 받아 마땅하다.
그래도 너의 믿음이 돌아올 것이라고 일말의 희망을 걸어본다.

아무리 큰 죄를 저질렀어도 일곱 번 용서될 수 있다는 말이 있지 않느냐."

244 "내가 거친 태도를 보였으니 멸시와 부끄러움을 당해도 당연하다.
그러나 나는 '사랑에 빠진 사람'으로서 동정을 구하고 있다.
나는 어느 누구로부터도 도움을 받을 수 없으므로 너의 도움이 필요하다.
너에게 내 영혼을 맡긴다. 이것 이외에는 할 수 있는 것이 없다."

245 처녀는 용사의 사랑에 대한 얘기를 듣자,
백 배나 크게 탄식하며 강물과 같은 눈물을 흘렸다.
그녀는 더욱 슬프게 울부짖으며 운명을 한탄했다.
하늘이 자비를 내려 압탄딜의 소원을 들어준 것이다.

246 그는 생각했다. '내 사랑 이야기를 듣고 그녀의 심경에 변화가 일어났구나.
그녀도 누군가를 생각하며 애를 태우고 있기 때문에 눈물을 흘리는 것이다.'
그는 다시 말했다. "오 자매여, 사랑에 빠진 사람은 적도 동정을 하는 법.
사랑에 빠진 자는 죽음도 마다 않고, 오히려 죽음을 원한다는 것을 알아야 한다."

247 "나는 '사랑에 빠진 사람'이고, 사랑으로 미친 사람이다. 사랑에 빠진 사람의 삶은 이다지도 괴롭구나.
나의 태양과 같은 사람이 그 용사를 찾아오도록 멀리 나를 보냈다.
나는 구름도 가지 않는 곳까지 그를 찾아 헤맸다.
이제 네가 사랑하는 사람과 너를 찾았고, 나의 목표에 거의 다가온 것 같다."

"나는 태양과 같은 그 용사의 얼굴을 내 마음에 성화와 같이 각인했다. 248
즐거움을 잊고 3년 간 용사를 찾아 다니며 나에게는 슬픔만 쌓였다.
나를 포로로 잡거나, 아니면 자유롭게 해주는 것은 너의 결단에 달려 있다.
나에게 생명을 주거나, 아니면 나의 고통이 극한에 이르게 하여 죽음을 다오."

처녀는 처음보다 훨씬 부드러운 태도로 용사에게 말을 했다. 249
"당신의 아름다운 말이 당신을 목표에 더 가깝게 데려다 주었습니다.
당신은 처음에 내 마음에 날카로운 적의의 칼을 갈게 했지만,
지금 나는 당신께 더 가까워졌고, 이제 당신께 누이동생 같은 존재가 될 수 있습니다."

"'사랑에 빠진 사람'은 악이 아니라 희망을 바라보아야 합니다. 250
당신이 나에게 한 일을 잊고 이제부터 종이 아니라 친구로서 당신을 돕겠습니다.
당신은 처음에 나의 완강한 반항에 당황하셨지요.
이제 나는 당신을 위해 모든 것을 불태울 준비가 되었습니다."

"이제 내가 하는 충고를 당신이 잘 이행하면, 251
당신이 찾아 헤매던 것을 분명히 찾게 될 것입니다.
그러나 당신이 내 말을 듣지 않으면, 밤낮을 울더라도 목표를 이루지 못할 것입니다.
세상에 대한 환멸이 밀려올 것이고, 당신은 자신의 운명을 저주하며 죽게 될 것입니다."

용사는 말했다. "이것은 사람들이 하는 우스개 소리와 많이 닮았다. 252
두 사람이 어떤 길을 따라 어디론가 여행을 하고 있었다.

뒤에 가던 사람이 앞서 가던 사람이 우물에 빠지는 것을 보았다.
그는 우물로 뛰어가 동료를 부르며 울었다."

253 "그는 '친구여, 거기 그대로 나를 기다리게,
내가 가서 밧줄을 가져다가 자네를 구하겠네'라고 말했다.
우물에 빠진 사람은 웃으며 위를 향해 소리쳤다.
'내가 기다리지 않으면 어떻게 하겠나, 내가 어디로 도망가겠나?'"

254 "자 누이동생이여, 이제 너는 내 목에 밧줄을 건 것이나 다름없다.
나는 우물에 빠진 사람처럼 너 없이는 아무 것도 할 수 없다.
네가 원하는 대로 하기 바란다. 너는 나를 치료할 수 있는 영약이나 마찬가지이다.
머리를 다치지 않았는데 자기 머리에 붕대를 싸매는 사람은 없다."

255 처녀는 대답했다. "용사님, 당신의 말씀을 들으니 기분이 좋군요.
당신은 현자들의 칭송을 받을만한 분입니다.
나는 당신이 사랑으로 인해 받는 고통을 듣고 당신을 동정하게 되었습니다.
제가 하는 말을 잘 들으세요. 그러면 당신이 원하던 것을 이룰 수 있을 것입니다."

256 "그 용사에 대한 소식은 어디서도 들을 수 없을 것입니다.
그는 자신의 얘기를 누구에게도 하지 않습니다.
그가 돌아올 때까지 기다리세요. 마음을 차분히 가지세요.
장미 같은 당신의 뺨을 눈같이 하얀 눈물로 얼게 하지 마세요."

257 "당신이 알기를 원하시면 우리의 이름을 얘기해 드리겠습니다.
이성을 잃고 방황하는 그 용사의 이름은 타리엘이고,
뜨거운 불에 타서 평안을 잃어버린 저의 이름은 아스마트입니다.

나의 영혼은 끊임없이 한숨을 쉬며 불에 타고 있습니다."

"그 용사에 대해 더 이상 얘기해 드릴 수는 없습니다. 258
우아하고 멋진 자태의 용사는 평안을 모르고 들판을 떠돌아다니고 있습니다.
그는 나를 위해 사냥감을 잡아오고, 나는 그가 가져온 사냥감을 혼자 먹습니다.
그가 곧 돌아올지 아니면 오래 지체할지 나는 알지 못합니다."

"나는 당신이 다른데 가지 말고 여기서 우리 용사님을 기다려보기를 259
간청합니다.
그가 돌아오면 나도 그에게 간청해 보겠습니다. 그러면 일이 잘 될 수도 있습니다.
내가 두 분을 서로 소개하면 두 분은 서로 마음이 통할 수도 있습니다.
그는 스스로 모든 얘기를 할 것입니다. 당신도 사랑하는 사람의 얘기를 해주세요."

용사는 그녀의 얘기에 귀를 기울였고 그녀의 말에 전적으로 260
따르기로 했다.
다음 순간 계곡에서 물 차는 소리가 들렸고, 그들은 그쪽으로 시선을 돌렸다.
달과 같은 광채를 발하며 타리엘이 물에서 올라오고 있는 모습이 보였다.
그들은 말을 멈추고 서둘러 동굴 깊은 곳으로 물러났다.

처녀가 말했다. "신은 당신이 바라는 것을 빨리 이루어주셨군요. 261
당신은 눈에 뜨이지 않게 안쪽에 가서 몸을 숨기세요.
그를 화나게 한 사람은 목숨을 부지하지 못합니다.

당신들의 만남이 잘 이루어지도록 내가 어떻게 해볼게요."

262 서둘러서 처녀는 압탄딜을 동굴 깊숙이 숨겼다.
슬픈 표정을 한 용사는 말에서 내렸다. 그의 갑옷이 환한 빛을 냈다.
그는 크게 울었고, 그의 눈물은 바다를 이룰 듯 한없이 흘러내렸다.
압탄딜은 시키는 대로 몸을 숨긴 채 은밀히 그들의 모습을 지켜보았다.

263 흘러내리는 눈물로 인해 용사의 수정 같은 얼굴이 샤프란처럼 노란색으로 변했다.
그 용사와 검정 옷을 입은 처녀는 오랜 시간 그렇게 울었다.
그녀는 용사의 갑옷을 풀어주고 말을 어두운 동굴 안으로 끌고 들어갔다.
그들은 아무 말도 하지 않았다. 흑옥과 같은 그들의 눈썹이 흐르는 눈물을 가로막았다.

264 어둠의 포로가 된 압탄딜은 계속 관찰했다.
처녀는 용사의 얼룩무늬 호랑이 가죽을 받아서 바닥에 깔았고,
용사는 그 위에 앉았다. 용사는 더욱 슬픈 모습으로 한숨을 쉬었다.
그의 흑옥 같은 눈썹은 피 같은 눈물로 땋아졌다.

265 처녀는 작은 부싯돌로 불을 지폈다.
그녀는 사냥해 온 짐승을 구우면 용사가 고기를 먹으리라고 생각했다.
그녀는 구워진 고기 한 조각을 용사에게 주었지만 그는 먹을 힘이 없었고
입에 들어간 고기를 뱉어 내었다. 그는 아무것도 삼킬 수 없을 정도로 기진맥진했다.

용사는 잠시 몸을 뉘였다. 그는 잠에 떨어졌지만 갑자기 잠에서 깨어났다. 266

그는 몸부림치며 일어나서 공포에 질린 듯 울부짖고
돌로 자신의 가슴을 치고 막대로 자신의 머리를 쳤다.
처녀는 불쌍한 그를 지켜보며 자신의 얼굴을 긁었다.

"왜 일찍 돌아오셨나요?"라고 그녀는 물었다. "무슨 일이 있었나요?" 267

그러자 용사가 대답했다. "나는 사냥을 나온 한 왕을 만났다.
그는 수많은 병사를 데리고 있었고 가지고 온 짐도 아주 많았다.
그들은 몰이꾼을 사방에 흩어 놓고 들판에서 사냥을 했다."

"사람을 보자 기분이 우울해 지고, 나의 가슴에는 불꽃이 더욱 일었다. 268

나는 왕에게로 다가가지 않았고 몸을 숨기기로 했다.
나는 창백하게 그들에게서 몸을 돌려 숲 속에 숨었고
이렇게 생각했다. '내일 동이 틀 때까지 숲 속에 숨어 있다가 멀리 가자.'"

이 얘기를 듣자 처녀의 눈물은 백 배 더 쏟아졌다. 269

그녀는 말했다. "당신은 깊은 숲 속을 돌아다니며 야생 동물과 함께 지내고
나 이외에는 사람들을 보는 것을 견디지 못합니다. 당신은 아무도 반기지 않습니다.
이런 식으로 당신은 사랑하는 사람을 도울 수 없습니다. 왜 헛되게 날들을 낭비하는지요?"

"당신은 이 땅 위를 끝없이 돌아다니고 있습니다. 270

당신은 어떻게 당신의 친구나 형제가 될 사람을 한 사람도 만나지

못했나요?
당신은 사람을 만나기만 하면 분노가 끓어 올라서
사생결단으로 그와 싸웁니다. 그렇게 해야 무슨 소용이 있나요?"

271 용사는 말했다. "오 누이여, 너의 위로의 말은 고맙지만
이 지상에는 내 상처를 치료할 영약이 없다.
이 세상에 존재하지도 않는 것을 찾아 헤매보아야 무슨 소용이 있겠는가?
내 영혼이 이 몸을 떠나는 게 가장 좋은 일이다."

272 "신은 나와 운명이 동일한 사람을 태어나게 하지 않을 것이다.
내가 대화를 나누며 친구로 사귈 수 있는 사람이 도대체 어디에 있단 말이냐?
누가 나의 슬픔을 삭여줄 수 있으며, 나의 고통의 잔을 마실 수 있겠는가?
누이여, 너 말고는 나에게는 어디에도 그런 사람이 없다."

273 아스마트가 말했다. "저에게 화를 내지 마세요. 두려운 마음으로 간청합니다.
나는 당신의 위로자가 되도록 신으로부터 운명 지워졌습니다.
나는 여기서 일어난 일을 당신께 숨길 수 없습니다.
너무 시간을 끌면 목숨이 위험해질 수도 있습니다."

274 용사가 대답했다. "네가 원하는 것이 무엇인지 모르겠다. 분명하게 말해 보아라.
내가 신 없이 어떻게 나를 도울 친구를 만들어낼 수 있겠는가?
나는 신에게 버림받은 것 같다. 그래서 이렇게 외롭게 방황하고 있는 것이다.
나는 오직 야생 동물들과만 친구가 되었고, 내 모습도 야생동물처럼

변했다."

처녀가 다시 말했다. "더 이상 긴 말로 당신을 괴롭히지 않겠습니다. 275
그러나 만일 자신의 뜻대로 당신을 찾아온 사람을 소개시키면,
그 사람이 우정으로 당신의 힘든 운명을 가볍게 해준다면,
당신은 그를 죽이거나 해를 입히지 않을 것이라고 약속할 수
있나요?"

용사는 대답했다. "그런 사람을 보여준다면, 나는 그를 보고 크게 276
기뻐할 것이다.
나는 이 들판을 헤매게 된 그녀에 대한 사랑에 걸고 이것을
맹세한다.
나는 그를 죽이거나 그에게 해가 되는 일을 절대 하지 않을 것이다.
나는 그와 우정을 나누며 기쁨을 누릴 것이다."

8장 타리엘과 압탄딜이 만나다

277 처녀는 일어나 숨어 있던 압탄딜을 데리러 갔다.
그녀는 그에게 용기를 주며 말했다. "모든 것을 알게 되면 그는 화내지 않을 거예요."
그녀는 압탄딜의 손을 잡고 데리고 나왔다. 그는 보름달처럼 환한 빛을 발했다.
타리엘이 압탄딜을 보자, '그는 태양과 닮았다'라고 말했다.

278 타리엘은 압탄딜을 맞으러 걸어갔다. 그들은 둘 다 대낮의 태양과 같았고,
구름 없는 하늘에서 들판에 빛을 내리 비추는 달과 같았다.
그들과 비교하면 플라타너스나 다른 멋진 나무도 아무 것도 아니었다.
그들은 일곱 개의 행성 같았다. 또 다른 무엇에 그들을 비견할 수 있겠는가?

279 그들은 서로에게 입을 맞추고, 낯선 사람처럼 부끄러워하지 않았다.
그들이 장미 같은 입을 열자, 입술 사이로 백옥 같은 치아가 투명하게 빛났다.
그들은 상대의 목을 끌어안고 함께 울며 눈물을 흘렸다.
그들이 울자 루비 빛의 뺨이 황옥(黃玉)색으로 바꾸었다.

280 타리엘은 돌아서서 압탄딜의 손을 굳게 잡았다.
그들은 같이 자리에 앉아서 오랫동안 뜨거운 눈물을 흘렸다.
아스마트는 부드러운 말로 그들을 진정시켰다.

"이제 그만 우세요. 당신들의 눈물로 태양을 어둡게 만들지 마세요."

281 타리엘의 장미 같은 얼굴은 옅은 서리로 조금 덮였을 뿐 얼어붙지는 않았다.
그는 압탄딜에게 말했다. "어서 나에게 자네의 비밀을 말해 보게.
자네는 누구이며 어디에서 왔으며 왜 먼 나라를 돌아다니는지.
나에 대해 말하자면 죽음조차도 나를 잊어버렸다네. 나는 죽음도 포기한 사람이네."

282 압탄딜은 주저하지 않고 다음과 같은 우아한 말로 답했다.
"오 위대한 영웅 타리엘이여, 사자들 중 가장 젊잖은 사자여.
나는 아랍인이고 아랍 나라에 나의 멋진 궁전이 있다네.
나는 사랑의 불꽃이 일으킨 불에 휩싸여 타고 있네."

283 "불행한 나는 나의 군주의 따님을 사랑하고 있네.
그녀의 신하들은 그녀를 왕으로 즉위시켰다네.
자네는 나를 잘 알지 못하겠지만 나는 왕과 함께 산비탈에서 자네를 본 적이 있네.
자네는 왕의 건장한 노예들을 죽인 것을 기억하는가?"

284 "우리는 자네가 들판을 돌아다니는 것을 보고, 자네에게 다가갔다네.
우리의 왕은 자네에게 화가 났고, 자네와 싸울 준비를 했었지.
우리가 불렀지만 자네는 멀리 가버렸고, 많은 병사들이 자네를 추격했네.
자네는 들판을 피로 물들였고, 피가 내가 되어 흐르게 만들었네."

285 "자네는 칼을 쓰지 않고 채찍질 한 번으로 병사들의 머리를 박살냈지.
왕도 말에 올라타 나갔지만 자네는 우리 시야에서 사라져 버렸고,

자네는 카지처럼 숨어버렸고, 우리 병사들은 소리를 지르며 자네를
찾았다네.
자네가 사라지자 우리는 낙담하여 망연자실했지."

"낭패를 보고 낙심한 왕은 웃음을 잃고 슬픔에 빠졌다네. 286
모두가 자네를 찾아 나섰고, 자네를 찾으라는 사발통문도
사방팔방으로 발송했지만
남녀노소를 불문하고 자네를 보았다는 사람을 찾지 못했네.
그래서 태양이나 창공과도 비교할 수 없는 모습을 한 왕의 따님이
나를 보낸 것이네."

"그녀는 나에게 다음과 같이 말했네. '이 환영과 같은 용사에 대한 287
소식을 가져오세요,
그러면 나는 당신이 원하는 것을 이루어 드릴 것입니다.'
그녀는 내가 3년 간 그녀를 멀리 떠나 눈물을 흘리며 그 용사를
찾아야 한다고 말했네.
그녀를 보지 못하고 내가 지금까지 살아온 것이 이상하다고
생각하지 않는가?"

"지금까지 나는 자네를 보았다는 사람을 만나지 못했네. 288
나는 자네에게 무례하게 행한 세 명의 도둑을 보았네.
자네는 채찍으로 그들을 쳐서 한 명을 송장처럼 만들었네.
죽어가는 동생을 둔 형제들이 나에게 자네 얘기를 해주었네."

타리엘은 얼마 전의 싸움을 회상했다. 그는 낮은 목소리로 말했다. 289
"이 일이 일어난 지 꽤 되었지만 나는 그 일을 뚜렷이 기억하네.
나는 자네와 왕이 나를 추격하는 것을 보았지.
나는 그때 나에게 불행을 안겨준 사람을 생각하며 울고 있었다네."

290 “그대들은 나에게서 무엇을 원했던 것인가? 나를 잡아서 어떻게 하려고 한 건가?
그대들은 큰 군대를 거느리고 사냥을 즐겼지만, 나의 뺨은 뜨거운 눈물로 흠뻑 젖었다네.
그대들은 노예들을 풀어 감히 나를 잡으려고 했지만,
나를 잡지는 못하고 오히려 다른 병사들 시체를 거두어 돌아갔지.”

291 “나는 뒤를 돌아보아 자네들의 왕을 보았네.
나는 그의 왕위에 동정이 갔다네. 그래서 나는 그를 해치지 않기로 했네.
나는 그가 부르는 소리에 답하지 않고 눈 깜짝할 사이에 그의 시야에서 사라졌지.
메라니처럼 빠른 나의 흑마는 나를 멀리 데려갔네.”

292 “준마를 타고 나는 회오리바람처럼 빠르게 날아가서 순식간에 사람의 시야에서 사라질 수 있네.
나는 내가 싫어하는 사람의 시야에서 멀리 사라질 수 있다네.
그러나 그 투르크 도둑들에 대해 말하자면, 나는 그들을 피하려고 했지만,
건방진 태도로 나를 위협했기 때문에 그들은 혼쭐이 난 것이지.”

293 “이제 자네 얘기를 해보게. 자네는 좋은 의도를 가지고 나에게 왔네.
얼굴은 태양과 같이 빛나고 몸은 플라타너스 나무와 같이 멋지네.
그러나 자네는 오래 고통을 견뎌내며 운명의 시련과 맞서 싸웠네.
하늘 아래 나처럼 신에게 버림받은 사람을 찾기 힘들 걸세.”

294 압탄딜은 말했다. “내가 칭찬을 받을 입장이 아니고, 자네야말로 현자들의 칭송을 받아야 마땅하네.
내가 어떻게 감히 자네의 칭찬을 받을 수 있겠는가?

자네는 유일한 태양의 얼굴을 하고 온 세상에 밝은 빛을 비추고
있네.
고난과 강물처럼 많이 흘린 눈물도 자네를 변화시키지는 못하네."

"오늘 나는 자네와 있으면서 나의 마음에 창을 찌른 그녀를 잊었네. 295
나는 그녀를 위해 헌신하는 것을 포기하고 자네와 함께 하겠네.
루비가 에나멜보다 백배나 더 빛나기 때문에
자네 곁에 있으면 모든 슬픔이 사라지고 영원히 즐거움이 함께 할
것으로 믿네."

타리엘이 말했다. "자네의 말에 내 마음이 불타오르네. 296
그동안 자네가 나로 인해 받은 고통을 내가 어떻게 보상해 줄 수
있겠나?
오직 '사랑에 빠진 사람'만이 사랑으로 괴로워하는 다른 사람을
이해하는 법이네.
자네가 사랑하는 사람과 헤어지면 내가 어떻게 이것을 보상할 수
있겠는가?"

"자네는 여왕의 뜻을 따르기 위해 나를 찾아 왔네. 297
자네가 남자답게 용기를 발휘했기 때문에 신이 자네가 나를 찾게
도운 것이네.
그런데 내가 왜 이렇게 짐승처럼 방랑하는지를 어떻게 얘기해야
할지 모르겠네.
이것을 얘기하면 뜨거운 불에 타서 나는 재가 될 것이네."

이때 아스마트가 말했다. "오 사자여, 눈물로 당신의 사랑의 불을 끌 298
수 있다고 생각하세요?
언짢게 생각하지 마시고 내 말을 들어보세요.
나는 이 용사가 당신을 위해서라면 전투에 나가 죽을 준비가 되어

있다는 것을 압니다.
당신이 왜 그렇게 큰 상처를 받았는지 원인을 알면 그가 당신을 도울 수 있을 것입니다."

299 "그는 당신이 겪은 일에 대해 얘기를 해달라고 간청했지만 나는 입을 열지 않았습니다.
신이 허락하지 않는데 제가 감히 당신의 얘기를 대신할 수 있겠습니까?
당신이 자신의 기막힌 사연을 털어놓는다 해도 이 용사가 고통에서 벗어날 것이라고 생각하지는 않습니다.
그러나 하늘이 우리를 돕기 원한다면 좋은 결과가 있을 수도 있습니다."

300 이 말을 듣고 타리엘은 마치 불에 완전히 타버린 것처럼 침묵에 빠졌다.
그는 아스마트에게 말했다. "너는 내내 내 옆에 있었기 때문에
이 깊은 상처가 치유될 수 없다는 것을 모를 수가 없지.
그러나 눈물을 흘리는 용사가 나를 안타깝게 하는구나."

301 타리엘은 용사에게 말했다. "형제처럼 우정을 맹세한 사람은
모든 위험을 같이 겪고 같이 죽을 각오가 되어 있어야 하네.
신은 어떤 사람에게는 더할 수 없는 행복을 주고, 어떤 사람에게는 형벌을 주네.
설사 내가 불에 타 죽는다 할지라도 자네에게 모든 것을 얘기하겠네."

302 그는 아스마트에게 말했다. "가서 물을 가져오고 여기 내 옆에 앉거라.
내가 기절하면 나에게 물을 뿌리고 나의 가슴을 적셔라.

내가 죽게 되거든 나를 위해 탄식하며 애곡하고
나를 위해 요람 같은 무덤을 파주기 바란다. 그러면 내가 그곳에서 안식을 찾을 것이다."

그는 저고리 상단을 풀어 가슴과 어깨를 드러내 보이며 얘기할 준비를 하였다. 303
구름에 둘러싸인 태양처럼 그는 어둠 속에 오래 앉아 있었다.
그의 입은 굳게 닫혀 있었다. 억눌린 말을 하려 하니 생각이 얼어붙었다.
그는 숨을 크게 들이쉬고 큰 소리로 울었다. 눈에서는 눈물이 강물처럼 쏟아져 나왔다.

그는 흐느껴 울었다. "오 사랑하는 님은 나에게서 사라져 버렸다! 304
나의 생명, 나의 희망, 나의 생각, 나의 평안이여!
누가 그대의 뿌리를 뽑았는지 나는 알지 못하지만 에덴동산에 심어진 나무여!
당신은 내 가슴에 백 번이나 불을 지폈는데도 나는 아직 완전히 타버리지 않았습니다!"

9장 타리엘이 압탄딜에게 고백한 이야기

“이제 내게 어떤 운명이 닥쳤는지를 얘기할 테니 잘 들어주기 바라네. 305
나의 혀로 모든 대화와 행위를 말하기에는 너무 힘드네.
그녀로 인해 정신이 아득해진 나는 희망의 빛이 비추기를 간절히 기다렸네.
강같이 눈물을 흘리고 끝없이 고통에 시달리는 게 나의 운명이 되었네.”

“모든 사람이 알고 있듯이 인도에는 일곱 개의 왕국이 있다네. 306
파르사단왕은 그 중 여섯 개의 왕국을 직접 다스리는 막강한 군주이네.
그는 부귀영화를 누리며 존경을 받고, 한없이 베푸는 흠잡을 데 없는 왕 중의 왕이었네.
몸은 사자 같고, 얼굴은 태양과 같으며, 막강한 군대로 적들을 물리쳤네.”

“나의 아버지는 일곱 번째 왕국의 군주였고, 적들은 그를 두려워했네. 307
사리단이 그의 이름이고, 수많은 전쟁에서 적들을 제압하며 나라를 지켰네.
아무도 공개적으로나 은밀히 그를 공격할 생각을 할 수 없었네.
그는 사냥을 즐기고, 세상의 비애가 무엇인지 알지 못하고 살았네.”

“그는 혼자 있으면 마음에 수많은 걱정을 만들어냈네. 308

그는 스스로 말했지. '나는 적과 싸워 인근의 모든 땅을 다 차지했다.
나는 권력과 부를 차지하고 있고, 즐거움을 늘 잃지 않는다.
나는 파르사단왕에게 가서 충성을 맹세할 것이다.'"

309 "그는 파르사단왕에게 사신을 보내 자신의 결정을 알리기로 했네.
다음과 같은 전갈을 보냈네. '당신은 인도 전체를 통치하고 있습니다.
이제 당신께 충성할 준비가 되었으며, 나의 진정한 마음을 당신께 보여주고 싶습니다.
우리의 우애에 대한 이야기가 후손들에게 영원히 전해지기를 기원하며!'"

310 "이 소식을 들은 파르사단왕은 크게 기뻐 연회를 열고,
그도 다음과 같은 전갈을 전했네. '모든 땅의 통치자로서 하늘에 감사하오.
나와 대등하게 인도를 통치하는 군주로서 당신은 아첨 없이 나에게 손을 내밀었소.
나에게로 오시오. 나는 당신을 형제처럼 부모처럼 축복할 것이오.'"

311 "파르사단왕은 그에게 왕국 하나를 선사했고, 대원수인 아미르바르 지위를 부여했네.
아미르-스파사라르[15]는 인도의 모든 군대를 지휘하는 최고의 고관이었네.
그는 모든 영예와 부를 소유하고 있었고
군주였지만 제왕이라는 명칭은 가지지 못했네."

312 "파르사단왕은 우리 아버지를 자신과 동등하게 여겼고,

15) 아미르바르는 해군총사령관을 스파사라르는 육군총사령관에 해당하는 지위임.

다른 군주는 아미르바르의 권력을 가지지 못했네.
두 사람은 같이 사냥을 하고 전쟁을 벌이며 적들을 굴복시켰다네.
사람이 서로 닮지 않은 것처럼, 나를 나의 아버지와 비교할 수 없네."

"파르사단왕과 왕비에게는 자녀가 없어서 밝은 빛이 떠오르지 않았네. 313
근심에 싸인 병사들과 백성들은 하늘에 호소했네.
그때 내가 태어났네. 내가 잉태된 그 날은 저주받아 마땅하네.
'그를 내 아들로 키우겠다. 그는 우리 가문에서 난 자식과 마찬가지다.'라고 왕이 말했다네."

"왕은 나를 아들로 대했고, 왕과 왕비는 나에게 아버지와 어머니였네. 314
나를 왕의 후계자로 키우도록 명을 내렸고, 군대와 나라를 다스리는 법도 가르쳤지.
현자들을 보내 나에게 왕도를 가르치고, 나를 가르친 현자들은 나의 영민함에 놀랐네.
나는 자라서 태양 같은 얼굴과 사자 같은 풍채를 갖게 되었네."

"아스마트여, 너는 내가 고통으로 창백해진 것을 증언할 수 있다. 315
어둠이 밝은 빛을 부러워하듯 태양은 나의 아름다운 용모를 부러워했지.
나를 본 사람들은 '에덴동산의 어린 나무 같다'라고 소리치며 찬미했네.
지금 나의 모습은 그 당시의 모습의 그림자에 불과하다네."

"내가 다섯 살일 때 왕비는 아이를 갖게 되었고 딸을 낳았네." 316
이 얘기를 하고 젊은 용사는 한숨을 쉬고 울음을 터뜨렸다.

그는 순간 눈앞이 흐려졌다. 아스마트가 그의 가슴에 물을 뿌리자 그는 정신을 차리고

계속 말했다. "그녀는 태양처럼 자랐고, 나의 인생을 불로 활활 태우는 존재가 되었다네."

317 "나의 언변으로는 그녀를 제대로 칭송할 수 없을 정도로 그녀는 더할 나위 없이 아름다웠다네.

파르사단왕은 기뻐서 연일 연회를 베풀었고, 노래 소리가 울려 퍼졌네.

이웃 나라들에서 왕에게 수많은 선물을 가지고 왔고

모든 병사들도 많은 선물을 받고 풍요로워졌네."

318 "시간이 흘렀고, 왕은 자신의 딸과 나를 같이 키웠네.

어린 시절부터 공주는 태양빛보다 세 배는 더 빛났네.

왕과 왕비는 우리를 아주 사랑했고, 똑같이 보살피며 키웠지.

이제 나는 나의 가슴을 불태워버린 그녀의 이름을 말하겠네."

319 용사는 그녀의 이름을 말하려는 순간 정신을 잃었다.

압탄딜도 울었다. 타리엘을 괴롭힌 불이 그를 다시 까만 재로 만들었다.

처녀는 타리엘의 가슴에 물을 뿌려 그를 다시 깨어나게 했다.

그는 말했다. "끝까지 들어 보게! 오늘은 정말 내가 죽는 날인가 보네."

320 "그녀의 이름은 네스탄-다레잔이라네.

그녀는 일곱 살이 되자 이미 우아하고 현명한 처녀가 되었다네.

그녀는 달과 같았고, 아름다움으로 치면 태양과 비견될 수 있었네.

내가 금강석 같이 견고한 심장을 가졌다 하더라도 어떻게 그녀와의 이별을 견뎌낼 수 있겠는가?"

"그녀는 아름답게 자랐고, 나는 전투에 나갈 수 있을 만큼 자랐네. 321
왕은 공주를 왕국을 이어나갈 후계자로 보았기 때문에
나를 아버지에게로 돌려보내기로 결정했네.
나는 칼싸움을 즐기고, 사냥을 나가면 사자를 고양이 잡듯 죽였네."

"딸에 대한 사랑이 지극한 왕은 공주를 위한 집을 지었다네. 322
대리석으로 벽을 만들고, 천정은 루비로 장식했고,
집 앞에는 작은 정원과 장미물이 뿜어져 나오는 분수가 있었네.
불꽃으로 나를 태워버린 그녀가 그곳에 살았지."

"밤낮으로 알로에 가지들이 향로에서 향을 쏟아냈네. 323
어떤 때는 그녀가 발코니에 앉아 있었고, 어떤 때는 정원에서 산책했지.
카제티[16]로 시집을 갔다 돌아온 미망인인 다바르라는 왕의 여동생이 그녀와 같이 살았다네.
왕은 공주를 현명하게 키우도록 그녀에게 맡겼네."

"궁궐은 금으로 된 천과 수단(繡緞)으로 커튼이 쳐졌고, 324
아무도 수정 같고, 장미 같은 얼굴을 가진 처녀를 보지 못했네.
공주는 아스마트와 두 명의 시종을 거느리고 있었네.
그곳에서 그녀는 가바온산[17]에 있는 야자수처럼 아름답게 자라났네."

"내가 열다섯 살이 될 때까지 왕은 나를 아들같이 키웠네. 325
낮 동안 나는 왕 앞에 있어야 했고, 저녁에도 왕과 헤어질 수 없었네.
나의 힘은 사자와 같았고, 얼굴은 태양 같이 빛났으며, 몸은

16) 카제티 – 카지인들의 나라
17) 가바온산 – 팔레스타인에 있는 산

에덴동산에서 자란 포플러 나무 같았지.
궁술과 사냥에서 나는 모두를 능가하여 사람들의 찬사를 받았네."

326 "내가 쏜 화살은 맹수와 새들을 빗나가지 않았고,
사냥에서 돌아와서는 나는 광장에서 벌어지는 무도회를 즐겼지.
그리고는 집으로 돌아가 친구들과 큰 잔치를 열고 연회를 즐겼네.
그러나 공주와 떨어져 있는 지금 나는 생의 즐거움을 잃었네."

327 "그러던 중 나의 아버지가 돌아가셨네. 죽음의 시간이 그에게 닥친 것이네.
이 일로 파르사단왕 궁정의 연회도 중지되었고,
아버지 앞에서 두려워 떨던 적들만 미소를 지었네.
왕의 친구들은 애곡을 하고 그들 마음은 먹구름처럼 비탄에 휩싸였네."

328 "나는 1년을 상복을 입고 어둠 속에서 애도의 시간을 보냈고,
밤낮으로 나는 슬픔에 싸여 홀로 애곡했네.
왕은 신하들을 보내 비탄에 싸인 나를 진정시키려고 했네.
'사랑하는 아들 타리엘아, 더 이상 애곡하지 마라! 이제 상복을 벗을 때가 되었다.'

329 '우리는 소중한 친구의 죽음으로 너보다 더 큰 슬픔에 잠겨있다.'
파르사단왕은 내게 수많은 보물을 보내 위로했다네.
그는 명령을 내려 선친이 맡았던 모든 직무를 내가 수행하도록 했네.
'이제 자네를 아미르바르로 임명하니, 나라를 다스려라.'

330 "아버지를 여읜 슬픔으로 내 마음이 계속 탔고, 가슴속의 불꽃은 꺼지지 않았네.
그러나 내 앞에 온 신하들이 나의 상복을 벗게 했네.

인도의 대왕은 내가 다시 세상에 나온 것을 크게 기뻐하여 연회를
베풀고 고관들을 초대했네.
왕은 나를 영접하러 나왔고, 마치 친아버지처럼 나를 안아주었네."

"왕은 나를 왕의 보좌 바로 옆에 앉게 했고, 331
왕과 왕비는 나를 쓰다듬으며 새 직책에 오른 나를 축하해 주었네.
나는 커다란 명예를 떠맡는 것을 극구 사양했지만,
결국은 왕의 명에 복종하여 머리를 조아리고 인도인들의
아미르바르로서의 예를 드렸네."

"그러나 그때부터 시간이 빠르게 흘러 이미 나는 많은 것을 332
잊어버렸네.
마음이 너무 아파서 모든 것을 바로 얘기하기가 힘드네.
간교한 운명은 우리를 속이고 거짓과 악이 우리를 괴롭히네.
회오리처럼 타오르는 불꽃이 불타오르는 천장처럼 나를 계속
태워왔네."

10장 타리엘이 자신이 어떻게 사랑에 빠지게 되었는지를 이야기하다

333 한동안 울고 나서 평정을 찾은 타리엘은 다시 얘기를 시작했다.
"어느 날 왕과 나는 사냥에서 돌아왔네.
왕은 '내 딸을 보러 가자'라고 하며 내 손을 잡아 끌고 갔다네.
이 순간을 기억하면서 내가 정신을 잃지 않는 것을 보면 참 이상하지 않은가?"

334 "나는 이 세상 어느 멋진 곳보다도 더 아름다운 정원을 보았네.
바다의 요정 세이렌[18]보다 더 아름답게 새들이 지저귀는 소리가 들리고,
아름답게 조각된 분수들이 장미 물을 뿜어내고,
현관에는 금박천으로 된 휘장이 길게 내려와 있었네."

335 "왕은 사냥에서 잡은 꿩을 공주에게 선물하라고 나에게 명했네.
나는 낙담하여 발길을 돌려 궁전으로 향했네.
그 순간부터 나는 눈물을 흘리며 무거운 운명의 빚을 갚기 시작했네.
바위와 같이 단단했던 내 가슴은 금강석 창에 찔렸네."

336 "왕은 다른 사람이 태양과 같은 공주를 보는 것을 원하지 않았네.
왕은 문에 내려진 휘장을 열고 들어갔고, 나는 하늘이 내린 그녀를 보지 못했네.
나는 그들이 기쁨에 차서 얘기하는 소리만 들을 수 있었네.
왕은 나에게서 꿩을 받아오도록 여종인 아스마트에게 명을 내렸네."

---

18) 세이런(Siren) - 그리스 신화에 나오는 바다의 요정. 상반신은 여자, 하반신은 새의 형태를 하고 뱃사람들을 홀리는 노래를 부름.

"아스마트는 커튼을 옆으로 밀었고, 그때 나는 그녀의 모습을 보았다네. 337
그때 살짝 본 네스탄 공주의 시선은 창처럼 나의 가슴과 마음을 꿰뚫었네.
아스마트가 나왔을 때, 나는 펑을 넘겨주었고, 나는 뜨거운 불로 괴로워했네.
아 가련한 나여! 그때부터 나는 영원히 꺼지지 않는 불에 나를 태워야 했네."

"태양보다도 밝게 빛나던 그녀의 모습은 지금은 사라졌네." 338
그는 쓰디쓴 신음소리를 내며 기절했고, 장미 같은 얼굴은 백지장처럼 창백해졌다.
압탄딜과 아스마트는 그가 풀어놓은 슬픈 얘기를 듣고 같이 울었다.
그들은 슬프게 말했다. "적들이 무서워 벌벌 떨던 용사의 팔도 소용없구나!"

아스마트가 타리엘에게 다시 물을 뿌리자 그는 다시 정신을 차렸다. 339
그는 가슴을 짓누르는 비애 때문에 오랜 시간 말을 하지 못했다.
그는 자리에 앉아 비참하게 신음했고, 그의 눈물은 땅에 떨어져 흙과 섞였다.
"아, 그녀를 생각만 해도 나는 얼마나 가슴이 타는가!"라고 탄식했다.

"행운을 믿는 자들은 운명의 여신이 준비한 선물을 먼저 고를 수 있는 법이네. 340
그러나 이들이 행운을 즐기는 동안 운명의 여신은 그들을 배신하기도 하네.
나는 운명의 여신의 변덕에 대해 경고한 현자들의 신중함을 칭송하네.
내가 만일 나를 저주하는 슬픔을 이겨내고 살아난다면 계속 내 얘기를 들어보게."

341 "나는 핑을 넘겨주었고 그 뒤로부터는 기억이 없네.
나는 쓰러져서 기절했고, 나의 팔과 어깨에서 모든 힘이 빠져나갔네.
내가 깨어났을 때 나는 울음과 애곡 소리를 들었지.
집안의 모든 사람들이 마치 배를 타고 떠나는 사람을 배웅하듯 나를 둘러 서 있었네."

342 "나는 큰 방의 멋진 침대에 누워있었네.
사방에서 울음과 신음 소리가 들렸고,
사람들은 손으로 얼굴을 긁으며 머리카락을 쥐어뜯었네.
물라[19]들은 나의 병을 벨제붑[20]의 저주라고 했네."

343 "왕은 내가 눈을 뜬 것을 보자 나를 끌어안고
나에게 말했네. '나의 아들아, 너는 정말 살아난 거냐? 한마디만 해다오.'
그러나 나는 대답을 할 수 없었네. 마치 미친 사람처럼 몸을 떨었네.
나는 다시 기절해 버렸고 피가 심장으로 몰려들었네."

344 무크리[21]와 물라들이 나를 둘러싸고 관찰했네.
그들은 나를 보며 모두 코란을 읽었네.
그들은 내가 악마의 저주를 받았다는 등 종잡을 수 없는 얘기를 했네.
사흘 동안 나는 생명이 떠나 있었고 꺼지지 않는 불이 나를 태웠네."

---

19) 물라(mullah) - 이슬람 성직자.
20) 벨제붑(Beelzebub) - 악령의 이름.
21) 무크리(muqris) - 장로, 원로.

"의사들도 의아해 했네. '도대체 알 수 없는 병이다. 345
그의 병은 치료할 수 없다. 극심한 슬픔이 그를 덮친 것이다.'
나는 가끔 미친 사람처럼 벌떡 일어나서 사람들이 알아듣지 못하는 얘기를 지껄였네.
왕비는 바다를 이룰 만큼 많은 눈물을 흘렸지."

"사흘 동안 나는 죽은 것도 아니고 산 것도 아닌 상태로 궁전에 누워있었고, 346
의식이 돌아온 다음에야 무슨 일이 벌어졌는지 파악했네.
내가 어떤 고난에 빠졌는지 알았고, 어떤 비밀을 지켜야 하는지도 깨달았네.
나는 강한 인내력을 갖게 해 달라고 창조주께 간곡히 기도했네."

"나는 다음과 같이 기도했네. '오 신이여, 나를 버리지 마시고 자비를 베풀어주십시오. 347
내가 견뎌 나갈 힘을 주시고, 다시 기운을 차리게 해주옵소서.
여기 있으면 나의 비밀이 알려질 테니 내가 집에 돌아갈 수 있게 해주십시오.'
신은 나의 기도를 들어 주었고, 나는 서서히 치유가 되어 다시 강철처럼 강해졌네."

"나는 다시 일어나 앉았고, 나를 간호하던 사람들이 왕에게 달려가 소식을 전했네. 348
왕비는 소식을 듣자마자 방으로 달려왔고,
왕도 모자를 쓰지 않은 채 만사를 제치고 달려왔네.
모두 지켜보는 가운데 왕은 신께 영광을 돌렸네."

"왕과 왕비는 내 양 옆에 앉았고, 나는 그들이 준 회복제를 마셨네. 349
나는 말했지. '왕이시여, 나는 이제 마음이 강해져서 말을 할 수 있게 되었습니다.
나는 준마를 타고 나가 강둑과 들판을 달리고 싶습니다.'
사람들은 내게 말을 가져왔고, 나는 왕과 같이 말을 타고 나갔네."

350 "우리는 말을 타고 광장을 지나 강을 따라 들판을 달렸네.
왕은 나를 내 성까지 데려다 주고 작별을 했네.
집으로 돌아온 나는 다시 몸 상태가 나빠졌고, 슬픔이 더 밀려왔네.
나는 스스로에게 말했네. '아 가혹한 운명이여, 차라리 죽는 것이 낫겠다.'"

351 "눈물로 얼굴이 뒤범벅이 되어 수정 같던 피부가 샤프란 같은 짙은 황색으로 변했네.
만 개도 넘는 칼이 나의 가슴을 찌르는 것 같았네.
경비병이 집사를 불러 누군가가 왔다고 알렸네.
나는 속으로 생각했네. '이들이 무엇을 알고 왔는가, 정말 이상하다.'"

352 "'아스마트의 종이 왔습니다.'라고 시종이 보고했고, 나는 '들어오게 하라'고 말했네.
그는 안으로 들어와서 나에게 사랑의 편지를 전달했네. 나는 끈을 풀고 편지를 읽었지만,
'내가 어떻게 아스마트의 가슴에 불이 일도록 만들었지?' 나 스스로 믿을 수가 없었네.
그녀의 사랑을 의심할 수 없었던 나는 마음이 어두워졌네."

353 "나는 아스마트가 나를 사랑하고, 더욱이 이것을 당돌하게 고백하는 것에 놀랐다네.
그녀에게 답을 하지 않으면 그녀는 무시당한다고 생각할 것이 분명하고,

나에 대해 희망을 잃은 그녀는 나를 원망할 게 뻔했네.
나는 연서의 모양에 갖춘 답신을 썼지."

"여러 날이 지났지만 나의 가슴은 불꽃으로 더욱 강하게 타 들어 갔다네. 354
나는 병사들과 사냥을 나가거나 사람들과 어울릴 수도 없었고,
왕궁에도 갈 수 없었네. 의사들이 내게 오기 시작했네.
나는 그때부터 울며 과거에 누렸던 세상의 기쁨에 대한 빚을 다시 갚기 시작했네."

"의사들은 나를 위해 아무 것도 할 수 없었고, 어둠이 나의 가슴을 짓눌렀네. 355
아무도 내가 뜨거운 사랑의 불에 포로가 된 것을 알아차리지 못했네.
사람들은 나의 피를 문제 삼았고, 왕은 나의 팔에 피를 내도록 했네.
나는 비밀을 감추기 위해 그렇게 하도록 내버려 두었네."

"나의 팔에서 피를 뽑은 후 침대에 혼자 슬프게 누워 있는데 356
나의 종이 들어왔고, 나는 무슨 일인지 물었네.
'아스마트의 종이 왔습니다.'라고 전하길래 나는 종을 들어오도록 했네.
나는 마음속으로 생각했네. '그녀는 나에게서 도대체 무엇을 바라는 건가?'"

"나는 달콤한 말로 가득 찬 그녀의 편지를 지체하지 않고 읽었네. 357
편지를 읽으면서 그녀가 빨리 나를 만나고 싶어 한다는 것을 알았네.
나는 답장을 썼네. '시간을 끌어 미안하다.
나를 보기를 원하면, 바로 너에게로 가겠다.'

나는 내 가슴에게 물었네. '왜 이런 열정의 창이 나를 슬프게 358

만드는가?
나는 막강한 권력을 가진 아미르바르이다. 모든 인도 사람들이 나에게 복종한다.
만일 왕과 왕비가 나의 은밀한 사랑을 알아차리신다면
나는 그들 나라에서 쫓겨날 것이다.'"

359 "왕이 보낸 사람이 와서 문안을 한 다음 물었네.
'전하의 뜻에 따라 피를 내셨는지요?'
나는 대답했네. '그래, 피를 내었고 빠르게 회복되는 중이다.
나는 곧 궁전에 입궐할 것이다. 전하를 뵐 생각을 하면 내 통증이 사라진다.'"

360 "내가 궁전으로 들어가자 왕은 물었네. '이제 분명히 다 나았는가?'
왕은 갑옷과 화살통 없이 나를 말에 태웠네.
그가 말에 올라타서 사냥매를 날리자 꿩들은 무서워 숨었지.
궁수들은 좌우에 줄지어 서서 큰 함성을 질렀네."

361 "우리는 그날 들판에서 돌아와 사냥 나갔던 사람들을 위한 연회를 열었네.
악사들과 음유시인들은 밤늦도록 노래했네.
왕은 많은 보석들을 손님들에게 아낌없이 나누어주었고,
종과 신하를 막론하고 그 자리에 온 사람 중 선물을 받지 않은 사람이 없었지."

362 "그러나 나는 아무리 노력해도 슬픔을 억제할 수 없었네.
나는 계속 그녀를 생각했고, 가슴 속의 고통의 불은 계속 타올랐네.
나는 친한 친구들을 집으로 데려와 연회를 계속 했네.
나를 괴롭히는 슬픔을 숨기기 위해 계속 술을 마시고 연회를 즐겼네."

"내 집의 집사가 내게 다가와 귀에 대고 속삭였네. 363
'한 여자가 천막에 와서 아미르바르님을 뵐 수 있는지 물었습니다.'
그녀는 얼굴을 베일로 가렸지만 아름다운 얼굴을 했습니다.'
나는 '그녀를 내 방으로 데리고 와라.'라고 대답했네."

"내가 갑자기 자리에서 일어나자, 연회를 같이 즐기던 친구들은 놀랐네. 364
나는 부탁했네. '자리에서 일어나지 말게. 곧 돌아올 것이네.'
방으로 들어가자 여자 종이 두려운 기색으로 문 앞에 서 있었네.
나는 떨리는 마음을 진정시키기 위해 잠시 심호흡을 했네."

"내가 들어가자 그 여자는 내게 조심스레 다가와 큰 절을 했네. 365
그녀는 나에게 말했네. '당신 앞에 나올 수 있는 사람은 축복받은 사람입니다!'
나는 속으로 놀랐네. 누가 사랑하는 사람에게 큰 절을 하겠나?
그녀의 행동을 보니 어떻게 구애를 하는지 전혀 모르는 여자 같았네."

"내가 등받이 의자에 앉자, 처녀는 양탄자 구석에 앉았네. 366
그녀는 감히 나와 나란히 자리를 하지 못했지.
나는 물었네. '나를 사랑한다면서 왜 그렇게 멀리 앉았나?'
그녀는 침묵을 지키며 한 마디도 하지 않았고, 겁에 질린 듯 보였네."

"그녀는 내게 말했네. '오늘 저는 너무 부끄러워 제 가슴을 태울 지경입니다. 367
당신은 제가 편지에 쓴 내용 때문에 여기 왔다고 생각하시는군요.
당신이 차분하게 행동하시는 것을 보고 저는 희망을 갖게 되었습니다.

내가 이런 대접을 받다니 신의 자비가 큽니다.'"

368 "그녀는 일어나 말했네. '위대한 당신 앞에 선 저는 매우 떨리지만,
나의 여주인님이 당신께 전하라고 명하신 말씀은 분명히 말씀 드리겠습니다.
내가 이렇게 당돌하게 행동하는 것은 저 자신이 아니라 여주인님을 위해서입니다.
이 편지를 읽어 보시면 그녀가 누구인지, 누가 저를 보냈는지 아실 겁니다.'"

11장 네스탄-다레잔이 사랑하는 사람에게 보낸 첫 편지

"나는 나의 가슴에 불을 붙인 그녀가 쓴 편지를 읽었네. 369
태양 같은 그녀는 다음과 같이 썼지. '오 나의 사자여! 당신의 상처를 드러내지 마세요.
나는 당신 것입니다. 죽지 마세요. 낙심이 크다고 기절하지 마세요.
이제 아스마트가 내가 말한 것을 모두 당신에게 들려 줄 것입니다.

죽음을 생각하며 탄식을 하고 눈물을 흘리는 것은 사랑하는 사람이 할 일이 아닙니다. 370
용사로서 당신은 사랑하는 사람에게 영웅적인 행동을 보여주어야 합니다.
하타이 주민들은 모두 오래 전부터 우리에게 조공을 바쳤습니다.
그러나 그들은 우리를 배신했습니다. 당신이 나서서 그들을 징치해 주세요.

나는 전부터 당신과 결혼하고 싶었지만, 371
세상이 어지러워 지금까지 그것을 말 할 기회가 없었습니다.
지난 번 나는 당신이 정신을 잃고 쓰러진 것을 휘장 뒤에서 몰래 보았습니다.
그리고 당신에게 무슨 일이 일어났는지도 모두 들었습니다.

당신에게 진심으로 말하니 나의 얘기에 귀를 기울여 주세요. 372
나가서 하타이 사람들을 물리치고 승리의 월계관을 쓰고 돌아 오세요
쓸데없는 눈물을 거두고, 나에게 장미 같은 얼굴을 보여주세요.

내가 어둠에 빛을 비추었는데, 당신은 태양에게서 무엇을 더 바라고 있나요?'

373 "아스마트는 아무 것도 감추지 않고 당당하게 나에게 모든 것을 얘기했네.
무엇을 더 말하겠는가? 말할 수 없는 행복이 내 가슴에 넘쳤네.
나의 가슴에는 용기가 불처럼 솟아올랐고, 나는 어서 전쟁터로 나가고 싶었네.
기쁨으로 나의 얼굴은 수정처럼 환해졌고, 나의 뺨은 루비처럼 붉어졌네."

12장 타리엘이 사랑하는 사람에게 쓴 첫 편지

"나는 사랑하는 여인이 쓴 편지를 눈앞에 두고 다음과 같이 답장을 374
쎴네.
'오 달과 같은 이여, 밤에는 태양이 어떻게 당신을 능가할 수
있겠습니까!
내가 미치도록 사랑하는 사람 이외에 나는 신으로부터 아무것도
원하지 않습니다.
나는 꿈속에 있는 것 같습니다. 나는 이렇게 살아있다는 것을 믿지
못하겠습니다.'

"나는 아스마트에게 얘기했네. '나는 이 이상의 답장을 쓸 수가 없다. 375
그녀에게 다음과 같이 전하거라.' '당신은 마치 태양처럼 나에게
여명을 가져왔습니다.
기절한 나를 깨우고, 죽음의 발톱에서 나를 구해낸 것도 당신입니다.
내가 죽는 한이 있더라도 당신이 부탁하신 일을 수행하겠습니다.'

"아스마트는 다음과 같이 말했네. '그녀가 내게 명하셨어요. 376
우리가 나눈 얘기가 절대 남들에게 알려지지 않도록 하고,
당신이 나를 사랑하는 것처럼 위장해서 지체 말고 나에게 오도록
하라고요.
때가 될 때까지 비밀이 드러나지 않도록 해야 한다고
아미르바르님께 말씀드리라고 하셨어요.'

"나는 그녀의 현명한 충고가 고마웠네. 377
사려가 깊고, 태양도 감히 쳐다보지 못하는 그녀의 현명함이란.

그녀는 우리의 비밀을 드러내지 않을 수 있는 좋은 방법을 가르쳐
주었네.
그녀의 광채 앞에서는 대낮의 빛도 힘을 잃어버렸네."

378 "나는 아스마트에게 값나가는 황금잔에 보석을 가득 채워 주었지만
그녀는 그것을 사양하며 다음과 같이 말했네. '나는 공주님으로부터
받은 것이 많습니다.'
그녀는 한 드라크마 나가는 반지 하나만 받았네.
'이것이면 증표로 충분합니다. 저는 금은보화가 필요하지
않습니다.'"

379 "아스마트는 일어나서 갔네. 나의 가슴을 창처럼 찌르고 있던 고통이
말끔히 씻겨나갔네.
기쁨이 어두운 내 마음을 밝혔고, 나를 불태우던 불길도 드디어
꺼졌네.
나는 안으로 들어가 나의 동료들과 마시며 연회를 계속했네.
기분이 좋은 나는 선물을 나누어주었고, 우리는 더욱 떠들썩하게
즐겼네."

13장 타리엘이 편지를 써서 하타이 사람들에게 보내다

"나는 편지를 써서 하타이에 사람을 보내 전달했네. 380
나는 다음과 같이 썼네. '인도인들의 왕은 신으로부터 권력을 받은 왕이다.
그에게 충성하는 모든 사람은 배불리 먹을 것이다.
그러나 왕에게 복종하지 않는 자는 수치를 당할 것이다.

형제들이요 신하들이여, 너희들은 우리를 절대 해할 수 없다. 381
당신들은 이 명령을 보면 은혜를 잊지 말고 이곳으로 달려오기 바란다.
너희들이 오지 않으면 우리가 갈 것이다. 우리는 너희들을 기습하지 않을 것이다.
너희들이 우리에게 오는 것이 나을 것이다. 공연히 피를 흘리지 말기 바란다.'

"나는 전령을 보내고 편한 마음으로 즐거운 시간을 보냈네. 382
나는 왕궁을 방문했고, 내 안에 참을 수 없이 타던 불은 이제 꺼졌네.
그 시절에는 운명의 신이 내가 원하던 것을 풍족하게 준 것 같았네.
그러나 지금 나는 이성을 상실했고, 짐승들도 나를 피하는 신세가 되었네."

"나는 들판으로 달려 나가고 싶었지만, 곧 마음을 진정시켰네. 383
나는 집에서 잔치를 열고 멀리 있는 친구들도 초청했지만,
나의 억제할 수 없는 격한 열망 때문에 세상의 즐거움을 느낄 수

없었네.
때로 슬픔이 나를 덮쳤고, 그리움에 사로잡힌 나는 운명을 저주했네."

14장 네스탄-다레잔이 타리엘을 초대하다

"어느 날 내가 왕궁에서 돌아와서 침실에 들었으나, 384
잠을 잘 수가 없었고, 사랑하는 님의 얼굴을 떨쳐 버릴 수가 없었네.
나는 그녀의 편지를 다시 읽으며 슬픔을 떨쳐버리고 기쁨을 느꼈네.
그때 갑자기 경비병이 시종을 불렀고, 이들이 현관에서 속삭이는 소리가 들렸네."

"'아스마트의 노예가 왔습니다.'라고 나에게 알렸고, 나는 그녀가 가져 온 편지를 읽었네. 385
나의 마음을 칼로 찌르듯 아프게 한 그녀가 나를 오라고 초대했네.
나는 어둠 속에서 기쁨의 빛을 보았고, 나를 묶어 놓았던 쇠사슬이 풀리는 것 같이 느꼈네.
나는 아무에게도 얘기하지 않고 서둘러 그 종복을 따라 나섰네."

"나는 정원으로 들어갔고, 종복은 어디론가 사라져 버렸네. 386
아스마트가 앞에 나타나 기쁜 표정으로 웃으며 나를 맞았네.
그녀는 말하기를 '나는 용감하게 당신의 가슴에서 번민의 가시를 빼냈습니다.
가서 아직 아무도 손대지 않은 당신의 소중한 장미를 직접 보세요.'

"아스마트가 힘을 들여 무거운 휘장을 올리자, 387
내 앞에는 값비싼 바다흐샨[22] 루비로 치장된 자리가 나타났지.
그곳에는 태양과 같이 빛나는 얼굴을 한 그녀가 앉아 있었네.

22) 바다흐샨 – 루비의 산지로 유명한 파미르 지역.

두 개의 검은 호수 같은 그녀의 눈동자가 강렬한 빛을 내고 있었네.”

“그녀는 아무 말도 하지 않았네. 나는 그녀의 부름을 갈망하며 오래 서있었네. 388
그녀는 단지 다정한 사람을 보듯이 미소 띤 얼굴로 나를 따뜻하게 바라보기만 했네.
그녀는 아스마트를 불렀네. 두 사람은 얘기를 나누었고, 아스마트는 내게 와서 내 귀에 속삭였네.
‘이제 가세요. 주인님은 당신에게 아무 말도 할 수 없습니다.’ 이 말에 내 마음은 다시 숯덩이처럼 타버렸네.”

“아스마트와 나는 휘장을 지나 밖으로 나왔네. 389
나는 탄식했네. ‘오 운명이여, 얼마 전 당신은 나의 마음을 치유하지 않았습니까.
그때 당신은 나에게 희망의 빛을 비추었는데, 왜 지금 나의 기쁨을 산산조각 냈나요?
나에게 다시 견디기 힘든 이별의 고통을 주는군요.’

“우리가 정원을 지나 나올 때 아스마트는 나에게 위로의 말을 해주었네. 390
‘그녀와 헤어졌다고 너무 낙심 마시고 기쁨을 느끼세요.
슬픔의 창을 닫으시고, 기쁨의 문을 여세요.
당신을 보고 네스탄님은 너무 부끄러워서 어찌 할 바를 몰랐던 것뿐입니다.’

“내가 말했네. ‘나의 마음을 치료할 영약을 가져오기를 기다리겠다. 391
나를 죽게 내버려두지 말고, 소식을 계속 전해주어 나의 불을 꺼다오.
나의 고통이 견딜 수 없게 커지지 않도록 편지를 계속 보내주기 바란다.
만일 무언가를 알게 되면, 나에게 바로 알려 주기 바란다.'

392 "나는 말에 올라 그곳을 떠났네. 강물 같은 눈물이 흘러내렸네.
자리에 누워 잠을 청했지만 잠을 잘 힘이 없었고, 정신이 나간 상태가 되었네.
수정과 같고 루비와 같은 나의 모습은 쪽빛으로 변했네.
나는 차라리 어두운 밤이 익숙해서 날이 밝지 않기를 바랐네."

15장 하타이 왕이 타리엘에게 보낸 답장

"하타이에 파견된 전령이 회신을 가지고 돌아왔네. 393
그들은 건방지고 모욕적인 전갈을 보내왔네.
'우리는 더 이상 겁쟁이가 아니다. 우리의 요새도 견고하다.
누가 너희들의 제왕이건 우리는 그를 모른다. 우리는 우리 스스로를 통치한다.'

"적들의 왕은 다음과 같이 썼네. '왕 라마즈는 타리엘에게 쓴다. 394
나는 네가 쓴 무례한 편지를 보고 놀랐다.
감히 너는 어떻게 수많은 사람들의 군주인 나를 오라고 하는가!
나는 앞으로 네가 보내는 편지를 일체 읽지 않을 것이다.'

"나는 병사들을 소집하기 위해 지휘관들을 파견하였네. 395
그들은 하늘의 별보다도 많은 인도의 모든 병사를 모아 왔네.
원근각처에서 병사들이 나에게로 모여들었고,
평야, 산악, 황무지가 병사들로 가득 찼네."

"그들은 지체하지 않고 신속히 모여들었고, 소집에 응하지 않는 자가 없었지. 396
나는 병사들을 사열했고, 군기가 잡힌 병사들이 매우 흡족했네.
그들의 준비태세와 용기, 멋지게 정렬된 대형, 민첩한 군마들,
그들이 입은 갑옷과 손에 든 무기가 모두가 마음에 들었네."

"나는 검붉은 색의 국왕기를 올렸네. 397
군대에게 다음날 아침에 출정한다고 명령을 내렸지만, 나 자신은

울었네.
나는 나의 변덕스럽고 비참한 운명에 대해 애도했네.
'태양과 같은 공주를 보지도 못하고 어떻게 출정한단 말인가?'

398 "나는 집안으로 들어갔지만 우수에 찬 나의 마음에 슬픔이 더해졌네.
뜨거운 눈물이 나의 눈에서 샘처럼 쏟아져 내렸네.
'나의 운명은 왜 이리 불행한가! 나의 운명에 볕이 들 날은 언제인가?
장미를 따올 수가 없는데, 장미의 아름다움이 나에게 무슨 소용이 있는가!'

16장 타리엘과 네스탄-다레잔이 만나다

"시종이 갑자기 들어와서 슬퍼하던 나에게 위로의 선물을 399
보여주었네.
나는 아스마트가 보낸 편지를 바로 열어 읽었네.
그녀는 다음과 같이 썼네. '당신이 오랫동안 그리던 태양이 당신을
부릅니다.
이곳으로 오세요. 그리움에 사무쳐 혼자 울며 신세를 한탄하는
것보다 나을 겁니다.'

"편지를 보고 나는 뛸 듯이 기뻤네. 400
그때 시각은 해질녘이었고, 나는 바로 나가서 정원 문을 통과했네.
아스마트가 지난번과 같은 장소에서 나를 기다리고 있었지.
그녀는 미소를 띠며 말했네. '빨리 들어가세요, 달님이 당신을
기다리고 있습니다. 사자님.'

"나는 테라스가 멋지게 연이어 장식된 집 안으로 들어갔네. 401
달과 같은 그 분은 빛나는 광채에 둘러싸여 빛나고 있었네.
그녀는 녹색 가운을 입고 우아한 모습으로 붉은 양탄자 위에 앉아
있었네.
그녀의 아름다운 얼굴과 놀라운 자태는 나의 심장을 떨리게 했네."

"양탄자 가장자리에 선 나는 슬픔이 사그라지고 마음이 따뜻해졌네. 402
어두운 나의 마음에 빛이 들기 시작했고, 기쁨이 기둥처럼
솟아올랐네.
방석 위에 앉아 있는 그녀는 태양빛보다도 훨씬 밝았네.

그녀는 베일로 얼굴을 가리고 있었고 은밀한 시선으로 나를 바라보았네."

403 "그녀는 명을 내렸네. '아스마트야, 아미르바르님을 자리에 앉게 해 드려라!'
나는 태양처럼 빛을 내는 그녀의 옆에 앉았네.
운명을 저주하던 나의 마음은 이제 완전한 기쁨을 느꼈네.
그녀가 말하는 것을 듣는 동안 내가 살아있는 것이 놀라웠다네."

404 '지난번에는 말을 나누지 않고 떠나게 되어 기분이 좋지 않으셨죠.
작별을 하면서 당신은 강렬한 햇볕에 타서 시들은 장미처럼 창백했습니다.
당신은 수선화 같은 뜨거운 눈물을 흘릴 수밖에 없었습니다.
그러나 나로서는 아미르바르님 앞에서 수줍어할 수밖에 없었습니다.

405 여자는 남자 앞에서 수줍은 모습을 보여야 하지만,
마음 속의 감정을 숨기는 것은 더욱 나쁜 일입니다.
나는 겉으로는 미소를 보였지만, 당신이 떠날 때 큰 슬픔을 느꼈습니다.
지난번 내가 아스마트를 보냈을 때 나는 진실한 마음을 편지로 전했습니다.

406 그때부터 우리는 서로 상대의 마음을 알았지만,
당신은 나를 당신의 여자로 생각해도 됩니다. 이미 당신의 신부가 되기로 마음 먹었습니다.
나의 맹세를 믿고 마음속에 확신을 가지세요.
만일 내가 당신을 속이면, 신이 나를 아홉 번째 하늘의 천국에서 떨어뜨려 흙이 되게 할 것입니다.

이제 가서 하타이인들을 물리치고 우리의 국경을 지키세요. 407
신이 당신을 승리자로 만들고, 승전보를 가지고 귀환해 나와
재회하기를 기원합니다.
그러나 오랫동안 당신을 보지 못하면 어떻게 외로움을 견딜지
모르겠습니다.
당신의 확고한 마음을 나에게 보증으로 주시고, 나의 마음을 가져
가세요.'

"나는 말했네. '당신을 위해서라면 불길속도 뛰어들겠습니다. 408
당신은 나를 죽게 내버려두지 않고 다시 생명의 불꽃을
지펴주었습니다.
당신은 맑은 하늘의 태양처럼 눈부시게 빛을 발하고 있습니다.
나는 무서운 사자처럼 하타이인들을 무찌르고 오겠습니다.

당신은 아직 아무 사람도 받지 못한 고귀한 것을 나에게 409
선사했습니다.
이것은 신으로부터 온 축복이기 때문에 나는 그 은혜에 놀라지
않습니다.
당신의 빛은 암흑에 쌓여 있던 나의 마음을 다시 밝게 해주었습니다.
나는 흙이 나를 덮을 때까지 당신의 것이 될 것입니다.'

"맹세의 책에 손을 놓고 나는 서약을 했고, 그녀도 서약을 했네. 410
그렇게 그녀도 자신의 사랑을 재차 나에게 맹세했네.
'내가 당신 이외에 사람에게 마음을 빼앗긴다면
신이 나에게 벌을 내리기를 바랍니다.'

"나는 얼마간 그녀 앞에 머물렀고, 우리는 달콤한 말을 서로 411
나누었네.
우리는 다정한 얘기를 나누고 맛있는 과일을 먹으며 행복한 시간을

보냈네.
그런 다음 나는 눈물을 흘리며 떠나기 위해 일어났네.
그녀가 발산하는 광휘가 축복의 빛처럼 내 마음에 퍼졌네."

412 "나는 힘겹게 수정과 같고, 루비와 같은 그녀를 떠났네.
나의 심장은 세차게 뛰었고, 슬펐던 세상이 환한 빛으로 다가왔네.
태양도 창공의 빛도 모두 나를 위해 비추는 것 같았지.
그러나 그녀와 작별하는 순간 내 마음은 화강암 바위보다 더
굳어졌네."

17장 타리엘이 하타이로 원정하여 큰 전투를 치르다

"이른 아침 말에 올라타 나는 명령을 내렸네. '큰 나팔소리로 군대를 출정시켜라!' 413
우리 군대의 위용과 사기에 대해 말을 할 수가 없을 정도였지.
나는 사자와 같은 사령관으로 하타이를 향해 용맹스럽게 진군했네.
좁은 옛길도 겁 없이 행군했고, 앞에 간 흔적이 없는 길도 용감히 전진했네."

"우리는 인도의 영역을 넘어서 오랫동안 전진했지만 적들은 나타나지 않았네. 414
하타이의 성주인 라마즈가 사절을 보내 나를 맞았네.
그는 나에게 화해하자는 전갈을 보내왔네.
'당신의 인도 양들은 우리의 늑대들을 먹어 치울 수 있을 정도입니다!'

"그는 엄청난 보화를 라마즈왕이 보내는 선물이라며 나에게 바쳤네. 415
그는 다음과 같이 말했네. '라마즈왕이 우리를 파멸시키지 말아달라고 탄원하십니다.
우리는 당신 앞에 겸손히 복종하겠습니다. 우리 모두 당신의 종이 되겠습니다.
우리를 파괴하지 않으신다면 우리 스스로 우리 목숨과 재산을 당신께 내놓겠습니다.

우리가 당신께 죄지은 것을 용서해 주십시오. 416
우리에게 자비를 베풀어 군대를 이리로 진격시키지 마시고,

하늘이 우리에게 재앙을 내리듯 우리의 땅을 파괴하지 마십시오.
우리의 성과 도시들을 당신께 드리겠습니다. 용사 몇 명하고만 오십시오.'

417 "나는 장군들을 불러 그들의 충언을 들었네.
장군들은 다음과 같이 말했네. '주군께서는 젊으십니다. 그래서 현자들의 고언을 들으십시오.
그들은 아주 속임수를 잘 씁니다. 우리는 그들의 기만을 여러 번 경험했습니다.
그들이 속임수를 써서 당신을 죽이고, 큰 낭패를 가져오게 해서는 안 됩니다.'

418 우리는 다음과 같이 결정했습니다. 가장 용맹한 병사들만 전진시키고,
나머지 병사들은 그들 뒤를 바짝 좇아가도록 하고, 전령에게 정보를 전해주십시오.
만일 하타이인들이 진심이면 신과 하늘에 맹세하도록 합시다.
만일 그들이 당신에게 굴복하지 않으면 당신의 분노를 그들에게 쏟아 부으십시오.'

419 "나는 장군들의 충언이 마음에 들었네.
나는 다음과 같은 답신을 보냈네. '라마즈왕이여, 너희들의 제안을 받아들인다.
사는 것이 죽는 것보다 당연히 나은 법. 어떤 요새도 우리의 길을 가로막지 못한다.
나는 병사들 없이 수하 몇 명만 데리고 너희에게 가겠다.'

420 "나는 가장 용맹스런 병사 300명을 골랐네.
나는 이들과 앞으로 나아갔고, 나머지 부대는 뒤에 머물렀네.

나는 병사들에게 명령을 내렸네. '내 뒤를 바짝 따르며 들판을 전진하라.
내가 도움이 필요하다고 신호를 보내면 바로 나를 도와라.'

"내가 3일을 더 가자 라마즈가 보낸 사람이 나와서 나를 맞았네. 421
그는 나에게 많은 아름다운 의복을 선물했네.
그는 말했네. '우리 왕은 하루빨리 당신의 멋진 모습을 뵙기를 원합니다.
그는 인도의 아미르바르를 만나 더 많은 선물을 드리기 위해 서둘러 오고 있습니다.'

"그리고 이어서 말했네. '내가 말한 것은 모두 사실입니다. 422
나는 당신을 만나러 서둘러서 이렇게 나왔습니다.'
나는 그에게 이렇게 대답했네. '나는 너희들이 원하는 대로 다 해주었다.
우리 마치 아버지와 자식처럼 서로 점잖게 만나자.'

"나는 좀 더 나간 다음 울창한 숲의 경계에서 말에서 내려 휴식을 취했네. 423
다시 전령들이 와서 나에게 큰 절을 하고,
왕이 보낸 선물이라며 멋진 말들을 몰고 왔네.
그들은 '왕께서 당신을 만나기를 매우 원하십니다.'라고 말했네."

'왕께서 당신에게 전합니다. '나는 당신을 만나러 곧 오겠습니다. 424
내일 아침 일찍 궁전을 떠나 당신을 만나러 올 것입니다.'
나는 전령들을 위해 멋진 장막에 치게 했고,
전령들에게 많은 친절을 베풀어 주었네. 그들은 우리 병사들과 함께 잤네."

425 “사람에게 한 선행은 아무 보답 없이 그냥 사라지지 않는 법.
한 전령이 일행을 떠나 나에게 와서 내밀히 말했네.
‘나는 당신께 도저히 갚을 수 없는 빚을 지고 있습니다.
나는 당신이 베푼 은혜를 배신으로 되갚을 수 없습니다.

426 나는 어려서부터 당신 아버지께 양육을 받았습니다.
나는 당신에 대한 모의를 엿듣고 이것을 알리기 위해 달려왔습니다.
멋진 몸에 장미와 같은 얼굴을 한 당신이 죽는 모습을 볼 수
없습니다.
무슨 일이 있었는지 내가 다 말씀 드리겠습니다.

427 이 사람들은 당신을 잡기 위한 함정을 만들어 놓았으니, 곤경에
빠지지 마십시오.
한 장소에 당신을 잡기 위해 십만 명의 군사가 숨어있습니다.
다른 곳에는 삼만 명의 병사가 매복해 있습니다.
바로 행동을 취하지 않으시면 큰 낭패를 당하십니다.

428 왕은 비밀리에 전투 준비를 해놓고 당신을 만나기 위해 올 것입니다.
그들은 무장을 감추고 당신에게 아첨을 할 것입니다.
이들이 봉화를 올리면 사방에서 적들이 나타나 당신을 포위할
것입니다.
수 만 명의 병사가 공격하여 숫자가 적은 당신 일행을 쉽게 제압할
것입니다.’

429 “나는 그 사람에게 감사를 표했네.
‘네가 내 생명을 구했으니 내가 만일 죽지 않게 되면 너에게 상을 줄
것이다.
이제 네 동료들이 너를 의심하지 않도록 그들에게 돌아가라.
내가 만일 너의 공로를 잊어버리면 신이 나에게 벌을 내릴 것이다.’

"나는 아무에게도 이 일을 얘기하지 않고 혼자 비밀로 간직했네. 430
스스로 말했네. '사람이 어떤 계획을 세우든 일어날 일은 일어나는 법이다.'
그리고 나는 뒤에 오는 본대에게 전령을 보내 다음과 같이 전했네.
'빨리 나에게로 오라, 산과 언덕을 지나 빨리 오라!'

"아침에 나는 전령을 보내 라마즈왕에게 따뜻한 말을 전했네. 431
'나도 당신을 만나러 가고 있습니다. 당신도 나를 만나러 어서 오십시오.'
나는 습격을 신경 쓰지 않고 반나절을 더 갔네.
내가 오늘 죽어야 하는 운명이라면 내가 하늘 아래 어디에 숨을 수 있겠는가!"

"내가 산 위에 올라가자 멀리 들판에서 먼지가 일어나는 것이 보였네. 432
나는 스스로 말했네. '라마즈왕이 오는가 보다. 설사 그가 나를 잡기 위해 그물을 쳤다 해도,
나의 날카로운 칼과 긴 창으로 적들의 몸을 찢을 것이다.'
그런 다음 나는 병사들에게 나의 계획대로 움직이도록 명령했네."

"나는 다음과 같이 말했네. '형제들이여, 하타이놈들이 우리를 배신하려 음모를 꾸몄지만, 433
우리는 절대 당하지 않는다. 자네들의 강인한 팔로 이놈들이 배신의 대가를 치르게 하라.
자신의 왕을 위해 죽는 자의 영혼은 천국에 간다.
오늘 우리의 무서운 칼로 하타이놈들의 운명을 끝장내자!'

"나는 당당하고 위엄 있는 목소리로 병사들에게 무장을 갖추도록 명령했네. 434

우리는 전투를 위해 갑옷을 입고 견갑을 달았고,
대열을 만들고 폭풍같이 앞으로 달려 나갔네.
그날 나의 칼로 배신자들의 몸을 산산조각 낼 준비를 했네."

435 "우리가 적에게 다가가자, 적들은 우리가 무장을 하고 대형을 맞춰 오는 것을 보았네.
한 전령이 라마즈왕의 전갈을 가지고 왔네. 왕은 다음과 같이 말했네.
'우리는 당신들이 서약을 깨서는 안된다고 생각한다.
무장한 당신들을 본 우리는 매우 불쾌하다.'

436 "나는 다음과 같은 답신을 보냈네. '나도 당신들이 우리를 향해 꾸민 일을 안다.
감히 인도의 군대를 기습으로 공격하다니. 너희들이 짠 계략은 절대 이뤄지지 않을 것이다.
당당하게 나와서 전투로 승부를 겨뤄보자.
오늘 너희들을 죽이기 위해 우리 손에 칼을 들었다.'

437 "라마즈는 그 이후로 더 이상 전령을 보내지 않았네.
봉화가 피어 오르자 들판에 잠복해 있던 적들이 튀어나왔지.
적들은 미리 계략을 짠 대로 우리 양편에서 튀어나왔네.
적들은 열을 지어 나를 공격했지만 나를 해칠 수가 없었네."

438 "나는 투구를 내리고 창을 하나 빼어 높이 들고,
나는 복수심에 불타 적들을 공격하러 나갔네.
나는 함성을 지르며 내 부하들보다 훨씬 앞서서 달려나갔지.
수많은 적들이 마치 움직이지 않는 숲처럼 서서 우리를 기다렸네."

439 "내가 다가가자 적들은 나를 보며 말했네. '저 사람은 미친

사람이다.'
나는 적 부대가 서 있는 중앙을 강한 팔로 헤치며 뚫고 지나갔네.
나는 창으로 적을 한 명 찌르고 그의 말을 쓰러트렸고, 병사와 말 모두 즉사했지.
내 창이 부러지자 나는 칼을 빼 들었네. 나의 칼이여 너를 날카롭게 벼른 사람을 칭송한다."

"나는 회색 꿩 무리를 향해 돌진하는 매처럼 적들을 향해 돌진했네. 440
나는 죽은 적 위에 또 죽은 적을 쌓아 얹어서, 적의 시체와 말로 산을 만들었네.
내가 집어 던진 적은 잠자리처럼 뱅그르 돌면서 날아갔네.
나는 한 번의 공격으로 적의 대열을 무너뜨렸네."

"적들은 벌떼처럼 나를 포위했고, 나를 에워싸고 격렬한 싸움이 벌어졌네. 441
내가 한 번 칼로 치면 적들의 피가 분수처럼 솟았네.
내가 찌른 적은 말 등에 안장처럼 매달렸네.
적들은 나를 보면 무서워서 도망치기 바빴지."

"저녁이 되자 적들의 척후병이 산꼭대기에서 소리쳤네. 442
'더 이상 버티지 마라. 후퇴하라. 하늘이 다시 우리를 저주한다.
무서운 먼지바람이 몰려오고 있다. 곧 우리를 덮칠 것이다.
수 만 명의 적군이 몰려와 우리를 완전히 궤멸시킬 것이다.'

"내가 후방에 남겨놓은 병사들이 서둘러 온 것이네. 443
그들은 나를 돕기 위해 밤낮을 쉬지 않고 왔네.
들판과 산도 이들을 멈추게 하지 못했지.
가까이 오자 그들은 북을 치고 나팔을 소리 높게 불었네."

"적들은 우리 병사들을 보자마자 줄행랑을 놓았고, 444
우리는 크게 함성을 지르며 우리가 전투를 치른 들판을 따라 달렸네.
나는 라마즈왕을 칼로 쳐서 말에서 떨어지게 했네.
우리는 살아남은 라마즈왕의 병사들을 모두 사로잡아 질질 끌고 왔네."

"도망친 적군들은 모두 우리 후위부대가 추격해서 사로잡았지. 445
겁에 질린 자들과 숨어있던 자들도 잡았네.
나의 병사들은 잠도 자지 않고 달려와 싸운 포상을 받았네.
사로잡힌 적들은 부상을 입지 않았어도 마치 병자처럼 울부짖었네."

"오랜만에 휴식을 취하기 위해 말에서 내렸을 때, 나는 갑자기 통증을 느꼈네. 446
나는 팔에 칼로 인한 상처를 입었고, 상처에서는 피가 났네.
나는 대수롭게 생각하지 않았지만, 나의 상처를 본 병사들은 크게 감동했네.
어떤 병사는 나를 칭송하였고, 어떤 병사는 자신의 감탄을 표현할 말을 찾지 못했네."

"나는 분에 넘치는 칭송을 병사들로부터 들었네. 447
어떤 병사는 멀리서 나를 축복했고, 어떤 병사는 나에게 입맞춤을 하려고 했네.
나를 훈련시킨 장군들은 나의 무술을 보고 감격하여 울었네.
여기저기 칼에 벤 나의 상처를 본 사람들은 크게 놀랐네."

"나는 사방으로 병사를 보내 전리품을 모으도록 했네. 448
병사들이 가득 가져 온 전리품을 포상으로 나누어주었네.
들판은 나에게 대적했던 적들의 피로 붉게 물들었지.
적들은 싸움을 할 생각도 못하고 성문을 열어주었네."

449 "나는 라마즈왕에게 말했네. '나는 너의 배신의 음모를 미리 알았다.
포로가 된 너는 이제 족쇄를 차고 다녀야 한다.
모든 성들은 저항하지 말고 항복하고, 하나도 남김없이 나에게 넘겨야 한다.
그렇게 하지 않으면 너의 죄를 용서하지 않겠다.'

450 "라마즈왕은 나에게 말했네. '나는 전적으로 당신에게 복종하겠습니다.
군신 중 한 명을 지명해서 나의 통치권을 받게 하십시오.
나는 각 성의 성주들에게 전령을 보내 당신께 복종하도록 명령하겠습니다.
모든 성을 당신 손에 넘기겠습니다. 모든 곳을 당신이 통치하십시오.'

451 "나는 한 장군을 지정해서 그를 나의 용사들과 같이 가게 했네.
나는 하타이 모든 성의 성주들을 내 앞에 모이게 했네.
그들은 자신들의 성을 나에게 넘겼고, 전쟁을 벌인 것을 크게 후회하였네.
나는 정복자로서 값을 매길 수 없는 보물들을 넘치도록 획득했네."

452 "그 다음 나는 하타이왕국을 순찰하는 여행을 떠났지.
모든 성의 사람들은 주저하지 않고 보물창고 열쇠를 나에게 바쳤네.
나는 주민들의 대표들에게 다음과 같이 말했네. '겁먹지 마라.
나는 태양 불로 너희들을 태우지 않고 자비를 베푸니 각자 집으로 돌아가라.'

453 "나는 보물창고들을 하나하나 자세히 살펴보았네.
내가 본 보물의 종류와 값어치를 다 얘기하려면 지칠 것이네.
나는 보물들 중 군계일학처럼 눈에 띄는 불가사이한 망토와 베일을 발견했네.
그것을 한 번 본 사람은 죽을 때까지 그 아름다움을 잊지 못할
것이네."

"나는 그것이 어디서 온 것이며, 어떤 천으로 그렇게 아름답게 454
만들어졌는지 알 수가 없었네.
내가 보여주는 사람마다 크게 놀라며 그것은 신이 만든 물건일
것이라고 했네.
비단이나 양탄자와는 다르게 흔적도 없이 수가 놓여졌고,
그 천이 얼마나 질긴지 마치 쇠로 떠지고 불에 연단된 것 같았지."

"나는 이 진귀한 물건을 나를 비추는 빛과 같은 분을 위한 선물로 455
따로 챙겨놓았네.
가장 값나는 물건들은 왕에게 바치는 선물로 떼어놓았네.
몸통이 튼튼한 천 마리의 당나귀와 낙타에
왕에게 바치는 선물을 실어 보내며 우리의 승전보를 알렸네."

18장 타리엘이 하타이인들을 정복한 후 인도의 왕에게 보낸 편지

456 "나는 편지를 썼네. '오 왕이시여, 전하께 만복이 가득하기를!
하타이인들이 나에 대해 음모를 꾸며서 그들을 단단히
징벌했습니다.
이것 때문에 전하께 소식을 전하는 것이 지체되었습니다.
사로잡은 라마즈왕과 전리품과 포로들을 데리고 전하께 갈
것입니다.'

457 "나는 모든 악의 근원인 하타이왕국을 완전히 정복했습니다.
나는 하타이 궁정의 모든 보물을 다 획득했고, 모든 악행을 뿌리
뽑았습니다.
원하는 만큼 낙타를 모을 수가 없어서 황소에다가 짐을 실었습니다.
나는 모든 성과 도시의 통치자가 되었고, 내가 원하던 모든 영예를
얻었습니다."

458 "나는 하타이의 왕을 사로잡아서 다른 많은 포로와 함께 데려왔다네.
나의 양아버지인 인도의 왕은 기뻐서 나를 만나러 달려왔네.
왕께서 나에게 해준 칭송은 다시 반복할 수가 없네.
그는 나의 팔의 갑옷을 풀어서 상처를 부드러운 천으로 감싸주었네."

459 "나와 얘기를 나누고 싶고, 나를 보고 싶은 사람들을 위해
광장에 멋진 장막들이 세워졌네.
왕은 그날 하루를 거기서 보내며 성대한 연회를 베풀었네.
그는 나를 팔로 안고 자애롭게 바라본 후 자기 자리 바로 옆에 나를
앉혔네."

"우리는 먹고 마시며 그날 밤을 보내며 즐거운 시간을 가졌네. 460
아침에야 우리는 광장을 떠나 도시 안으로 들어갔지.
왕은 다음과 같이 명령했네. '병사들을 불러 모아라.
잡아온 하타이인 포로들을 나에게 데려와 보여주기 바란다.'

"나는 사로잡은 라마즈왕을 우리 왕 앞으로 데려왔네. 461
왕은 라마즈왕을 마치 자신이 키운 아들처럼 다정하게 바라보았네.
그는 속임수를 쓰고 배반을 한 적들의 왕도 품위를 지키게 해주었지.
이것은 용자만이 보일 수 있는 관용의 행위이네."

"파르사단왕은 하타이 왕에게 음식을 대접하고 따듯하게 대했네. 462
마치 친구처럼 그와 오랜 시간 점잖게 얘기를 나누었네.
새벽녘에 왕은 나를 불러 나에게 자비로운 말을 했네.
'자네는 오랜 적이었던 하타이의 왕을 용서할 수 있는가?'

"나는 다음과 같이 대답했네. '신이 죄인을 용서하듯이 463
전하께서도 이제 아무 힘이 없는 그에게 자비를 베풀어주십시오.'
왕은 라마즈에게 말했네. '내가 그대를 사면하여 보내는 것을 알기 바란다.
그러나 앞으로 다시 내 앞에서 배은망덕한 모습을 보이지 말라.'

"왕은 그에게 매년 만 개의 드라크마 금화와 464
금팔찌와 비단도 공물로 바치게 했네.
왕은 라마즈에게 말했네. '너를 사면하여 돌려 보낼테니
두 번 다시 배신행위로 우리를 격노하게 하지 말라.'

"하타이 왕은 감사를 표하고 머리를 숙여 절을 했다네. 465
그는 다음과 같이 말했네. '신 앞에 나는 당신께 배신행위를 한 것을 뉘우칩니다.

내가 만일 그런 행위를 다시 하면 나를 죽이셔도 할 말이 없습니다.'
그는 모든 수하들을 데리고 자기나라로 돌아갔네."

466 "동이 막 틀 무렵 왕으로부터 전갈을 가지고 사람이 내게 왔네.
'석 달 동안 나는 자네와 떨어져 있었다.
나는 들에서 활로 사냥한 신선한 고기를 먹은 지가 오래 되었다.
매우 피곤하겠지만, 힘이 있으면 같이 사냥하러 들판에 나가자.'

467 "나는 바로 궁전으로 가서 사람들이 가득 찬 넓은 홀로 들어갔네.
사냥개 무리가 나를 맞았고, 넓은 홀에는 사냥용 매가 가득 찼지.
왕은 태양과 같은 아름다운 모습으로 이미 준비를 하고 앉아 있었네.
왕은 말했네. '아침해처럼 빛나는 너의 모습을 보니 아주 기분이 좋다.'

468 "왕은 내가 알아듣지 못하게 왕비에게 속삭이며 얘기했네.
'전쟁터에 오래 나가 있었던 타리엘은 더 멋진 모습으로 돌아왔네요.
그는 바라보는 모든 사람에게 어둠을 밝히는 빛을 가져왔습니다.
내가 당신께 부탁하는 것을 지체 없이 해주세요.'

469 '나는 자네와 상의하지 않고 한 계획을 세웠다. 이제 자네도 이것을 알아야 한다.
이제 내 딸이 왕이 되었다. 우리가 직접 그녀를 왕으로 지명했다.
이제 우리가 애지중지 키운 에덴동산의 나무 같은 그녀를 자네가 보게 될 것이다.
왕비여, 공주를 궁전에 들어오게 해서 사냥에서 돌아올 때 우리를 맞게 하시오.'

470 "우리는 들판과 산기슭, 언덕에서 사냥을 했네.
수많은 사냥개와 매와 독수리가 우리와 같이 움직였지.

우리는 들판을 달렸지만, 멀리 가지는 않았네.
왕은 격구를 빨리 끝내고 일찍 궁으로 귀환하기로 했네."

"나를 보려는 사람들이 도시의 거리와 골목과 지붕에 넘쳤네. 471
빛나는 무기와 금빛 장식술이 달린 멋진 옷이 나를 빛나게 했네.
사냥에 지친 나는 다소 창백했지만 눈물로 씻은 하얀 장미처럼 멋지게 행진했네.
나를 본 사람들은 칭송할 말을 찾지 못하고 넋을 잃었지."

"나는 하타이인들에게서 노획한 화려한 베일로 나를 감쌌네. 472
그것은 나에게 잘 어울렸네. 나를 보고 넋을 잃은 사람들은 쓰러질 지경이었지.
왕은 말에서 내렸고, 우리는 열린 궁전 문 안으로 들어갔네.
순간 나는 몸이 얼어붙었네. 왕좌에 그녀가 앉아 태양과 같은 빛을 발하고 있었네."

"태양과 같은 네스탄 공주는 붉은 황금빛 옷을 입고 궁전 전체를 환하게 밝히고 있었네. 473
그녀 뒤에는 시녀들이 줄지어 서있었지.
그녀의 빛이 궁전과 거리와 온 동네를 밝혔네.
루비 같은 볼과 진주처럼 빛나는 치아가 나란히 장미 같은 그녀의 모습을 더욱 아름답게 해주었네."

"전투에서 부상당한 나의 팔은 부목이 되어 목에 매여 있었네. 474
왕비는 옥좌에서 일어나 나를 맞으러 왔네.
그녀는 나를 마치 아들인양 뜨겁게 입맞춤을 해서, 나의 붉은 뺨은 하얗게 되었지.
그녀는 말했네. '앞으로는 감히 적들이 당신과 싸울 생각을 하지 못할 겁니다.'

475 “나는 왕과 왕비 옆에 앉게 되어 한없이 행복했네.
내 맞은편에는 내 마음을 불태워버린 태양과 같은 사람이 앉았네.
우리는 서로 바라보며 말없이 시선으로만 얘기했네.
만일 그녀가 내게서 시선을 멀리하면, 나는 바로 지옥에 떨어진 듯 괴로울 것 같았네.”

476 “왕은 자신의 권력에 맞는 성대한 주연을 베풀었네.
사람들은 이런 화려한 연회를 보지 못했을 것이네.
모든 잔과 배(盃)는 터키옥과 루비로 만들어졌지.
왕은 손님들이 취했어도 자리를 뜨지 못하게 만들었네.”

477 “나도 그 자리에서 최고의 기쁨을 맛보았네.
여왕이 나를 바라보고, 나도 그녀를 바라보았을 때 나의 마음의 불길은 꺼졌네.
나는 불타는 나의 마음을 사람들이 눈치 채지 못하도록 애를 썼네.
사랑하는 사람의 얼굴을 마주보는 것보다 더 기쁜 일이 어디 있겠는가?”

478 “왕이 명을 내리자 음유시인들이 노래를 멈추고 모두 머리를 조아렸네.
왕이 말했네. ‘나의 아들 타리엘아, 우리가 얼마나 기쁜지 말할 수 없구나.
우리의 적들이 모두 우리를 부러워하고, 우리는 지금 더 없는 기쁨을 누리고 있다.
그대를 자랑스러워하고 숭모하는 자들은 당연한 일을 하는 것이다.

479 우리는 큰 영광을 받고 있는 자네에게 화려한 새 옷을 지어 입혀야 하지만,
자네가 지금 입고 있는 옷보다 더 아름다운 것은 없을 것이다.

대신 찬란하게 빛나는 백 가지의 보화를 너에게 하사하마.
우리 앞에서 부끄러워하지 말고 원하는 것을 갖기 바란다.'

"백 개의 보물창고 열쇠를 백 개의 쟁반에 올려 내게 가져왔네. 480
나는 황송하여 무릎을 꿇고 왕과 왕비에게 찬사를 올렸네.
왕과 왕비는 함께 나를 껴안았네.
전하의 자비로 나의 병사들도 풍성한 선물을 받았네."

"왕은 다시 즐거운 기분으로 자리에 앉았네. 주연이 더욱 요란하게 시작되었고, 481
잔치가 계속되고 수금과 하프 소리가 울려 퍼졌네.
저녁이 되자 왕비와 여왕은 자리에서 물러났고,
새벽이 되어서야 손님들은 자리를 떴고, 떠들썩한 잔치가 끝이 났네."

"나도 더 이상 잔을 받을 수 없어서 집으로 돌아갔네. 482
나는 방으로 들어갔고, 마치 무엇에 홀린 사람처럼 정신이 희미해졌네.
나는 마치 포로가 된 듯 내 안의 사랑의 불을 끌 수 있는 힘이 없었네.
그러나 나는 또렷이 기억했네. 그녀가 나를 바라보던 모습이 나를 너무 기쁘게 했네."

19장 네스탄-다레잔이 사랑하는 사람에게 보낸 편지

483 "시종이 들어와서 나에게 기쁜 소식을 전했네.
'베일로 얼굴을 가린 여자가 전갈을 가지고 왔습니다.'
나는 즉시 알아차렸네. 나는 떨리는 마음으로 서둘러 자리에서 일어났네.
나는 아스마트가 나에게 다가오는 것을 보았네."

484 "내가 죽을 정도로 사랑하는 사람의 모습을 아스마트에게서 대신 보는 것 같았네.
나는 그녀가 절을 하는 것을 제지하고,
한 번 포옹해 주고 그녀를 내 옆에 앉히고 숨을 고르며 물었네.
'알로에 나무 같은 그 분은 궁전으로 돌아가셨는가?

485 그 분의 소식을 내가 말해주렴. 다른 것은 얘기할 필요가 없다.'
그녀는 다음과 같이 말했네. '나는 전혀 꾸미지 않고 진실을 말씀 드리겠습니다.
오늘 여왕님과 당신은 서로 직접 대면하며 따뜻한 눈길로 사랑을 표현하셨습니다.
여왕께서 당신의 소식을 지체 말고 가져오도록 명하셨습니다.'

486 "아스마트는 내게 편지를 주었네. 이 땅을 밝히는 빛과 같은 분이 보낸 것이었네.
네스탄은 다음과 같이 썼네. '나는 보석같이 빛나는 당신의 아름다움을 보았습니다.
말을 달려 전투에서 귀환한 당신의 모습은 밝고 멋있었습니다.

당신을 염려하여 흘린 눈물이 괜한 것이 아니었습니다.

신이 나에게 혀를 주셨다면 당신을 찬양하는 데 쓰는 게 맞습니다. 487
당신이 사라지면 나도 아무 불평이나 원망 없이 당신을 따라 기꺼이 죽을 것입니다.
사자와 같은 나의 님이여! 당신을 위해 흑장미가 만발한 정원을 만들겠습니다.
신께 맹세하건대, 나는 당신의 것이며 다른 누구에게도 마음을 주지 않겠습니다.

당신이 강물과 같이 흘린 눈물은 헛된 것이 아닙니다. 488
이제 더 이상 울지 마세요. 슬픔을 멀리 쫓아버리세요.
당신을 본 사람들이 한없는 질투에 싸여도 당연합니다.
오늘 당신을 감싸고 있던 그 멋진 천으로 나를 감싸주세요.

당신을 멋지게 장식했던 그 천을 저에게 증표로 주세요. 489
당신이 나를 볼 때, 당신의 천이 나를 멋지게 장식하는 것을 보고 기뻐하실 것입니다.
나의 사랑의 증표로 이 팔찌를 드립니다.
너무나 행복한 이 밤이 지속되고 아침이 오기를 바라지 않습니다.'

20장 타리엘이 울며 정신을 잃다

490 여기까지 말하고 타리엘은 맹수처럼 울기 시작했다. 그의 슬픔은 천 배나 커진 것 같았다.

그는 말했다. "그녀가 팔에 차던 팔찌를 여기 내가 차고 있다네!"

그는 이 세상 무엇보다도 소중한 그 팔찌를 풀었다.

그는 팔찌를 입술에 꼭 붙이고 기절하여 시체처럼 쓰러졌다.

491 그는 무덤 문 앞에 놓인 시체보다 더 생명이 빠져나가 누워있었다.

그의 가슴 양쪽에는 주먹으로 쳐서 퍼렇게 멍든 상처가 보였다.

아스마트가 긁은 뺨에서는 피가 흘러나왔다.

그녀는 그를 살려내기 위해 수정 같은 물을 타리엘에게 부었다.

492 압탄딜도 슬프게 한숨을 쉬며 타리엘을 바라보았다.

아스마트는 몇 배 더 크게 신음소리를 내며 울었다. 그녀의 눈물은 바위를 움푹 들어가게 할 것 같았다.

그녀가 부은 물로 타리엘 가슴의 불이 꺼지고 그의 의식이 다시 돌아왔다.

타리엘이 말했다. "나는 아직 살아있구나. 운명의 신은 아직도 나의 피를 마시고 있구나."

493 그는 창백한 모습으로 다시 일어나 앉았지만 그의 눈동자는 정신 나간 사람 같았다.

장미 같던 그의 안색은 샤프론같은 파리한 노란색이 되었다.

오랜 시간 그는 말을 하지 않았고 그들을 쳐다보지도 않았다.

그는 죽음을 기다리며 이 생으로 다시 돌아오는 것을 원하지 않는 것 같았다.

그는 압탄딜에게 말했다. "내가 지금 미친 사람 같은 마음이지만 내 말을 들어보게. 494
나의 마음을 땅에 매장해버린 그녀의 얘기를 하겠네.
나는 자네와 같은 친구이자 위로자를 만난 것이 너무 기쁘네.
나는 내가 살아있다는 것이 너무 놀랍고, 역겹기도 하네."

"아스마트는 나의 누이동생과 같은 존재가 되었고, 더할 나위 없이 소중한 선물과 같네. 495
내가 그녀의 편지를 보았을 때 아스마트는 이 팔찌를 내게 주었네.
나는 바로 팔찌를 내 팔에 찼고,
내가 머리에 두건처럼 두르고 있던 검붉은 색의 베일을 벗어서 보냈네."

21장 사랑하는 사람에게 보내는 타리엘의 편지

496 "나는 다음과 같이 썼네. '오 태양이여! 당신이 발하는 빛으로 인해 나의 결단력과 용기가 녹아버렸습니다.
당신의 매혹적 눈길에 사로잡혀 나는 정신 나간 사람이 되었습니다.
당신의 진심 어린 선한 마음에 걸맞은 보물을 내가 어디서 찾을 수 있겠습니까?

497 당신은 나에게 생명을 돌려주었습니다. 나는 이 날을 기억합니다.
나는 이 날을 행복한 그날과 같이 나란히 기억합니다.
나는 당신의 팔찌를 받았습니다. 그 팔찌는 내 팔을 장식하고 있습니다.
나는 어떻게 더 나의 기쁨을 표현할 수 있을까요?

498 보십시오, 진심으로 당신이 원하는 베일을 당신에게 보냅니다.
당신에게만 어울리는 망토도 같이 보냅니다.
나를 기절하게 놔두지 마시고, 어서 와서 나를 살려주세요.
당신을 제외하고 누가 나에게 이 세상의 기쁨이 되겠습니까.'"

499 "아스마트는 일어나 나를 떠났고, 나는 다시 쓰러져 깊은 잠에 빠졌네.
나는 갑자기 전율했네. 꿈속에서 그녀가 나타난 것이었네.
잠에서 깨자 모든 것이 사라졌고, 나의 삶은 다시 슬픔으로 가득 찼네.
나는 그렇게 갈망하는 그녀의 목소리를 듣지 못했고, 그렇게 밤이 지나갔다네."

22장 네스탄-다레잔이 결혼한다는 소식이 알려지다

"다음날 아침 나는 궁전으로 들어오라는 명을 받고 들어갔네. 500
날이 아직 밝기 전 일어난 나는 전갈을 듣자마자 단숨에 달려갔네.
왕과 왕비가 같이 앉아 있었고 세 명의 신하도 이미 와 있었지.
왕과 왕비는 미소를 지으며 나를 옥좌 옆의 의자에 앉혔네."

"그들은 나에게 말했네. '나는 노년에 이르렀고, 죽을 날도 멀지 않았다. 501
노년이 우리의 동반자가 되었고, 젊은 시절은 흔적도 희미해졌다.
우리에게는 아들이 없고, 세상의 기쁨이 되는 딸만 있다.
노년에 이르도록 아들이 없으니 우리는 온전한 행복을 누릴 수가 없다.

이제 우리 딸의 신랑감이 필요한데 어떻게 그를 찾아야 할지 모르겠다. 502
왕좌를 물려줄 남편감은 존귀한 혈통을 지녀야 한다.
우리의 간교한 적들이 칼로 우리를 유린하지 못하게
그는 현명하고 용맹한 용사로서 우리 왕국을 수호해야 한다.'

"나는 다음과 같이 대답했네. '아들이 없으니 전하 내외의 가슴은 어둠으로 둘러싸여 있습니다. 503
그러나 태양과 같은 공주가 우리에게 희망과 같은 빛을 비추고 있습니다
전하의 부마로 선택 받은 가문은 신께 찬양을 올릴 것입니다.
저는 전하의 생각에 전적으로 동감합니다. 부마감을 직접

선택하시기 바랍니다.'

504 "우리는 그 문제를 논의하기 시작했네. 나는 가슴이 불같이 타올랐네.
나는 속으로 생각했네. '내가 무슨 다른 말을 할 수 있겠는가?'
그때 왕이 말했네. "호라즘[23] 왕의 아들이 부마로 좋을 것 같다.
만일 그가 아들을 우리에게 허락한다면, 더 걱정할 필요가 없겠다.'

505 "좌중에 자리한 사람들에게는 이 문제가 미리 정해진 것이라는 것을 깨달았네.
그들은 서로를 바라보았지만 결론은 이미 내려진 상태였네.
나는 반대 의견을 말할 용기가 없었네. 나의 말은 아무 소용이 없을 게 분명했네.
나는 망연자실했고, 나의 심장은 다시 강하게 떨리기 시작했네."

506 "그러자 왕비도 거들고 나섰네. '호라즘의 왕은 권력이 막강합니다.
자기 아들을 부마감으로 허락한다면 더 이상 좋은 신랑감이 어디에 있겠습니까?'
왕과 왕비가 그렇게 말하는데 내가 어떻게 감히 그 말을 반박할 수 있겠는가?
나도 할 수 없이 이 결정에 동의를 했지만, 이날은 나에게 재앙 같은 날이었네."

507 "호라즘의 왕에게 그의 아들을 장가보낼 의향이 있는지 전문을 보냈다네.
'우리 왕국은 크지만 우리에게는 왕위 계승자가 없습니다.
대신 우리는 왕위를 계승할 처녀 아이가 있습니다.

23) 호라즘 - 11~13세기 아랄해 남쪽 아무다리야 강 하류 지역에 존재했던 국가

당신의 아들을 우리의 부마가 되게 허락하면, 우리에게 큰 기쁨이 될
것입니다.'

"우리가 보낸 전령은 옷과 선물을 가득 싣고 돌아왔네. 508
우리의 제안에 호라즘의 왕은 크게 기뻐했네.
그는 말했네. '평생의 꿈이 성취되었습니다.
당신과 우리의 자녀들은 좋은 배필이 될 것을 의심하지 않습니다.'

"호라즘의 왕자를 데려오기 위해 사람들이 떠났네. 509
그들은 다음과 같이 말했네. '당신들이 동의했으면 더 이상 지체할
필요가 없습니다.'
나는 집으로 돌아와 마치 격구에 나갔던 선수처럼 그 자리에
쓰러졌네.
마음은 슬픔으로 가득 찼고, 견딜 수 없는 고통이 가슴을 짓눌렀네."

23장 타리엘과 네스탄-다레잔의 대화와 결정

510 “마치 칼에 찔린 것처럼 억누를 수 없는 번민이 나의 가슴을 찔렀네.
아스마트의 종이 내게로 왔네. 나의 가슴은 다시 열정으로 찼네.
나는 편지를 받아 읽었네. ‘플라타너스 나무 같은 당신이여,
시간을 지체하지 말고 어서 네스탄님에게 오십시오.’

511 “나는 바로 말에 올라 달려가서 기쁜 마음으로 정원으로 들어갔네.
정원을 통과하자 성이 보였고 아스마트가 문가에 나와 있었네.
그녀는 슬프게 울고 있었고, 그녀의 뺨에는 눈물방울이 맺혀 있었네.
나는 그녀와 왜 눈물을 흘리는지 알고 있기에 아무것도 묻지
않았네.”

512 “아스마트의 슬픈 얼굴을 보자 나도 너무 마음이 아팠네.
그녀의 얼굴에는 전에 보았던 미소가 사라졌네.
아스마트는 내 앞에서 아무 말도 하지 못하고 주체하지 못하고
울었네.
눈물에 젖은 그녀의 시선이 창처럼 나의 가슴을 꿰뚫었지만, 나는
아무 도움도 줄 수 없었네.”

513 “여러 생각과 추측이 나의 마음에 맴돌았네.
아스마트는 휘장을 걷어 올리고 나를 안으로 인도했네.
나는 빛나는 달빛을 보았네. 그녀의 밝은 얼굴을 보자 나도
안도했네.
빛으로 내 마음이 밝아졌지만 염려가 사라지지는 않았고 마음이
무거웠네.”

"실내는 밝지 않았고 커튼 사이로 빛이 엷게 비치고 있었네. 514
그녀는 내가 선물한 베일로 얼굴을 감싸고 있었고, 베일은 어깨까지
내려왔지.
그녀는 녹색 옷을 입고 안락의자에 슬프게 앉아 있었네.
환하게 빛을 발하던 그녀의 얼굴은 눈물로 덮여 창백했네."

"그녀는 마치 바위 위에 앉은 분노한 암호랑이처럼 앉아 있었네. 515
그녀는 더 이상 태양이나 달이나 플라타너스 나무 같아 보이지
않았네.
아스마트는 창에 찔린 듯 한 나를 그녀에게서 멀리 앉게 했네.
네스탄은 눈썹을 치켜 뜨고 성난 표정으로 일어섰네."

"그녀는 내게 말했네. '맹세를 깬 자가 왜 내 앞에 왔는지 516
모르겠습니다.
당신은 배신자이고 반역자입니다. 맹세의 약속을 헌신짝처럼
버렸습니다.
하늘이 당신에게 벌을 주고 고통을 안겨 줄 것입니다.'
나는 그녀에게 대답했네. '나는 내가 어떤 잘못을 했는지
모르겠습니다.

내가 무슨 잘못을 했는지 모르는데 어떻게 당신에게 답을 할 수 517
있겠습니까?
내가 무슨 죄를 지었는지요? 내가 백지장처럼 창백해진 것을 못
보십니까?'
그녀는 이렇게 답했네. '나는 맹세를 깬 사람에게 해줄 말이
없습니다.
여자들이 흔히 배신당하는 것처럼 나도 배신당했다는 것이
수치스러울 따름입니다.

518 호라즘의 왕자를 내 약혼자로 정했다는 것을 당신은 알고 있습니다.
당신은 중신 회의에서 이 결정에 동의했습니다.
당신은 맹세의 언약을 어겼고, 사랑의 약속을 배반했습니다.
신께 맹세하건대 당신의 간사함을 복수하고 당신을 멸시할 것입니다.

519 당신이 사랑의 탄식과 눈물로 들판을 적신 사실을 기억합니까?
의사들이 당신의 병을 치유하기 위해 약을 가져 온 것도 기억합니까?
남자가 거짓말을 하는 것은 가장 수치스러운 일입니다.
한 번 배신을 했으면 그것으로 끝났습니다! 이제 당신과 나, 누가 더 고통을 당하는지 봅시다.

520 이것을 알아두세요. 누가 인도를 통치하건 나도 통치권을 가지고 있습니다.
나는 누구에게도 인도의 왕좌를 넘겨주지 않을 것입니다.
당신은 스스로의 계략으로 올무에 걸렸습니다.
당신의 간교한 생각은 당신과 한 치도 다를 바가 없습니다.

521 내가 살아있는 한 당신은 인도에 머무르지 못할 것입니다.
당신이 이 나라에 머뭇거리면, 당신은 바로 죽게 될 것입니다.
당신의 손이 하늘까지 닿는다 해도 나 같은 사람을 찾지 않는 것이 좋을 것입니다.'
타리엘은 여기까지 얘기하고 크게 흐느껴 울며 탄식했다.

522 그는 잠시 후 다시 말했다. "그녀가 화난 이유를 알자 나는 희망이 다시 솟았네.
나는 힘이 솟아서 그녀의 빛나는 모습을 다시 바라볼 수 있었네.
사랑을 잃어버린 내가 지금 이렇게 살아있는 것이 신기할 따름이네.
가혹한 운명이여, 언제까지 너는 나의 피를 삼킬 것인가!"

"나는 그녀의 안락의자에 코란이 펼쳐져 있는 것을 보았네. 523
나는 그것을 들고 일어났네. 나는 신을 찬양한 후 그녀를 칭송하고
'오 태양이여! 나는 완전히 불타버렸고 나의 태양도 저물었습니다.
자애로운 이여, 내가 몇 마디만 하게 허락해 주십시오.

만일 내가 말하는 것이 거짓이거나 헛것이거든, 524
하늘이 나를 저주할 것이고, 햇빛이 암흑으로 변할 것입니다.
당신은 내가 저주받아야 한다고 하시지만, 나는 아무 죄도 짓지 않았습니다!'
'그럼 말하세요!' 네스탄이 머리를 끄덕이며 말했네."

"나는 이렇게 말했네. '태양이여, 내가 나의 맹세를 어겼다면, 525
하늘이 분노하여 천둥번개로 나를 치게 하십시오.
당신 말고 누가 나에게 태양과 종려나무 같은 존재가 되겠습니까?
내가 만일 사랑을 배신했다면, 수많은 창이 내 심장을 찌르게 하소서.

나는 왕이 부르셔서 궁전으로 들어갔습니다. 거기에는 고관들이 모여 있었습니다. 526
호라즘 왕자를 부마로 삼는 것은 이미 그들 사이에 결정되어 있었습니다.
그들의 결정을 뒤집으려고 노력해봐야 쓸데없는 일이었습니다.
나는 쓰라린 속마음을 감추고 일단 동의를 하지 않을 수 없었습니다.

왕이 납득을 하지 않는데 왕과 논쟁해봐야 무슨 소용이 있겠습니까? 527
인도 왕좌의 후계자가 이미 있는데, 왜 다른 통치자가 필요합니까?
타리엘이 후계자로 정해진 것을 모두가 아는데, 어떻게 다른 사람이 왕위를 물려받을 수 있습니까?
왕이 누구를 불러들이든 나는 그가 왕위에 올라가는 것을 반대할

것입니다.'

528 "나는 이렇게 생각했네. '여기서 논쟁해봐야 일만 그르친다. 다른 방도를 생각해야 한다.'

마음속으로 속삭였네. '걱정하지 마라. 너는 낙담하면 안 된다.'

나의 마음은 맹수처럼 울부짖었고, 나의 영혼은 들판으로 날아갔다네.

'내가 당신을 누구에게 넘겨줄 수 있으며, 내가 지금 어떻게 포기할 수 있단 말인가?'

529 "사랑을 위해 나의 영혼을 바치자, 나의 닫힌 성(城)도 번잡한 시장으로 변했네.

장미를 얼게 한 겨울 서리가 비로 변해 흘렀네.

그녀의 입술이 열리며 진주 같은 치아가 베일 사이로 보였네.

그녀가 나에게 말했네. '이제 이해하겠습니다. 당신은 나를 배신한 것이 아니었군요.

530 나는 더 이상 당신의 맹세와 헌신을 의심하지 않습니다.

또한 당신이 신의 은총을 거부하고 감사한 마음을 잊는 사람이 아니라는 것도 압니다.

용기를 내서 부왕께 가서 인도의 통치권을 주고 우리의 결혼을 허락해 달라고 요구하세요.

나와 당신이 같이 손을 잡고 인도를 통치할 것입니다.'

531 "그녀의 분노는 자애로움으로 바뀌었고, 따뜻한 위로의 빛이 다시 비췄네.

태양은 세상의 기쁨이 되었고, 달빛이 다시 미소를 띠었지.

그녀는 나를 자기 옆에 앉히고 다정하게 말을 건넸네.

그녀와 이야기를 나누며 내 마음속의 불꽃같은 억울함은 사라졌네."

"그녀는 다음과 같이 말했네. '현명한 사람은 절대 서두르지 532
않습니다.
사려 깊게 행동하고 불행을 잘 피해 가야 합니다.
만일 당신이 호라즘 왕자를 인도에 오지 못하게 하면 왕은 매우 화를
낼 것입니다.
왕과 당신이 싸우게 되면 인도인들은 파멸을 맞게 됩니다.

호라즘 왕자를 오게 놔두면 왕은 우리를 결혼시킬 것이고, 533
우리의 입술은 노랗게 바래고, 우리 눈의 광채도 사라지겠지요.
호라즘인들은 기뻐 뛰겠지만, 우리의 고통은 백 배나 커질 것입니다.
안됩니다. 절대 안됩니다! 페르시아의 왕자가 우리의 통치자로
군림하면 안됩니다.'

"나는 말했네. '신도 그가 당신의 남편이 되는 것을 막을 것입니다. 534
만일 그들이 인도 땅에 가까이 오면 내가 나가서 맞설 것입니다.
나는 그들을 혼쭐 내고, 나의 무예로 그들을 제압하겠습니다.
나는 그들 모두를 죽이고 모든 위협을 제거하겠습니다.'

"그녀가 대답했네. '이런 험한 일에 여자인 내가 끼어들 수 없습니다. 535
나로 인해 많은 사람이 죽고 피가 흐르는 것을 나는 볼 수 없습니다.
많은 사람이 와도, 부마감만 죽이고 병사들은 죽이지 마십시오.
정의로운 일을 하면 죽은 나무도 다시 생명을 찾게 됩니다.

영웅들 중 가장 용기 있는 사자와 같은 용사여, 그렇게 이 일을 536
처리하십시오.
부대를 끌고 가지 말고 도둑처럼 은밀하게 그를 죽이세요.
적군을 소떼나 당나귀떼처럼 많이 죽이지 마세요.
무고한 사람들을 죽이는 것은 용사가 할 일이 아닙니다.

537 모든 일을 마치면 왕께 당신의 뜻을 말하세요.
다음과 같이 간언하세요. '인도를 비열한 외국놈들의 식민지로 만들 수 없습니다.
적에게는 한 드라크마도 줄 수 없습니다. 내가 왕좌를 물려받겠습니다.
전하께서 생각을 바꾸지 않으시면, 나는 전하의 모든 도시를 폐허로 만들 것입니다.'

538 그러나 나에 대한 당신의 사랑을 얘기하지는 마세요.
그래야 당신의 행동이 더욱 정의롭게 빛날 것입니다.
그러면 왕은 생각을 바꿔서, 사색이 되어 스스로 당신에게 부탁할 것입니다
그는 나를 당신과 결혼시키고, 우리 둘이 함께 인도를 통치하게 될 것입니다.'

539 "나는 그녀의 현명한 조언이 마음에 들었고, 그녀 말대로 하기로 했네.
나는 수많은 적을 나의 칼로 처단하려는 생각을 바꿨네.
내가 가려고 일어나자 그녀는 나를 잡아 다시 자리에 앉게 했네.
나는 다가가 그녀를 안고 싶었지만 그렇게 할 수가 없었네."

540 "잠시 더 머무른 후 그녀와 헤어질 때, 정신이 갑자기 혼미해졌네.
아스마트가 나를 인도했고, 나의 눈에서는 눈물이 강물처럼 흘러내렸네.
한 발자국 걸을 때마다 슬픔이 두 배로 커졌고, 나의 기쁨은 그만큼 사그라들었네.
나는 이별의 애절한 마음을 안고 서두르지 않고 내 길을 떠났네."

24장 인도에 도착한 호라즘 왕자가 타리엘의 손에 죽임을 당하다

"전령이 뛰어 들어오며 외쳤네. '부마가 옵니다. 그는 곧 541
도착합니다.'
그러나 불쌍한 그 인간은 신이 어떤 일을 준비했는지를 몰랐네.
아무 걱정도 없는 왕은 소식을 듣고 기쁜 표정을 지었네.
그는 고개짓으로 나를 불러 자기 옆에 앉혔네."

"왕은 이렇게 말했네. '나는 오늘 새로운 행복으로 마음이 충만하다. 542
자네의 여동생 같은 공주의 결혼식을 멋지게 올려보자.
보물창고에 사람을 보내 선물을 모두에게 나누어주자.
구두쇠란 말을 듣지 않도록 오늘 하객들에게 풍성하게 선물을
나누어 주도록 하자.'

"나는 온갖 곳에 사람을 보내어 선물을 가져오게 했네. 543
부마는 약속한 기한에 맞추어 거의 도착을 했네.
'호라즘인들은 먼 길을 왔다. 신하들을 보내서 그를 영접하도록
하자.
그가 데려온 병사들은 넓은 길을 가득 채우고도 넘치는구나.'

"왕은 나에게 명을 내렸네. '광장에 장막들을 쳐라. 544
자네는 먼 길을 온 부마를 좀 쉬게 해서 그가 기운을 차리게 하게.
자네는 나가지 말고 다른 사람들이 그를 맞으러 나가게 하게.
많은 사람을 보내서 그를 영접하고 자네는 여기서 부마를 맞게.'

"광장에는 붉은 천으로 된 장막들이 위용 있게 쳐졌네. 545

부마가 도착하여 말에서 내렸고, 마치 부활절 축제 같았네.
많은 병사들과 고관들이 예의를 차리며 그를 맞으러 나갔지.
병사들은 부대별로 열을 맞추어 정렬했네."

546 "나는 힘을 아끼지 않고 왕의 명령을 충실히 수행한 후
피곤한 몸을 이끌고 집으로 갔네. 잠을 좀 자고 싶었네.
그때 아스마트가 보낸 사람이 편지를 가져왔네.
'빨리 오세요! 높게 솟은 플라타너스 나무 같은 그녀가
명령하십니다.'

547 "나는 말에서 내리지 않고 바로 전속력으로 장미의 정원으로
달려갔네.
아스마트는 눈물에 젖어 있었네. 나는 물었네. '왜 그렇게 눈물을
흘리는가?'
그녀는 대답했네. '당신을 만나면 눈에서 눈물이 마를 날이
없습니다.
언제까지 당신을 정당화시켜드려야 하나요? 왜 그런 행동을
하셨나요?'

548 "우리는 안으로 들어갔네. 네스탄은 격노한 모습으로 보료 위에
비스듬히 앉아 있었네.
그녀의 얼굴은 태양보다 더 뜨거운 열기로 빛났네.
그녀는 명령했네. '생사의 결전을 앞두고 당신은 왜 지체하는
겁니까?
당신은 또 왕에게 굴복하여 무슨 일을 꾸미는가요?'

549 "큰 모욕을 느낀 나는 아무 말도 하지 않고 서둘러 밖으로 나와서
큰 소리를 질렀네. '내가 사랑하는 당신과 나 사이를 가로막을 자는
없습니다.

나는 여자에게 등이 떠밀려 전장으로 나가는 겁쟁이가 아닙니다.'
참담한 마음으로 집으로 나는 호라즘 왕자를 죽이기로 결심했네."

"나는 집으로 돌아와 백 명의 병사를 모은 후 명령했네. '전투에 나갈 준비를 해라!' 550
우리는 말을 타고 사람들 눈에 띄지 않게 좁은 길을 지나 도시를 통과했네.
나는 장막 안으로 들어갔네. 부마감은 침상에 누워있었고, 그의 운명이 불쌍했지만 나는 주저하지 않았네.
나는 검에 피 한 방울 묻히지 않고 그를 죽였네."

"나는 장막의 한쪽을 칼로 자르고 안으로 들어간 후 551
적의 다리를 끌고 나와 장막 버팀목에 그의 머리를 세게 부딪쳤네.
그가 죽은 것을 발견한 시종이 크게 외치고 통곡하는 소리가 들렸네.
단단한 갑옷을 입은 나는 아무 해도 당하지 않고 말을 타고 힘껏 달렸네."

"비상이 걸리고 '그를 잡아라!'는 외침이 울려 퍼졌네. 552
호라즘놈들이 나를 잡는 것은 불가능했지. 나는 추적자들 몇 명을 죽였네.
나는 적들이 공략할 수 없는 난공불락의 성을 통치하고 있었네.
나는 그곳으로 안전하게 들어갔고, 아무도 나의 길을 막는 자가 없었네."

"나는 사방으로 사람을 보내 병사들에게 나의 명령을 전했네. 553
'나를 도울 사람들은 지체 없이 나에게로 오라!'
어둔 밤이 되자 적들이 성 앞으로 몰려왔네.
그러나 적들은 나를 보자 겁에 질려 뒤로 물러났네."

554 “다음날 나는 해가 뜨기 전 일어나 갑옷을 차려 입었네.
왕이 보낸 세 명의 신하가 나를 찾아오는 것을 보았네.
왕은 다음과 같은 전갈을 보냈네. ‘자네를 나의 아들처럼 귀하게 키웠다는 것은 신도 안다.
그런데 왜 자네는 나의 기쁨을 견딜 수 없는 슬픔으로 바꾸어 놓았는가?

555 왜 죄 없는 사람의 피를 흘려서 우리 가문과 일가에 복수의 칼이 닥치게 하였는가?
만일 자네가 나의 딸을 원했다면, 나에게 왜 그것을 말하지 않았는가?
자네를 키워준 늙은 나에게 왜 이런 고통을 안겨주는가?
자네는 내가 살아 있는 한 내 얼굴을 보지 못하네.’

556 “나는 다음과 같은 답신을 보냈네. ‘왕이시여, 나는 청동보다 강한 사람입니다.
나의 명예가 땅에 떨어졌는데 내가 죽음을 두려워하겠습니까?
왕은 정의의 수호자가 되어야 하는 것을 전하가 누구보다 잘 아십니다.
태양에 맹세하건대, 나는 공주를 원했던 것은 아닙니다.

557 전하가 광활하고 위대한 나라인 인도의 군주라는 것은 누구나 다 압니다.
왕이 길러주신 저만이 이 나라의 마땅한 후계자입니다.
모든 왕손들이 다 죽은 지금 전하 혼자 나라를 다스리십니다.
다른 사람이 왕위를 차지하게 하지 마십시오. 합법적인 왕위 계승자는 저밖에 없습니다.

558 저는 아첨하는 게 아닙니다. 제가 감히 말씀 드리건 데 전하의

판단은 틀렸습니다.
하늘의 뜻으로 전하께는 왕위 계승자로 아들이 없고 딸만 있습니다.
만일 호라즘의 왕자를 왕위에 앉히면, 나는 대신 무엇을 얻어야
합니까?
나의 칼이 녹슬지 않는 동안 다른 사람이 감히 왕위를 넘볼 수
없습니다.

나는 전하의 딸을 원하지 않습니다. 다른 곳에 시집가게 하십시오. 559
그러나 인도는 나의 것이고, 이 나라를 다른 사람에게 줄 수
없습니다.
나의 유산을 탐내는 자는 바로 그날 목숨을 빼앗길 것입니다.
나는 다른 나라의 도움을 결코 청하지 않고 스스로 왕국을 지킬
것입니다.'

25장 타리엘은 네스탄-다레잔이 사라졌다는 소식을 듣는다

560 "나는 사람을 보내 네스탄에 대한 소식을 알아오도록 했고, 절망에 빠져 정신이 거의 나갔네.
네스탄에 대한 소식을 전혀 듣지 못한 나의 마음은 불길에 휩싸였네.
나는 들판을 내려다보는 높은 성탑으로 올라갔네.
참담한 운명을 겪은 내가 아직 죽지 않고 살아있다는 것이 놀라웠네."

561 "두 명의 행인이 다가오는 것을 보고 나는 단숨에 앞으로 달려 나갔네.
두 사람 중 하나가 아스마트인 것을 알아차리자 나는 큰 혼란에 빠졌네.
흐트러진 머리를 한 그녀는 얼굴에 피가 흐르고 있었지.
그녀는 전처럼 웃음을 띠거나 기쁨의 소리를 지르며 나를 맞지 않았네."

562 "이런 모습을 보고 나는 거의 정신을 잃었고, 온몸에서 힘이 빠져나갔네.
나는 그녀에게 소리쳤네. '우리에게 무슨 일이 일어난 건지, 어떤 불행이 닥친 건지 얘기해라.'
아스마트는 겨우 몸을 가누며 간신히 대답했네.
'신은 하늘을 반쪽으로 나누시고 우리에게 분노를 내리셨습니다.'

563 "나는 그녀에게 다가가 다시 물었네. '모든 것을 나에게 사실대로 얘기해라!'

눈물이 다시 그녀의 뺨을 적시며 흘러내렸네.
어떠한 말로도 그녀가 겪은 재앙의 십분의 일도 묘사할 수 없었네.
그녀의 창백한 뺨에서 가슴으로 피가 흘러내렸고, 온 몸이
선홍색으로 물들었네."

"마침내 그녀가 말했네. '모든 것을 사실대로 말씀드리겠습니다. 564
당신은 말씀을 들으면 나의 가련한 운명을 위로해 주세요.
내가 이 지겨운 생을 하직하게 해주세요. 더 고통을 맛보고 싶지
않습니다.
나를 가혹한 운명에서 벗어나게 해주시면 신이 당신께 보상을
해주실 것입니다.

누가 부마를 죽였는지 모두가 알게 되자 565
왕은 격노하여 미친 듯이 화를 냈습니다.
당신을 즉시 잡아오라고 그는 큰 소리로 명령했습니다.
당신을 찾아보았지만 발견하지 못했다는 소식은 왕을 더욱 화나게
만들었습니다.

왕께 보고하기를 '그는 도망쳐 몰래 성문을 빠져나갔습니다.' 566
왕은 얘기를 끝까지 듣지도 않고 소리쳤습니다. '오늘 밤 무슨 일이
벌어졌는지 잘 안다.
타리엘은 전쟁터에서 공연히 피를 흘린 것이 아니다. 그는 나의 딸을
사랑한 것이다.
두 사람은 한 번 만난 후로 헤어질 수가 없게 되었다.

나는 맹세한다. 나는 내 딸을 홀린 내 여동생 다바르를 꼭 죽이겠다. 567
나는 그녀에게 딸을 잘 양육하라고 했는데, 그녀는 내 딸이 악마의
영에 홀리게 했다.
그녀는 내 딸을 사랑에 빠지게 하고 사랑에 빠진 두 연인의 비밀을

덮어버렸다.
내가 다바르를 살려둔다면 신의 징벌을 받을 것이다.'

568 "왕은 여간해서는 복수의 맹세를 하지 않았지만,
일단 맹세를 하면 무슨 일이 있어도 잔혹하게 맹세한 일을 꼭 하는 사람이네.
그러나 왕의 맹세를 들은 누군가가 다바르에게 이 무서운 소식을 전했네.
카지인에게 시집을 갔던 다바르는 마술에 능했지."

569 "천벌을 받을 염탐꾼이 다바르에게 앞으로 닥칠 재앙을 알렸네.
'모든 사람들 앞에서 왕이 당신을 죽이겠다고 맹세했습니다.'
그녀는 이렇게 말했네. '나는 아무런 죄가 없다는 것을 신이 안다.
내가 왜 왕의 오해를 받아 지옥에 떨어져야 하는가!'

570 '당신과 헤어질 때 이미 네스탄님은 밝은 빛을 잃었습니다.
그러나 당신이 준 베일을 쓰고 있었던 그 눈빛은 여전히 매우 아름다웠습니다.
다바르는 네스탄에게 소리치며 상스러운 말을 했습니다.'
'방탕한 년, 네가 나를 죽게 만들었으니, 너도 큰 고통을 맛보거라!'

571 '아, 방탕한 못된 년, 네 연인이 신랑을 죽였는데
왜 죄 없는 내가 피를 흘려야 하는가?
네가 저지른 일로 내 오빠가 나를 죽이려 하는구나.
남을 죄짓게 만든 너는 결코 평안을 찾지 못할 것이다.'

572 '다바르는 네스탄님의 긴 머리채를 잡고 끌고 가며
그녀가 흘리는 눈물에 아랑곳하지 않고 피가 흐르도록 그녀를 때렸습니다.

탈진한 네스탄님은 겨우 숨을 쉬며 신음소리만 냈습니다.
나는 공주님의 신음 소리를 들으면서도 아무 도움도 줄 수 없었습니다.

다바르는 실컷 때리고 나서, 악마처럼 검은 얼굴을 한 흑인 노예 두 명을 불러들였습니다. 573
카지처럼 흉측한 노예들이 그녀 앞에 섰습니다.
그들은 나무 상자를 가져와서 태양과 같은 공주님을 움켜 잡고
그녀를 강제로 상자 안에 넣었습니다.

그들은 궁전 담을 넘어 배를 타고 보이지 않게 멀리 사라져 버렸습니다. 574
일을 저지른 후 다바르는 스스로 말했습니다. '이제 왕은 나를 죽일 것이다.
왕이 나에게 복수하기 전에 내가 스스로 목숨을 끊겠다.'
그녀는 칼로 자신을 찌르고 쓰러졌습니다. 피가 폭포처럼 쏟아졌습니다.

내가 아직 창에 찔려 죽지 않고 살아있는 것이 신기하지 않습니까? 575
이렇게 끔찍한 소식을 전하는 나는 무서운 벌을 기다리고 있습니다.
내 목숨을 끊어주세요. 내게는 죽음조차도 과분합니다.'
"아스마트는 이렇게 말하고 슬프게 울었고, 그녀의 눈물은 마를 줄을 몰랐다네."

"나는 그녀에게 대답했네. '불쌍한 아스마트여, 네가 무슨 죄가 있냐? 576
나는 네스탄에게 많은 빚을 졌다. 내가 그것을 다 갚을 수 있을까?
나는 그녀를 찾아 모든 사막과 바다와 험한 산을 돌아다닐 것이다.'
그렇게 말하고 나는 다시 감각을 잃었고 내 심장은 돌처럼

굳어졌네."

577 "나는 너무 흥분되어 제대로 정신을 차릴 수가 없었고, 오한으로 몸이 떨렸네.
나는 스스로 말했네. '죽으면 안 된다. 죽으면 아무 일도 할 수 없다.
지체하지 말고 사랑하는 그녀를 구하기 위해 출발해야 한다.
친구들이여 이제 보여주어라, 누가 기꺼이 나와 같이 길을 떠나겠는지.'

578 "나는 단단히 무장을 갖추고 말에 뛰어올랐네.
160명의 용감한 용사들이 나를 따랐지. 모두 평생 나와 같이 동고동락한 사람들이네.
우리는 성문을 지나 긴 열을 지어 들판으로 나갔네.
바닷가에 다다르자 막 항구를 떠나려는 배를 발견했네."

579 "우리는 배에 올라타 바다로 나갔고, 이곳저곳 육지에 배를 대며 항해했네.
바다에서 만나는 모든 배와 선원들마다 네스탄에 대해 물어보았지.
큰 기대를 했지만 아무 소식도 들을 수 없었고, 나는 미칠 지경에 이르렀네.
신이 나를 미워해서 나에게서 완전히 자비를 거두어 간 것 같았네."

580 "오랜 세월이 지난 것 같았지만 겨우 일 년이 지났네.
그러나 꿈에서라도 네스탄을 보았다는 사람을 만나지 못했네.
나를 따라 나선 병사들 대부분은 적의 공격을 받아 전사하거나 실종되었네.
나는 신이 정해진 운명을 거역할 수 없어서 하늘을 저주할 수조차 없었네."

"우리는 바다를 떠도는 것에 지쳐서 해안에 상륙했네. 581
나는 마음이 맹수와 같이 사나워져서 부하의 충언도 귀에 들어오지
않았네.
부하들이 하나 둘 나를 떠나가서 나는 혼자가 되었네.
세상이 우리를 버려도 신은 우리를 포기하지 않는 모양이네."

"아스마트와 두 명의 하인만이 나와 함께 남았네. 582
세 사람은 내가 짊어진 고통과 슬픔의 무게를 같이 나누었네.
네스탄에 대해서는 낱알 같이 작은 소식도 알 수 없었지.
오직 강물처럼 쉬지 않고 흐르는 눈물만이 나의 유일한 마지막
위로가 된 것 같았네."

26장 타리엘이 누라딘-프리돈과 만나다

583 “밤새 해안가를 따라 항해한 우리는 동틀 녘에 바닷가에서 녹음이 우거진 정원을 보았네.
가까이 다가가자 도시가 보였고 그 위로 바위 동굴이 줄지어 보였네.
사람들의 시선이 나의 마음에 상처를 입혔기 사람들과 마주치는 것이 달갑지 않았네.
나는 높은 나무가 줄지어 선 장소에서 휴식을 취하기 위해 말에서 내렸네.”

584 “하인들이 식사를 하는 동안 나는 나무 그늘 밑에서 평온하게 잠이 들었네.
나는 잠시 뒤 잠에서 깼지만, 나의 마음은 슬픔의 불꽃에 쌓였네.
너무 오랫동안 진실이건 거짓이건을 불문하고 어떤 소식도 들을 수 없었네.
내 눈에서 흘러내리는 눈물은 강이 되어 들판을 적셨네.”

585 “그때 큰 외침소리가 들려서 뒤를 돌아보니 한 용사가 통곡하며 달려갔네.
그는 말을 타고 바닷가를 달렸는데 큰 부상을 입은 듯 했네.
그는 부러진 칼을 쥐고 있었고 옷은 상처에서 흐르는 피로 붉게 물들었네.
그는 자신을 공격한 적들을 저주하며 온갖 욕설을 퍼부었네.”

586 “그는 내가 지금 가지고 있는 검은 말을 타고 있었네.
그는 마치 성난 태풍처럼 계속 들판을 달려갔네.

그에게 하인을 보내 그가 왜 그렇게 화가 났는지 알아보려고 했네.
다음과 같이 물으라고 했네. '도대체 누가 사자 같은 당신을 화나게 만들었습니까?'

"그는 하인에게 답을 하지 않았고, 아무 말도 들리지 않는 듯 했네. 587
나는 서둘러 말에 올라타 그를 따라 잡았네.
나는 그에게 소리쳤네. '당신이 왜 피를 흘리게 되었는지 말해주시오!'
나를 본 그는 내가 마음에 들었는지 말의 속도를 줄였네."

"나를 보자 그는 말했네. '신이 이렇게 당신을 멋진 나무처럼 만들었군요.' 588
그는 계속 말했네. '사자여, 당신이 알고 싶어하면 사실을 말하겠습니다.
내가 염소로 알았던 인간들이 사자가 되어 나에게 반역을 일으켰습니다.
이 반역자들은 무장도 하지 않은 나를 공격했습니다. 그래서 내가 이렇게 당한 것입니다.'

"나는 이렇게 대답했네. '진정하시고 나무 그늘 아래서 잠시 쉽시다. 589
용사는 전투에서 입은 상처를 크게 개의치 않습니다.'
나는 그를 위로했고, 우리는 마치 아버지와 아들처럼 다정하게 같이 갔네.
나는 그 용사의 아름다운 모습과 풍채를 보고 놀랐네."

"나의 하인 중 한 명이 치료 기술이 있었기 때문에 그 용사의 상처를 싸매 주었고, 590
상처에서 화살촉을 빼내어서 더 이상 상처가 깊어지지 않게 했네.
나는 그에게 물었네. '당신은 누구입니까, 누가 당신 팔에 상처를

낸습니까?'

그는 자신의 운명을 한탄하며 이야기를 시작했네."

591 "그는 이렇게 말했네. '나는 당신이 누구인지 모르고, 당신을 무엇과 비교해야 할지 모르겠습니다.

당신은 왜 빛이 꺼졌나요? 당신은 얼마 전까지 훨씬 밝게 빛나고 있었습니다.

왜 아름답게 빛나던 장미와 플라타너스가 시들어서 창백하게 되었는지요?

신은 왜 스스로 불을 붙인 초를 끄기로 결정했나요?'

592 '내가 사는 곳은 물가잔자르 왕국이고, 주변 모두가 내 땅이었습니다.

내 이름은 누라딘-프리돈이고, 나는 그곳에서 왕 노릇을 했습니다.

당신이 바다에서 올라와 머문 그 곳도 나의 영역입니다.

왕국이 좀 작기는 했지만 행복한 생활을 영위하기 위한 물산은 풍부했습니다.

593 할아버지는 우리 아버지와 삼촌에게 영역을 나누어 주었습니다.

바다 가운데 있는 섬은 제가 다스리도록 할아버지가 정해 주었습니다.

그러나 삼촌은 무력으로 섬을 빼앗았고, 그의 아들들이 힘을 합쳐 나를 공격했습니다.

그러나 나는 내 땅을 양보하지 않았고, 우리는 서로 적이 되어 싸웠습니다.

594 나는 오늘 나의 영토 경계 너머 바닷가로 사냥을 나갔습니다.

소수의 궁수만 데리고 배를 타고 나갔습니다.

나는 병사들을 그곳에 남아 나를 기다리도록 했습니다.

나는 매 사육사 다섯 명만 데리고 사냥을 하러 갔습니다.

배를 타고 빠르게 나갔고 암벽 사이의 지류에 들어섰습니다. 595
나는 내 친척들이 사는 곳인데 무슨 말썽이 일어나리라고는 생각도
하지 않았습니다.
많은 사람들이 내 앞에 나타났지만 그들을 신경 쓰지 않았습니다.
나는 사냥감을 쫓으며 들판을 달렸습니다.

나는 사촌들이 고함치는 소리를 듣고서야 그들이 기분이 나쁘다는 596
것을 알았습니다.
그들은 몰래 병력을 끌고 와서 나를 포위했고 배로 가는 길을
막았습니다.
사촌들이 선두에 서서 나와 싸우러 달려왔고,
신호가 떨어지자 적들은 우리 병사들을 공격했습니다.

나는 칼이 부딪쳐 섬광이 번쩍이는 것을 보았고, 그들이 싸우는 597
소리를 들었습니다.
나는 배에 올라타 우뢰와 같은 소리를 질렀습니다. '싸움을
멈추어라!'
내가 배를 몰고 앞으로 나가자 적들이 파도처럼 몰려왔습니다.
적들은 나를 죽이려고 했지만, 나는 그렇게 호락호락하지
않았습니다.

수도 없는 병사가 울타리처럼 나를 에워싸고 전투가 격렬해졌고, 598
그들은 좌우에서 번갈아 나를 공격하며 나를 제압하려 했지만
뜻대로 되지 않았습니다.
정면 공격이 여의치 않자 그들은 후방에서 나에게 활을 쏘아대기
시작했습니다.
나는 내 칼을 의지했지만, 맙소사! 칼이 부러져 버렸고 화살도 다

소진되고 말았습니다.

599 완전히 포위되어 상황이 매우 불리하다고 판단한 나는 말을 타고
물에 뛰어들었습니다.
수영을 하며 바다를 건너는 나의 모습을 보고 적들은 자신들의 눈을
믿지 못했습니다.
내 부하들은 모두 죽임을 당했고, 그들의 시신은 파도에
떠내려갔습니다.
나는 모든 힘을 다해 도망을 해서 그들의 추격을 벗어났습니다.

600 하늘의 뜻이 분명히 이루어질 것입니다.
나는 일단 맹세를 했기 때문에 내 피로 그들에게 복수할 것입니다.
나는 오래도록 아침저녁으로 그들에게 고통과 재앙을 선사할
것이고,
까마귀들을 불러들여 그들의 시신 위에서 잔치를 벌이게 할
것입니다.'

601 "나는 프리돈의 매력에 빠져 그에게 마음이 열려서
이렇게 말했네. '진정하십시오. 당신은 서둘 필요가 없습니다.
우리 함께 가서 간악한 약탈자들을 쳐 부십시다.
용맹한 우리를 만나면 겁에 질린 그들은 차라리 죽기를 원할
것입니다.'

602 "나는 다음의 말을 덧붙였네. '나는 지금 나에 대해 얘기할 상황이
아닙니다.
시간을 갖고서 모든 것을 차분히 얘기하겠습니다.'
프리돈이 대답했네. '당신을 만난 것보다 더 소중한 일은 없습니다.
나는 죽는 날까지 당신의 종이 되겠습니다.'

"우리는 그의 성에 도착했네. 작기는 했지만 아름다운 성이었네. 603
병사들이 그를 만나러 앞으로 나왔고, 모두 재를 얼굴에 뿌리며
탄식했네.
모든 사람이 울었고, 자기 뺨을 긁으며 슬퍼했네.
그들은 왕을 얼싸안고 그의 무기에 입을 맞추었네."

"내가 몹시 마음에 들었는지 그들은 나를 칭송하며 새로운 친구가 604
왔다고 환영했네.
'오 태양이여, 당신은 우리의 어둠을 몰아냈습니다.'
우리는 아름다운 건물이 늘어선 풍요로운 도시를 같이 둘러보았네.
나는 주민들의 옷이 바다 건너 온 황금천으로 지어진 것을 보았네."

27장 타리엘이 프리돈을 돕다

605 “프리돈은 부상에서 회복되어 전투에 나갈 수 있게 되었네.
그는 갑옷을 입고, 병사들을 무장시킨 다음 많은 배를 준비했네.
프리돈왕의 당당한 모습을 본 병사들은 매우 고무되었네.
나는 이제 프리돈이 적들에게 어떻게 복수를 했는지 말해주겠네.”

606 “적들도 전투 준비를 하고 투구를 쓰는 것을 멀리서 보았네.
나를 향해 적군의 배 여덟 척이 달려왔네.
나는 배에 속력을 내서 제일 앞에 선 배를 공격했네.
내가 용골(龍骨)을 잡고 적군의 배를 전복시키자 파도가 적군을 삼켰네.”

607 “나는 다른 배의 선미를 잡아서 배를 전복시켜 적군들을 익사시켰네.
나는 적들이 머리를 쳐들기도 전에 인정사정없이 살육했네.
나머지 적들은 있는 힘을 다해 해안으로 도망쳤네.
프리돈의 부하들은 나의 용맹을 보고 놀랐고 한 목소리로 나를 칭송했네.”

608 “우리가 바다를 건너 육지에 상륙하자 적들은 말을 타고 우리를 공격해 왔네.
우리는 치열한 전투를 치렀고, 칼로 적들을 무자비하게 공격했네.
나는 프리돈의 용맹성과 기민함을 보고 그를 존경하게 되었네.
태양과 같은 얼굴과 알로에 나무 같은 몸을 한 그는 사자처럼 용맹하게 싸웠네."

"프리돈은 자신의 삼촌과 사촌을 칼로 쳐서 땅에 떨어지게 했고, 609
모욕을 주기 위해 그들의 팔을 하나씩 잘라 불구가 되게 했네.
그는 두 사람을 같이 묶어 끌고 가며 복수의 갈증을 풀었네.
이 광경을 본 적들은 울었고, 아군은 크게 기뻐했네."

"우리가 적군 병사들을 공격하자 그들은 각자 살길을 찾아 610
도망가기에 바빴네.
우리는 힘을 들이지 않고 적군의 성을 신속히 점령했네.
우리는 포로들의 무릎을 부서뜨리고, 그들을 양탄자처럼
늘어놓았네.
우리가 얻은 전리품은 얼마나 많은지 다 셀 수가 없을 정도였네."

"프리돈이 직접 모든 보물 창고를 검사하고 도장을 찍었네. 611
그는 전투에 패한 삼촌과 사촌을 직접 데리고 갔지.
그는 자신이 흘린 피에 대한 복수로 적의 피를 들판에 뿌렸네.
사람들은 나에게 말했네. '플라타너스 같은 이 분을 만든 창조주를
찬양해야 한다.'

"우리가 프리돈의 성으로 귀환하자 사방에서 주민들의 큰 612
환호소리가 들렸네.
배우들과 곡예사들이 나와서 사람들에게 즐거움을 선사했네.
나와 프리돈을 칭송하는 소리가 크게 울렸네.
'당신의 팔로 인해 적들은 아직도 피를 흘리고 있습니다.'

"사람들은 프리돈을 왕으로 모셨고, 나는 왕 중의 왕으로 모셨네. 613

나를 주군으로 모시고 자신들은 기꺼이 나의 신민과 종복이 되었네.
그러나 나는 마음이 무거웠네. 그들은 장미 같은 네스탄이 없는 나의
슬픔을 결코 이해하지 못할 것이네.
사람들의 왁자지껄한 즐거움 속에서도 나의 마음의 비애는
사그라들지 않았네."

28장 프리돈이 네스탄-다레잔에 대한 이야기를 하다

"어느날 나는 프리돈과 사냥을 나갔네. 614
우리는 바다 위에 솟아오른 가파른 바위에 있는 동굴 쪽으로
올라갔네.
우리는 즐거운 대화를 나누며 천천히 올라갔네. 그때 프리돈은
갑자기 한가지를 기억해냈네.
'내가 한 번은 이 바위산의 동굴에서 놀랄만한 장면을 보았네.'

"내가 얘기를 듣고 싶다고 하자 그는 흥이 나서 얘기를 시작했지. 615
'한번은 내가 사냥을 하고 싶어 말을 타고 달려나갔네.
나의 말은 하늘을 나는 매 같거나 아니면 파도 위를 달리는 청둥오리
같았네.
나는 여기에 서서 나의 사냥매가 나는 것을 보고 있었네.

높은 곳에 올라선 나는 때때로 바다 쪽을 쳐다보았네. 616
멀리서 작은 물체가 무엇인가 다가오는 것이 보였지.
무엇인지 바로 알아차리지는 못했지만, 그것은 굉장히 빠른 속도로
다가왔네.
나는 그것이 무엇인지, 왜 그렇게 빨리 오는지 궁금했네.

스스로 생각했네. '저것은 무엇과 닮았지? 동물인가 새인가?' 617
그러나 그것은 작은 배였네. 그 배에는 화려한 색의 천으로 만들어진
돛들이 펄럭였네.
돛 안쪽으로 휘황한 빛을 발하는 사람의 모습이 보였네.
거기에는 마치 일곱 별보다 강한 빛을 발하는 처녀가 앉아 있었네.

618 배가 땅에 닿자 타르와 같이 새까만 노예 두 명이 뭍에 내렸네.
그들은 처녀의 손을 잡고 육지에 올라오게 했네. 땋아 내린 그녀의 머릿단은 팔뚝만큼 두터웠네.
그녀가 발하는 빛은 어느 색깔과도 비교할 수 없었네.
그녀의 빛은 하늘을 붉게 물들였고, 태양도 빛이 바랜 것 같았네.

619 나는 기쁨에 겨워 몸이 떨렸네.
그녀는 흰 눈 속에 핀 장미처럼 너무 아름다웠네.
나는 그녀를 사로잡기로 하고 바닷가로 말을 몰았지.
나의 말이 질주하는 소리를 들은 적은 살아서 도망갈 수 없었네.

620 나는 말에 박차를 가했네. 풀숲을 헤치는 말발굽 소리가 요란했지.
그러나 내가 아무리 빨리 달려도 그들을 따라 잡을 수 없었네.
내가 바닷가에 다다랐을 때 그녀는 이미 지는 해의 마지막 빛처럼 사라졌네.
모든 희망을 잃은 나는 불에 탄 재가 된 것 같았네.'

621 "프리돈의 말을 듣자 나의 불덩이 같은 가슴에 더욱 불이 붙었네.
나는 흐르는 눈물을 억누르지 못하고 힘이 빠져 말에서 떨어졌네.
나는 뺨을 할퀴며 소리치며 통곡했네.
'아, 나의 운명이여! 알로에 나무 같은 그녀를 본 사람은 얼마나 운이 좋은가!'

622 "이러한 나의 행동에 프리돈은 크게 놀랐네.
그는 비탄에 젖어 눈물을 흘리는 나를 위로하며 달랬네.
마치 다정한 친구가 하듯이 나를 위로하며 나에게 애원하고,
나를 위해 진주 같은 눈물을 뜨겁게 흘렸네."

623 '아 이런! 내가 정신 나가서 무슨 얘기를 한 건가?' 프리돈이

소리쳤다네.
나는 이렇게 대답했네. '너무 한탄하지 말게. 자네의 잘못은 없네.
그녀가 바로 나의 달이고 나의 태양이네. 그녀 때문에 내 온 몸이 불에 타버렸네.
자네가 나를 형제로 받아들이기로 했으니 이제 내 얘기를 하겠네.'

"나는 프리돈에게 그동안 나에게 일어난 일을 다 얘기했네. 624
그는 나에게 이렇게 말했네. '내가 별 생각 없이 자네에게 깊은 상처를 주었군.
인도인들의 위대한 왕이 나그네처럼 우리에게 오다니 이게 왠 일인가?
하늘은 자네에게 왕의 홀(笏)과 옥좌를 내리셨네.

신은 자네를 싱싱한 사이프러스 나무 같은 멋진 존재로 만들었네. 625
지금 자네의 가슴이 창에 찔렸지만, 신은 곧 그것을 제거해 줄 것이네.
신은 우리에게 하늘의 천둥 같은 자비를 베풀 것이네.
그는 우리의 슬픔을 기쁨으로 바꾸고, 절대 우리를 다시 비탄에 빠지게 하지 않을 것이네.'

"우리는 한참 울고 나서 귀로에 올랐네. 우리는 궁정에 단 둘이 앉았네. 626
내가 프리돈에게 말했네. '자네 말고 나를 구할 사람이 없네.
신은 자네와 견줄만한 사람을 더 이상 이 땅에 보내지 않았네.
자네가 옆에 있고 우리의 우정이 이렇게 굳건한데 내가 무얼 더 바라겠는가?

내가 원하는 바를 이루면 나는 자네의 가장 충실한 친구로 남겠네. 627
이제 자네의 현명한 머리와 매혹적인 혀로 나를 어떻게 도울 수 있을지 얘기해 주게.

사랑하는 사람과 다시 행복의 빛을 찾으려면 내가 무슨 일을 해야 하는가?
내가 그녀를 구할 수 없다면 나는 이 세상을 하직하겠네.'

628 "그는 이렇게 대답했네. '내가 신에게 이보다 더 큰 행운을 바랄 수 있겠는가?
인도의 왕이신 자네가 몸을 낮춰 나에게 다가왔네.
나는 더 이상의 은총을 받는 것을 꿈도 꾸지 않겠네.
나는 기꺼이 자네의 종이 되어 자네를 위해 봉사할 준비가 되어 있네.

629 우리 도시는 먼 나라에 오는 배들이 거쳐 가는 곳이네.
모든 외국의 소식과 정보가 모여드는 시장이기도 하지.
여기서 나는 자네를 재처럼 까맣게 태운 그녀에 대한 소식을 알 수 있을 것이네.
신은 분명히 자네의 슬픔과 고통을 영원히 사라지게 해 줄 것이네.

630 온 나라를 다 돌아다녀 본 선원들을 파견하여
자네가 한시도 잊지 못하는 달과 같은 분의 소식을 알아오도록 하겠네.
그때까지 좀 기다리고, 너무 자학하지 말게.
더 큰 기쁨 앞에 물러나지 않는 슬픔은 없네.'

631 "그는 지체하지 않고 사람들을 불러서 임무를 맡겼네.
그는 명령했네. '배를 타고 나가 아직 가보지 않은 먼 바다까지 가라.
나의 형제의 불길을 끌 수 있는 그녀를 꼭 찾아오라.
천 번의 난관이라도 극복하고 우리에게 기쁜 소리를 가져오라!'

632 "그는 배가 정박하는 항구가 있는 곳마다 사람을 보냈네.
그는 명령을 내렸네. '그녀에 대해 알고 있는 사람이 있는지 모든

곳을 샅샅이 수색해라.'
나는 그녀와의 재회를 기다리며 슬픔을 물리쳤네.
그러나 이런 경솔한 기대는 지금 생각하면 너무 부끄럽네."

"프리돈은 나를 동등한 군주로 대하고 옥좌를 만들어 주었네. 633
그는 이렇게 말했네. '진작 이렇게 모셨어야 하는데 내 행동이 늦었네.
인도인들의 위대한 왕을 어떻게 모셔야 합당한지 잘 몰랐네.
자네 발아래 엎드려 복종하지 않을 사람이 어디 있겠는가?'

"긴 얘기를 하지 않겠네. 그녀를 찾아 방방곡곡을 돌아다닌 사람들이 634
귀환했네.
그들은 아무리 험한 곳도 마다하지 않고 먼 나라를 다 돌아다녔지만
네스탄에 대한 소식을 가져온 사람은 아무도 없었네.
내가 이미 흘린 눈물이 마르기도 전에 계속 새 눈물이 흘러내렸네."

"나는 프리돈에게 말했네. '나에게 다시 불 같은 시련의 족쇄가 635
채워졌네.
너무 고통스러워 내가 아무 말도 할 수 없다는 것은 신이 아네.
자네 없이는 밤뿐만 아니라 환한 대낮도 칠흑처럼 어둡네.
나의 기쁨은 완전히 사라졌고, 내 마음은 세상 어느 누구도 겪어보지
못한 고통으로 신음하고 있네.

이제 그녀에 대한 소식을 들을 가망이 없으니 여기 더 머무르지 636
않겠네.
내가 떠나게 허락해 주게.'
이 얘기를 듣자 프리돈은 피 같은 눈물을 쏟았네.
그는 이렇게 말했네. '자네가 우리를 떠나면 이제 내 삶은 비참해질
것이네.'

637 “모두가 크게 슬퍼했지만 나를 막지는 못했네.
모든 병사들이 내 앞에 모여 무릎을 꿇고 울며 운명을 한탄했네.
프리돈은 나를 포옹하고 입을 맞춘 후 울었고, 나도 울었네.
‘가지 마십시오. 우리는 죽을 때까지 당신의 노예입니다!’ 병사들도 가슴을 치며 울었네.”

638 “나도 말했네. ‘당신들과 헤어지는 것이 나에게도 아주 괴롭지만
나는 그녀 없이는 어떤 즐거움도 누릴 수 없네.
적에게 포로로 잡혀 있는 그녀를 구해내야만 하네. 그녀는 당신들에게도 소중한 존재이네.
아무리 매달려 부탁을 해도 나는 떠날 것이네. 나의 목표는 확고하네.’

639 “프리돈은 지금 자네가 보는 이 멋진 자신의 애마를 나에게 선물로 주었네.
그는 이렇게 말했네. ‘이 말을 태양과 같은 자네에게 선사하니 받아주게.
자네가 이것 말고 다른 선물을 바라지 않을 것이라는 것을 잘 아네.
자네는 번개같은 이 말의 속도와 민첩성에 만족할 것이네.’

640 “프리돈은 나를 호위해 주었고, 같이 가면서 우리는 호수 같이 많은 눈물을 흘렸네.
우리는 서로 입을 맞춘 후 크게 울며 작별을 고했고,
프리돈의 모든 병사들도 도열해서 울며 작별을 슬퍼했네.
마치 자식이 부모의 시야에서 사라지듯이 이별의 아픔이 컸었네.”

641 “프리돈과 헤어진 후 나는 네스탄의 흔적을 찾아 길을 나섰네.
나는 모든 땅과 바다를 돌며 쉬지 않고 그녀를 찾아 다녔네.
그러나 네스탄을 보았다는 사람을 한 사람도 만나지 못하자

나의 마음은 완전히 분별을 잃고 점점 맹수처럼 미쳐갔네."

"나는 생각했네. '나는 더 이상 쓸데없이 방랑하거나 항해할 필요가 없다. 642
오히려 들판에서 들짐승들과 같이 지내면 슬픔을 잊을지도 모른다.'
나는 나의 시종들과 아스마트에게 말했네.
'내가 너희에게 큰 슬픔을 안겼구나. 너희들을 온갖 곳으로 데리고 다니며 힘들게 했다.

이제 나를 떠나 가거라. 스스로 자신을 잘 챙기기 바란다. 643
나의 눈에서 흐르는 뜨거운 눈물을 더 이상 볼 필요가 없다.'
아스마트와 시종들은 내 얘기를 듣고 울며 말했네.
'주인이시여, 당신께서 하신 말씀을 우리 귀는 듣지 못했습니다.

우리에게는 당신 외에 어떤 주인도 없습니다. 644
우리는 평생 당신 말의 발자국을 따라 다니겠습니다.
우리는 멋지고 사랑스러운 당신의 모습을 보는 것 외에 어떤 것도 원하지 않습니다.
왜 신은 주인님과 같은 영웅을 하늘에서 추락시키는 건가요.'

"나는 그들의 탄식과 호소를 듣고 그들을 버릴 수 없었네. 645
나는 사람의 흔적이 보이지 않는 곳으로 그들을 데려갔네.
염소와 사슴들이 사는 동굴을 거처로 삼았네.
나는 방랑을 멈추지 않고 모든 들판과 언덕을 다 헤매었네."

"나는 흉물스러운 데브들이 살고 있는 동굴을 발견했네. 646
나는 그들을 공격해서 격렬한 전투 끝에 그들을 무찔렀네.
그들은 동굴 입구를 사슬로 막고 저항하며 내 시종 둘을 모두 죽였네.

가혹한 운명이 나를 다시 덮쳤네."

647 "형제여. 그렇게 해서 그 날부터 여기 머무르며 죽을 날을 기다리고 있는 것이네.
나는 미친 사람처럼 들판을 떠돌며 때로는 울고 때로는 정신을 잃었네.
그러나 네스탄 때문에 불길에 타버린 아스마트는 나를 떠나지 않았네.
이제는 오직 죽음만이 나에게 최상의 선물이고 위로이네."

648 "내게는 그녀의 형상이 아름다운 호랑이로 남아있기 때문에,
나는 이 호랑이 가죽을 사랑하고, 이것을 나의 갑옷으로 생각하네.
아스마트가 때로는 한숨을 짓고, 때로는 신음을 하면서 이 가죽옷을 지어줬네.
나는 스스로 죽을 수가 없기 때문에 내 칼을 더 이상 갈지 않네."

649 "모든 현자들의 입으로도 태양 같은 그녀를 제대로 칭송할 수 없네.
나는 잃어버린 님을 생각하면서 저주받은 땅을 방황하고 있네.
여기서 나 스스로를 야생동물이라고 생각하며 동물들과 함께 지내고 있네.
나는 신께 나를 죽게 해 달라고 간구하고 있을 뿐이네."

650 그는 자기의 얼굴을 치고 장미 같은 뺨을 뜯어 흠집 냈다.
루비 같은 피부가 황옥과 같이 누렇게 되었고, 수정은 산산이 깨졌다.
참을 수 없는 눈물이 압탄딜의 눈썹을 타고 흘러내렸다.
무릎을 꿇은 채로 여종은 타리엘을 탄원하며 그를 위로했다.

651 아스마트의 위로로 어느 정도 진정된 타리엘은 창백한 얼굴로

압탄딜에게 말했다.
"나는 자네가 듣고 싶어 하는 말을 다 해주었네. 그러나 나는 모든 기쁨을 잃었네.
나는 지옥같이 비참한 나의 인생에 대해 다 얘기했네.
이제 가서 자네의 태양인 티나틴을 만나게. 이제 그 시간이 다가왔네."

압탄딜이 말했다. "나는 자네와 헤어질 수 없네. 652
자네와 헤어지면 눈물이 걷잡을 수 없이 쏟아져 내릴 것이네.
내 말을 잘 듣게. 내가 설사 자네에게 바른 소리를 한다 해도 화내지 말기 바라네.
자네는 여기서 그녀를 위해 죽으려고 하지만 그 여인은 자네의 죽음으로 위로를 얻지 못할 것이네."

"세상이 알아주는 명의(名醫)라도 자신이 병이 들면 653
다른 의사를 부르는 법이네. 다른 의사가 맥을 짚고
무슨 병으로 당신이 고생하는지를 알려줄 것이네.
어려운 고난을 당할 때 다른 사람이 더 소중한 충고를 해줄 수 있는 법이네."

"내 말 잘 듣게. 나는 경솔히 얘기하는 것이 아니라 깊은 생각을 가지고 말하는 것이네. 654
어리석은 자는 한 번 생각한 것을 행동에 옮기지만 현명한 사람은 백 번을 생각하고 행동하네.
마음속의 분노를 제어하지 못하고 성급히 행동하는 사람은 목적한 바를 이루지 못하네.
나는 나를 불로 태우는 티나틴을 만나러 가야 하네."

"그녀를 꼭 만날 것이고 나에 대한 그녀의 사랑이 식지 않았다는 655

것을 보여 줄 것이네.
나는 자네가 해 준 얘기를 다 전할 것이네.
자네가 신과 하늘을 두고 나에게 맹세해주기를 간청하네.
우리 서로를 포기하지 않도록 하세. 나도 맹세를 할 것이고, 자네도 맹세하기 바라네."

656 "만일 자네가 여기서 떠나지 않는다고 나에게 약속하면,
나는 자네를 버리지 않을 것이라고 맹세하겠네.
나는 아무리 먼 곳을 방황하여도 자네를 보러 다시 이곳에 올 것이네.
자네가 기꺼이 목숨을 내놓으려고 하는 그녀 때문에 더 이상 울지 않게 만들겠네."

657 타리엘이 대답했다. "어떻게 낯선 사람인 자네가 이방인 같은 나를 사랑할 수 있는가.
나이팅게일이 장미를 떠나기 어렵듯이 자네도 나와 헤어지기 어려울 것이네.
거센 눈보라가 불어와도 나는 절대 자네를 잊지 않겠네.
젊은 플라타너스 나무 같은 자네를 꼭 다시 보도록 신이 도우실 것이네."

658 "플라타너스 나무처럼 멋진 자네 모습을 다시 볼 수 있다는 확신이 있다면
나는 사슴이나 염소처럼 들판으로 도망가지 않을 것이네.
내가 자네에게 빈 말을 한다면 나는 천둥을 맞아 죽어도 할 말이 없네.
자네를 다시 보게 된다면, 나의 우수와 슬픔은 사라질 것이네."

659 두 친구는 진실한 마음으로 서로에게 맹세했다.
이들의 루비 같은 얼굴은 황옥처럼 빛났고, 더 이상 아무 생각을 할

수 없었다.
서로를 너무 사랑한 두 사람은 도저히 헤어지는 발길을 뗄 수 없었다.
멋진 두 친구는 동굴에서 같이 밤을 보낸 후 떠오르는 아침 해를 같이 맞았다.

압탄딜은 타리엘과 같이 울었다. 강물 같은 눈물이 속절없이 흘러내렸다. 660
날이 밝자 압탄딜은 길을 나섰다. 그는 타리엘에게 입맞추고 작별했다.
타리엘의 슬픔이 얼마나 컸는지를 제대로 얘기할 사람이 누가 있겠는가?
압탄딜도 울면서 말을 타고 숲속으로 사라졌다.

아스마트는 동굴에서 나와 압탄딜과 같이 하산했다. 661
그녀는 그 앞에 노예처럼 무릎을 꿇고 앉아 압탄딜에게 청원했다.
제비꽃 같은 빛이 바랜 그녀는 절대 친구를 잊지 말라고 애원했다.
그는 대답했다. "오 자매여, 내가 너와 타리엘을 어떻게 버릴 수 있단 말인가?"

"나는 당신들을 결코 잊지 않을 것이고, 고국에서 너무 지체하지 않고 곧 돌아올 것이다. 662
당신 두 사람을 꼭 다시 만나러 올 터이니 타리엘이 들판에서 방황하지 않게 하라.
내가 두 달 안에 이곳에 돌아오지 않으면 나를 배신자라고 불러도 된다.
그때는 내가 다시 빠져나올 수 없는 슬픔에 빠졌다고 생각하라."

29장 압탄딜이 아랍으로 돌아오다

663 압탄딜은 친구를 떠나면서 슬픔으로 가슴이 미어졌다.
그는 얼굴을 긁고, 장미 같은 뺨을 뜯어서 그의 손은 피로 물들었다.
모든 동물들이 그의 뒤를 좇으며 그가 흘리는 피를 핥아 먹었다.
용사는 먼 길을 단축하기 위해 빠른 속도로 달렸다.

664 그는 자신의 병사들과 헤어졌던 그곳으로 돌아왔다.
그를 발견한 병사들은 그를 바로 알아보고 말할 수 없이 기뻐했다.
그들은 기쁨에 넘쳐 세르마딘에게 압탄딜이 돌아왔다는 소식을 알렸다.
사람들이 그를 보러 달려왔다. "우리를 슬픔에 빠지게 했던 주군님이 돌아왔다."

665 세르마딘은 앞으로 달려 나가 그를 껴안았다.
그는 압탄딜에게 입맞춤하고 기쁨의 눈물을 쏟았다.
그리고 말했다. "오 신이여, 이것이 꿈인가요 생시인가요?
나의 군주께서 온전하게 돌아오다니 내 눈을 믿을 수가 없군요."

666 압탄딜은 그를 포옹하고 반가움의 입맞춤을 했다.
그는 말했다. "내가 염려했는데 자네에게 큰 일이 없었던 것을 신께 감사하네."
신하들은 예를 갖추어 인사를 했고, 높은 자나 낮은 자나 모두 기뻐했다.
나팔이 크게 울렸고 모든 주민들이 다같이 크게 기뻐했다.

그들은 신하들이 모여 있는 압탄딜의 궁전으로 들어갔다. 667
사람들이 그를 보러 떼를 이뤄 궁전으로 모여들었다.
태양과 같이 빛나는 그는 자리에 앉아 사람들과 같이 즐거워하며 잔치를 즐겼다.
이 날의 기쁨은 말로 다 표현할 수가 없다.

그는 세르마딘에게 자신이 본 신비한 아름다운 나라들과 668
태양과 같은 그 용사를 찾은 경위를 얘기했다.
얘기를 하는 동안 눈물이 강물처럼 흘러내려 그는 눈썹을 감았다.
"친구와 헤어져 있으니 나는 궁전에 있건 헛간에 있건 전혀 즐겁지가 않네."

세르마딘은 그에게 그간 고향에서 일어난 일을 얘기했다. 669
"당신이 시킨대로 비밀을 지켜서 아무도 당신이 떠난 것을 알지 못했습니다."
압탄딜은 그날 하루 잔치를 즐기며 모든 일을 잊고 잠자리에 들었다.
다음 날 아침해가 뜨자마자 그는 길을 떠날 준비를 했다.

그는 더 이상 잔치를 즐길 수 없었고, 편히 쉴 수가 없었다. 670
세르마딘은 압탄딜이 돌아온 것을 왕에게 알리기 위해 먼저 길을 떠났다.
그는 아주 빠르게 달려 열흘 길을 삼일 만에 갔다.
압탄딜은 태양과 같이 세상을 밝히는 아름다운 그녀를 보기 위해 서둘러 길을 갔다.

압탄딜은 왕에게 다음과 같이 전했다. '오 권력과 위엄이 자랑스러운 왕이시여! 671
저는 존경과 겸손한 마음으로 전하께 보고드리겠습니다.
그 용사의 비밀을 알지 못한 왕께서는 눈물의 날들을 보내셨습니다.

이제 저는 모든 것을 말씀드리겠습니다. 저는 기쁜 소식을 가지고 돌아왔습니다.'

672 당당하고 위엄 있는 로스테반왕은 셰르마딘을 들게 하여 그가 가져온 소식을 들었다.
"그 용사를 발견하고 돌아온 압탄딜이 전하께 기쁜 소식을 전할 것입니다."
왕이 대답했다. "내가 신께 기도하고 간구한 것이 드디어 이루어졌도다."

673 세르마딘은 꺼지지 않는 밝은 빛인 티나틴 여왕에게도 보고했다.
"압탄딜이 귀환했습니다. 그는 기쁜 소식을 가져왔습니다."
이 소식을 들은 그녀는 기쁨에 겨워 불꽃 같은 빛을 발했다.
그녀는 세르마딘과 부하들에게 멋진 선물로 보답했다.

674 왕은 말을 타고 압탄딜을 맞으러 나갔다.
화려한 빛을 발하는 압탄딜도 자신의 공로를 자랑스러워하며 왕과의 해후를 기대했다.
그간의 슬픔을 떨쳐버린 두 사람은 서로 말을 달려 감격스럽게 재회를 했다.
멋진 용사를 보러 나온 신하들 중 몇몇은 기분이 좋아 벌써 술에 취한 듯했다.

675 왕이 다가오자 압탄딜은 말에서 내려 예를 갖추어 절을 했다.
로스테반왕은 그를 껴안고 그에게 입을 맞추며 하늘에 감사를 했다.
즐거움과 기쁨에 넘쳐 그들은 손을 잡고 함께 왕궁으로 들어갔다.
그곳에 모여 있던 모든 사람들은 태양과 같은 압탄딜을 보고 크게 기뻐했다.

사자 중의 사자인 압탄딜은 태양 중의 태양인 티나틴 여왕에게 절을 했다. 676
그녀의 속눈썹은 흑옥(黑玉) 같았고, 피부는 수정 같았으며, 뺨은 장미 같았다.
티나틴의 얼굴은 하늘의 빛보다 더 밝은 빛을 발했다.
궁전은 그들에게 어울리는 거처가 아니었다. 하늘 자체가 이들의 궁전이었다.

하루 종일 궁정에는 큰 잔치가 열려 술과 음식이 넘치게 준비되었다. 677
왕은 마치 아버지가 아들을 바라보듯 압탄딜을 바라보았다.
압탄딜의 장미 같은 뺨은 왕이 바라보기에 새로 온 눈처럼 아름다웠다.
왕은 사람들에게 아낌없이 선물을 나누어 주었고, 진주를 마치 동전처럼 나누어주었다.

주연이 끝나고 모두들 집으로 돌아갔다. 678
로스테반왕은 압탄딜과 고관들을 자기 앞에 앉혔다.
압탄딜이 먼 나라를 다니며 본 것을 얘기하자 왕은 경청했고,
지치지 않고 그 용사를 찾아 헤매던 압탄딜이 어떻게 그 용사와 만났는지 알게 되었다.

"내가 그 용사 얘기를 하면서 계속 탄식을 하더라도 놀라지 마십시오. 679
그 용사의 아름다운 얼굴은 오로지 태양에만 비교할 수 있습니다.
세상의 어떤 존재도 그 사람과 비교할 수 없을 정도입니다.
그러나 그는 가시덤불 속에 파묻힌 장미같이 계속 시들고 있습니다."

"견딜 수 없는 운명이 한 사람을 슬픔으로 고통스럽게 하면, 680
갈대 같은 몸이 가시가 되고, 수정 같은 얼굴이 샤프란 같은

황색으로 변합니다."
이야기를 하면서 마음의 상처로 인해 압탄딜의 뺨에는 눈물이 이슬처럼 맺혔다.
그는 타리엘로부터 들은 이야기를 자세히 얘기했다.

681 "타리엘은 데브족과 싸워서 동굴을 차지한 후 자신의 거처로 썼습니다.
그는 자신이 사랑하는 여인의 여종을 시중드는 사람으로 데리고 있었습니다.
그는 호랑이 가죽으로 만든 옷을 입고, 비단으로 된 옷을 경멸했습니다.
그는 세상의 모든 낙을 멀리한 채 매일 불에 타듯 죽어가고 있습니다."

682 압탄딜은 슬픔에 싸인 용사 얘기를 끝냈다.
그는 먼 나라까지 밝게 비추는 태양빛과 같은 티나틴에게 서둘러 가고 싶었다.
이야기를 듣고 크게 감동한 사람들은 압탄딜을 찬양했다.
"당신의 용맹은 대단합니다. 어떤 영예도 이보다 더 할 수는 없습니다!"

683 이 모든 소식을 들은 티나틴은 크게 기뻐했다.
압탄딜은 즐겁게 먹고 마시며 사람들과 어울려 연회를 즐겼다.
집으로 돌아온 압탄딜은 자신의 침실에서 전갈을 가져온 노예를 만났다.
티나틴이 그를 보고 싶어 한다는 소식을 듣고 그는 형용할 수 없는 기쁨에 쌓였다.

684 하늘을 날 것 같은 기분으로 압탄딜은 단숨에 그녀에게 달려갔다.

들판을 헤맨 사자의 얼굴은 다소 창백해졌지만 여전히 사자의 모습을 간직했다.
그는 세상 최고의 용사였고, 값을 따질 수 없는 빛나는 보석과 같았다.
사랑하는 사람과 마음을 합친 그는 오직 그녀 생각만 했다.

옥좌에 위엄 있게 앉아있는 티나틴은 태양과 같은 광채를 발했다. 685
그녀의 자태는 유프라테스 강의 물을 공급받는 알로에 나무와도 같았다.
흑옥 같은 머리와 짙은 속눈썹이 수정과 같은 그녀의 얼굴을 장식했다.
내가 감히 그녀를 찬양할 수 있겠는가? 그녀를 제대로 칭송하려면 아테네의 현자들의 합창이 필요하다.

그녀는 기쁨에 가득 찬 압탄딜을 자기 앞에 앉게 했다. 686
잔을 가득 채운 물처럼 행복이 두 사람의 마음에 넘쳐흘렀다.
그들은 세련된 단어를 사용하며 물 흐르듯 달콤한 대화를 나눴다.
그녀가 말했다. '당신은 수많은 고난을 정복하고 목적을 달성했군요?'

그는 대답했다. "마음의 소원을 달성하면 687
이미 과거가 된 슬픔을 회상하지 않는 것이 맞는다고 생각합니다.
나는 뜨거운 눈물로 몸을 완전히 적신 플라타너스 같은 몸을 한 용사를 만났습니다.
나의 영웅의 얼굴은 장미를 닮았지만, 그 얼굴은 지금은 시들었습니다."

"플라타너스 나무 같은 몸과 장미 같은 얼굴을 한 그 용사는 이미 힘을 다 소진했습니다. 688

타리엘은 '나는 유리가 아니라 수정 같은 얼굴을 잃었다.'라고 말했습니다.
멀리 있는 용사로 인해 나도 꺼지지 않는 불에 타는 것 같습니다."
그리고 그는 타리엘에게서 들은 슬픈 얘기를 계속 했다.

689 압탄딜은 그 용사를 찾아 헤매는 동안 겪은 온갖 고난과 슬픔을 얘기했다.
그리고 신의 도움으로 호랑이 가죽을 두른 용사를 만난 과정도 얘기했다.
"우리의 영웅은 사람과 세상의 모든 영화를 경원시하고 있습니다.
그는 미쳐서 야생동물과 같이 들판을 방황하며 웁니다."

690 "그를 찬양하기에 합당한 말은 시인도 찾아낼 수 없습니다.
태양과 같은 그를 본 사람은 세상의 어떤 보화를 보아도 감흥을 느끼지 못합니다.
작열하는 태양을 본 사람은 시력이 약해지고 눈물이 납니다.
그러나 장미는 빛이 바래 노란 샤프란이나 제비꽃처럼 보입니다."

691 그는 자신이 들은 것과 본 것을 자세히 얘기했다.
"그는 호랑이처럼 들판을 방황하고 동굴을 거처로 삼았습니다.
아스마트라는 여종이 그를 보호하고 그의 슬픔을 나누기 위해 같이 있습니다.
아! 세상의 모든 사람들은 그의 이야기를 들으면 눈물을 흘려야 합니다."

692 티나틴은 얘기를 듣고 그녀의 뜻이 모두 이루어진 것을 알았다.
그녀의 얼굴은 기쁨으로 보름달 같이 환하게 빛났다.
그녀는 말했다. "그에게 위안을 주기 위해 내가 무슨 말을 해야 하나요.

그의 상처를 치료할 영약을 어디에서 찾을 수 있나요?"

압탄딜은 대답했다. "사람은 자기가 한 말을 지켜야 합니다. 693
그는 나를 위해서라면 자신을 기꺼이 불태우겠다고 말했습니다.
나는 그에게 돌아가서 그를 돕기 위해 목숨도 아끼지 않겠다고 약속했습니다.
나의 세상의 가장 밝은 빛인 당신을 다시 떠난다 해도 약속을 지켜야 합니다."

"진정한 친구는 친구를 위해 고난을 두려워하지 말아야 합니다. 694
마음과 마음이 화답해야 하고 사랑의 길과 다리를 만들어주어야 합니다.
사랑하는 사람은 다른 사람이 겪는 사랑의 고뇌에 동참해야 합니다.
그와 떨어져 있는 나는 지금 행복을 느낄 수 없습니다."

티나틴이 말했다. "내 마음의 소원은 다 이루어졌습니다. 695
당신은 그 용사를 찾은 후 무사히 돌아왔습니다.
또한 당신 마음에 심어진 나에 대한 사랑이 더욱 커졌습니다.
나는 지금까지 내 마음을 태운 상처를 치료하는 영약을 찾았습니다."

"사람의 운명은 변덕스런 날씨를 닮았다는 것을 잘 아시지요. 696
어떤 때는 밝은 태양빛이 비추고, 어떤 때는 하늘이 천둥으로 위협합니다.
지금까지 내 마음은 슬픔에 싸였었는데 이제 즐거움이 나의 몫이 되었습니다.
새로운 기쁨이 다가왔는데 슬픔에서 헤어나오지 못할 이유가 어디 있습니까?"

"당신은 변절자가 되지 말고 형제에게 한 약속을 지켜야 합니다. 697

친구의 숭고한 사랑이 이루어지도록 끝까지 그를 도와주세요.
그가 사랑하는 사람을 찾아가는 길을 발견해서 그에게 희망을 주세요.
그러나 내가 당신과 이별하면, 나의 태양은 다시 먹구름으로 가리울 것입니다."

698 압탄딜이 대답했다. "당신과 가까이 있게 됨으로써 나는 일곱 번뇌를 여덟 개로 만들었습니다.
따듯한 물만 마시면서 얼어붙은 몸을 녹일 수는 없습니다.
땅에 비친 햇살에 입을 맞추기만 하면서 사랑하는 사람이 태양빛을 받게 할 수 없습니다.
당신과 같이 있어도 고통스럽지만, 우리가 다시 헤어지게 되면 나의 고통은 백 배나 더 커질 것입니다."

699 "들판에 나가 방랑을 하는 것은 타는 불에 몸을 맡기는 것과 마찬가지입니다.
나는 기꺼이 표적이 되어 날아오는 화살과 창을 맞겠습니다.
나의 인생은 점점 짧아져서 내가 살 날은 삼분의 일로 줄어들 것 같습니다.
이제 이 세상 어디에서도 고난을 피할 피난처는 더 이상 찾을 수 없습니다."

700 "나는 당신의 현명한 조언을 가슴에 잘 새겼습니다.
장미에 가시가 있는 것은 잘 알지만, 내가 왜 스스로 찌르겠습니까?
그러나 태양 같은 분이여, 내가 가는 길을 비추어 주셔서 황혼이 오지 않도록 해주십시오.
내가 희망을 가지고 살 수 있는 증표가 될 물건을 나에게 주십시오."

701 압탄딜은 공손하지만 열정을 담은 말로 이런 부탁을 했다.

두 사람은 태양빛같이 따듯한 대화를 계속 나눴다.
티나틴은 그의 희망을 들어주어 증표로 그에게 진주 팔찌를 주었다.
신이시여, 부디 이들의 앞날에 행복이 가득하도록 하시기를!

흑옥같은 검은 눈으로 수정 같은 얼굴을 바라보거나 702
정원의 사이프러스 나무 옆에 알로에 나무를 심는 것보다 더 좋은 일이 있겠는가?
이러한 광경을 보는 사람은 큰 기쁨을 얻지만, 보지 못하는 사람은 안타까울 뿐이다.
사랑하는 사람을 떠나야만 하는 이의 슬픈 운명이여. 그에게는 한숨과 탄식이 있을 뿐이다.

압탄딜과 티나틴은 서로를 바라보며 큰 기쁨을 느꼈다. 703
압탄딜은 그녀와의 만남을 오래 끌지 못하고 궁전을 떠나며 다시 큰 슬픔에 싸였다.
그가 흘린 피 같은 눈물은 바다를 넘치게 할 정도였다.
그는 탄식했다. '운명은 만족할 줄 모르고 내 피를 들이키는구나!'

압탄딜은 슬픔을 안고 멀리 갔다. 그는 멍들도록 가슴을 치며 갔다. 704
사랑에 빠진 사람이 이별의 슬픔을 맛보면 눈물과 탄식만이 넘친다.
구름이 태양을 가리면 땅은 한밤같이 어두워지기 마련이다.
사랑하는 사람과 헤어지면 마음에 어둠이 깔리고 빛은 더 이상 비추지 않는다.

압탄딜의 뺨에는 피와 눈물이 섞여 운하처럼 흘러내렸다. 705
그는 말했다. '태양과 같은 티나틴님을 볼 수 없다니 너무 고통스럽구나.
그녀의 검은 속눈썹이 나의 강철같은 가슴에 화인(火印)을 찍어 놓았구나.

아 세상이여, 내가 그녀를 볼 때까지 너에게서 즐거움을 얻을 일은 없겠구나.

706 어제까지 나는 에덴동산에 심겨져서 잘 자란 알로에 나무 같았지만,
오늘은 운명의 창이 다시 나를 찔러서 나의 가슴에 깊은 상처를 남겨 놓았다.
지금 나는 불꽃에 휩싸여 모든 것이 타버리고 있다.
나는 안다, 세상에 존재하는 모든 것들이 거짓으로 가득 찬 동화를 노래하는 것을.'

707 이렇게 말하고 용사는 걷잡을 수 없는 눈물을 흘리며 몸을 떨었다.
그는 가슴 깊이 신음소리를 내며 흔들리는 몸을 말 위에 얹고 갔다.
사랑하는 사람과의 기쁜 재회는 이별로 다시 슬프게 마무리되었다.
'아 덧없는 운명이여! 너는 수의를 입고 무덤에 묻히겠구나!'

708 압탄딜은 집에 돌아와 자리에 쓰러져서 때로는 울고 때로는 정신을 잃었다.
그는 꿈속에서 사랑하는 사람의 모습을 보며 헛소리를 했다.
장미 같던 그의 안색은 서리 맞은 신록처럼 창백해졌다.
태양빛이 없으면 장미가 어떻게 되는 지를 보라!

709 '욕심에 찬 사람의 마음은 한없이 추락한다.
세상의 고통을 잊기 위해 계속 새로운 쾌락을 찾아 헤맨다.
마음이 길을 잃고 방황하면 한도 끝도 없이 쾌락을 좇는다.
죽음의 권세나 세상의 왕의 권력도 마음을 제압할 수 없다.'

710 그는 이러한 말을 하며 마음을 다잡았고,
태양과 같은 이가 차던 사랑의 증표인 진주 팔찌를 꺼냈다.
그 진주는 그녀의 백옥 같은 치아처럼 빛을 내었다.

그는 피손 강[24] 같은 눈물을 흘리며 진주를 입으로 가져가 입맞춤을 했다.

날이 밝자 궁정에서 사람이 와서 그를 불렀다. 711
압탄딜은 잠을 자지 못했지만 당당하고 멋진 모습으로 나갔다.
수많은 구경꾼들이 그를 보기 위해 앞으로 몰려들었다.
북과 나팔이 출정 준비를 했고, 왕은 들판으로 나갈 준비를 하고 있었다.

왕이 말에 올랐다. 당시의 출정의 화려함을 지금 어떻게 묘사하겠는가? 712
구리로 된 북이 울리고 심벌즈가 울리자 모든 이의 귀가 멍멍해졌다.
하늘을 가득 채운 사냥매가 햇빛을 가렸고, 사냥개가 이리저리 사냥감을 몰았다.
그날 들판은 사냥감들이 흘린 피로 붉게 물들었다.

그들은 사냥을 마치고 즐겁게 귀환길에 올라 들판을 가로질렀다. 713
왕을 수행한 고관들과 용사들의 갑옷이 햇빛에 빛났다.
아름답게 장식된 연회장에 사람이 가득 찼고 왕이 자리를 잡고 앉았다.
하프가 피리와 소리를 맞추었고, 가수들의 합창 소리가 이어졌다.

압탄딜은 왕 옆에 앉아서 왕과 대화를 나눴다. 714
루비 같은 그들의 입술은 투명하게 빛났고, 치아가 번개처럼 반짝였다.
병사들은 멀리 자리를 했고 중앙에는 왕이 고관들과 같이 앉았다.
모두 입을 모아 자신들의 영웅인 타리엘에 대한 얘기만 했다.

---

24) 피손(Pison) 강 - 에덴 동산을 흐르는 강 중의 하나임. 에덴동산에서 피손 강을 비롯해 기혼 강, 유프라테스 강, 티그리스 강이 발원하는 것으로 알려짐.

715 압탄딜은 뜨거운 눈물로 들판을 적시며 집으로 돌아왔다.
사랑하는 사람을 그리워하며 온 밤을 비탄 속에 보냈다.
일어났다 눕다를 반복했지만 고뇌의 불길에 싸여 잠을 이룰 수 없었다.
사랑에 정신을 잃은 사람이 참을성 있게 기도를 올릴 수 있다고 얘기한다면 그것은 거짓말이다.

716 그는 누워서 생각했다. '내가 어떻게 마음의 위로를 받을 수 있겠는가?
에덴동산의 알로에 나무같이 아름다운 존재인 당신을 어떻게 잊을 수 있는가?
당신과 함께 있으면 행복이 밀려오지만, 당신과 떨어져 있으면 고뇌가 시작된다.
현실에서 당신을 만날 수 없다면 내 꿈에라도 나타나 주시기를.'

717 다시 슬프게 통곡하고 눈물을 강물처럼 흘리며
그는 속으로 말했다. '인내는 지혜의 샘물이다.
인내심 없이 무슨 일을 이루고, 고뇌를 어떻게 물리칠 수 있겠는가?
하늘이 주는 기쁨을 맛보려면 우리는 고난을 굳게 견뎌야 한다.

718 운명이 정해준 죽음을 아무리 원한다 해도
삶의 모든 고난을 견뎌내며 사랑하는 사람을 위해 희생할 준비가 되어 있어야 한다.
불길에 휩싸인 사랑은 마음 깊이 꼭꼭 숨겨야 한다.
사랑하는 사람들의 첫째 의무는 마음의 비밀을 떠벌리지 않는 것이다.'

30장 압탄딜이 왕에게 출발을 허가해 주도록 청원하다

날이 밝자 압탄딜은 준비를 하고 일찍 길을 나섰다. 719
그는 신에게 기도했다. '오 신이여, 나의 마음을 비밀로 간직하게 하소서.'
그는 마음 속으로 인내를 다짐한다. '너는 이것에만 집중해야 한다.'
달과 같은 빛을 흩뿌리며 기사는 말에 올라 재상의 집으로 향했다.

재상은 그를 마중하며 말했다. '태양이 우리 집에 떴습니다. 720
오늘 아침부터 좋은 예감이 들더니 당신이 오셨군요.'
그는 압탄딜을 정중히 맞으며 그에게 찬사를 바쳤다.
기다리던 손님이 오면 주인은 기뻐할 수 밖에 없는 법이다.

재상은 우울한 마음이 아니라 기쁨에 넘쳐 압탄딜을 맞았고 721
압탄딜 발 아래 하타이산 양탄자를 깔았다.
태양이 우주를 밝히듯 압탄딜이 그 집을 환하게 밝혔다.
사람들은 말했다. '바람에 실려온 장미 향기를 맡아보자.'

압탄딜이 자리에 앉자 그를 바라 본 사람들은 마음이 크게 떨렸다. 722
그의 광채에 포로가 된 사람들은 넋이 나갔다.
그에게 찬사를 아끼지 않았고, 천 번이나 한숨을 내쉬었다.
재상은 압탄딜과 단둘이 있기 위해 사람들을 물러나도록 명했다.

주변 사람들이 물러나자 압탄딜은 재상에게 간절히 말했다. 723
"궁정에서 논의되는 일은 재상께서 모르는 것이 없습니다.
당신은 크고 작은 모든 국사에 왕께 조언을 드립니다.

오늘 부디 나의 고통을 치료하는 의사가 되어 주기를 바랍니다."

724 "타리엘을 태운 불이 나에게 불 같은 고통을 주고 있습니다.
그를 만나고 싶은 열망에 가슴이 타고 있고, 그와의 이별로 죽음을 맛보고 있습니다.
그는 나를 위해 목숨을 아까워하지 않고, 나 또한 그러합니다.
누군가 나를 사심 없이 사랑한다면 당연히 그 사람을 사랑해야 합니다."

725 "타리엘과 다시 만나고 싶은 열망이 그물처럼 나의 마음을 얽어 매었고
그를 거기에 남겨 두고 왔지만, 나의 마음은 늘 그와 함께 있습니다.
신은 그를 태양과 같은 존재로 창조했습니다. 나는 그로 인해 불타고 있습니다.
그를 돌보는 아스마트는 그뿐만 아니라 내게도 누이동생 같은 존재입니다."

726 "우리는 헤어질 때 서로 철석같이 맹세한 것이 있습니다.
'적들이 놀라며 바라보아도 나는 반드시 자네에게 돌아올 것이다.
자네가 더 이상 어둠 속에서 고통을 받지 않도록 태양과 같은 그녀를 찾아 나설 것이다'라고.
이제 그에게 돌아갈 때가 되었습니다. 나의 마음은 뜨거운 불에 타고 있습니다."

727 "나는 허풍을 떨지 않고 당신에게 모든 것을 진심으로 얘기했습니다.
그러나 그가 나를 기다릴 힘이 있는지 심히 걱정됩니다.
나는 맹세를 깨지 않을 것입니다. 우리는 사랑의 힘으로 서로 묶여있습니다.
맹세를 깬 사람은 절대 승리자가 될 수 없습니다."

"왕궁으로 가서 로스테반왕께 내가 한 말을 보고해 주십시오. 728
재상님, 왕은 당신의 말을 늘 경청하시고 동의하십니다.
만일 왕께서 떠나는 것을 허락하시면 좋지만, 허락하시지 않는다 해도 나는 갈 것입니다.
내 가슴 속에 타는 고통의 불이 꺼지도록 나를 도와주세요."

"이렇게 아뢰십시오. '땅 위의 모든 존재가 당신을 찬양합니다. 729
당신 앞에 내가 이렇게 몸을 떨고 있는 것을 신이 보고 계십니다.
나도 고통스러워 하지만, 내 친구가 고통의 불에 타고 있는 것을 보고 있습니다.
나는 내 마음의 아픔을 덜어낼 수 없습니다. 나는 매 순간 그에게 사로잡혀 있습니다.

오 왕이시여, 저는 타리엘 없는 이 세상은 고통과 쓰라림 뿐입니다. 730
나는 그에게 나의 이성을 넘겨주고 왔기 때문에 광인 같은 나에게 위안은 없습니다.
내가 그에게 도움을 줄 수 있다면, 이것은 왕께도 큰 영광이 될 것입니다.
나는 어떤 일이 있어도 거짓말을 할 수 없고, 나의 맹세를 배반할 수 없습니다.

제가 떠나는 것이 전하를 화나거나 슬퍼하게 만들지 않기를. 731
아무리 가혹한 운명이라도 신이 정한 것이 나에게 이루어지기를.
신이 우리에게 승리를 허락하시면, 승전보를 가지고 당신께 돌아오겠습니다.
만일 내가 돌아오지 못하면 전하께서 적들을 물리치시고 무궁히 통치하시기를 기원합니다.'

태양과 같은 압탄딜은 재상에게 다시 말했다. "저는 당신께 모든 732

것을 말씀드렸습니다.
어서 가서 왕을 뵙고 내가 겪고 있는 고난을 말씀드려 주십시오.
내가 왕궁을 떠날 수 있도록 최선을 다해 간청해 주시기를 바랍니다.
이것에 대한 보상으로 금화 10만 개를 당신께 드리겠습니다."

733 재상은 미소를 띠고 말했다. "선물은 간직하세요.
나는 당신이 나를 찾아준 것으로 충분한 호의를 받았다고 생각합니다.
당신에게 들은 것을 로스테반왕께 아뢰면 그는 분명히 격노하여
보상으로 큰 벌을 내리실 것이고, 나는 당연히 이를 감내해야 할 것입니다."

734 "맹세컨대, 왕은 그 자리에서 나의 목을 치실 것입니다.
당신은 금화를 잘 간직하겠지만, 나는 무덤으로 들어 갈 길을 찾을 것입니다.
아무리 덧없이 지나가는 인생이라도 목숨보다 더 소중한 게 어디 있겠습니까?
내가 왕께 나가 아뢰느니 여기서 칼에 맞아 죽는 것이 낫습니다."

735 "이룰 수 없는 일에 왜 제 목숨을 담보로 내놓아야 하나요?
왕은 지체 없이 나를 죽일 것입니다. '네가 감히 어떻게 이런 말을 한단 말인가?
왜 정신이 나갔는가? 그의 무례한 계획을 왜 그 자리에서 말리지 않았는가?'
나는 당연히 죽는 것보다 사는 것이 낫다고 생각합니다."

736 "왕이 설사 허락한다고 해도 군사령관이 어떻게 병사들을 놔두고 갈 수 있습니까?
태양과 같은 당신이 없으면 우리 군사들은 어둠 속에서 고통 받을

것입니다.
당신이 떠나면 우리의 적들은 당돌해져서 우리를 칠 것입니다.
당신이 없으면 참새가 마치 매가 된 양 우리를 위협할 것입니다."

압탄딜은 울면서 말했다. "칼로 내 가슴을 찔러야 하나요! 737
재상이여, 당신은 진정한 우정이 어떤 것인지 모르는군요.
맹세로 결연한 두 사람을 보지도 못했고 듣지도 못했군요.
만일 들었다면 이별의 슬픔이 얼마나 고통스러운지 왜 이해를 하지 못하나요?"

"태양 같은 타리엘이 다시 깨어났습니다. 738
우리가 그를 도우면 그는 밝은 빛으로 우리를 따뜻이 비출 것입니다.
나의 고통의 원인이 무엇이고, 그 해결책이 무엇인지 나보다 더 잘 아는 사람이 있는지요?
사악한 조언자들의 충고는 현명한 자를 다치게 합니다."

"이성을 잃은 나를 병사들도 도울 수 없고 왕도 도울 수가 없습니다. 739
나는 정신을 잃었고, 끊임없이 흐르는 눈물이 앞을 가리고 있습니다.
한 번 맹세한 말을 지키는 것이 양심의 척도입니다. 나는 내 맹세를 지켜야 합니다.
다른 사람들이 경험하지 못한 고통을 타리엘이 겪고 있습니다."

"오 재상이여, 당신은 나의 고통을 보고도 마음이 바윗돌처럼 전혀 움직이지 않나요? 740
이렇게 간청을 하면 쇠로 된 쐐기도 밀랍처럼 녹아야 하는 것 아닙니까?
설령 내가 제온 강[25]처럼 많은 눈물을 흘린다 해도 그의 눈물을 대신할 수는 없습니다.

나를 도와주세요. 당신의 도움은 내가 꼭 갚겠습니다."

741 "만일 왕이 허락을 해주지 않는다면 나는 밤에 몰래 떠나겠습니다.
나의 마음을 바친 영웅을 위해 불길에도 다시 뛰어들겠습니다.
왕은 당신을 필요로 하기 때문에 당신을 내치지 않을 것입니다.
왕이 격노하시더라도 당신은 나를 위해 모든 것을 감내해 주세요."

742 재상은 말했다. "당신이 겪는 고난의 불은 내가 감히 이해할 수도 없습니다.
영웅 같은 용사들이 겪는 고통과 눈물은 차마 바라보기가 힘들군요.
어떤 때는 말이 일을 해결하기도 하지만, 어떤 때는 말이 일을 망칩니다.
한번 부딪쳐 보지요. 당신의 태양이 당신의 뜻이 이루어지도록 돕기를 바랍니다."

743 이 말을 마치고 재상은 일어나서 궁정으로 향했다.
태양과 같은 빛을 발하는 왕이 재상을 맞았다.
마음이 약한 재상은 왕의 진노를 불러일으킬 소식을 전할 용기가 나지 않았습니다.
그는 곧 닥칠 왕의 불호령을 염려하며 어찌할 바를 모르고 서 있었다.

744 왕은 슬픈 표정을 짓고 있는 재상을 이상한 듯 바라보았다.
왕은 물었다. "왜 아무 얘기도 하지 않고 슬픈 표정을 짓고 있는가?"
재상은 용기를 내어 대답했다. "전하, 저는 큰 고통을 안고 있습니다.
제가 아뢰는 놀라운 소식을 들으신 후 저를 죽이거나 살리시기

25) 제온(Geon) 강 – 나일 강의 옛 이름.

바랍니다."

"제가 당하고 있는 고통보다 더 큰 고통은 없을 것입니다. 745
말을 전달하는 사람은 아무것도 두려워하지 말아야 하지만 저는 두렵습니다.
저는 압탄딜의 부탁을 받고 그의 간청을 전하께 전하러 왔습니다.
그는 타리엘 없는 인생은 먼지와 티끌처럼 덧없다고 느낍니다."

재상은 소심한 혀로 그가 들은 모든 것을 얘기했다. 746
그리고 이렇게 덧붙였다. "전하, 이제 모든 것을 말씀드렸습니다.
그가 어떤 고통을 겪고 있으며, 그가 얼마나 많은 눈물을 흘리는지를.
이제 저를 죽이시든지 살리시든지 전하께서 결정하실 일입니다."

재상의 얘기를 들은 왕은 분노로 가득 차서 온통 인상을 찌푸렸다. 747
그의 얼굴이 분노로 창백해져서 겁에 질린 신하들은 어디에 시선을 둘 지 몰랐다.
왕은 외쳤다. "미친놈아, 어떻게 감히 그런 말을 전하는가?
악한 놈들은 조금이라도 빨리 악한 소식을 전하는 것을 즐기는 법이다."

"너는 이것이 마치 즐거운 소식이라도 되는 것처럼 서둘러 달려와 전달했다. 748
나에게 교활한 복수를 하려는 놈들도 이보다 더 나쁜 일은 하지 않을 것이다.
미친놈아, 너의 간교한 혀를 가지고 감히 이런 말을 하러 오다니.
너같이 미친놈은 재상은커녕 아무것도 될 자격이 없다."

"미친 인간만이 주군을 화나게 하는 말을 지껄이는 법이다. 749

네가 한 말은 무식쟁이가 떠드는 헛소리나 마찬가지다.
네가 한 말을 듣느니 나는 평생 귀머거리가 되는 편이 나았을 것이다.
내가 네 목을 치면 그 붉은 피가 나에게 튀어 흐를 것이다."

750 "네가 압탄딜이 아니라 다른 사람의 전갈을 가져왔다면
적들의 목을 치듯 당장 네 목을 쳤을 것이다.
내 눈에서 썩 꺼져라! 너는 파렴치하고 역겹고 불손한 놈이다.
스스로 창피한 줄 알아라, 무식한 놈아. 네가 하는 일을 역겨워 더 못 보겠다!"

751 왕은 의자들을 잡아서 벽으로 던져 산산조각을 냈다.
목표가 빗나가자 왕은 더욱 화를 내며 재상에게 소리쳤다.
"알로에 같이 멋지게 생긴 압탄딜이 떠난 것을 감히 나에게 얘기하다니!"
뜨거운 눈물이 재상의 창백한 뺨에 폭포처럼 흘러내렸다.

752 불쌍한 재상은 겁에 질려 문으로 향했다.
마음에 큰 상처를 입은 재상은 비참한 표정으로 여우처럼 기어서 궁궐을 빠져나갔다.
그는 풀이 죽어 돌아갔다. 그의 혀가 오욕을 불러온 근원이다.
적들로부터 해를 받는 것보다 스스로 자신에게 더 큰 해를 불러일으킬 수 있다.

753 그는 스스로 말했다. '신이 내가 지은 죄를 벌하시는구나?
바보같이 왜 폐하께 무례한 짓을 했는가?
누군가 왕에게 그렇게 당돌하게 보고를 한다면,
그가 아무리 높은 사람이라도 큰 고통을 당하는 것이 당연하다.'

왕에게 수치를 당한 재상은 발이 어떻게 움직이는지도 모르며 집으로 돌아왔다. 754
그는 압탄딜에게 원망스럽게 얘기했다. "당신에게 어떻게 감사를 해야 하나요?
당신이 부탁한 일을 했는데, 폐하의 은총도 잃고 벼슬도 잃게 되었습니다.
이제까지 좋은 신하라는 소리를 들으며 벼슬을 했는데, 이제 패가망신하게 되었습니다."

그는 아직 눈물이 마르기도 전에 장난치듯 뇌물을 요구했다. 755
그는 비통함 속에서도 농담을 하는 여유를 잃지 않았다.
"약속한 것을 주지 않는 사람은 재앙을 만날 것입니다.
'뇌물은 지옥에서도 문제를 해결한다'는 말도 있지 않습니까? "

"왕이 나에게 어떤 욕을 했는지는 내 입으로 말할 수 없습니다. 756
왕은 나를 악마, 악당, 어리석은 놈이라고 욕했습니다.
나는 더 이상 사람들 사이에 머리를 들고 다닐 수 없습니다.
내가 아직 살아있다니! 신이 왕에게 인내심을 준 것이 분명합니다."

"나는 기꺼이 희생을 치렀지만 왕이 격노하시는 것은 당연한 일입니다. 757
왕이 공연히 화를 내시는 것이 아니기 때문에 내가 더 슬퍼집니다.
운명의 무서운 소용돌이를 피해갈 수 있는 사람은 없습니다.
당신을 위해서라면 죽음도 기꺼이 받아들일 준비가 되어있습니다."

압탄딜이 대답했다. "나는 길을 떠나지 않을 수 없습니다. 758
장미가 시들면 나이팅게일은 죽음을 맞습니다.
이슬방울을 찾아 온갖 곳을 돌아다니다가
만일 이것을 찾지 못하면 그의 인생은 끝이 납니다."

759 "꿈에나 생시에나 나는 그와 헤어져 있는 것을 견딜 수가 없습니다.
나는 집을 떠나 야생의 들판을 짐승처럼 돌아다니는 길을
택하겠습니다.
왕께서는 이런 상태에 있는 내가 적들과 싸우기를 바라시다니요!
친구를 신뢰하지 못한다면 친구 없이 세상을 사는 것이 낫습니다."

760 "왕이 아무리 화를 내시더라도 나는 왕께 다시 편지를 쓰겠습니다.
왕은 내 형제 때문에 나의 마음이 어떻게 불타고 있는지 알게 되실
것입니다.
그래도 내가 떠나는 것을 허락하지 않으시면, 나는 몰래
도망치겠습니다.
만일 내가 죽으면 나의 재산과 성은 모두 없어지겠지요."

761 대화가 끝나자 재상은 압탄딜을 위해 성대한 연회를 베풀었다.
재상은 압탄딜에게 걸맞은 멋진 선물을 주었다.
재상은 모든 손님과 압탄딜의 수행원에게도 풍족히 선물을 주었다.
그리고 그들은 헤어졌다. 해가 질 때 압탄딜은 집으로 돌아갔다.

762 태양과 같은 얼굴을 하고, 플라타너스 나무 같은 몸을 한 기사는
10만 개의 금화와 300필의 공단(貢緞)을 골랐다.
영롱한 빛을 내는 값비싼 보석도 60개를 골라서
사람을 시켜 재상의 보물창고에 가져가게 했다.

763 다음과 같이 전했다. '이렇게 부족한 선물로 당신께 진 빚을 갚을 수
없습니다.
어떻게 해야 당신께 입은 은덕을 갚을 수 있겠습니까?
당신을 위해 기꺼이 목숨을 내놓겠습니다. 나는 평생 당신께 빚진
사람입니다.
당신의 사랑을 똑같은 무게의 사랑으로 갚겠습니다.'

내가 어떻게 압탄딜의 고상함과 아름다움을 찬양할 수 있겠는가! 764
그의 모든 행동은 영원히 칭송 받을 것이다.
이렇게 소중한 사람을 위해서는 모든 것을 희생할 수 있어야 한다.
사람은 불행이나 곤경에 처할 때 친구와 형제가 필요한 법이다.

31장 압탄딜과 세르마딘의 대화

765 태양 같은 빛을 발하는 압탄딜은 세르마딘에게 다음과 같이 얘기했다.
"오늘 내 마음은 다시 희망으로 가득 찼고 기쁨이 넘치네.
나는 자네가 나에게 변함없이 충성할 것이라는 것을 굳게 믿네."
이들이 나눈 얘기를 주의 깊게 읽은 사람은 이들을 칭송하지 않을 수 없을 것이다.

766 그는 말했다. "왕께서는 내 말에 조금도 귀를 기울이지 않았고 떠나는 것을 허락하지 않았네.
왕께서는 먼 곳에 있는 친구 때문에 내가 살아 있다는 것을 알 리가 없지.
타향에서건 고향에서건 나는 타리엘 없이 살 수가 없네.
다른 사람에게 한 부당한 행동은 정의의 신이 결코 용서하지 않는 법이네."

767 "나는 무슨 일이 있어도 그와의 신의를 버리지 않기로 결심했네.
거짓말쟁이와 배신자는 신이 내린 재앙을 받게 된다네.
형제와 헤어진 내 마음은 슬픔과 그리움을 견딜 수 없네.
타리엘은 사람을 보지 않으려 하고, 그의 가슴은 먹구름 같은 어둠으로 덮여 있네."

768 "친구가 우정을 보여줄 수 있는 방법은 세 가지가 있네.
첫째로 친구와 헤어지지 않고 함께 있고, 늘 그와 동행하는 것.
둘째로 자신이 가진 것을 아낌없이 주는 것.

셋째는 그가 어려움에 처했을 때 먼 곳에서 기꺼이 달려와 도와주는 것이네."

"더 이상 길게 얘기하지 않겠네. 이제 말을 아낄 시간이 왔네. 769
내가 해야 할 일은 단 하나, 몰래 떠나는 것이네. 그것이 나의 상처를 치유하는 유일한 길이네.
내가 어디를 가건 나의 고난의 동행자가 되어 내 말을 잘 들어주기 바라네.
내가 부탁한 과업과 유지를 단단히 마음에 새기기 바라네."

"이제 난공불락의 요새처럼 왕을 잘 보위하기 바라네. 770
모든 일에서 나보다 더한 용기와 성실성을 보여주게.
우리 집과 땅을 보살펴 주고, 나의 병사들을 지휘해 주기 바라네.
지금까지 나에게 충성한 것처럼 앞으로도 충성을 보여주기 바라네."

"적들과 싸울 때 용감하고, 국경을 철통같이 방어하고, 771
충성스러운 자들은 풍족하게 보상하고, 불충하는 자는 처단하게.
내가 살아 돌아오면 자네에게 진 빚을 백 배로 보상하겠네.
주인에 대한 충성은 늘 풍성하게 보답 받는 법이네."

이 얘기를 들은 세르마딘은 뜨거운 눈물을 흘렸다. 772
그는 말했다. "제가 혼자 있다고 해서 두려워할 일은 없을 것입니다.
그러나 주군께서 저를 떠나시면 어둠이 제 가슴에 내려앉을 것입니다.
당신을 섬길 수 있게 저를 데려가세요. 당신이 무엇을 원하든 돕겠습니다."

"주군께서 혼자 미지의 나라를 떠돌아 다니시다니요? 773
주군이 어려움에 처했을 때 이를 돕지 않는 가신이 있을까요?

제가 주군님을 걱정만 하며 어떻게 긴 세월을 견뎌 낼 수 있겠습니까?"
압탄딜은 대답했다. "아무리 매달려도 나는 자네를 데려갈 수 없네."

774 "나에 대한 자네의 사랑과 헌신을 조금도 의심하지 않지만,
나는 자네의 청을 들어줄 수 없네. 나는 내 운명을 걸머져야 하네.
내가 자네 말고 누구에게 나의 집을 맡기겠는가?
자네는 나와 같이 갈 수 없네. 마음을 진정하고 쓸데없는 생각을 버리기 바라네."

775 "사랑에 빠진 사람은 외로운 방랑길도 기꺼이 감수해야 하는 법.
그는 순례자처럼 고난을 감수하며 홀로 눈물을 흘려야 한다네.
방랑에 나선 사람은 위안을 찾아서도 안되고, 죽음을 두려워해서도 안되네.
이것이 운명이 우리에게 내린 명령이니 운명에 복종하기 바라네."

776 "내가 멀리 떠나 있더라도 나에 대한 사랑과 충성을 간직하기 바라네.
나는 스스로의 주인이 되어 적들을 두려워하지 않을 것이네.
용감한 자는 슬픔에 빠져서 낙담하면 안 되고, 늘 강인한 마음으로 전장에 나갈 준비를 해야 하네.
시련을 극복하고 다시 일어나지 못하는 사람은 가련할 뿐이네."

777 "나는 이 세상의 영화를 시들은 오이처럼 여기네.
나는 친구를 위해 기꺼이 목숨을 내 놓을 준비가 되어 있네.
태양과 같은 님이 내가 떠나도록 허락했는데 내가 무엇을 더 주저하겠는가!
사랑하는 님을 두고 떠나는데, 내 집이나 궁전이 무슨 의미가 있겠는가?"

"로스테반왕께 나의 얘기를 전달해 주기 바라네. 778
'전하께서 내가 가족같이 여기는 세르마딘을 돌보아 주시기를
청원합니다.
만일 내가 죽더라도 사탄의 생각에 현혹되지 마세요.
죽음을 생각하지 마시고 그저 울면서 저를 애곡해 주세요.'

32장 압탄딜이 로스테반왕에게 보낸 유서

779 압탄딜은 자리에 앉아서 자신의 슬픈 운명에 대한 편지를 썼다.
'오 왕이시여! 전하의 뜻을 어기고 타리엘을 찾기 위해 몰래 길을 떠납니다.
내가 애타게 그리워하는 그와 다시 만나지 못한다며 나는 비참한 운명을 맞을 것입니다.
나를 용서하시고 하늘의 힘이 나의 길을 보호하도록 기원해 주세요.

780 나는 결국에는 전하께서 나의 결심을 존중해 주시리라 믿습니다.
현명한 자는 사랑을 위해 고난 받는 친구를 적에게 넘겨주지 않습니다.
나는 플라톤이 얘기한 말을 상기시켜드리고자 합니다.
'위선과 거짓은 인간의 몸과 영혼을 상하게 한다.'

781 거짓은 모든 불행의 원인이고, 마음의 평안을 앗아가는 것인데,
내 형제보다 더 소중한 친구를 어떻게 저버릴 수 있겠습니까?
행동에 나서지 않으면 현자들의 지식이 무슨 쓸모가 있겠습니까?
천상의 질서와 하나가 되는 것이 학문을 연마하는 목적입니다.

782 전하는 사도들이 쓴 사랑의 서신서를 아십니다.
그들은 어떻게 신의 뜻을 선포하고 찬양했는지요? 그들의 말씀을 가슴에 받아들여야 합니다.
'사랑은 우리의 영혼을 고양시킨다.' 이것이 하늘까지 퍼지는 소리입니다.
전하께서 이것을 이해하지 못한다면 무식한 사람들은 어떻게

이해하겠습니까?

783 나를 이 땅에 태어나게 하시고, 적들을 제압할 수 있는 힘을 주신 분,
눈에 보이지 않는 힘으로 지상의 모든 존재를 만드신 분,
세상에 경계를 만드시고, 죽음 없이 영원히 통치하시는 분,
그 분은 백 명을 한 사람처럼 약하게 만들기도 하고, 한 사람에게 백 명의 힘을 주기도 합니다.

784 신이 허락하지 않으시면 어떤 것도 이루어지지 않습니다.
태양빛을 보지 못하면 제비꽃도 빛 바래고 장미꽃도 시들기 마련입니다.
모든 아름다운 사물은 바라보는 눈을 즐겁게 합니다.
친구와 헤어져 있으면서 어떻게 제가 편안히 숨을 쉬며 살 수 있겠습니까?

785 전하의 명령을 따르지 않았다 해서 너무 노여워하지 마십시오.
타리엘의 포로가 된 나는 더 이상 고통을 견딜 수 없습니다.
길을 떠나는 것만이 고통의 불길을 잠재우는 유일한 방법입니다.
의지에 따라 자유롭게 행동하는 자만이 불행도 대수롭지 않게 극복할 수 있습니다.

786 전하가 괜히 탄식하시고, 괜한 눈물을 흘리시지 않기를 기원합니다.
하늘에서 사람이 꼭 하도록 정해준 행동은 피해갈 수 없습니다.
고난을 참고 견디는 것은 용감한 사람이 따라야 할 법입니다.
운명이 정한 것을 피해갈 수 있는 사람은 없습니다.

787 신이 미리 정해놓은 일을 저는 완수해야 합니다.
저는 마음의 상처를 다 치유하고 자랑스런 모습으로 귀환하겠습니다.

그러면 전하께서는 기쁨과 부가 넘치게 될 것입니다.
내가 타리엘을 도울 수 있다는 것은 나에게 더 할 나위 없는
영광입니다.

전하, 제가 잘못된 행동을 하면 저를 죽이십시오. 788
오 왕이시여, 내가 떠나는 것이 정녕 전하를 슬프게 하는가요?
내가 친구의 믿음을 배신한다면 저는 치욕을 당해도 할 말이
없습니다.
나는 너무 수치스러워 하늘에서도 타리엘의 얼굴을 보지 못할
것입니다.

친구의 고통을 나누어 짊어지는 것은 절대 작지 않은 위업입니다. 789
나는 거짓과 배반을 일삼는 사람을 경멸합니다.
태양과 같은 광채를 발하는 전하 앞에 무엇을 숨길 수 있겠습니까?
그러나 무서워 떨며 출정을 늦추는 자는 용사가 될 자격이 없습니다.

겁에 질려 두려운 얼굴로 무서운 소리를 내고, 790
전투에 임하면서 죽음을 두려워하는 병사는 멸시 받아야 합니다.
그런 시체 같은 병사는 평생을 물레 옆에 앉아 실을 잣는 노파보다
못합니다.
재산과 보화를 축적하는 것보다 당당히 영광을 차지하는 것이 더
좋습니다.

좁은 길이나 바위투성이 길도 죽음을 막지는 못합니다. 791
죽음 앞에는 강한 사람이나 약한 사람이나 모두 평등합니다.
땅은 늙은이나 젊은이나 모두를 결국에 한 곳에 모이게 합니다.
수치스런 삶보다 영광스런 죽음이 좋습니다.

왕이시여, 제가 감히 두렵게 말씀드리겠습니다. 792

죽음이 순간적으로 닥칠 수도 있다는 것을 믿지 않는 사람은
착각하는 것입니다.
우리를 모두 평등하게 만드는 죽음은 낮에도 오고 밤에도 옵니다.
만일 제가 돌아오지 않으면 영원한 안식을 얻었다고 생각해
주십시오.

793 만일 모든 것을 파괴하는 운명이 나를 넘어뜨리면,
나는 방랑하다가 아무도 애곡하지 않는 가운데 외로이 죽을
것입니다.
나를 키운 사람도 나의 가족도 나에게 수의를 입히지 못할 것입니다.
그렇게 되면 전하께서 자비로운 마음으로 저의 죽음을
받아들여주십시오.

794 저는 셀 수 없이 많은 재산을 가지고 있습니다.
나의 모든 보화를 가난한 사람들에게 나누어 주고 노예들을
해방시키고,
고아와 가난한 사람들을 모두 부자로 만들어 주십시오.
그러면 그들은 감사한 마음으로 나를 기억하고 추도할 것입니다.

795 국고에 보관할 가치가 없는 재화로는
일부는 집 없는 사람들에게 집을 지어주고, 나머지는 다리를 짓는데
써주십시오.
조금도 아까워하지 마시고 저의 재산을 모두 가져다 필요한 곳에
쓰십시오.
저를 너그러이 용서해 주시고 애도해 주실 분은 전하밖에 없습니다.

796 이제 더 이상 전하께 전령을 보내 소식을 전하지 못할 것입니다.
이제 저의 유서를 전하께 올리고 나의 길을 갑니다.
악마의 간계에 넘어가는 것은 해롭지만, 선한 일을 하면 악마가

달아납니다.
부디 노여움을 푸시고 저를 용서해 주십시오. 제가 죽으면 전하의 은혜에 보답할 길이 없습니다.

왕이시여, 저의 충실한 신하 세르마딘을 위해 청원합니다. 797
최근에 그에게는 슬픔으로 가득 찬 날들이 계속 닥쳤습니다.
저에게 충성을 바친 그를 잘 보살펴 주십시오.
피가 솟구치는 그의 눈에서 눈물이 계속 흐르지 않게 해주세요.

제 손으로 직접 쓴 저의 유서를 마칩니다. 798
저를 키워준 분이시여, 저는 금의환향을 꿈꾸며 전하께 작별을 고합니다.
전하, 저 때문에 상복을 입지 마시고 마음의 애통을 극복하십시오.
막강한 권력을 가진 전하를 사방의 적들이 두려워하게 하십시오.'

그는 유서 작성을 마치자 이것을 세마르단에게 넘겨주었다. 799
그는 말했다. "적당한 때에 이것을 왕께 전해드려라.
너보다 누구를 내가 더 신뢰할 수 있겠는가?"
그는 세르마딘을 껴안고 피눈물을 흘렸다.

33장 압탄딜의 기도

800 압탄딜은 다음과 같이 기도했다. '모든 것 위에 뛰어난 전능하신 신이여, 때로는 우리를 고난에 처하게 하시고, 때로는 위로를 내리시는 분이여, 우리가 알 수 없고, 말로 형용할 수 없는 분이시며, 정의의 창조자시여.
저에게 그리움을 견뎌낼 수 있는 힘을 주십시오. 우리 마음의 주관자시여!

801 오 신이시여, 깊은 곳과 높은 곳을 지배하시는 당신께 간구합니다.
당신은 마음의 법을 만드셨고, 우리에게 사랑을 심어주셨습니다.
가련한 운명으로 인해 저는 태양과 같은 님과 다시 멀리 떨어지게 되었습니다.
그녀가 나에게 심은 사랑을 거두어 가지 마시옵소서.

802 오 신이시여, 나는 당신이외에 아무에게도 희망을 걸 수 없습니다.
내가 아무리 먼길을 가더라도 당신이 도와주시기를 기원합니다.
적들의 공격과 바다의 풍랑에서 나를 지켜주시고, 흑암의 악령으로부터도 나를 지켜주시옵소서.
내가 구원을 받으면 당신께 제물을 바칠 것을 서약합니다.'

803 압탄딜은 기도를 마치고 말에 올라타 은밀히 성문을 빠져나가며 슬퍼하는 세르마딘을 돌려보냈다. 불쌍한 가신은 홍수 같은 눈물을 흘렸다.
그는 자기 가슴을 쳤고, 솟구치는 피눈물로 몸을 적셨다.
주군의 모습을 보지 못하는 종은 무슨 즐거움을 누릴 수 있겠는가?

34장 로스테반왕이 압탄딜이 몰래 떠난 것을 알게 되다

길을 떠난 압탄딜 이야기는 나중에 하고 이제 다른 얘기를 804
시작하겠다.
이날 로스테반왕은 아무도 만나지 않았다.
동틀 녘 일어난 왕은 분노에 싸였고 시간이 갈수록 분노가 불같이
달아올랐다.
그는 재상을 들어오게 했고, 재상은 사색이 되어 왕 앞에 나왔다.

왕은 시선을 떨구고 궁정에 들어선 재상을 보며 말했다. 805
"나는 자네가 어제 한 말을 기억하지 못한다.
나는 자네의 무례한 말에 너무 화가 나서 아직도 내 정신이 아니다.
자네가 충직한 신하라는 것은 인정하지만 자네를 무섭게 질책할
수밖에 없다."

"어제 나에게 얘기하고자 했던 것이 무엇인지 다시 한 번 얘기할 수 806
있겠는가?'
현자가 말하기를 '비탄은 더 큰 비탄을 낳는다'라고 했다.
화를 내기 전에 먼저 문제를 신중히 생각해야 하는 법.
압탄딜에 대해 숨김없이 다시 얘기해주기 바란다."

재상이 어제 다하지 못한 얘기를 하자 807
왕은 그말을 다 듣고 압탄딜에게 보내는 훈령을 만들 것을 명했다.
"너를 현명한 인간이라고 존경하느니 차라리 내가 레위인[26]이

26) 레위인 – 이스라엘 12지파의 하나. 야곱과 레아의 3남. 누이의 부끄러움을 씻기 위해 시겜사람들을 공격하여 살해하여 야곱의 유언에서 저주를 받음. (창세기 29장, 34장, 49장)

되겠다.
그만해라, 그러지 않으면 너는 다시 나를 보지 못할 것이다."

808 궁전을 떠나 집으로 돌아온 재상은 초상집 같은 분위기에 놀랐다.
압탄딜이 떠났다는 소식을 듣고 모든 사람이 울고 있었다.
재상은 말했다. "나는 궁전에 다시 들어갈 수 없다. 나는 어제 치른 곤욕을 기억한다.
용감한 사람이 들어가려면 들어가라. 나는 내가 한 일을 크게 후회한다."

809 재상이 다시 입궐하지 않자 소식이 궁금한 왕은 다시 재상에게 사람을 보냈다.
누구도 왕에게 돌아가서 압탄딜이 떠난 것을 감히 얘기할 수 없었다.
좋지 않은 징조를 느낀 왕은 탄식했다.
'아, 이를 어쩐단 말이냐! 적을 만나면 일당백인 우리 압탄딜이 떠났구나!'

810 슬픔에 빠진 왕은 압탄딜을 생각하며 머리를 숙이고 탄식했다.
그는 시종을 보내 "가서 재상을 지체없이 입궐하라 해라.
그 거짓말쟁이를 들어오게 해서 모든 얘기를 하게 해라."
창백한 안색으로 다시 왕 앞에 선 재상은 두려움에 몸을 떨었다.

811 재상이 들어서자마자 왕은 불같이 타는 분노의 눈길을 보내며
다음과 같이 말했다. "태양과 같은 용사가 달이 구름에 숨듯이 사라졌다는 말인가?"
재상은 왕에게 압탄딜이 몰래 길을 떠난 것을 보고했다.
"이제 태양은 더이상 우리를 비추지 않고, 먹구름이 우리를 둘러쌀 것입니다."

이 말을 듣자 왕은 그는 큰 비명을 지르며 사람들을 공포에 질리게 했다. 812
왕은 울부짖으며 말했다. '나의 양자여, 너의 빛나는 얼굴을 다시 볼 수 없게 되었구나?'
왕은 자기 뺨을 긁으며 절망하여 자신의 백발을 쥐어 뜯자 신하들은 크게 겁에 질렸다.
'너는 어디로 떠난 것이며 빛을 발하는 기둥과 같은 너의 모습은 어디로 사라진 것이냐?

네가 지혜를 간직하는 한 너는 혼자 고통 받지 않을 것이다. 813
나의 양자여, 어찌하면 좋은가? 이제부터 나의 궁전은 슬픔의 집이 되어버렸다.
너에게 소중한 사람을 돕는다고 너는 나를 고통스런 외로움 속에 던져버렸구나.
네가 다시 돌아올 때까지 나는 끝없는 고통을 견뎌야 하는구나!

이제 사냥을 마치고 기쁜 얼굴로 돌아오는 너를 볼 수 없고, 814
멋진 몸을 뽐내며 격구(擊毬)를 하는 너의 모습을 볼 수 없고,
송시를 읊는 듯한 너의 힘찬 목소리도 다시 들을 수 없겠구나.
네가 없는데 이 옥좌와 엄청난 재산이 무슨 소용이 있겠는가?

나는 네가 아무리 먼 곳을 떠돌아 다녀도 굶어 죽지 않을 것이라는 것을 안다. 815
들판에서 너의 날카로운 화살이 사냥감을 얻게 해줄 것이다.
자비로운 신이 너의 고통을 덜어주고 너에게 힘을 줄 수 있겠지만
양자여, 만일 내가 죽는다면 누가 나를 위해 애곡해 줄 것인가!'

왕의 큰 울음소리가 들리자 많은 사람들이 궁궐로 모였다. 816
모든 사람들이 자기 수염을 손으로 쥐어 뜯으며

비탄에 겨워 자신들의 뺨을 치는 소리가 하늘을 메웠다.
그들은 이렇게 외쳤다. “우리의 태양이 하늘에서 사라지고 어둠이 우리를 덮쳤다!”

817 슬픔에 겨워 통곡하며 왕은 고관들을 불러모았다.
그는 소리쳤다. “태양이 더이상 우리를 비추지 않는구나!
우리가 어떤 잘못을 저질렀기에 왜 그는 우리를 떠나고 우리를 버렸는가!
이렇게 슬퍼하는 군대를 누가 감히 그처럼 지휘할 수 있겠는가?”

818 모두가 오래 울었지만 시간이 지나자 모두 조용해졌다.
왕이 물었다. “그는 정말 혼자 떠났는가 아니면 종들을 데리고 갔는가?”
그때 군신 세르마딘이 겁을 먹고 앞으로 나오자 왕의 시선이 더욱 준엄해졌다.
자신의 운명을 저주하며 압탄딜의 유서를 왕에게 올렸다.

819 “나는 압탄딜의 침실에서 이 편지를 발견했습니다.
시종들이 모여 머리카락을 쥐어 뜯으며 울고 있었습니다.
압탄딜은 사랑하는 시종들을 데려가지 않고 혼자서 몰래 길을 떠났습니다.
전하께서 저를 죽이셔도 할 말이 없습니다.”

820 압탄딜의 유서를 읽고 그들은 다시 한번 오래 울었다.
왕이 명령을 내렸다. “우리 병사들이 밝은 옷을 입지 말게 하라.
과부들과 고아들, 불구자들도 그를 위해 기도하게 하라.
신이 먼길을 가는 압탄딜에게 힘과 평안을 주시도록 기원하자.”

35장 압탄딜이 타리엘과 재회하기 위해 출발하다

태양으로부터 멀리 떨어져 있으면 달은 더욱 밝게 빛난다. 821
그러나 아침해가 가까이 오면 달빛은 희미해지며 멀어진다.
태양빛이 없으면 장미가시들도 화려한 색을 잃게 된다.
이처럼 사랑하는 사람과 헤어진 사람은 그 고통을 견딜 수 없다.

이제 나는 압탄딜이 방랑하는 이야기를 하겠다. 822
말을 타고 먼 길을 가며 끝없이 흘리는 눈물이 그의 가슴을 적셨다.
그는 사랑하는 태양같은 사람이 자신에게 계속 빛을 비추도록
기도했다.
태양에서 눈길을 돌리면 그는 고통에 겨워 잠꼬대 같은 소리를 했다.

견딜 수 없는 고통에 눌려 그는 아무말도 할 수 없었다. 823
티그리스 강이 범람하듯 그의 눈에서는 쉴새없이 눈물이
흘러내렸다.
그는 눈을 돌려 수색을 하며 어디선가 위안을 받을 수 있을까
기대했지만,
앞으로 나갈 때면 말이 자신을 어디로 데려가는지 몰랐다.

그는 혼자 말했다. '티나틴님이여, 당신과 헤어진 자는 저주 받아 824
마땅합니다.
나의 이성을 친구에게 맡겼으니 나의 심장도 친구에게 뛰어가게
하소서.
지금 눈물을 흘리는 나의 눈도 당신을 더욱 바라고 그리워합니다.
사랑에 빠진 자는 고통스럽더라도 자신의 사랑에 몸을 던지는 것이

낫습니다.

825 사랑하는 사람을 보지 못하는 나는 어떤 기쁨도 느낄 수 없습니다.
나는 차라리 자신을 죽이고 싶지만 당신에게 고통을 안기는 일은 할 수 없습니다.
내가 더 이상 살아있지 않다는 소식은 태양을 슬프게 할 것입니다.
모든 것을 견뎌 낼 것이지만, 나의 눈물을 멈출 수는 없습니다.'

826 그는 말했다. '밤에도 빛나는 형상을 간직한 태양이여,
당신 혼자만이 시간에 구애받지 않고 세상을 주관합니다.
당신은 순식간에 천상의 별들도 지게 할 수 있습니다.
간구하오니 당신의 사랑스런 눈길이 내게서 돌아서지 않게 하소서.

827 오래전부터 현자들이 신의 형상을 가졌다고 한 당신이여,
친구를 위해 우정의 사슬에 매여있는 나의 고통을 덜어주소서.
나는 비할데없이 소중한 루비를 찾아 헤매다가 나의 빛을 잃어버렸습니다.
전에 그 분 가까이 있으며 가슴을 태웠지만, 그 분과 떨어진 지금은 고통뿐입니다.'

828 그는 운명을 한탄하며 촛불이 불타며 녹아내리듯이 흐르는 눈물을 주체하지 못했다.
그래도 혹시라도 지체할까 서두르며 말을 달려 먼나라로 달려갔다.
밤이 되면 하늘에 뜨는 별들을 보며 위안을 얻기도 했다.
그는 사랑하는 이와 이야기하듯 별들과 즐거운 마음으로 얘기를 나누며 길을 갔다.

829 그는 달에게 말했다. '밝은 달이여, 신에게 경배하라.
너는 사랑에 빠진 사람에게 열정으로 상처를 주는 존재이다.

그러나 너만이 연인들의 고뇌와 상사병을 치료하는 묘약을 가지고 있다.
너와 같이 밝게 빛나는 아름다운 분의 얼굴을 다시 볼 수 있게 하라.'

작열하는 낮의 더위에 지친 용사는 황혼을 기다렸고, 밤이 되면 기분이 좋아졌다. 830
시냇물을 발견하면 말에서 뛰어내려 잔물결을 바라보며 위안을 얻었다.
그가 흘리는 피눈물이 호수가 되었고, 물이 넘쳐 강물로 흘러들어갔다.
해가 뜨면 그는 다시 말에 올라 험난한 여정을 계속했다.

플라타너스 같이 멋진 몸을 한 그는 홀로 흐느껴 울며 길을 갔다. 831
높은 산 위에서는 화살을 쏘아 산양을 잡아서 구어먹었다.
그는 상처 입은 마음을 계속 안고 가며 생각했다.
'나는 장미를 잃은 대신 들판의 제비꽃만 보는구나!'

그가 내뱉은 탄식과 한탄을 누가 감히 얘기할 수 있겠는가? 832
그가 눈물을 흘리며 쏟아놓은 말은 얼마나 아름다운가?
장미다발에서 흘러내린 붉은 피눈물이 하얀 눈위에 뚝뚝 떨어졌다.
그러다가 그는 갑자기 동굴을 발견하고 기뻐서 그쪽으로 말을 달렸다.

압탄딜을 알아본 아스마트가 놀라서 달려나왔다. 833
기쁨의 눈물이 파도처럼 넘쳐 그녀는 정신이 혼미해졌다.
압탄딜은 말에서 내려 그녀를 포옹하고 입맞추었다.
오래 기다리던 사람을 만나면 그 기쁨은 이루 말할 수 없는 법이다.

압탄딜은 여종에게 물었다. "나의 의형제는 도대체 어디 있는가?" 834

그녀는 다시 강물 같은 눈물을 흘리며 흐느꼈다.
그녀는 대답했다. "당신께서 떠나시자 그도 너무 괴로워 이 바위산을
떠났습니다.
혼자 남은 저는 그분의 소식을 간절히 기다리며 살고 있습니다."

835 압탄딜은 마치 심장 한가운데가 창에 찔린 것처럼 몸을 떨었다.
"오 아스마트여, 정말 사람의 마음은 이해할 수 없구나!
그는 우리의 맹세를 잊었단 말인가? 나는 이렇게 먼 길을 달려
왔건만!
이렇게 맹세를 깰거면 그는 애초에 왜 약속을 했는가?"

836 "그를 만나지 못하면 내 목숨은 아무 쓸모가 없다.
어떻게 이런 일이 있을 수 있는가? 그는 우리의 우정을 무시하고
나를 잊었구나.
그는 신 앞에 한 맹세를 깨고 형제의 매듭도 끊어버리고 가버렸구나.
나는 운명의 저주를 받았으니 이런 일에 크게 놀라지 않는다."

837 아스마트가 말했다. "그렇게 슬퍼하시는 것도 당연하지요.
그러나 바르게 판단해 주십시오. 저는 진실만을 말씀드리겠습니다.
이성을 제대로 가진 사람만이 맹세와 서약을 지킬 수 있습니다.
그러나 타리엘의 마음은 바위처럼 굳어버려 죽음만을 바라고
있습니다."

838 "마음, 정신, 이성 세가지는 서로 단단히 연결되어 있습니다.
이성이 사라지면 다른 것들도 죽습니다.
이성을 상실한 사람은 사람들을 피해 외롭게 살아갑니다.
당신은 타리엘의 이성이 완전히 불타버렸다는 것을 잊으셨나요?"

839 "의형제가 떠났다고 당신이 불평하시는 것은 당연합니다.

그러나 그의 고통을 알고 있는 내가 무슨 말을 할 수 있나요?
그의 가슴은 고통으로 찢어졌고, 아무 말도 할 수 없었습니다.
그가 어떤 고통을 겪는지 생생히 본 나는 그가 떠날 것이라는 것을 여러번 직감했습니다."

"아직까지 타리엘이 겪은 것과 같은 고통을 겪어 본 사람은 없을 거예요. 840
그런 고통을 겪으면 사람뿐만 아니라 바위도 전율할 것입니다.
타리엘이 흘린 눈물은 티그리스 강도 넘치게 만들 정도입니다.
누구나 다른 사람이 치르는 싸움에 대해서는 현자처럼 말할 수 있지요."

"타리엘과 슬픈 이별을 할 때 나는 물었습니다. 841
'압탄딜이 돌아오면 어떻게 얘기해야 할 지 말해주세요.'
그는 이렇게 대답했습니다. '태양보다 밝은 빛을 내는 그녀를 만나지 못하면
나는 멀리 가지 않을 것이다. 우리의 맹세를 깨지 않을 것이다.

나의 친구를 잊지 않을 것이고, 우리의 맹세를 배신하지 않을 것이다. 842
아무리 슬픈 눈물을 흘려도 나는 조용히 재회를 기다릴 것이다.
그가 만일 내가 죽은 것을 발견하면 슬프게 애곡하게 하고,
살아있는 나를 만나면 내가 살아있다는 것이 믿어지지가 않아 놀랄 것이다.'

"그때부터 나는 산봉우리 위에 떠오르는 태양을 잃어버렸고, 843
강처럼 흐르는 내 눈물로 들판을 적셨습니다.
나는 파도처럼 밀려오는 고통을 견뎌야 했고,
운명이 나를 저주하여 죽음조차 나를 잊어버렸습니다."

844 “중국에는 이런 경구(警句)가 바위에 써있다고 들었습니다.
‘친구를 찾지 않는 사람은 스스로 적을 만드는 것이다!’
불타는 장미같은 그의 뺨은 샤프란처럼 노랗게 변했습니다.
절대 포기하지 마시고 오지를 떠도는 타리엘을 찾아주세요.”

845 압탄딜이 대답했다. “나는 너에게 비판받는 것을 애석해 하지 않는다.
그러나 내가 사랑의 포로가 된 타리엘의 포로가 되어 나 자신을 희생한 것을 너는 잘 안다.
나는 샘물을 찾는 목마른 사슴처럼 집을 버리고 달려왔다.
나는 친구를 부르며 사방을 찾아 헤매지만 그의 흔적도 보지 못했다.”

846 “나는 루비와 같은 얼굴에 진주 같은 치아를 한 사랑하는 여인을 떠나왔다.
나는 사랑의 기쁨을 맛보지 못하고 그녀로부터 멀리 떠나왔다.
조국을 몰래 떠나옴으로써 신과 같은 로스테반왕의 격노를 불러왔다.
그들이 베푼 호의에 대한 보답으로 나는 그들의 마음에 큰 상처를 남겼다.”

847 “나는 신의 은총을 받은 나의 양아버지의 뜻을 거슬렀고,
진주와 같은 사랑과 자비를 베푸신 그분께 신의를 지키지 못하고
그를 배신하고 모두를 떠나서 홀로 낯선 땅을 방랑하고 있다.
나는 내가 지은 죄에 대해 신으로부터 자비를 기다리지 않는다.”

848 “타리엘 때문에 내가 이 모든 고통을 감내하고 있는 것을 너는 잘 안다.
약속을 지키기 위해 낮과 밤을 잊고 쉬지도 않으며 그에게 달려왔다.

나는 그를 위해 불에 타버렸지만 지금 타리엘은 어디론가 사라져 버렸고,
나는 모든 힘을 소진하며 그를 찾아 헤매다가 이제 여기 와 이렇게 울고 있다."

"오 아스마트여, 얘기를 하느라 낭비할 시간이 없다. 849
지나간 일을 후회하지 말라는 현인들의 말을 따라야한다.
바로 타리엘을 찾아나설 것이고, 그를 찾지 못하면 빨리 죽는 길을 택하겠다.
그러나 그렇게 허망하게 죽으면 신 앞에 나가 무슨 말을 할 수 있겠는가?"

이말을 마치자마자 용사는 끝없이 펼쳐진 들판을 향해 떠났다. 850
그는 강을 건너고 갈대숲을 지나 평원에 도달했다.
산에서 불어오는 찬바람이 장미같은 뺨을 얼어붙게 했다.
'나의 고행은 언제 끝나는가?' 압탄딜은 운명에게 항의했다.

압탄딜은 말했다. '신이여, 내가 무슨 죄를 지었기에 이렇게 정처없이 방랑해야 하나요? 851
왜 나는 친구들로부터 떨어져 있어야 하고, 이렇게 고난을 당해야 합니까?
혼자 두 사람을 동시에 그리워해야 하는 나에게 구원은 없습니다.
나는 정수리를 피로 적시며 기꺼이 죽을 수 있습니다.

나의 친구는 장미가시로 나의 가슴에 상처를 냈습니다. 852
나는 맹세를 지켰지만, 타리엘은 이것을 저버리고 사라져 버렸습니다.
만일 타리엘과 영원히 이별하면, 나의 즐거움도 완전히 사라지게 됩니다.

온세상을 다 돌아다녀도 그와 같은 친구는 다시 만날 수 없습니다.

853 나는 현명한 사람이 비탄에서 헤어나오지 못하는 것을 보고 놀랍니다.
눈물을 강물처럼 흘려야 무슨 소용이 있습니까?
나는 차라리 내가 해야 할 일을 선택하고 담대하게 행동에 나서겠습니다.
이제 나도 태양 같은 얼굴을 하고 갈대 같은 몸을 한 사람을 찾을 것입니다.'

854 압탄딜은 다시 눈물에 젖어 들판을 헤매며 가보지 않은 먼 길을 갔다.
그는 타리엘을 크게 부르며 밤낮을 가리지 않고 그를 찾아헤맸다.
그는 사흘내내 골짜기와 숲과 들판을 헤맸다.
그러나 모든 것이 허사였고 아무도 만날 수 없었다.

855 압탄딜은 말했다. '오 신이시여, 내가 당신에게 무슨 죄를 지었습니까?
왜 저에게 이런 고난과 이런 운명을 주셨는지요?
모든 것의 유일한 심판자시여, 나의 기도를 들어주십시오.
이 땅을 어서 하직하게 해주십시오. 기꺼이 죽을 준비가 되어있습니다.'

36장 압탄딜이 정신을 잃은 타리엘을 찾다

압탄딜은 붉은 뺨이 창백해지도록 슬프게 울면서 길을 올라갔다. 856
햇빛과 그늘에 덮인 들판이 눈 앞에 보였다.
검은 말이 숲가에 고삐가 풀린 채 서 있는 것을 보았다.
그는 흥분하여 소리쳤다. '저기 있는 것은 틀림없이 타리엘이다!'

그를 발견하고 압탄딜의 심장은 기쁨으로 뛰었고, 857
열 번이 아니라 천 번이나 느꼈던 슬픔도 지금 그가 느끼는 기쁨 앞에 물러갔다.
그의 뺨은 다시 생기를 발했고 수정은 다시 빛났다.
그는 타리엘을 바로 만나고 싶어 회오리 바람처럼 말을 달려 내려갔다.

그러나 압탄딜을 본 타리엘은 아무 반응을 하지 않았다. 858
죽은 사람처럼 창백한 얼굴을 하고 죽음을 기다리듯 비탄에 잠긴 그의 얼굴은 무서웠다.
그의 옷깃은 찢어졌고 그의 뺨에는 온통 핏자국이 묻어 있었다.
그는 극도로 흥분하여 다른 세상 사람에서 온 유령같아 보였다.

타리엘 옆에는 죽은 사자가 누워 있었고, 그의 칼은 피로 물들어 있었다. 859
반대편에는 호흡이 끊긴 호랑이가 땅에 벌렁 누워 있었다.
타리엘의 검은 눈에서는 뜨거운 눈물이 강처럼 흘러내리고 있었다.
타리엘의 가슴은 모닥불처럼 계속 활활 타고 있었다.

860 거의 의식을 잃은 그는 눈을 뜰 수 조차 없었다.
그는 거의 죽음에 다다랐고, 아무것에도 관심이 없었다.
압탄딜은 그의 이름을 불렀지만 타리엘은 답을 하지 않았다.
압탄딜은 번개처럼 말에서 뛰어내려 타리엘을 껴안았다.

861 압탄딜은 손으로 타리엘의 눈물을 닦아주었다.
그는 타리엘 옆에 앉아 그의 이름을 부르며 의식이 돌아오도록 노력했다.
압탄딜은 말했다. "나를 알아보겠나? 자네와 다시 만나 너무 기쁘네."
슬픔에 잠긴 타리엘은 머리를 들지 않고 자기를 부르는 소리도 듣지않았다.

862 나는 그곳에서 일어난 일을 모두 사실대로 얘기하겠다.
압탄딜은 타리엘의 의식이 돌아오도록 그를 꼭 껴안았다.
그러자 의식이 돌아온 타리엘은 압탄딜을 알아보고 형제처럼 그를 껴안았다.
나는 신의 이름을 걸고 그들과 같은 사람은 세상에 태어난 적이 없다는 것을 선언한다.

863 타리엘은 말했다. "보게 형제여, 나는 맹세를 지켰네.
나는 생사의 경계를 백 번이나 넘나들었지만, 자네가 돌아올 때까지 기다렸네.
그러나 나를 내버려두게. 나는 죽을 때까지 울고 괴로워할 것이네.
내 몸이 짐승들의 밥이 되지 않게 나를 묻어주기를 간청하네."

864 압탄딜이 대답했다. "자네 무슨 얘기를 하는건가? 왜 아직 악에 눌려 있는 것인가?
사랑을 하는 사람치고 사랑의 용광로에 타보지 않은 사람이 어디 있겠나?
그러나 인간 중에 누가 자네처럼 섬뜩한 일을 하겠는가?
스스로 팔을 들어 자신을 죽이는 것은 악마의 일을 돕는 것이네."

"자네는 현명하니 현자들은 어려운 일을 만나면 어떻게 행동하는지 865
잘 알지 않나!
남자는 담대해야 하네. 눈물은 억제하고 행동에 나서야 하네.
슬픔과 불행 앞에서 자신을 돌과 같이 단단히 만들어야 하네.
사람은 자신의 경솔함으로 불행을 초래하는 법이네."

"자네는 현명하지만 현자들의 충고를 전혀 따르지 않고 있네. 866
자네는 들짐승들 가운데서 통곡하며 무슨 일을 하겠다는 건가?
자네가 세상을 이렇게 혐오하면 자네가 찾아 헤매는 여인을 어떻게
도울 수 있겠나?
건강한 사람이 왜 스스로 머리를 붕대로 싸매서 상처를 깊게 하려고
하는가?"

"사랑에 빠져보지 않은 사람이 어디 있고, 사랑의 불길에 휩싸여 867
보지 않은 사람이 어디 있겠는가?
사랑하며 비애와 상실을 느껴 보지 않은 사람이 어디 있겠는가?
한번 세상에 나와 살기 시작했으면 절망에 눌려 살아서는 안되네.
가시에 찔리지 않고 장미를 쟁취한 사람이 어디 있겠는가?"

"누군가 장미에게 '너는 루비와 같이 아름다운데 868
왜 가시로 몸을 둘러싸고 있어서 너에게 다가가기 어렵게
만드는가?'라고 묻자,
장미는 이렇게 대답했네. '쓴 맛 속에서 달콤함을 찾아야하고,
소중한 것은 상응하는 대가를 치르고 얻어야 하니까요.
아름다운 것이 쉽게 얻어지면 아름다움에 대한 갈망은 없겠지요.'

869 “영혼이 없고 생명이 없는 장미조차도 이렇게 말하는데,
고난을 겪어 보지 않은 사람이 어떻게 행복을 얻을 수 있겠는가?
악은 영원한 동반자처럼 선이 가는 곳마다 따라 다닌다네.
자네는 함부로 운명을 저주하는데, 세상에 극복하지 못할 일은 없는 법이네.”

870 “자네는 나의 충고를 들어야 하네. 이제 나와 같이 가도록 하세.
자포자기해서 고통스런 운명에 자신을 내맡기면 안되네.
자신의 욕구를 억누르고, 헛된 열정의 노예가 되지 말게.
이렇게 말해도 소용히 없다면 나는 더 이상 나서지 않겠네.”

871 타리엘이 말했다. “내가 무슨 말을 하겠나? 나는 말할 힘도 없네.
정신이 혼미해서 자네의 질책도 귀에 들어오지 않네.
남에 대해 말할 때는 고통을 감내하는 것이 쉬워 보일 수도 있네.
나는 이제 죽음의 문턱에 다다랐네. 영원한 평안을 얻게 되어 기쁘네.”

872 “죽음을 앞두고 나는 신께 간절히 기도하고 있네.
내가 오래 갈망하던 재회의 기쁨을 누릴 자격이 있다면
지상에서 헤어진 사랑하는 사람을 저 세상에서 만날 수 있게 해달라고.
형제여, 작별의 인사로 내 무덤 위에 흙을 뿌려주게나!”

873 “사랑하는 사람과 만나는 것을 누가 마다하고, 재회의 기쁨을 누가 거절하겠는가?
나는 사랑하는 여인에게 달려가고 그녀도 내가 있는 곳으로 올 걸세.
우리가 서로 만나면 그녀도 울고 나도 울어 눈물 바다가 될 것이네.
백 명의 충고를 듣는 것보다 자신의 마음을 소리를 따르는 게 낫네. 지혜가 그 속에 들어 있네.”

"내가 결정한 것을 얘기하겠네. 진실과 멀어지면 해를 받는 법. 874
나는 죽음의 품으로 빨리 달려가겠네. 나를 붙잡지 말게.
내가 더 살아있으면, 미친 나 때문에 자네에게는 즐거운 날이 없을 것이네.
나는 곧 육신이 사라지고 영이 하늘에 올라가기를 갈망하네."

"자네의 충고를 다시 들을 힘이 남아 있지 않네. 875
죽음이 숨어서 날 기다리고 있고, 남은 인생은 한 순간뿐이네.
전에 좋아 보이던 인생의 달콤한 것들이 이제 다 덧없어졌네.
나는 내 눈물로 적셔진 흙으로 돌아갈 것이네."

"누가 현자이고, 무엇이 현명함인가? 미친 사람이 어떻게 현명하게 행동할 수 있겠는가? 876
내가 절망에 고통받지 않고 있다면 자네의 충고를 받아들일 수도 있었겠지.
장미는 생명을 주는 빛을 받지 못하면 시들어 떨어진다네.
더 이상 나를 괴롭히지 말게. 자네의 충고를 따르는 것은 불가능하네."

압탄딜은 포기하지 않고 다시 끈질지게 얘기를 했다. 877
"자네가 이 세상을 하직한다고 바라는 것에 다가갈 수 있다고 생각하나?
힘을 내고 정신을 차리기 바라네. 스스로 자신의 적이 되는 것은 수치스러운 일이네."
그러나 타리엘은 그의 말에 귀를 기울이지 않았고, 설득은 허사로 끝나고 말았다.

압탄딜이 다시 말했다. "친구여, 내 눈물어린 간청도 아무 소용이 없군. 878

내 얘기를 듣지 않겠다면 나는 자네와 더 이상 자네를 귀찮게 하지 않겠네.
자네가 그렇게 죽기를 원한다면 원하는대로 해서 모든 장미를 시들어 죽게 하게!
한가지만 자네에게 부탁하겠네!" 이 말을 하며 압탄딜은 눈물을 쏟았다.

879 "나는 흑옥 같은 검은 눈썹에 수정과 같은 얼굴을 한 여인을 떠나서 먼 길을 왔네.
나는 서둘러 조국을 떠나서 자네에게 달려왔네.
나는 부모와 같은 왕의 명령도 거역하고 자네에게 온 것이네.
자네가 죽는다면 나는 앞으로 누구로부터 기쁨을 얻을 수 있겠는가?"

880 "내 마음에 상처를 입히지 말고 한가지 청만 들어주게.
말을 탄 자네의 멋진 모습을 한 번만 더 나에게 보여주게.
그러면 아마도 내 마음 속의 슬픔과 고통이 사라질 것이네.
그 다음에 자네 마음대로 하도록 나는 자네를 두고 떠날 것이네."

881 압탄딜은 여덟 번이나 간청했다. "같이 말을 타고 들판을 달리세!"
그는 말을 타고 달리면 타리엘의 슬픔이 사라질 것이라고 생각했다.
마침내 타리엘은 알로에 같은 멋진 몸을 펴고 동의의 표시로 마노같은 눈썹을 깜박였다.
타리엘을 설득하는데 성공한 압탄딜은 기뻐하며 몸을 일으켰다.

882 "그렇게 하세. 내 말을 데려오게." 타리엘이 덤덤하게 말했다.
압탄딜은 즉시 말을 데려와 타리엘이 올라타도록 도와주었다.
끝없이 펼쳐진 들판을 말을 타고 달리자 타리엘의 슬픔은 녹아내렸고,

타리엘은 다시 기운을 얻었다. 그들은 말을 타고 오래 달렸다.

압탄딜은 수금같이 달콤한 대화로 타리엘을 즐겁게 해주었다. 883
타리엘을 위해 압탄딜은 진홍같은 그의 입술을 움직여 말했다.
그의 얘기를 들으면 젊은이나 노인이나 경청하지 않을 수 없을 것이다.
타리엘은 슬픔에서 점차 벗어나 지혜와 인내를 다시 배웠다.

타리엘이 악한 병마에서 벗어난 것을 본 884
압탄딜은 너무 기뻐서 장미와 같은 얼굴이 되었다.
압탄딜의 말은 타리엘의 마음에 새로운 결의가 일어나게 했다.
제대로 전달된 현명한 말은 그 효과가 큰 법이다.

정신이 되살아 난 타리엘에게 압탄딜이 솔직하게 말했다. 885
"마음 깊이 숨어 있는 비밀을 친구에게 감추지 말게.
자네 손목에 찬 사랑하는 사람의 팔찌가 너무 소중하지 않은가?
자네가 얼마가 그것을 소중히 생각하는지 얘기해 주면 내가 마음이 놓이겠네."

타리엘이 대답했다. "내가 어떻게 말로 표현할 수 있겠나. 886
그녀로 인해 가장 큰 기쁨과 죽음 같은 고통을 동시에 느끼네.
그녀 앞에서는 세상의 모든 부귀, 물, 땅, 나무도 아무 가치가 없네.
너무 쓰라린 기억을 다시 되살리는 것도 괴로운 일이네."

압탄딜이 말했다. "나는 자네에게 직접 답을 듣고 싶었네. 887
자네가 일단 답을 했으니 이제 모든 것을 터놓고 얘기하겠네.
자네는 감정이 없는 그 팔찌는 소중히 생각하고 아스마트는 잊고 있었네.
이 말이 자네를 화나게 만들어도 나는 이 말을 하지 않을 수 없었네.”

888 “자네가 팔에 차고 있는 팔찌는 멋진 금붙이에 불과하네.
영혼도 없고 의식도 없고 말도 없는 팔찌는 눈에 보기는 아주 좋지.
그러나 오랜 세월 자네와 같이 고생하며 자네의 누이라고 불린
아스마트는 이제 필요치 않은 존재가 되었단 말인가?”

889 “그녀는 자네와 네스탄 사이에서 충실한 전령이 되어
누이동생이라고 불리지 않았는가?
그녀는 두 사람의 만남을 위해 기꺼이 모든 어려운 일을 맡았네.
그녀는 네스탄과 같이 태어나 자라며 친구가 되어 그녀를 위해 모든
것을 희생하지 않았나?
그런데 자네가 그녀를 잊다니! 이것을 어떻게 변명할 수 있겠는가!”

890 타리엘이 대답했다. “자네가 한 말은 모두 맞는 말이네.
네스탄을 생각하고 나를 보살피는 불쌍한 아스마트여.
자네는 나를 위해 먼 길을 달려와 주었지만 나는 이미 생에 대한
믿음이 없네.
내가 계속 산다면 누이인 아스마트에게 달려가 기꺼이 재회를
하겠네.”

891 두 사람은 계속 말을 주고 받으며 말을 달려 동굴로 향했다.
어떤 말로도 두 영웅의 고귀함을 칭송할 수 없다.
치아는 진주 같았고 입술은 만개한 장미보다 붉었다.
이들의 다정한 얘기는 뱀굴에 있는 뱀도 나오도록 유혹할 정도였다.

892 압탄딜이 말했다. “친구를 위해 목숨도 바치는 것이 현명한 일이라고
생각하네.
자네는 스스로 마음의 상처를 깊게 만들지 말기 바라네.

현명하게 행동하지 않는다면 우리의 지식이 무슨 소용이 있겠는가?
그 지혜를 쓰지 않는다면 자네의 보물도 쓸모가 없네."

"크게 낙담하고 괴로워하며 눈물을 쏟아봐야 무슨 소용이 있는가? 893
신이 허락하지 않으면 사람은 영원히 눈을 감을 수 없는 법.
장미는 사흘간 태양빛을 받지 못했다고 시들어 죽지는 않네.
신의 뜻이 있다면, 우리는 반드시 승리할 것이네!"

타리엘이 대답했다. "자네의 충고는 세상 무엇과도 바꿀 수 없네. 894
지혜로운 사람은 선생님의 말씀을 사랑하지만, 어리석은 자는 이를 거역하네.
그러나 이 커다란 고난 앞에 내가 무슨 일을 해야 한단 말인가?
자네도 나처럼 사랑의 포로가 되면 냉정한 판단을 할 수 없을 걸세."

"밀랍은 불과 아주 가까운 사이지만 불에 너무 가까이 오면 녹아버린다네. 895
만일 밀랍이 물에 떨어지면 순간적으로 식어버리네.
스스로 불행을 겪고 있는 사람은 타인의 불행도 잘 이해하는 법.
밀랍이 초를 태우듯 나의 심장도 그리움에 사무쳐 타고 있다는 것을 알아주기 바라네."

37장 타리엘이 사자와 호랑이를 죽인 이야기를 하다

896 "내가 지금까지 겪은 모든 고난을 자네에게 상세히 말해 주겠네.
내 얘기를 듣고 자네의 현명한 지혜로 나를 판단해 주기 바라네.
나는 희망을 잃고 자네가 돌아오기만을 하염없이 기다리다가
동굴을 박차고 나와 들판으로 말을 달렸네."

897 "무성한 갈대숲을 가로질러 언덕 위에 올라갔을 때
갑자기 암호랑이와 숫사자가 서로에게 다가가는 것을 보았네.
두 짐승이 서로 사랑에 빠진 것 같아 보여서 나는 즐거운 마음으로 그 광경을 바라보았네.
그러나 이 두 짐승이 다음에 하는 행동을 보고 나는 머리끝까지 화가 치밀었네."

898 "처음에 호랑이는 사자와 유쾌하게 장난을 치더니, 다음에는 화가 나서 서로를 무섭게 공격했네.
서로 날카로운 발톱으로 상대를 공격했고, 두 짐승은 죽기살기로 무섭게 싸웠네.
사랑을 포기한 여자처럼 호랑이가 겁을 먹고 꽁무니를 빼자
성이 난 사자는 호랑이를 추격해서 무자비하게 공격했네."

899 "나는 화가 나서 사자에게 소리쳤네. '바보 같은 사자야,
왜 사랑하는 상대를 다치게 하는가? 네 행동이 수치스럽다.'
나는 칼을 뽑아들고 달려가 사자를 쳤네.
사자의 머리는 두 조각이 났고 사자는 땅에 쓰러졌네."

"나는 칼을 던지고 손으로 호랑이를 잡아서 끌고 왔네. 900
사랑하는 이를 생각하며 호랑이를 껴안으려 하자
호랑이는 나를 향해 으르렁거리며 피가 묻은 발톱으로 나를
위협했네.
나는 순간적으로 맹수처럼 화가 나서 자제할 수 없었네."

"나는 호랑이를 달래보려고 했지만, 호랑이는 얌전해지지 않았네. 901
나는 화가 나서 호랑이를 땅에 던져버리고 몸과 머리를 박살냈네.
그때 나는 사랑하는 사람을 마지막으로 본 날 그녀와 어떻게
다투었는지가 생각났네.
나는 겨우 살아있지만 자네는 내가 흘리는 눈물을 보고 있는가?"

"형제여, 나는 그간 내게 일어난 일을 모두 얘기했네. 902
내가 아직 살아서 이렇게 방황하는 것이 정말 이상하지 않은가?
나는 이 생을 하직하고 싶지만, 죽음이 나를 받아주지 않네."
뜨거운 눈물을 흘리고 탄식하며 타리엘은 이렇게 말을 맺었다.

압탄딜은 타리엘과 함께 눈물을 흘리며 다음과 같이 말했다. 903
"마음을 단단히 먹게, 자네는 이미 스스로를 한 번 죽였네.
사랑에 빠져 열병을 치르는 사람을 신은 자비의 눈길로 보살핀다네.
영원히 이별할 운명이었다면 애초에 만나게 하지도 않았을 것이네."

"고통은 사랑에 빠진 사람의 영원한 동반자이네. 그는 온 세상을 904
저주할 준비가 되어 있지.
불행을 견뎌내는 사람은 결국 축배의 잔을 들게 되어 있네.
사랑은 끝없는 고통에 사람을 던져넣으며 죽음과 가까워지게 하기
때문에 슬픈 것이네.
사랑은 현자를 바보처럼 만들고, 우매한 사람은 현명하게 만드네."

38장 압탄딜과 타리엘이 동굴로 돌아가 아스마트를 만나다

905 울음을 멈친 그들은 지친 몸을 이끌고 계속 가서 결국 동굴에 다다랐다.
두 사람을 발견한 아스마트는 기뻐서 어쩔 줄 모르며 이들을 맞으러 달려왔다.
두 사람을 만난 그녀는 눈물로 높은 바위를 적셨다.
모두가 같이 울었고, 용사들은 누이 같은 아스마트를 꼭 안아 주었다.

906 아스마트가 말했다. "오, 인간이 이해할 수 없는 신이시여,
당신은 모든 것을 지으신 분입니다. 당신은 태양과 같은 빛으로 우리를 비춥니다.
내가 당신께 찬양을 드리고 싶어도, 인간의 말로는 찬양 드릴 수 없습니다.
당신은 위로받을 길 없이 울던 저를 죽지 않게 보호하셨습니다."

907 타리엘이 말했다. "나는 눈물을 주체할 수 없다.
어렵게 행복을 얻은 사람에게 운명은 고난을 보내 복수를 하기도 한다.
이것은 이미 오래전부터 있어 왔던 일이고, 전혀 새로운 것이 아니다.
너를 가엽게 생각하지 않았다면 나는 차라리 죽는 것이 기뻤을 것이다."

908 "현명한 사람은 갈증으로 목이 타는데 물을 땅에 버리지는 않는다.

내 눈에서 이렇게 많은 눈물이 나올 수 있다는 것이 놀라울 따름이다.
쉬지 않고 눈물을 흘리면서도 나는 갈증으로 죽어갈 것 같구나.
아, 슬프다! 만개한 장미는 시들고 아름다운 진주는 광택을 잃었구나!"

압탄딜도 태양과 같은 사랑하는 사람의 모습을 기억하며 슬픔에 잠겼다. 909
그는 스스로 말했다. '당신과 헤어져 겨우 목숨을 부지하며 죽을 것 같은 고통을 맛보고 있습니다.
사랑하는 사람과 멀리 떨어져 있으니 생의 고통을 견딜 수 없습니다.
내가 불같은 고통을 견뎌내고 있는 것을 누가 당신에게 얘기해 주겠습니까?

장미는 잘 압니다. 태양이 구름에 가리면 자신의 색이 바랜다는 것을. 910
태양이 언덕 너머로 넘어가면 우리의 운명은 어떻게 되겠습니까?
심장이여, 고난을 이기고 견고한 바위처럼 굳어져야 한다.
다시 사랑하는 사람을 보게 되면 혼이 달아나지 않게 단단해져야 한다.'

고통의 불길에 싸여있는 두 용사의 마음은 다소 가벼워졌다. 911
아스마트는 눈물을 멈추고 이들을 동굴 안으로 데리고 들어갔다.
아스마트는 이전처럼 타리엘이 쓰던 호랑이 가죽을 펼치고 이들을 앉게 했다.
두 기사는 자리에 앉아 얘기를 나누며 서로 위안을 얻었다.

아스마트는 불 위에 고기를 굽고 저녁식사를 준비했다. 912
풍성한 음식도 화려한 잔도 없는 소박한 식사였다.

아스마트는 타리엘에게 먹으라고 권했지만 그는 먹을 기력이 없었다.
그는 금화 한닢만한 고기 한입을 베어서 간신히 삼켰다.

913 사람들로부터 지혜가 넘치는 얘기를 듣는 것은 항상 유쾌한 일이다.
듣는 사람들은 한마디도 놓치지 말고 잘 들어야한다.
때로는 마음에 타는 불길을 좋은 소식이 잠재울 수도 있다.
사람은 자신이 당한 고난을 남에게 얘기하는 것만으로도 큰 위안을 찾을 수 있다.

914 이렇게 사자를 닮은 두 영웅은 동굴에서 밤을 새웠다.
각자 자신의 사랑에 어두움을 드리운 고난을 얘기했고,
날이 밝아도 기나긴 이야기는 끝이 나지 않았다.
두 사람은 변치 않는 우정을 다시 맹세했다.

915 타리엘이 말했다. "더 무슨 말을 하겠는가?
자네가 나에게 한 선행에 대해서는 신이 꼭 보상을 할 것이네.
우리가 정신을 차리고 서로에게 한 맹세보다 더 소중한 것이 어디 있겠는가?
한 사람이 오래 떠나 있더라도 우리는 절대 서로를 잊지 않을 것이네."

916 "이미 불에 타 거의 죽은 나보고 다시 불 속에 뛰어들라는 부탁을 하지는 말게.
나를 태우는 불은 부싯돌에 의해 당겨진 작은 불꽃이 아니네.
자네도 나를 구한다고 나섰다가 같이 그 불에 타버릴 걸세.
제발 태양같은 분이 기다리는 고국으로 돌아가게."

917 "창조주라 하더라도 나를 고통에서 벗어나도록 도울 수가 없을

것이네.
귀가 있는 사람은 들어야 하네. 내가 왜 들판을 미친듯이 헤매는 지를.
나도 한때는 이성적인 생각에 따라 행동을 했었네.
그러나 지금은 미친 사람이 되는 운명에 처해서 분별력을 상실했네."

압탄딜이 말했다. "자네가 말한 것에 내가 어떻게 답해야 할 지 모르겠네. 918
자네는 스스로 현자처럼 얘기했네.
그러나 신이 상처받은 마음을 치료할 수 없다는 말은 어불성설이네.
그는 하늘의 뜻으로 뿌려진 씨앗을 잘 돌보아 자라나게 하시는 분이네."

"사랑하는 두 사람이 이런 운명에 처하게 된 것은 신의 뜻이 아니라고 생각하네. 919
누가 자네를 사랑하는 사람과 헤어져 이렇게 강물같은 눈물을 흘리게 만들었겠는가?
사랑하는 사람에게 늘 따라다니는 고난을 극복할 수 있도록 신이 도울 걸세.
만일 자네가 공주와 다시 만난다면 나는 죽어도 여한이 없네."

"불행이 닥쳤다고 땅에 추락하는 자는 용기있는 남자라고 할 수 없네. 920
고난과 가혹한 운명에 굴복하지 않고 끈기있게 버티는 사람만이 진정한 용자이네.
세상은 힘들어도 창조주는 자비하시다는 것을 기억하게.
친구의 말을 마음에 새기게. 배우지 않으려는 사람은 당나귀나 마찬가지이네."

921 “자네가 들은 말을 마음에 새기고, 이것을 첫걸음으로 삼게.
나는 자네에게 오기 위해 태양과 같은 님을 떠나왔네.
나는 그분께 다음과 같이 말했네. ‘타리엘의 고통이 나를 재처럼 만들어서
운명의 시련을 받고 있는 내가 당신 옆에 계속 머무를 수는 없습니다.’

922 “티나틴이 내게 말했네. ‘나는 당신으로 인해 너무 기쁩니다.
당신이 불행에 처한 그 기사를 돕는 것은 나에 대한 봉사와 마찬가지입니다.’
그녀의 허락을 받고 나는 자네에게 달려왔네.
그런데 내가 지금 돌아가면 그녀는 나를 겁쟁이라고 부를걸세.”

923 “내 충고를 잘 듣고 힘을 잃지 말게.
정신을 바짝 차리고 지금 당하고 있는 어려움을 극복해야 하네.
그러나 햇빛을 받지 못한 장미는 시들어 버린다네.
자네가 스스로를 도울 힘이 없으니 형제같은 내가 자네를 도와야 하네.”

924 “자네가 원하는 곳으로 가서 하고 싶은 일을 하며 어떻게든 살아가게.
사람은 원하는대로 현명하게 살 수도 있고, 미친 듯이 살 수도 있네.
그렇게 당당한 모습과 우아한 몸을 가지고 현명한 행동을 하게.
뜨거운 불에 몸을 맡겨 죽어가지 말고 어찌 하든 살아 있기만 하게.”

925 “자네에게 많은 것을 부탁하지 않겠네. 1년만 기다려주게.
나는 그녀를 찾기 위해 모든 곳을 다니고, 그녀에 대한 소식을 가지고 이 동굴로 돌아오겠네.
봄꽃들이 화창하게 필 때 나는 기쁜 소식을 가지고 돌아오겠네.

장미가 피는 모습이 마치 개가 짖는 것처럼 내가 돌아왔다는 것을 알릴 것일세."

"만일 약속한 1년의 기한이 지났는데도 내가 돌아오지 않으면, 926
내가 생을 마쳤다고 생각하고, 나에게 불행이 닥쳤다고 여기게.
자네에게 눈물이 남아 있다면 죽은 친구를 위해 슬퍼하며 애곡해 주게.
그후에 원하면 기분을 풀거나, 아니면 나를 위해 상복을 입어주게."

"내가 한 말로 너무 슬퍼하거나 괴로워하지 말게. 927
나도 말에서 떨어지거나, 사막에서 죽거나 배를 타다 죽을 수 있네.
내가 말 못하는 짐승도 아닌데 왜 할 말을 못하겠는가?
하늘이 나에게 어떤 회오리 같은 운명을 준비했는지 내가 어떻게 알겠는가?"

타리엘이 그에게 답했다. "여러 말로 자네를 힘들게 하지 않겠네. 928
내가 아무리 길게 말해도 자네는 나를 이해하지 못하네.
만일 친구가 마음을 바꾸지 않으면 잠자코 그를 따라가는 것이 좋네.
종국에는 감춰진 모든 일이 밝게 드러날 것이네."

"방랑하는 사람이 얼마나 큰 고통을 겪어야 하는지 알기 바라네. 929
나로서는 들판에서 방랑을 하건, 여기 있건 매한가지네.
아무리 내가 미쳐 고통을 당해도 자네가 한 말을 따르겠네.
그러나 우리가 다시 만날 때까지 내 인생은 아주 고통스러울 것이네."

압탄딜과 타리엘은 이렇게 결정을 하고 대화를 마쳤다. 930
그들은 말을 타고 들판으로 나가 활로 동물들을 사냥했다.
그들은 동굴로 돌아왔지만 가슴에서 터져나오는 신음과 한숨을 참을 수 없었다.
다음날 헤어져야 한다는 생각을 하자 두 사람은 비탄에 빠져 눈물을 쏟았다.

931 이 이야기를 읽는 독자여, 당신도 마음이 아파 눈물을 흘릴 것이다.
진정한 친구와 헤어지는 자의 마음을 어떻게 형용할 것인가?
친구와 헤어지는 사람은 죽음과 같은 고통을 경험한다.
이별의 아픔이 얼마나 큰 것인지 모든 사람이 제대로 배워야 한다.

932 다음날 해가 떠오르자마자 두 용사는 아스마트에게 작별을 고하고 말에 올랐다.
압탄딜, 타리엘, 아스마트 세 사람 모두 눈에 눈물이 가득했다.
손톱으로 뜯은 뺨은 상처로 진홍빛으로 물들었다.
사자같은 두 용사는 슬픔으로 마음이 격동하여 사나워졌다.

933 이들은 울면서 운명을 한탄하며 동굴에서 나왔다.
아스마트도 울며 탄식했다. "내가 무슨 말로 사자 같은 당신들을 찬양하겠습니까?
사랑의 불길에 타는 분들이여, 낙원의 태양빛이 당신들을 태워버렸습니다.
나는 끝없는 고통에 시달릴 것입니다. 아 가엾고, 고통스런 내 인생이여!"

934 동굴을 떠난 두 기사는 그날 하루동안 낯선 길을 같이 갔다.
그들은 육지를 지나 바닷가에 도착해 잠시 머물렀다.
이들은 밤에도 눈을 붙이지 못하고 꺼지지 않는 불꽃같은 고통을 나누었다.
그들은 곧 다가올 이별을 생각하며 눈물을 흘리며 크게 울었다.

압탄딜이 타리엘에게 말했다. "나의 눈물샘이 말라버렸네. 935
왜 자네는 이 말을 선물한 프리돈을 떠나왔는가?
아마 그녀에 대한 소식을 프리돈이 알고 있을지도 모르겠네.
나는 그에게 가 보겠네. 그의 왕국이 어디에 있는지 가르쳐주게."

타리엘은 프리돈의 왕국으로 가는 길을 압탄딜에게 가르쳐 주었다. 936
타리엘은 정신이 반쯤 나간 상태에서도 힘을 다해 프리돈에 대해 다 얘기해 주었다.
"이 바닷가를 따라 동쪽으로 계속 가면 거기에 다다르게 되네.
그가 형제같은 나에 대해 물어보면 나에 대해 얘기해주기 바라네."

두 기사는 사냥을 해서 산양을 잡아왔다. 937
그들은 자리에 앉아 불을 피우고 산양을 구웠지만, 간신히 고기 조각을 목으로 넘길 수 있었다.
그들은 나무를 지붕삼아 땅에 누워서 그날 밤도 함께 보냈다.
이들은 어떤 때는 마음이 넓다가 어떤 때는 악을 선사하는 변덕스런 운명을 저주했다.

새벽 여명이 밝아오자 두 사람은 서로를 꼭 껴안으며 이별을 슬퍼했다. 938
그들이 한 말을 들은 사람은 견딜 수 없는 슬픔을 느낄 것이다.
이들은 들판에 소나기가 퍼붓듯 많은 눈물을 흘렸다.
그들은 서로 가슴이 붙어버린 것 같이 껴안은 채로 오래 서 있었다.

그들은 눈물을 흘리고 얼굴을 피가 나게 긁으며 헤어졌다. 939
이들은 서로 갈라져 갈대숲을 헤치며 말을 달렸다.
서로의 모습이 보이는 동안 서로를 큰 소리로 불렀다.
헤어지는 영웅들의 슬픈 얼굴에 태양도 고개를 숙이며 어두워졌다.

39장 압탄딜이 프리돈을 만나다

940 '오 변덕많은 세상이여! 왜 우리를 회오리바람 속으로 던져 넣는가?
너를 믿는 나같은 사람들은 끝없는 눈물을 흘리고 있다.
너는 우리를 어디론가 데려가 생명의 싹을 잘라버리는가?
그러나 운명에 버림받은 불쌍한 우리를 신이 보살펴 줄 것이다.'

941 형제를 그리워하며 크게 우는 압탄딜의 소리는 하늘에 닿았다.
그가 탄식했다. '전에 내가 흘리던 피눈물이 다시 철철 흘러내리는구나.
이별이란 저 세상에서 다시 만나는 것처럼 힘든 일이구나.
세상 사람들은 모두가 다르고, 그 다름을 측정할 수가 없구나.'

942 들판의 야생동물들이 그가 눈물로 채운 샘에서 목을 축였다.
불은 더욱 미친듯이 타올라서 압탄딜은 용광로의 불을 끌 수가 없었다.
티나틴에 대한 생각이 나면서 마음이 더욱 슬퍼졌고,
빛을 발하는 수정같은 치아가 장미 같은 입술 사이로 드러났다.

943 장미 같은 뺨이 창백하게 변했고 포플라 나무 같은 몸은 폭염에 말라 흔들렸다.
그의 수정 같은 치아와 루비 같은 뺨은 점차 푸른색으로 변해갔다.
그는 죽음에 대한 사악한 유혹을 물리치고 자신을 강하게 했다.
그는 말했다. '태양 같은 님을 떠난 나의 날이 흐려지는 것은 당연한 것이다.'

그는 태양에게 기원했다. '너는 티나틴과 닮았구나. 944
그녀처럼 너도 밝은 빛으로 산과 계곡을 비춘다.
제 정신이 아닌 나도 너의 밝은 빛에 위안을 받는구나.
그러나 지금 너는 왜 나를 버리고 떠나 나의 불타는 가슴을 식혀주지 못하는가?

만일 태양이 한 달만 비추지 않으면 우리는 얼어죽는다. 945
두 태양이 내게서 멀어져서 나는 한 순간도 햇빛을 받지 못하는구나.
오직 깍아지른 절벽만이 고통을 모르고 슬픔에 빠지지 않을 것이다.
상처에 칼을 대면 고통만 커질 뿐이다.'

압탄딜은 힘든 방랑 여행을 계속하며 하늘을 향해 울고, 태양을 향해 기원했다. 946
'오 태양이여, 강한 자 중에 가장 강한 너에게 기도한다.
너는 약한 자를 들어올리고, 행복한 자의 머리에 왕관을 씌어줄 수 있다.
사랑하는 님의 눈길을 다시 보게 하고, 나의 낮을 밤으로 바꾸지 말기 바란다.

오, 토성이여, 눈물에 눈물을 더하고, 슬픔에 슬픔을 더하라. 947
나의 마음을 어둠으로 덮어버리고, 나를 태초의 암흑으로 떨어지게 하라.
당나귀에 짐을 올리듯 나에게 더할 수 없는 슬픔을 한 무더기 얹어라.
그리고 그녀에게 말하라. '당신이 사랑하는 사람이 쓰디쓴 눈물을 소나기 같이 흘리고 있다.

오 정의의 심판관인 목성이여, 우리에게 정의의 판결을 내려라. 948
고집불통인 우리 마음과 마음이 부딪쳐 서로 논쟁할 때 네가 재판관이 되도록 하라.
정의의 시선을 어둡게 하지 말고, 영혼에 죄를 드리우지 마라.
오랜 된 나의 상처를 다시 아프게 하며 정의로운 나를 더 괴롭히지 마라.

949 오 화성이여, 너의 창으로 나를 무자비하게 찌르라.
나의 몸을 피로 붉게 물들인 다음, 피가 내 몸 위를 내처럼 흐르게 하라.
사랑하는 그녀에게 내가 어떻게 고통을 받고 있는가를 얘기하고,
내가 이생에서 더 이상 즐거움을 찾을 수 없다는 것을 너는 잘 알 것이다.

950 오 금성이여, 나를 도와다오. 그녀로 인해 나의 가슴은 완전히 불타버렸다.
그녀의 미소는 진홍빛의 입술에 감춰진 진주 같은 치아를 환하게 비춘다.
너는 미인들에게 그런 매력을 선사했지만
너는 나같은 사람은 극도로 열광하여 정신을 잃게 만든다.

951 오 수성이여, 너의 운명은 나의 운명에 비견될 만하구나.
나는 태양의 포로가 되어 그 뜨거운 불길에 빠져버렸다.
나의 눈물로 만든 호수를 너의 잉크로 삼아 나의 고뇌를 적어라.
갈대와 같이 유연한 내 몸을 펜으로 주겠다.

952 오 달이여, 나를 동정하라. 나는 너처럼 쪼그라들고 빛이 거의 꺼져버렸다.
나는 태양에 붙들려서 빛을 발하기는 하지만, 빛을 발할수록 창백해진다.
내가 얼마나 운명에 의해 고난을 받고 있는가를 사랑하는 그녀에게 얘기해다오.
나는 죽는 순간에도 그녀에게 충실할 것이라는 것을 그녀가 꼭

기억하게 해다오.

일곱별이 큰 목소리로 나의 고난을 노래하고 있다. 953
수성, 목성, 태양과 토성이 나를 위해 창백한 얼굴을 하고 있다.
금성, 화성이 달과 함께 눈길을 내리깔고 나의 증인이 되고 있다.
내가 끝없는 고통에 시달리고 있다고 그녀에게 전하도록 해라.'

그는 자신의 마음에게 얘기했다. '너는 끊임없이 눈물을 흘리고 있구나. 954
스스로 죽음을 갈망하여 악마와 함께 돌아올 수 없는 어두운 길로 들어서는구나.
갈가마귀의 날개 같은 검은 머리채를 가진 사랑하는 그녀로 인해 죽는구나.
고난을 견디지 못하는 자는 자신의 기쁨을 제대로 즐길 수 없다.

인생에 많은 회의가 들더라도 그래도 살아 남는 것이 낫다. 955
태양 같은 님을 볼 수 있다면 슬픔은 얼마든지 견딜 수 있다.'
압탄딜은 흐르는 눈물을 참지 않으며 달콤한 노래를 부르기 시작했다.
그의 목소리에 비교하면 나이팅게일의 소리조차 부엉이 소리처럼 들렸다.

압탄딜의 노래소리를 들으려고 사방에서 짐승들이 귀를 세우고 나왔다. 956
돌들도 달콤한 노래소리에 끌려 물가에서 기어올라왔다.
노래를 들은 모든 피조물들도 감동하여 함께 슬프게 울었다.
눈물을 흘리며 노래를 부르는 압탄딜을 위해 모두 동정의 눈물을 흘렸다.

40장 타리엘과 헤어진 압탄딜이 프리돈에게 가다

압탄딜은 70여일을 바닷가를 따라 홀로 여행했다. 957
바다 먼곳에서 뱃사람들이 파도와 싸우며 노를 저어 다가오는 것을
보았다.
압탄딜은 그들이 다가오기를 기다린 후 물었다. "당신들은
누구입니까?
이 나라는 누구의 왕국이고, 누가 이 나라를 다스리나요?"

그들은 이렇게 대답했다. "아름다운 얼굴과 멋진 몸을 한 분이여, 958
당신에게 매료되어 우리는 찬사를 멈출 수 없습니다.
여기까지는 터키인들의 땅이고, 이제 당신은 프리돈왕의 영토에
발을 들여놓았습니다.
당신이 발하는 빛이 안개로 바뀌지 않는다면 모든 것을 말해
드리겠습니다."

"누라딘-프리돈은 우리의 왕국을 평화롭게 다스리고 계십니다. 959
용맹스럽고 관용이 있는 용사이고, 가장 말을 잘 타는 기사입니다.
우리 왕은 태양과 같은 분이며 적들도 그에게 감히 덤벼들 수
없습니다.
우리의 주군은 천상과 지상의 가장 아름다운 빛과 같은 분입니다."

압탄딜이 말했다. "당신들을 만난 것은 하늘의 뜻이 있었기 960
때문이오.
나는 당신들의 왕을 찾아 먼 길을 왔소. 왕께 가는 길을 알려주시오.
어디로 가야 그를 만날 수 있는지, 아직 먼 길을 가야 하는지 말해

주시오."

뱃사람들은 해안을 따라 천천히 노를 저으며 압탄딜과 같이 길을 갔다.

961 선원들이 말했다. "이 길을 따라가면 물가잔자르까지 갑니다.

거기서 빠른 화살과 날선 검도 복종하는 우리 왕을 알현할 수 있습니다.

열흘이면 그곳에 닿을 수 있습니다. 플라타너스 같은 몸을 하고 루비색을 비추는 멋진 분이여,

무슨 일로 고국을 떠나 먼 곳에 오셔서 우리를 불길에 휩싸이게 하는지요?"

962 압탄딜이 대답했다. "형제들이여, 나 때문에 당신들이 괴로워할 이유는 없습니다.

어떻게 시들은 겨울장미가 당신들을 즐겁게 할 수 있겠습니까?

만일 당신들이 활짝 피어난 장미 같은 젊은 때의 나를 보았다면

나를 보는 사람들은 모두 큰 기쁨을 얻었을 것입니다."

963 뱃사람들과 헤어진 압탄딜은 낯선 길을 계속 달려갔다.

그의 몸은 플라타너스 나무 같았고, 심장은 강철 같았다.

그는 지난날의 행복을 생각하며 눈물을 흘리면서 바닷가에 펼쳐진 숲을 달렸다.

수선화 같은 눈에서 눈물이 빗물처럼 흘러내리며 수정같고 흰눈같은 그의 얼굴을 씻었다.

964 그가 길에서 만나는 모든 사람들은 종처럼 그에게 복종했다.

압탄딜의 모습을 보기 위해 사람들은 먼데서도 달려왔다.

압탄딜이 떠날 때는 그와 헤어지는 것을 너무 아쉬워했다.

사람들은 기꺼이 그의 동행자가 되어 친절하게 길을 안내했다.

압탄딜은 오랜 여정 끝에 물가잔자르에 다다랐다. 965
그는 들판에서 사냥을 하는 병사들을 보았다.
이들은 사냥감을 포위하고 하늘에 먼지를 날리며 말을 달려 짐승들을 몰았다.
병사들은 소리를 치고 활을 쏘며 들판에서 풀을 베듯이 동물들을 포획했다.

압탄딜은 처음 만난 병사에게 물었다. "여기 사냥몰이를 하는 것은 누구의 병사이며 966
왜 고함소리와 징소리가 이렇게 큰가?"
그 병사는 이렇게 대답했다. "우리는 물가잔자르의 프리돈왕의 병사들입니다.
왕이 사냥을 나와 병사들이 들과 숲을 포위하고 있습니다."

압탄딜은 기분이 좋아서 병사들이 멋지게 줄지어 서 있는 곳으로 말을 몰았다. 967
내가 어떻게 그 용사의 아름다움을 묘사할 수 있으리오!
그를 만난 사람은 태양빛에 눈이 멀고, 그가 떠나면 사람들은 슬픔에 싸인다.
갈대처럼 멋지게 흔들리는 그의 유연한 몸은 보는 사람의 혼을 빼놓는다.

병사들이 모여있는 곳 위에 갑자기 독수리 한 마리가 나타나 빙빙돌았다. 968
압탄딜은 독수리를 잡기 위해 말에 박차를 가해 달려나가 활시위를 당겼다.
활이 소리를 내며 날자 독수리가 피를 흘리며 떨어졌다.
그는 말에서 뛰어내려 독수리 날개를 찢고 다시 말에 올랐다.

969 그를 본 궁수들은 모두 사냥을 멈췄다.
그들은 활 쏘는 것을 멈추고 그에게 시선을 고정시키고 다가왔다.
병사들이 다가와 그를 두겹으로 둘러쌌다.
그들은 입이 얼어붙어 감히 '너는 누구인가?'라고 묻지를 못했다.

970 평원 위에 솟은 언덕 위에 프리돈왕이 서 있었다.
왕 옆에는 40명의 궁수가 그를 둘러싸고 서 있었다.
압탄딜은 병사들에 둘러싸여 언덕으로 말을 달려 올라갔다.
사냥을 중단한 병사들의 행동을 본 프리돈왕은 화가 나서 분노의 시선을 보냈다.

971 프리돈은 시종에게 명했다. "내 명에 복종하지 않는 자는 어떤 벌을 받는지 잊었는가?
왜 병사들은 장님들처럼 우왕좌왕하고 대열을 흩트리는가?"
시종은 말을 달려 압탄딜에게 달려갔지만, 멋진 몸을 한 그를 보고는
아무말도 하지 못하고 시선을 내리 깔았다.

972 압탄딜은 말을 못하고 서 있는 시종이 왕이 보낸 사람이라는 것을 알았다.
압탄딜은 말했다. "가서 내가 주군을 만나고 싶다고 전하거라.
나는 먼 타국에서 프리돈왕의 나라를 찾아 온 사람인데
나의 형제인 타리엘의 소식을 가지고 왔다고 전해드려라."

973 서둘러 돌아간 시종은 프리돈이 놀랄 얘기를 했다.
"제 앞에 한낮의 태양이 나타난 것 같았습니다.
그 용사를 보면 현자들이라도 이성을 잃을 것이라고 확신합니다.
이 낯선 용사는 타리엘의 진실한 친구라고 합니다."

974 타리엘이란 이름을 들은 프리돈왕은 크게 기뻐했다.

그의 눈에서 기쁨의 눈물이 흘러내렸고, 그의 가슴은 흥분으로 떨렸다.
그의 장미 같은 뺨 위에 서리가 내리고, 속눈썹에는 눈보라가 휘몰아쳤다.
이렇게 두 사람은 만나게 되었고, 압탄딜을 칭송하는 소리는 메아리가 되어 울렸다.

프리돈은 압탄딜을 만나기 위해 황급히 말을 타고 언덕을 내려갔다. 975
압탄딜을 본 그는 소리쳤다. "지금 내 앞에 있는 사람은 바로 태양이다!"
들은 것보다 훨씬 빛나는 압탄딜의 모습을 본 그는 할 말을 잊었다.
두 사람은 말에서 내려 기쁨의 눈물을 흘리며 서로에게 정중히 인사했다.

조국과 종족이 달라도 두 사람은 형제처럼 꼭 껴안았다. 976
압탄딜의 멋진 모습에 프리돈은 포로가 되었고, 프리돈의 모습에 압탄틸도 매료되었다.
두 사람의 모습을 보면 태양도 놀라서 지평선 너머로 사라질 것이다.
두 사람과 같은 사람을 아무데서나 볼 수 있다면 나를 죽여도 할 말이 없다.

프리돈왕을 세상의 누구와 비교할 수 있을까? 977
그러나 압탄딜의 빛 앞에서는 프리돈도 광채를 잃는다.
태양이 가까이 오면 밤하늘의 별들은 빛을 잃는 법이다.
촛불은 낮에는 빛을 내지 못하고 밤이 되어야 그 빛이 밝게 빛난다.

두 사람은 말에 올라 프리돈의 궁전으로 향했다. 978
이렇게 해서 들판에서 벌어지던 사냥과 활쏘기는 자연스럽게 끝나게 되었다.

프리돈을 보기 위해 사방에서 병사들이 모여들었다.
그들은 말했다. "창조주가 어떻게 저렇게 멋진 사람을 만들어냈단 말인가?"

979 압탄딜이 프리돈에게 말했다. "당신이 내 얘기를 빨리 듣고 싶어하는 것을 잘 아오.
내가 누구인지, 내가 어디서 왔는지 바로 말하리다.
나는 타리엘을 만나서 그와 피를 나눈 형제처럼 가까워졌소.
나는 그의 노예가 되기에도 벅찬데 그는 나를 의형제로 받아들였소."

980 "나는 위대한 아랍왕국 로스테반왕의 나라에서 나서 자랐고,
이름은 압탄딜이라고 하며 총사령관의 직책을 부여받았소.
명문 가문에서 태어난 나를 왕은 아들처럼 직접 양육했소.
나는 적들이 무서워하는 용맹한 장군이었소."

981 "어느날 나는 왕을 모시고 들판으로 사냥을 나가 숲가에 다다랐고,
그곳에서 우리는 슬피 울고 있는 타리엘을 보았소.
우리는 그를 불렀지만 그가 우리에게 오지 않았고,
그가 어떤 고통을 겪고 있었는지 모르는 우리는 불같이 격노했소."

982 "로스테반왕은 말을 듣지 않는 그를 사로잡아오도록 명령했소.
그러나 낯선 용사는 왕의 병사들과 싸움을 벌여 그들을 죽였소.
그는 병사들의 팔과 다리를 부러뜨리고, 많은 병사를 죽였소.
우리는 달을 궤도에서 벗어나게 하는 것은 불가능하다는 것을 깨달았소."

983 "자신의 병사들이 겪는 수치를 직접 본 왕은
그를 잡으러 직접 말을 타고 달려 나갔소.
왕이 직접 추격하는 것을 깨달은 그는 왕의 칼을 피하고

자신의 흑마에 박차를 가해 순식간에 우리 눈에서 사라졌소."

"그를 도저히 찾지 못한 우리는 그가 도깨비였다고 결론 내렸소. 984
왕은 비탄에 싸여 측근들과의 연회도 중지하고 혼자 칩거했고,
나도 그 용사의 비밀을 알지 못해 비탄에 빠졌소.
나는 공주의 명을 받고 그를 찾아 나섰지만, 내 안의 불길은 더 활활 타올랐소."

"3년 동안 나는 잠도 제대로 자지 않고 그를 찾아 헤맸소. 985
그러다 우연히 그 용사에게 혼이 난 하타이인들로부터 그의 흔적을 알아냈소.
나는 결국 빛을 잃고 창백하게 시든 장미와 같은 그를 찾아냈소.
나를 만난 그는 마치 소중한 형제나 아들처럼 나에게 사랑을 베풀었소."

"그는 피투성이의 싸움 끝에 데브인들로부터 동굴을 빼앗아 거기 머물고 있는 중이오. 986
그 동굴에는 그를 따라나선 아스마트라는 여종만이 외롭게 시중을 들고 있소.
타리엘은 네스탄과의 사랑을 잊지 못해 열정에 불타며 괴로워했소.
그와 헤어진 사람은 애도하는 마음으로 머리 위에 검은 돌을 매달 것이오."

"그와 함께 있는 여종 아스마트는 외롭게 울며 눈물로 동굴을 적시고 있소. 987
마치 사자가 새끼를 돌보듯이 용사가 동물을 잡아다 주어 그녀를 먹였지만,
그는 자신에게 덮친 고통때문에 다시 들판으로 나와 방랑하고 있소.
그는 세상을 저주하며 사람이라면 흔적도 보기를 원치 않았소."

988 “낯선 사람인 나를 믿고 그는 자신에 대한 얘기를 해주었소.
자신이 겪어온 일을 상세히 말해주고, 어떻게 사랑하는 공주를 잃었는지도 얘기해 주었소.
그가 어떤 슬픔을 겪고 있는지는 사람의 말로 표현할 수 없소.
어두운 무덤 속에서 빛을 바라듯이 그는 사랑하는 사람과의 재회를 기다리고 있소.”

989 “그는 쉬지않고 온갖 곳을 떠돌아 다니느라 달처럼 창백해졌소.
그는 당신이 선사한 말을 타고 떠돌아 다니며 말에서 내려오지도 않는다오.
그는 사람을 만나지 않고, 야생동물처럼 사람을 피하오.
타리엘의 모습을 가슴에 늘 안고 사는 나의 고통은 이루 말할 수 없소.”

990 “그가 겪는 고통의 불이 나를 태우기 때문에 나는 슬피 울며 괴로워하고 있소.
타리엘의 고통으로 인해 내 정신도 혼미해졌소.
나는 온 땅과 바다를 헤집고 다니며 그를 치료할 약인 그녀를 찾았소.
나는 아랍으로 다시 돌아가 나의 귀환을 학수고대하던 나의 주군을 만났소.”

991 “내가 다시 길을 떠나려 하자 왕은 격노하여 슬픔에 빠졌소.
병사들의 슬픈 울음소리를 뒤로 하고 나는 병사들을 떠나왔소.
나는 눈물을 보이지 않으려 애쓰며 조용히 달려 먼 길을 달려왔소.
나는 타리엘을 치료할 영약을 찾기 위해 온 세상을 떠돌고 있는 중이오.”

992 “타리엘은 당신과 의형제의 결연을 맺은 것을 나에게 알려주었고,

당신을 만나보니 그의 말이 과찬이 아닌 것을 알게 되었소.
사람의 눈을 멀게 할 정도로 빛나는 그녀를 어디에서 찾을 수 있을지 알려주시오.
그녀를 보는 사람의 기쁨이자 그녀를 보지 못하는 사람에게는 고뇌의 근원인 태양 같은 그녀를."

타리엘의 얘기를 들은 프리돈은 가슴이 미어지는 것 같았다. 993
의형제의 고난을 슬퍼하는 두 사람의 울음소리가 울려퍼졌다.
신음과 통곡으로 두 사람의 가슴은 더욱 세차게 들썩였다.
눈물의 연못을 막는 둑과 같은 눈썹을 넘쳐서 흐르는 눈물은 장미 같은 뺨을 적셨다.

가까이 있던 병사들도 슬픔을 참지 못하고 큰 소리를 내며 울기 시작했다. 994
어떤 병사는 얼굴을 긁었고, 어떤 병사는 자신의 옷을 찢어 던졌다.
타리엘과 헤어진 7년의 세월을 회상하며 프리돈도 오열을 쏟았다.
"아, 기만과 불의가 가득 찬 덧없는 세상이여!"

프리돈이 말했다. "위대한 타리엘이여, 나의 말로는 당신을 제대로 찬양할 수 없소. 995
당신은 하늘의 태양을 궤도에서 벗어나게 만든 지상의 태양이오.
당신은 영혼의 길잡이고, 보는 사람의 위안과 행복의 원천이며
어두운 밤에 별들을 인도하는 환한 길이오."

"당신과 이별한 사람에게는 지상의 영광도 아무 의미가 없소. 996
당신은 내 소식을 듣지 못했겠지만 나는 당신과의 재회를 목마르게 기다려왔소.
당신은 나와 떨어져 있는 것이 큰 일이 아닐지 몰라도, 나는 당신과 떨어져 지옥을 경험하고 있소.

당신이 없으면 내 인생에는 더 이상 기쁨이 없고, 모든 것이 공허해 질 것이오."

997 프리돈은 이 말을 멋진 탄식과 함께 쏟아내었다.
두 사람 뒤를 따라 사람들은 말없이 갔고, 깊은 침묵이 흘렀다.
압탄딜을 본 사람들은 그의 빛나는 모습에 감탄하지 않을 수 없었다.
까만 호수 같은 그의 눈을 검은 눈썹이 천장처럼 덮고 있었다.

998 두 사람은 도시로 들어섰다. 그들은 멋지게 장식된 궁전을 보았다.
왕국의 모든 관리들이 소집되어 정렬했고,
칼과 갑옷이 궁전의 호위병들을 장식했다.
그들은 모두 압탄딜의 멋진 모습을 보고 넋을 잃었다.

999 궁전에 들어선 두 사람은 넘치는 음식으로 가득 찬 연회에 자리를 잡고 앉았다.
양쪽에 백 명이 넘는 고관들이 줄지어 앉았다.
압탄딜이 프리돈왕과 함께 자리에 앉자 그들에게 쏟아지는 찬사는 끝날 줄을 몰랐다.
수정 같고 루비 같은 압탄딜의 얼굴은 모두에게 위안과 기쁨을 주었다.

1000 모두들 먹고 마시며 즐겼고, 끝없이 잔을 비우며 연회를 이어갔다.
프리돈왕은 마치 가족을 대하듯 압탄딜을 환대했다.
계속 잔과 그릇이 바뀌며 멋진 요리가 나왔다.
압탄딜의 멋진 모습을 본 사람들은 하나같이 불같은 감동에 휩싸였다.

1001 밤늦게까지 계속된 연회가 끝나고 떠들썩한 소리도 더 이상 들리지 않았다.

사람들은 압탄딜을 목욕시킨 후 그에게 값을 따질 수 없는 옷을 입혔다.
그에게 선사한 옷은 수천 드라크마가 더 나가는 진귀한 천으로 만든 것이었다.
보기에도 멋진 값을 따질수 없는 띠와 옷을 걸친 그의 모습에 보는 사람 모두가 경탄했다.

압탄딜은 지체하는 것을 견딜 수 없었지만 며칠을 그 곳에 머물렀다. 1002
그는 프리돈과 들판으로 사냥을 나가 동물들을 잡았고,
그는 가까운 곳이나 먼 곳에 있는 사냥감을 모두 활로 쏘아 맞혔다.
그의 활쏘는 솜씨는 프리돈의 최고의 궁수들을 부끄럽게 했다.

압탄딜은 프리돈에게 말했다. "형제같은 이여, 제 얘기를 들어보시오. 1003
당신과 헤어지는 것은 나에게 큰 마음의 상처를 주지만,
나는 계속 머무를 수가 없소. 타리엘을 생각하며 내 마음은 불에 활활 타고 있소.
내가 갈길에 온갖 위험이 도사리고 있지만, 나는 서둘러 길을 떠나야 하오."

"당신과 헤어지면 눈물이 내 앞을 가리겠지만, 1004
나는 더 머물 수가 없소. 나는 친구때문에 불에 타는 듯이 괴롭소.
먼 길을 가야하는 여행자가 시간을 지체하는 것은 치명적 실수이오.
당신이 태양 같은 네스탄을 발견한 바닷가로 나를 데려가 주기 바라오."

프리돈이 대답했다. "나는 당신이 가는 길을 막지 않겠소. 1005
친구로 인해 가슴이 창에 찔린 듯한 고통을 받고 있는 당신이 당장 길을 떠나는 것은 당연하오.

신의 가호를 받아 길을 떠나서 당신의 적을 다 격파하기 바라오!
그러나 당신이 떠나면 나는 어떻게 눈물을 참고 어디서 위안을 얻을 수 있을지 모르겠소."

1006 "그러나 당신이 혼자 길을 떠나게 할 수는 없소.
여행길에 당신을 도울 수 있는 든든한 시종들을 딸려 보내겠소.
힘든 여정에 도움이 되도록 말과 노새도 드리겠소.
내 도움을 거절한다면 당신의 장미 같은 뺨에 눈물이 넘칠 것이오."

1007 프리돈은 충성심이 강한 네 명의 종을 데려와 압탄딜을 돕게 했고,
그에게 방패와 갑옷과 철갑보를 선사하여 무장을 시켰다.
60리터르의 황금[27)]을 노자돈으로 선사하고,
마구와 멋진 안장을 얹은 준마도 선물했다.

1008 그는 압탄딜이 여행하는데 필요한 모든 짐을 노새에 싣도록 명령했다.
프리돈은 직접 말을 타고 나가 압탄딜을 배웅했다.
그러나 이별의 순간 프리돈의 가슴은 불에 완전히 타버렸다.
프리돈은 탄식했다. '태양이 멀리가면 우리는 추운 겨울을 어떻게 견뎌야 하는가!'

1009 압탄딜이 떠난다는 소문을 들은 모든 사람이 뜨거운 눈물을 흘리며 슬퍼했다.
마을 주민과 상인들이 모두 나와 눈물을 흘렸다.
주민들이 탄식하는 소리는 공기 중에 울리는 천둥소리 같았다.
그들은 말했다. "우리는 태양을 잃었습니다. 이제 우리는 어디를 바라봐야 하나요?"

27) 약 20 킬로그램의 황금

그들은 도시를 지나 바닷가에 다다랐다. 1010
그곳은 프리돈이 태양과 같은 얼굴을 한 네스탄을 처음 본 장소였다.
두 사람의 호수같이 아름다운 눈에서는 샘물처럼 피눈물이 쉬지않고 흘러내렸다.
프리돈은 포로로 잡힌 네스탄에 대한 가슴 아픈 얘기를 압탄딜에게 해주었다.

"흑인 노예 두 명이 태양과 같은 여인을 이리로 데려왔소. 1011
그녀의 얼굴은 검은 베일속에 가려져 있었지만 눈을 멀게 할 정도로 강렬히 빛났소.
나는 흑인 노예들로부터 그녀를 빼앗아오기 위해 말에 박차를 가해 그곳으로 달려갔소.
그들은 나를 보자마자 그녀를 데리고 마치 새와 같이 날라 도망가 버렸오."

두 사람은 서로 껴안고 눈물을 샘솟듯 쏟아냈다. 1012
그들은 서로 작별의 입맞춤을 했지만, 가슴 속에 타오르는 불이 다시 그들을 태웠다.
헤어질 수 없는 의형제는 형제가 헤어지듯 슬프게 헤어졌다.
프리돈은 남았고, 압탄딜은 떠났다. 그의 멋진 몸은 보는 사람의 시선을 어지럽혔다.

41장 압탄딜이 프리돈을 떠나 네스탄-다레잔을 찾아 나서다

1013 보름달같이 빛을 발하는 압탄딜은 들판을 따라 말을 달렸다.
그는 슬픔에서 벗어나기 위해 티나틴의 모습을 회상하며 기쁨을 찾으려 했다.
그는 말했다. '운명의 저주로 나는 태양과 같은 님과 멀리 떨어져 있지만,
오직 당신만이 나의 상처를 치료할 영약입니다.

1014 나의 마음은 불타는 고뇌를 맛보며 방랑의 강을 떠내려갑니다.
돌처럼 단단해져 버린 나의 마음은 바위 같은 세 명의 친구에게서 위안을 얻겠습니다.
가장 예리한 세 개의 창으로 나를 찔러도 나에게 상처를 낼 수 없습니다.
당신의 다정한 눈길을 잃은 나는 세상에서 오직 독초 같은 괴로움만 맛 볼뿐입니다.'

1015 압탄딜은 네 명의 시종과 함께 바닷가를 따라 갔다.
그는 타리엘을 치료할 영약을 찾아 온갖 곳을 돌아다녔다.
그가 밤낮으로 흘린 눈물로 바다는 더욱 넓어졌다.
세상 전체가 그에게는 여린 풀잎이나 지푸라기같이 가벼워 보였다.

1016 그는 바닷가를 지나는 여행자를 볼 때마다 네스탄에 대해 물으며
100일을 잠도 자지 못하고 쉬지도 못하며 떠돌아 다녔다.
그가 언덕을 올라가자 바닷가에
낙타를 이끌고 오는 대상들이 힘없이 서있는 것을 보았다.

많은 대상들이 광활한 바닷가를 가득 채우고 있었다. 1017
그들은 모두 지치고 슬픈 얼굴을 하고 얘기를 하고 있었다.
압탄딜이 상인들에게 다가가 정중하게 인사하자 환희에 찬 화답이
돌아왔다.
압탄딜이 물었다. "당신들은 어디에서 오는 길이오?"

대상들의 우두머리는 우삼이란 지혜로운 사람이었다. 1018
그는 오래된 관례대로 두건을 만지며 공손히 인사했다.
그가 말했다. "오 태양 같은 분이여, 당신은 우리에게 기쁨을 주기
위해 오셨습니다.
말에서 내려 가까이 오시면 우리의 사연을 말씀드리겠습니다."

압탄딜은 말에서 내려 우삼의 얘기를 들었다. "우리는 바그다드에서 1019
온 상인들입니다.
우리는 마호메트의 율법을 경외합니다. 우리는 포도주를 마시지
않고
상품을 가득 싣고 바다의 왕이 다스리는 도시로 가고 있었습니다.
우리가 바다의 왕의 도시에서 거래하는 물품은 모두 값나가는
것입니다."

"우리는 여기 바닷가에서 의식을 잃고 누워있는 젊은이를 1020
보았습니다.
우리는 그를 돌보아 정신이 들게 한 후 얘기를 나눴습니다.
'나그네여, 무슨 봉변을 당했는지 한마디라도 해보시오!'
그는 대답했습니다. '당신들이 바다로 가면 해적들에게 죽임을 당할
것입니다. 나도 죽었다 살아났습니다.

우리는 이집트에서 출발한 대상인데 호위병의 호위를 받으며, 1021
큰 배에 많은 값진 상품을 싣고 바다로 나갔습니다.

그런데 갑자기 해적들이 나타나 우리 배를 충각(衝角)으로 부딪친 후 우리를 약탈했습니다.
우리 일행은 모두 물에 빠져 죽었고, 나는 어떻게 여기까지 왔는지 기억을 하지 못합니다.'

1022 "오 사자같고 태양같은 분이여. 이것이 우리가 여기에서 지체하는 이유입니다.
오던 길을 되돌아 가자니 손해를 감당할 수 없고,
앞으로 나가자니 해적들에게 몰살을 당할까 두렵습니다.
우리는 진퇴양난의 곤경에 빠져 아무 것도 할 수 없습니다."

1023 압탄딜이 말했다. "어려움이 닥쳐서 아무 일도 할 수 없다는 것은 말이 되지 않소.
하늘에서 정한 것을 우리는 피해 갈 수 없습니다.
내가 당신들과 함께 가면 아무도 우리를 건드릴 수 없을 것입니다.
내가 당신들의 대장이 되어 날카로운 칼로 적들을 물리치겠소."

1024 대상들은 큰 위로를 받았고, 모두가 크게 소리쳤다.
"우리를 지키는 용사가 있으니 이제 우리는 해적들을 두려워할 이유가 없다.
우리는 아무 걱정없이 이 당당한 용사의 뒤를 따라가면 된다."
대상들은 범선에 올라타서 파도를 헤치며 항해해 나갔다.

1025 좋은 날씨 속에 대상들은 순풍을 받으며 항해를 계속했다.
용기가 충만한 압탄딜은 해적들과의 전투를 겁내지 않았다.
갑자기 희미한 안개 속에서 큰 깃발을 단 해적선이 다가오는 것을 발견했다.
해적선은 다른 배를 산산조각 내는 창같은 날카로운 돌출부를 가지고 있었다.

해적들은 나팔을 불고 소리를 지르며 다가왔다. 1026
해적들의 공격을 당한 대상들은 겁에 질려 어쩔 줄을 몰랐다.
그러나 압탄딜은 차분히 말했다. "해적들의 허풍에 겁을 먹지 마시오!
내가 이들을 모두 죽이지 않으면 오늘 내가 죽을 것이오!"

"큰 군대가 나에게 달려들어도, 신이 허락하지 않은 한 나는 죽지 않소. 1027
운명이 정한 것이라면 나는 날카로운 창을 맞는 것도 두려워하지 않을 것이오.
형제도 친구도 소용없고, 높이 쌓은 성채도 나를 구하지 못하오.
이것을 잊지 말고 모두 마음을 굳게 하시오."

"당신들 상인들은 싸울 줄 모르는 겁쟁이들이오. 1028
그들이 먼곳에서 쏜 화살에 죽지 않으려면 갑판 아래로 들어가시오.
내가 사자의 강한 손바닥으로 적들을 어떻게 쓸어버리는지 잘 보시오.
나는 해적들의 배를 인정사정없이 부셔서 피로 바다를 물들일 것이오."

압탄딜은 재빠르게 갑옷을 입고, 날쌘 사자 모습으로 갑판에 뛰어올랐다. 1029
자신에 차서 쇠몽둥이를 손에 들고 전투준비를 했다.
그는 두려움없이 뱃머리로 가서 무서운 눈으로 해적들을 노려보았다.
그는 칼날을 번뜩이며 적들을 공격하기 시작했다.

가까운 배에 있는 해적들은 무서운 소리를 지르며 기선을 제압하고, 1030
대상들의 배를 충각(衝角)으로 부딪쳐서 동강을 내려고 했다.

압탄딜은 전혀 두려움을 느끼지 않고 뱃머리에서 칼을 휘두르며 공격했다.
성난 사자같은 얼굴과 손바닥으로 통나무를 해적선에 던졌다.

압탄딜은 해적선의 충각을 부숴버렸지만, 압탄딜의 배는 아무런 해를 입지 않았다. 1031
낭패를 맛 본 해적들은 배를 몰아 도망가려고 했다.
압탄딜은 해적들을 따라잡아 거친 팔로 해적들을 쓰러뜨렸다.
그는 일당백의 기세로 능숙하게 해적들을 치고 난도질했다.

압탄딜은 겁먹은 염소떼처럼 도망가는 해적들을 처단했다. 1032
그는 해적들을 잡히는대로 뱃전에 부딪치거나 바다로 던져버렸다.
그는 쓰러진 적 위에 또 적을 쓰러뜨리고, 여덟 명 위에 아홉 명을, 아홉 명 위에 열 명을 던져버렸다.
부상을 입은 해적들은 시체들 사이에 몸을 숨기고 자비를 간구했다.

압탄딜이 해적들을 추풍낙엽처럼 완전히 쓸어버리자, 1033
해적들 일부는 그에게 애원했다. '신의 이름으로 부탁하건대, 우리를 죽이지 마십시오!'
압탄딜 발 아래 쓰러져 자비를 간청하는 부상당한 해적들은 죽음을 면하게 해주었다.
한 사도가 복음서에서 말한 것은 사실이다. '공포에서 사랑이 우러나온다!'

사람들이여, 자신이 무예가 뛰어나다고 너무 뽐내거나 자랑하지 마라. 1034
신이 돕지 않으면 용맹은 아무 소용이 없다.
작은 불꽃 하나가 거대한 숲을 태울 수 있다.
만일 신이 당신을 보호하면 통나무도 칼처럼 쓸 수 있다.

1035 압탄딜은 해적들의 배에서 엄청난 보물로 가득찬 창고를 발견했다.
그는 대상들을 동원해 해적들의 상인들의 배에 연결했다.
기쁨에 넘친 상인들의 대장 우삼은 압탄딜의 멋진 모습을 보고
압탄딜의 용기와 무용을 찬양하는 송가를 불렀다.

1036 압탄딜을 찬양하기 위해서는 수백 개의 언어가 필요하다.
그가 이룬 업적이 얼마나 위대하고 빛나는지 제대로 찬양할 수 없다.
대상들은 소리치며 말했다. "신이여, 우리는 기적을 보았습니다.
태양이 우리에게 빛을 비추어 어두운 밤이 물러나고 밝은 낮이
시작되었습니다."

1037 상인들은 압탄딜의 손, 다리, 얼굴에 입맞추었다.
그들은 멋진 압탄딜에게 아낌없는 찬사를 퍼부었다.
"당신의 모습을 바라보면 현자도 분별력을 잃을 것입니다.
영웅의 손을 가진 당신은 큰 불행을 당한 우리 모두를 구했습니다."

1038 압탄딜이 말했다. "하늘에 계신 전지전능한 우리의 신께 감사
드리시오.
신께서는 우리의 운명과 모든 일이 하늘의 뜻대로 이루어지도록
하셨소.
신의 깊은 뜻은 보이는 것과 보이지 않는 것을 모두 드러나게 하오.
현명한 사람은 앞으로 일어날 기적을 의심하지 않는 법이오."

1039 "신께서 보잘것 없는 우리의 생명과 피를 지켜주셨소.
나는 이땅의 티끌과 같은 덧없는 존재에 불과하오. 그런 내가 혼자
무슨 일을 할 수 있겠소?
나는 약속을 지켜 적들을 죽이고 정의를 이루었소.
나는 보화가 가득찬 배를 당신들에게 선물로 가져왔소."

용감한 기사가 힘든 전투에서 승리하고, 1040
군대의 제일 앞에서 돌격하여 적들을 제압하는 것은 영광스러운 일이다.
그는 쏟아지는 찬사와 칭송에 우쭐거리지 않는다.
전투에서 부상을 입었어도 그의 빛나고 멋진 몸매에 흔들림이 없었다.

그날 해가 질 때까지 포획한 해적선에서 보물들을 하역했다. 1041
해적선에 실려 있는 보화들은 이루 헤아릴 수 없을만큼 많았다.
보화들을 완전히 옮긴 다음 해적선에는 불을 질렀다.
불에 타서 파괴된 해적선에서는 드라크마 하나 건질 것이 없었다.

우삼은 대상들이 결정한 것을 압탄딜에게 보고했다. 1042
"당신은 보잘것없는 오합지졸인 우리를 죽음에서 구해냈습니다.
우리가 가진 것은 모두 당신 것입니다. 이것에 의문의 여지가 없습니다.
우리는 당신이 하사하는 것만 가져가겠습니다."

압탄딜이 대답했다. "오 형제들이여, 나에게 감사할 필요가 없소. 1043
당신들이 강물처럼 흘린 눈물을 보고 신이 당신들을 도운 것이오.
신이 우리를 구원해 주셨소. 내가 한 일이 무엇이 있겠소!
나는 아무 것도 필요가 없고, 나의 준마만 있으면 충분하오."

"이 덧없는 세상에서 내가 재물을 원한다면 1044
나는 내 집과 보물창고에 넘치는 금은보화를 이미 소유하고 있소.
당신들의 금은보화가 내게 무슨 소용이 있겠소? 나는 당신들의 길동무가 된 것만으로 너무 기쁘오.
나는 목숨을 바쳐 이루어야할 다른 과업이 있소."

1045 "싸움에서 노획한 여기에 있는 수많은 보화들 중
원하는만큼 가져가시오. 나는 아무도 막지 않겠소.
대신 당신들이 비밀을 지켜줄 것을 믿으며 한 가지만 간청하겠소.
나를 대상에 포함시켜 같이 데려가고 나의 신분을 비밀로 해주기 바라오."

1046 "사람들이 물으면 내가 당신들을 구한 장군이라는 사실을 알리지 말아주시오.
내가 용사라는 것을 숨기기 위해 나를 당신들의 우두머리인 것처럼 해주시오.
나는 상인의 옷을 입고 시장에 나가 흥정을 하겠소.
우리 사이의 형제의 우의로 이 비밀을 지켜주기 바라오."

1047 이 말을 들은 대상들은 아주 기뻐했다.
우삼은 그에게 와서 화답을 했다. "우리를 믿으십시오.
우리는 당신이 말하기 전에 이를 먼저 부탁드리려고 했습니다.
우리가 당신 말고 누구를 섬기겠습니까, 밝은 빛을 선사하는 태양같은 분이여!"

1048 그들은 불행을 전화위복으로 만든 해안을 떠나 항해를 계속했다.
그들은 타로스가 선사한 좋은 날씨를 만나 순조롭게 항해했다.
상인들은 압탄딜에게 영광을 돌리며 그를 위한 송가를 불렀다.
그들은 압탄딜의 치아와 같이 밝게 빛나는 진주를 그에게 선물했다.

42장 압탄딜이 굴란샤로에 도착하다

압탄딜은 빛나는 얼굴과 멋진 몸매를 보이며 바다를 가로질러 항해했다. 1049
해안가에 녹색의 정원으로 둘러싸인 도시가 보였다.
정원에는 형형색색의 꽃이 만발하여 시선을 즐겁게 했다.
이 나라의 아름다움을 무슨 말로 묘사할 수 있겠는가?

일행은 배를 해안에 대고 밧줄로 배를 묶어 정박시켰다. 1050
압탄딜은 거상과 같은 옷을 입고 변장을 한 후 의자에 앉았다.
짐꾼들이 부르는 소리를 듣고 달려와 시끄럽게 상품을 하역했다.
압탄딜은 대상의 우두머리인 것처럼 장사를 시작했다.

압탄딜을 보고 정원지기가 부둣가로 다가왔다. 1051
그는 광채를 발하는 새로운 손님으로부터 눈길을 떼지 못했다.
압탄딜은 상인처럼 능숙하게 그에게 여러가지를 물어보았다.
그는 물었다. "당신들은 어느 백성들이고, 당신들 왕의 이름은 무엇이오?"

"내게 알고 있는 것을 가능한 자세히 말해 주기 바라오. 1052
여기서는 어떤 물건이 싸게 팔리고, 어떤 상품의 값을 높이 쳐주시는지 알려주시오."
정원지기가 말했다. "오, 태양과 같은 얼굴을 한 멋진 분이여!
내가 알고 있는 것을 모두 말씀드릴테니 내 말을 믿어주기 바랍니다."

1053 “바닷가에 면한 우리나라를 다 보려면 열 달도 부족합니다.
유서가 깊고 멋진 도시인 굴란샤로[28]가 이 나라의 수도입니다.
바다와 바다를 오가는 모든 배들이 우리 항구로 상품을 실어옵니다.
엄청난 재산을 소유하고 있는 위대한 왕 멜릭 수르하프가 이곳을 통치합니다.”

1054 “늙은 사람도 우리 왕국에 오면 회춘을 합니다.
마시고 춤추고 노래하며 우리는 즐겁게 살고 있습니다.
우리 정원에는 사시사철 붉은 장미가 피고, 등자나무가 시들지 않습니다.
이곳을 방문하는 외국사람들은 우리가 얼마나 풍요롭게 사는 지를 보고 모두 놀랍니다.”

1055 “거상들은 이곳에 오면 큰 이익을 남깁니다.
그들은 여기서 사고팔면 이익을 얻고, 다른 곳에서는 손해를 봅니다.
아무리 가난한 사람도 이곳에서 한달만 장사하면 부자가 됩니다.
한 푼 없는 사람도 1년이면 상품을 모으고 큰 돈을 법니다.”

1056 “나는 상인들의 우두머리인 우센의 정원지기입니다.
우리에게는 오래전부터 내려오는 전통이 있습니다.
당신들이 머물고 있는 이 정원은 그의 것입니다.
당신들이 가지고 있는 가장 비싼 상품은 먼저 우리 주인에게 보여야 합니다.”

1057 “먼 길을 온 외국 상인들은 먼저 그에게 인사를 하고
가지고 온 상품을 주인님께 보여드립니다.
가장 비싼 상품은 그가 돈을 아끼지 않고 사들입니다.

---

28) 굴란샤로 - '꽃의 도시'라는 뜻.

그런 다음 상인들은 자유롭게 시장으로 나가 상품을 사고팝니다."

1058 "우리나라를 찾은 당신 같이 고귀한 손님을
융숭히 접대하라고 주인님은 지시하셨습니다.
우리 주인께서는 지금 먼 지방에 출타중이라 당신을 만날 수 없지만,
그가 여기 계셨다면 당신들을 융숭히 모셨을 것입니다."

1059 "지금 집에는 안주인인 파트만-하툰이 계십니다.
그는 남편처럼 손님을 잘 대접하는 상냥한 여주인입니다.
그녀에게 당신이 온 것을 알리면, 여주인은 당신을 가족처럼 여기고 환대할 것입니다.
날이 저물기 전에 사람을 보내 당신들을 성안으로 모시도록 하겠습니다."

1060 압탄딜이 말했다. "대단히 감사하오. 안주인께 어서 가시오."
정원지기는 기뻐서 목에 땀을 흘리며 여주인에게 달려갔다.
그는 여주인에게 전했다. "기쁜 소식을 가지고 왔습니다.
태양처럼 빛나는 광채를 발하는 사람이 도착했습니다."

1061 "그는 먼나라에서 온 거상이고, 큰 대상의 우두머리입니다.
그의 몸은 사이프러스 나무보다 유연하고, 얼굴은 칠석날의 상현달처럼 광휘를 발합니다.
진홍색의 외투를 걸친 그는 붉은 금과 같이 빛을 냅니다.
그는 나에게 우리나라의 상품가격을 물었고, 나는 아는대로 대답했습니다."

1062 여주인 파트만-하툰은 크게 기뻐하며 배로 종들을 보내 압탄딜을 맞게 했다.
대상들이 머무를 장소와 대상들의 상품을 보관할 창고를 마련해

주었다.
장미와 같은 뺨과 수정처럼 하얀 얼굴을 한 압탄딜이 들어왔다.
그를 본 사람들은 그의 손바닥을 호랑이의 앞발과 비교하고 그의 손가락을 사자의 다리에 비유했다.

압탄딜에 대한 소문을 듣고 온 도시 사람들이 모여 들어 왁자지껄했다. 1063
이들은 '누가 감히 태양같은 그의 모습을 똑바로 바라볼 수 있겠는가?'라며 웅성거렸다.
어떤 자들은 탐욕스럽게 그의 모습을 응시했고, 어떤이들은 넋이 나가 멍히 서 있었다.
욕망에 불탄 부인들은 자신의 남편들을 경멸했다. 불쌍한 남편들이여!

우센의 부인인 파트만은 문밖까지 나와 압탄딜을 맞았다. 1064
그녀는 자신의 기쁨을 드러내며 그에게 정중히 인사했다.
일행은 서로 반갑게 인사하고 안으로 들어가 자리에 앉았다.
파트만-하툰은 압탄딜을 보고 반쯤 정신을 잃은 것 같아 보였다.

젊지는 않았지만 파트만은 매력이 넘쳤다. 1065
몸은 통통했지만 균형이 잡혀 있었고, 짙은 피부에 동그란 얼굴을 하고 있었다.
그녀는 음악과 노래를 좋아하고 달콤한 포도주를 즐겼다.
귀고리, 목걸이, 팔찌 등 멋진 장신구를 잔뜩 몸에 걸쳤다.

그날 밤 손님들은 파트만이 준비한 화려한 연회에 감탄했다. 1066
압탄딜은 아름다운 물건들을 그녀에게 선물했고, 선물을 본 사람들은 모두 감탄했다.
그녀의 가슴에 타오르는 불길은 쉽게 끌 수 없었다.

압탄딜은 마음껏 먹고 마신 후 파트만에게 작별을 고하고 숙소로 향했다.

1067 다음날 아침 압탄딜은 다시 파트만에게 가서 가져온 모든 상품을 그녀에게 보여주었다.
왕을 위해 가장 값비싼 상품들은 따로 골라 놓았다.
그는 상인들에게 상품을 다시 가져가도록 명했다.
"원하는대로 가서 장사하되, 내가 누구인지는 밝히지 말라."

1068 압탄딜은 멋진 거상의 옷을 입고 여러 번 파트만을 방문했다.
파트만도 압탄딜을 보러 달려왔고, 압탄딜도 그녀에게 자주 갔다.
그들은 같이 앉아 격조높은 대화를 나누며 시간을 보냈다.
마치 라민이 없으면 비스가 그러하듯이 압탄딜이 없으면 파트만은 죽을 것 같았다.

43장 압탄딜을 사랑하게 된 파트만이 그에게 연서를 보내다

열정을 이겨낼 수 있으면 여자로부터 멀리 떨어져 지내는 것이 좋다. 1069
여인의 달콤한 말에 마음을 정복당하면, 여기서 빠져 나오는 것은 쉽지 않다.
여인은 어느 순간 당신을 배신하고, 사랑의 약속을 저버릴 수 있다.
여자를 믿고 비밀을 얘기하는 자는 슬픔을 겪는다.

파트만-하툰은 한시도 압탄딜의 멋진 모습을 지워버릴 수 없었다. 1070
그녀의 사랑의 불길은 점점 커져서 압탄딜이 세상의 모든 것이 되어버렸다.
파트만은 열화와 같은 감정을 숨기려고 노력했지만 그것은 불가능했다.
그녀는 말했다. '어떻게 해야한단 말인가?' 그녀는 빗물처럼 눈물을 흘렸다.

'모든 것을 고백할까? 아니야, 그러면 그가 화를 내고 떠나 버릴 것이다. 1071
만일 고백하지 않으면, 나는 더 견딜 수가 없고 불에 타 버릴 것이다.
차라리 속시원히 사랑을 고백하는 편지를 쓰겠다. 그 없이 나는 숨을 쉴 수도 없다.
상처를 보여 주지 않는 사람을 의사가 어떻게 고칠 수 있겠는가?'

44장 파트만이 압탄딜에게 보낸 연서

1072 파트만은 눈물로 쓴 연서를 압탄딜에게 보냈다.
그녀는 자신의 치료받을 수 없는 고통과 불타듯 타오르는 사랑을 고백해서
편지를 보는 사람은 애석한 마음에 눈물을 흘리지 않을 수 없다.
마음을 담아 보낸 편지는 사사로이 찢어질 것이 아니라 보관되어야 한다.

1073 '오 태양이여, 전능하신 신이 당신에게 태양과 같은 모습을 주었습니다.
당신과 헤어져 있으면 가슴 속의 고통을 견딜 수 없지만,
당신 가까이 가는 사람의 가슴은 뜨거운 불에 타버릴 것입니다.
밤하늘의 별들도 당신을 보고 황홀해 할 것입니다.

1074 당신을 바라보는 사람은 눈이 멀고 정신을 잃게 될 것입니다.
나이팅게일이 몰려드는 장미 같은 멋진 당신을 보고
다른 꽃들이 당신을 질투하며 시들고, 내 꽃도 시들 것입니다.
당신의 따뜻한 빛이 더 이상 비추지 않으면 저는 죽을 수밖에 없습니다.

1075 내가 얼마나 두려운 마음으로 이 편지를 쓰는지 신이 알고 있습니다.
그러나 불행에 빠진 내가 스스로를 위해 무엇을 할 수 있나요? 나는 정신이 혼미합니다.
당신의 검은 눈썹이 벌침처럼 내 심장을 찌르고 있는데 내가 어떻게 살 수 있습니까?

당신이 나를 도와주지 않으면 나는 괴로움을 견디다 못해 미쳐버릴 거예요.

1076 내 편지에 대한 당신의 답장을 받을 때까지,
당신이 나에게 죽음을 선고하거나 내 꿈이 이루어지도록 빛을 비추어줄 때까지,
내 가슴이 아무리 고통에 몸부림쳐도 스스로 세상을 하직하지는 않겠습니다.
내가 죽을 운명인지, 살 운명인지 어서 알게 해주세요!'

1077 파트만은 편지를 쓴 다음 압탄딜에게 서둘러 보냈다.
압탄딜은 여동생이 보낸 편지처럼 생각하고 차분하게 읽었다.
그는 스스로 생각했다. '그녀는 내가 누구를 사랑하고 있는지 모르고 있구나.
내가 사랑하는 여인을 어떻게 이 여자와 비교한다는 말인가?

1078 사랑에 불타고 있더라도 까마귀가 어찌 장미에게 다가갈 수 있겠는가? 둘은 서로 어울리지 않는다.
아직 장미는 나이팅게일의 달콤한 노래를 듣지 못했다.
방종한 불장난은 백해무익하고 후환만 불러 올 뿐이다.
그녀는 어떤 환상을 하며 이 글을 썼고, 무슨 헛소리를 하고 있는 것인가?'

1079 압탄딜은 마음속으로는 파트만의 경솔함을 나무랐지만
생각을 바꿔 먹었다. '험한 길을 가는데 누가 나를 도울 수 있겠는가?
태양과 같은 모습을 한 네스탄을 찾아 일단 방랑길에 나섰으면
모든 일을 견뎌야하고, 도움이 된다면 누구라도 붙잡아야 한다.

파트만은 이 지방의 유지이고, 모든 지방에서 오는 사람들을 안다. 1080
그녀는 온갖 방문자를 맞이하며 많은 소식을 들을 것이다.
파트만이 내 불을 꺼줄 수만 있다면, 그녀의 기분을 맞춰주는 일
따위는 기꺼이 할 수 있다.
그녀가 나에게 도움을 줄 수만 있다면 나는 무슨 일이라도 해야
한다.

여자가 순간의 정열 때문에 한 남자를 사랑하면 1081
부끄러움도 다 잊고 비난도 기꺼이 감수한다.
그녀는 완전히 마음을 열고 비밀스런 얘기를 다 털어놓을 것이다.
나는 비밀에 다가가기 위해 그녀의 사랑을 받아들일 것이다.

하늘이 원하면 모든 것이 합력하여 서로 돕게 되어 있다. 1082
내가 원하지 않는 것은 내 손에 들어오고, 내가 바라는 것은 아직
찾지 못하고 있구나.
우리가 사는 세상은 어둠이 깔리는 저녁과 같다. 아무것도 미리
예측할 수 없다.
주전자에서 따를 수 있는 물은 그 안에 이미 들어있는 만큼의
물뿐이다.'

45장 압탄딜이 파트만에게 답장을 보내다

1083 압탄딜은 파트만에게 답장을 썼다. '나를 찬양하는 당신의 편지를 읽었소.
당신이 먼저 고백했지만 나도 사랑의 불로 고통을 받고 있었소.
우리 두 사람은 잠시만 헤어져 있어도 서로를 그리워하고 있소.
우리의 마음이 일치하면 같이 누릴 행복한 시간을 기다리는 게 당연하오.'

1084 답장을 받은 파트만이 얼마나 기뻐했는지는 말로 표현할 수 없을 정도다.
그녀에게서 바로 답장이 왔다. '당신과 떨어져 있으면 너무 고통스럽습니다.
사랑하는 님이여, 어서 나에게 오세요. 나는 지금 혼자 있습니다.
해가 떨어지면 바로 나에게 오세요. 밤이 새도록 사랑의 축배를 들고 싶어요!'

1085 편지를 읽은 압탄딜은 해가 지자마자 파트만에게 가려고 길을 나섰다.
그때 파트만의 종이 급히 달려와 파트만의 부탁을 전했다.
'오늘밤에는 오지 마세요. 제가 준비가 되지 않았습니다.'
압탄딜은 발끈 화가 나서 '이 무슨 장난같은 일인가?'라며 쏘아대며 길을 계속갔다.

1086 초대가 취소되었지만 압탄딜은 발길을 돌리지 않았다.
안에 들어가 보니 파트만은 수심에 가득찬 얼굴로 앉아 있었다.

압탄딜이 도착한 것을 본 그녀는 불안에 떨기 시작했다.
압탄딜도 이상한 분위기를 감지했지만, 짐짓 아무 일도 없는 척 했다.

두 사람은 자리에 앉자마자 서로 입을 맞추고 껴안았다. 1087
그때 갑자기 당당한 체격을 한 젊은이가 문가에 나타났다.
그는 안으로 들어왔고, 그 바로 뒤에 무기를 든 노예가 따라 들어왔다.
그는 압탄딜을 보자마치 바위를 만난 것처럼 겁을 내며 뒤로 물러섰다.

젊은이를 본 파트만은 두려움에 휩싸여서 몸을 사시나무처럼 떨었다. 1088
두 사람이 껴안은 것을 본 그 젊은이는 놀라서 큰 소리를 냈다.
그는 말했다. "방종한 여인아, 이꽃저꽃을 날아다니며 실컷 취하고 즐겨라!
그러나 날이 밝으면 이 남자와 짧은 밤을 보낸 것을 후회할 것이다."

"이 지조없는 여인아, 너는 나에게 치욕을 안겨주었다. 1089
내일 날이 밝으면 너의 배신에 피의 복수를 할 것이다.
나는 네가 자신의 이빨로 자식들을 삼키도록 만들겠다.
만일 내가 그렇게 못한다면 내 수염에 침을 뱉어도 좋다. 나는 그러면 흔적도 없이 사라지겠다."

그는 그렇게 말하고 분노에 싸여 자신의 수염을 만진 다음 밖으로 나갔다. 1090
파트만은 운명을 저주하며 피가 나도록 손톱으로 자신의 뺨을 긁었다.
그녀는 샘솟듯 뜨거운 눈물을 흘리며 미친듯이 몸부림쳤다.

그녀는 큰소리로 저주했다. "나를 돌로 쳐 죽이세요!"

1091 그녀는 울부짖으며 말했다. "나는 남편을 죽이고 어린애들도 다 죽게 만들었구나!
이제 모아둔 재산도 다 내주고 거지가 되겠구나.
나를 키워준 사람들, 내가 키운 사람들도 버리고 지옥의 형벌을 받아야 마땅하다.
내가 한 짓때문에 우리 가족이 다 죽게 되었구나!"

1092 압탄딜은 놀란 채 이 모든 말을 듣고 있었다.
그는 물었다. "무슨 일이 일어난거요? 무슨 이유로 이런 위협을 당하게 된겁니까?
그는 왜 당신을 위협하는 거요? 당신이 무슨 잘못을 저지른 거요?
그가 누구인지, 무슨 일때문에 온 것인지 사실대로 얘기하세요."

1093 파트만이 폭포같은 눈물을 흘리며 대답했다. "오 사자여! 나는 정신을 잃을 지경입니다.
나에게 더 이상 묻지 마세요. 아무것도 대답할 수 없습니다.
수치스러운 행동으로 나는 내 손으로 내 아이들을 죽였습니다.
당신에 대한 사랑에 눈이 멀어 스스로 파멸을 자초했습니다."

1094 "자신의 혀를 마음대로 놀린 멍청한 자는 이런 벌을 받아도 마땅합니다.
자신의 비밀을 간직할 수 없는 정신 나간 떠벌이도 마찬가지입니다.
당신이 나를 도와주실 수 있다면 모든 것을 말씀드리겠습니다.
스스로 자신의 피를 마시는 사람을 의사가 어떻게 도울 수 있겠습니까!"

1095 "당신께 간절히 부탁하니 둘 중의 하나는 꼭 들어주세요.

오늘밤이나 내일 새벽에 나에게 모욕을 준 그 사람을 죽여주세요.
그 폭군같은 자를 죽여서 나와 우리 아이들을 구해주세요.
당신이 돌아오면 내가 왜 눈물을 흘렸는지를 얘기해 주겠습니다."

"그렇게 하지 않는다면 오늘 밤으로 당신의 모든 물건을 배에 싣고 떠나세요. 1096
이곳을 멀리 떠나 아무 소식도 듣지 못하게 해주세요.
내가 지은 죄 때문에 당신이 고통을 당할까봐 두렵습니다.
그 악당이 아침에 왕궁에 가서 알리면 나는 가혹한 형벌을 피할 수 없습니다."

파트만에 대한 동정이 일어난 압탄딜은 흥분해서 자리를 박차고 일어났다. 1097
그는 분에 가득 차서 몽둥이를 들고 일어났다. 그의 당당하고 멋진 모습을 보라!
"불행에 처한 여인들 구하지 않는 자는 겁쟁이요!
진정하시오. 그 자는 죽음을 면치 못할 것이오!"

"나를 그자의 집까지 안내할 종을 한 사람 빨리 불러주오. 1098
그것 말고 다른 도움은 필요없소.
아무리 무사라도 그런 자는 나의 상대가 되지 않소.
돌아와서 모든 것을 말해주겠소. 당신은 여기서 진정하고 나를 기다리세요."

파트만은 길안내자로 시종 한 명을 붙여주었다. 1099
그녀는 소리쳤다. "어서 나를 도와주고, 조심해 다녀오세요!
당신이 나의 복수를 해 주면 그때야 나의 두려움을 떨쳐 버릴 수 있을 것입니다.
그자는 내가 준 반지를 끼고 있습니다. 그를 죽인 증거로 그 반지를 가져오세요."

1100 압탄딜은 멋진 몸을 흔들며 모두 잠든 도시를 가로질러 바닷가로 갔다.
바닷가에 적록색 돌로 만든 집이 안개 속에 서있었다.
테라스 위에 테라스들이 연이어 정교하게 앞으로 돌출되어 있었다.
그 수와 다양한 색과 형태의 장식은 놀라웠다.

1101 태양과 같은 얼굴을 한 압탄딜은 안내자와 함께 현관에 다다랐다.
안내자는 낮은 목소리로 말했다. "당신이 찾는 사람이 이곳에 살고 있습니다."
그는 손가락으로 가리키며 말했다. "저기 지붕 아래 가장 높은 테라스가 보이지요?
그는 저기서 자거나 아니면 아래층에서 휴식을 취하고 있을 겁니다."

1102 궁의 입구에는 두 명의 호위병이 자고 있었다.
압탄딜은 소리를 내지 않고 그들쪽으로 다가갔다.
그는 목을 잡고 두 호위병을 힘들지 않고 들어올렸다.
그는 인정사정없이 둘의 머리를 부딪쳐서 머리가 함몰되게 했다.

1103 그가 문을 열고 조용히 안으로 들어가자 상심한 젊은이는 아직 잠을 이루지 못하고 있었다.
이미 손에 피를 묻힌 압탄딜은 분노로 가득차서
일어날 시간을 주지않고 젊은이에게 달려들어
그를 움켜잡아 바닥에 내동댕이 친 다음 칼로 그를 찔러죽였다.

1104 압탄딜은 친구들에게는 태양과 같은 존재였지만, 싸움에서는 격노한 호랑이였다.
그는 젊은이의 손가락을 잘라 파트만의 반지를 취하고,

바다를 향한 창 아래로 차가워진 젊은이의 시체를 던져 파도에
휩쓸려가게 했다.
개죽음을 당한 그에게는 아무도 무덤을 만들어주지 않았다.

압탄딜은 야음을 이용해 아무 소리도 내지않고 복수를 끝냈다. 1105
장미는 조용히 다가와 죽음의 가시로 제물을 찌른 후 아무 슬픔도
느끼지 않고 자리를 떴다.
압탄딜이 그렇게 피의 복수를 한 것을 아무도 알아차리지 못했다.
어둠을 타고 그는 종과 함께 왔던 길을 서둘러 돌아왔다.

사자같이 당당하고, 태양같이 멋진 기사는 파트만의 집에 돌아오자 1106
다음과 같이 선언했다. "그 자는 다시는 해가 뜨는 날을 보지 못하게
되었소.
나를 따라온 당신의 종이 신의 이름을 걸고 이것을 증언할 것이오.
여기 당신의 반지가 있고, 피가 묻은 내 칼을 보시오."

"이제 나에게 모든 것을 처음부터 상세하게 얘기해 보오. 1107
내가 죽인 그 젊은이가 무엇때문에 당신을 위협했는지 빨리 알고
싶소."
파트만은 압탄딜의 다리를 껴안고 대답했다. "나는 당신의 얼굴을 볼
자격도 없습니다.
당신은 고통에 시달리던 내 가슴을 치유했고, 나의 불길을 잠재워
주셨습니다."

"이제 나와 아이들과 나의 남편은 다시 태어났습니다. 1108
오 사자요, 당신은 모든 사람의 칭송과 찬양을 들을 분입니다.
오늘밤 배신자가 피를 흘리며 복수를 당했고
모든 일을 처음부터 얘기할테니 잘 들으세요."

46장 파트만이 압탄딜에게 네스탄-다레잔에 대한 이야기를 하다

1109 "우리 도시에서는 새해 첫날인 나브로즈[29]를 명절로 지킵니다.
누구도 여행길에 나서지 않고 상인들도 장사를 하지 않습니다.
우리는 모두 멋지게 몸치장을 하고 축일을 경축합니다.
왕은 신하들을 초대해 궁전에서 화려한 연회를 엽니다."

1110 "우리 대상인들은 왕에게 선물을 가져가는 전통이 있습니다.
왕은 답례로 우리에게 귀한 선물을 줍니다.
열흘 동안 하프와 온갖 악기소리와 흥겨운 노래가 들리고
광장에서는 공놀이, 말타기 시합이 벌어집니다."

1111 "나의 남편 우센이 대상인들을 인도하여 궁전으로 갑니다.
나는 오랜 전통에 따라 대상인들의 부인들을 이끌고 궁으로 갑니다.
부자건 가난한 사람이건 모두 왕비께 선물을 가져갑니다.
우리는 궁전에서 즐겁게 잔치를 하고 유쾌하게 집으로 돌아옵니다."

1112 "새해 첫날이 왔고, 우리는 왕비님을 알현하러 갔습니다.
우리는 궁전이 가득 차도록 왕과 왕비께 선물을 드렸고, 두 분은
우리에게 선물을 하사했습니다.
흥겨운 잔치를 마친 후 부인들은 왕비와 작별을 했습니다.
나는 집에서 부인들과 함께 잔치를 계속 즐겼습니다."

1113 "저녁때가 되어 우리는 놀이를 위해 정원으로 나갔습니다.
거상의 부인들과 악사들과 가수들도 데려갔습니다.

---

29) 나브로즈-봄 축제.

가수들의 멋진 노래와 춤으로 기분이 좋아졌습니다.
나는 놀이를 즐기며 여러 장신구와 베일을 써보고 즐거운 시간을 보냈습니다."

"우리는 아름답게 꾸민 테라스에 앉아 수다를 떨며 흥겨운 시간을 보냈고, 1114
멀리 푸른 바다가 하늘과 맞닿아 있는 것이 보였습니다.
우리는 바닷가로 나갔고 부인들은 나를 둘러싸고 앉아 대화에 열중했습니다.
우리는 맛있는 음식을 먹으며 즐겁게 저녁시간을 보냈습니다."

"나는 부인들을 대접했고, 하인들은 계속 맛있는 음식을 날라왔습니다. 1115
그러나 갑자기 내 가슴 속에 왠지 서글픈 감정이 일어났습니다.
손님들은 내 기분을 알아차리고 자리를 파했습니다.
나는 정원에 혼자 남겨졌고, 슬픔이 짙은 안개처럼 나를 덮쳤습니다."

"나는 창문을 열고 바다쪽을 바라보았습니다. 1116
나는 밖을 내다보면서 내 안에서 커지는 슬픔을 털어냈습니다.
그때 멀리 푸른 수평선 위에 무언가가 움직이는 것이 눈에 들어왔습니다.
그것이 무엇인지 쉽게 알아차릴 수가 없었고, 새같기도 하고 바다짐승 같아 보이기도 했습니다."

"그것이 가까이 오자 작은 배라는 것을 알아차렸습니다. 1117
석탄과 같이 까만 얼굴과 몸을 한 두 남자가 배 위에 있었습니다.
두 사람은 노를 저으며 해안으로 작은 배를 몰아왔습니다.
아주 이상한 광경이었지만, 그들은 우리 정원쪽으로 다가왔습니다."

1118 “작은 배는 정원으로 곧장 다가와 육지에 닿았습니다.
두 남자는 주변에 사람이 있는지 사방을 살폈습니다.
해안에 인적이 없자 이들은 경계를 푸는 것 같았습니다.
나는 숨을 죽이며 해안에 올라온 사람들을 살펴보았습니다.”

1119 “흑인들은 민첩하게 배 위에 있던 가마를 해안에 올려 놓았습니다.
가마가 열리자 아름다운 얼굴과 수려한 몸매를 한 처녀가 밖으로 나왔습니다.
그녀는 녹색 옷을 입고 있었고 검은 베일로 얼굴을 가리고 있었습니다.
태양만이 그녀와 아름다움을 겨룰 수 있을 정도였습니다.”

1120 “그 처녀가 내쪽으로 얼굴을 돌리자, 절벽 위의 황금빛이 그녀를 비췄고
그녀의 뺨이 발하는 광휘가 땅과 하늘 사이에 넘쳤습니다.
무엇과도 비교할 수 없는 빛이 주변을 환히 비추어 나는 간신히 눈을 뜰 수 있을 정도였습니다.
나는 아래층으로 내려가 열쇠로 조용히 현관문을 잠궜습니다.”

1121 “나를 시중드는 네 명의 노예를 부르자, 그들은 바로 달려왔습니다.
나는 그들에게 지시했습니다. ‘이 달과 같이 아름다운 처녀는 인도에서 잡혀온 것이 분명하다.
너희는 흑인들에게 은밀히 다가가서 포로로 잡고 있는 여자를 팔 수 있는지 물어보라.
만일 그들이 그녀를 팔면, 그들이 원하는 값을 다 지불하고 그녀를 데려오라.

1122 만일 그들이 처녀를 넘겨주려 하지않거든 그녀를 강제로 데려오라.
나는 달과 같은 그녀를 어서 보고 싶다.’

나의 종들은 포로로 잡힌 그녀를 살 수 있는지 알아보기 위해
해안가로 내려갔습니다.
그러나 흑인들은 단호하게 거절하며 어떤 값에도 처녀를 내놓으려고
하지 않았습니다."

"창문을 통해 바라보다가 일이 틀어진 것을 본 나는 1123
종들에게 소리쳤습니다. '그들을 죽여라!' 종들은 내 명대로
흑인들의 목을 쳐서 바다에 던져버렸고 처녀를 잡아 데려왔습니다.
나는 단숨에 문으로 달려가 그녀를 잡았지만 놀라서 뒷걸음을
쳤습니다."

"이 처녀가 얼마나 우아하고, 얼마나 아름다운지 어떻게 제대로 1124
칭송할 수 있을까요?
그녀 옆에 서면 태양조차도 빛이 바랠 것이라고 나는 감히
맹세합니다.
처녀의 아름다운 자태와 윤곽을 붓으로 그릴 수 있는 화가는
없습니다.
그녀가 비추는 빛에 완전히 타버려도 내 목숨이 아깝지 않을
정도였습니다."

파트만은 비탄에 젖어 울며 자신의 두 뺨을 할퀴기 시작했다. 1125
압탄딜도 뜨거운 눈물을 흘리며 슬퍼했다.
그들은 자신을 잊고 네스탄의 불행을 생각하며 괴로워했다.
소나기처럼 흘러내리는 수정 같은 눈물이 첫 눈이 내리는 것처럼
뺨을 하얗게 물들였다.

울음을 그친 압탄딜이 말했다. "얘기를 끊지 말고 끝까지 1126
얘기하세요!"
파트만은 얘기를 이어갔다. "나는 그녀에 대한 슬픈 감정을 억누를

수가 없어서
그녀를 동생처럼 잘 돌보기로 했고, 그녀의 머리끝부터 발끝까지 입을 맞추었습니다.
나는 사람들 눈에 띄지 않는 별채로 그녀를 데려갔습니다."

"나는 그녀에게 물었습니다. '태양 같은 당신은 누구이며, 어떻게 이곳까지 오게 되었습니까? 1127
별빛과 같은 얼굴을 한 당신이 어떻게 흑인들의 포로가 되었나요?'
그녀는 입을 꼭 다물고 자신의 비밀을 털어놓으려 하지 않았습니다.
수많은 샘에서 샘물이 솟듯이 그녀의 눈에서 끝없이 눈물이 흘러내렸습니다."

"나는 그녀의 슬픔을 덜어주려고 여러 말을 건넸지만, 1128
그녀는 자신의 운명을 한탄하며 더욱 서럽게 울었습니다.
진주 같은 눈물방울이 수선화 같은 그녀의 속눈썹을 거쳐 루비 같은 뺨을 타고 흘러내렸습니다.
그녀가 슬퍼하는 모습을 보고 나는 가슴이 미어질듯 괴로웠습니다."

"그녀가 마침내 입을 열었습니다. '당신은 신이 내려보낸 어머니같은 분이지만 1129
나의 가혹한 운명에 대해 얘기를 해봐야 쉽게 믿어지지가 않을 것입니다.
나는 낯선 땅을 떠돌아 다녀야하는 불행한 운명을 벗어날 수 없습니다.
내가 겪은 불행을 아시게 되면 당신은 신에게 불평을 터뜨릴 것입니다.'

"나는 스스로 생각했습니다. '태양과 같은 그녀가 겪은 불행을 바로 알려고 할 필요 없다. 1130

모든 것을 너무 빨리 알려고 하면 우리 둘 다 불행해질 수 있다.
그녀가 입을 열게 하려면 적당한 날을 골라야 한다.
그녀가 겪은 일을 물어보기에 지금은 좋은 시간이 아닌 것이 분명하다.'

1131 "나는 찬사를 받아 마땅한 그녀를 어떻게 보호할 것인가에 몰두했습니다.
광휘를 발하는 처녀를 사람들 눈으로부터 숨기는 것은 쉬운 일이 아니었지만
나는 그녀가 숨어있는 방의 창문을 두꺼운 커튼으로 가렸습니다.
그녀의 속눈썹에 눈보라가 몰아치더니 구슬 같은 눈물이 루비 같은 뺨을 얼어붙게 했습니다."

1132 "나는 태양과 같은 얼굴을 하고 포플러 나무 같은 몸매를 한 그녀를
내 눈보다 소중하게 돌보기 위해 별채에 비밀스런 장소를 마련했습니다.
나는 극도로 조심을 하며 아무도 그녀의 존재를 모르게 했습니다.
나는 시종 한 명을 붙여 그녀를 돌보게 했고, 아무도 모르게 그녀를 찾아갔습니다."

1133 "그녀가 얼마나 깊은 슬픔에 빠져있는지 말로 얘기하기가 어렵습니다.
그녀의 눈에서는 낮과 밤을 가리지 않고 쉴새없이 눈물이 흘러내렸습니다.
내가 '그만우세요!'하고 애원을 할 때만 잠시 눈물을 멈추곤 했습니다.
아, 그녀가 떠난 이후 내가 이렇게 살아있다는 게 신기할 따름입니다."

"내가 그녀 방에 들어가 보면 그녀가 흘린 눈물이 파도처럼 바닥에 넘쳤습니다. 1134
눈물의 호수에 잠긴 그녀의 검은 두 줄기 속눈썹이 창과 같이 빛을 발했습니다.
검은 폭포처럼 눈물이 호수로 흘러내렸습니다.
루비 같은 입술 사이로는 진주 같은 치아가 빛을 발했습니다."

"나는 그녀가 눈물을 흘리는 사이사이 조심스레 물어보았습니다. 1135
그녀가 누구이고 어디서 왔으며, 무슨 이유로 이런 고난을 당하는지 물으면,
그녀는 아무 답을 하지 않고 피와 같은 눈물로 플라타너스 같은 몸을 적시기만 했습니다.
돌로 만들어지지 않았다면 어떤 사람도 그녀가 겪은 고통을 감내하지 못했을 것입니다."

"그녀는 침대에 누워 잘 생각을 하지 않았고, 덮을 이불도 원하지 않았습니다. 1136
그녀는 자신을 두르고 있는 베일만 소중히 여기고 다른 것은 필요가 없었습니다.
가끔 졸음이 올 때만 어깨에 머리를 기대고 잤습니다.
내가 눈물로 간청을 해야 음식에 겨우 입을 댔습니다."

"당신께 그녀의 경이로운 베일과 겉옷에 대해 말씀드리고 싶습니다. 1137
나는 모든 나라에서 온 온갖 종류의 귀하고 값진 물건들을 보아왔습니다.
그러나 그녀의 베일과 겉옷이 어떤 옷감으로 만들어졌는지 알 수 없었습니다.
그것은 아주 부드러운 천으로 누벼졌지만 철같이 강하게

다듬어졌습니다."

1138 "태양과 같은 처녀는 그렇게 우리 집에 오랜 시간 머물렀습니다.
아무 말이나 떠들고 다니는 입이 가벼운 남편에게도 그녀의 존재를 철저히 숨겼습니다.
내가 얘기를 하면 남편은 궁전에 달려가 이 일을 얘기할 게 분명했습니다.
그래서 나는 늘 남의 눈에 띄지 않게 몰래 태양과 같은 그녀를 찾아갔습니다."

1139 "나는 속으로 괴로워했습니다. '내가 그녀에 대해 얘기하지 않으며 할 수 있는 일이 무엇인가?
그녀를 도울 수 있는 길을 어떻게 찾을 것인가?
어떻게 해서 남편이 그녀의 존재를 알게 되면 이것은 재앙이다.
내가 태양과 같은 빛을 내는 그녀를 어떻게 구해줄 수 있단 말인가?

1140 나 혼자 무슨 일을 할 수 있겠는가?' 이런 생각이 꺼지지 않는 불처럼 나를 괴롭혔습니다.
'혹시 남편에게 모든 것을 얘기해도 그가 모든 사람에게 떠벌리고 다니지는 않겠지?
그래, 비밀을 지키겠다는 남편의 맹세를 받아내면 된다.
그는 맹세를 배신해서 지옥에 떨어지는 일을 자초하지는 않을거야.'

1141 "나는 혼자 남편에게 다가가 부드럽게 장난을 치며 슬쩍 얘기를 꺼냈습니다.
'내가 당신에게 할 얘기가 있는데, 먼저 목숨을 걸고 맹세하세요.
이 비밀을 다른 사람에게 절대 얘기하지 않겠다고 약속하세요.'
남편이 맹세했습니다. '내가 맹세를 어기면 스스로 바위에 머리를 찧고 죽겠소!

설사 귀신에 홀려도 절대 비밀을 말하지 않겠다고 맹세하겠소. 1142
늙은이건 젊은이건, 친구건 적이건 누구에게도!'
그제서야 나는 남편에게 그녀에 대한 얘기를 했습니다.
'나를 따라 오면 태양 같은 처녀를 보여주겠습니다.'

"그는 자리에서 일어났고, 우리는 그녀가 머물고 있는 별채로 들어갔습니다. 1143
떠오르는 태양같이 눈을 멀게 하는 아름다운 그녀를 자기 눈으로 보자
그는 놀라서 소리쳤습니다. '내가 무엇을 보고 있는 것인가? 어떻게 이런 여인이 있을 수 있는가?
그녀가 정말 사람이 낳은 딸이라면 나는 이 자리에서 죽어도 여한이 없소.'

"나는 대답했습니다. '나도 그녀가 이 지상의 사람이라고 믿어지지 않아요. 1144
내가 당신에게 말한 것 이외에 나도 더 알고 있는 것이 없어요.
우리가 함께 물어봅시다. 그녀가 왜 울며 고통스러워하는지를.
지성이면 감천이라고 그녀가 우리의 애원을 듣고 얘기를 할 수도 있을 것 같아요.'

"우리는 그녀에게 간청했지만, 그녀는 여전히 아무 말도 하지 않았습니다. 1145
그녀에게 말했습니다. '오 태양이여, 당신은 우리를 완전히 태워버릴 것인가요?
지는 달을 다시 빛나게 할 치료할 약이 무엇인지 얘기해 주세요.
루비같이 붉게 빛나던 당신의 뺨을 제비꽃처럼 누렇게 만드는 것이 무엇입니까?'

1146 “우리가 한 말을 알아들었는지, 못알아 들었는지 그녀는 입을 열지 않았습니다.
장미같은 입술은 굳게 닫친 채 진주같은 치아를 보이지 않았습니다.
가슴까지 내려온 그녀의 뱀같은 머리채는 뺨에 그늘을 만들었습니다.
검은 용에 의해 가려진 태양은 아무 빛도 발하지 못했습니다.”

1147 “우리가 아무리 다정하게 말해도 그녀로부터 아무 말도 들을 수 없었습니다.
그녀는 마치 화가 난 호랑이처럼 앉아서 아무 말도 하지 않았습니다.
그녀는 다시 비탄에 젖어 울기 시작했습니다.
‘부탁입니다. 나를 혼자 내버려 두세요.’라고 그녀는 조용히 말했습니다.”

1148 “우리는 자리에 앉아 그녀와 같이 울며 뜨거운 눈물을 쏟았습니다.
우리는 괜한 물음으로 그녀를 화나게 했다고 후회했습니다.
우리는 그녀를 위로하고 간청을 하여 간신히 그녀를 진정시켰습니다.
과일과 맛난 음식을 가져왔지만 그녀는 손도 대지 않았습니다.”

1149 “우센이 말했습니다. ‘나는 오늘 겪은 이 슬픔을 절대 잊지 못할 것이오.
태양과 같은 빛을 내는 그녀의 뺨에 누가 감히 입을 맞출 수 있겠소?
그녀를 한 번 본 남자들은 백 배의 고통에서 헤어나오지 못할 것이오.
내가 그녀보다 내 자식들을 더 소중히 생각한다면 신이 아이들을 죽여도 할 말이 없소!’

1150 “우리는 오랜 시간 그녀를 바라보았지만, 나오면서 큰 한숨을 토해

냈습니다.
그녀와 함께 있는 것은 한없는 즐거움이지만, 그녀와 헤어지는 것은 불꽃같은 고통입니다.
하루 장사가 끝나면 우리는 달려가서 그녀를 보았습니다.
우리의 마음은 그녀의 그물에서 헤어날 수 없는 포로가 되었습니다."

"낮과 밤이 바뀌며 여러 날이 지난 후 1151
우센은 내게 말했습니다. '나는 오랫동안 왕을 뵙지 못했소.
나는 가서 왕께 문안을 드리고 선물을 바치고 오겠소.'
나는 대답했습니다. '좋은 생각이니 왕을 뵙고 오세요.'

"우센은 상자에 진주와 보석을 담았습니다. 1152
나는 그에게 간청했습니다. '궁전에 가서 술 취하지 않도록 조심하세요.
그 경이로운 처녀에 대해 왕께 절대 말씀하지 마세요.'
남편은 맹세했습니다. '내가 그녀에 대해 발설을 하면 칼이 내 머리를 칠 것이요!'

"우센이 궁전으로 갔을 때, 거기에서는 성대한 연회가 열리고 있었습니다. 1153
우센과 오랜 우정을 이어 온 왕은 그를 다정하게 맞았습니다.
왕은 우센이 가져 온 선물을 받고 그를 옆에 앉혔습니다.
그러나 술 취한 상인이 얼마나 경솔하고 귀가 얇은 따리꾼인지 잘 보십시오."

"그가 도착하기 전에 왕은 이미 술에 얼큰히 취한 상태였고, 1154
왕이 주는 술잔을 여러 잔 받아 마신 우센은 금방 취해서 입이 가벼워졌습니다.
술에 취해 인사불성이 된 그는 맹세도, 신의도, 코란의 계시도 잊었습니다.
장미는 까마귀에 어울리지 않고, 소의 뿔도 당나귀에게 어울리지 않습니다."

1155 "왕은 취해서 정신이 나간 우센에게 물었습니다.
'나는 자네가 어떻게 이렇게 값비싼 보석들을 가져왔는지 모르겠네.
자네는 어디서 이렇게 멋진 진주와 흠없는 루비를 가져왔는가?
나는 자네가 가져온 것의 십분의 일도 줄 수 없을 것 같네.'

1156 "우센은 바닥에 머리를 조아리고 말했습니다. '오 위대한 왕이시여, 정말 감사합니다.
전하께서는 모든 피조물에게 빛을 내리시고, 모든 백성을 배불리 먹이십니다.
내가 어머니의 자궁에서 얻은 것조차도 왕이 주신 것입니다.
제가 가진 모든 재산은 왕께서 너그러운 손으로 하사하신 것입니다.

1157 전하의 은혜에 비하면 제가 가져온 것은 선물이라 할 수도 없습니다.
저는 왕자의 배필감을 준비했습니다.
전하께서 태양과 같은 처녀를 보시면 저에게 감사하실 것이고,
아름다운 처녀를 며느리감으로 주신 신께 찬양을 올릴 것입니다.'

1158 "파렴치하게도 그는 자신의 신앙을 걸고 한 맹세를 깨버렸습니다.
그는 우리집에 몰래 머물고 있는 태양과 같은 처녀에 대해 다 얘기했습니다.
이 얘기를 들은 왕은 주체할 수 없을 정도로 기쁨에 넘쳐서
호위대장인 멜릭에게 지체하지 말고 그 처녀를 궁으로 데려오도록 명령을 내렸습니다."

1159 "나는 어두운 생각을 물리치고 집에 앉아 있었습니다.

그때 갑자기 대문을 열고 왕의 호위대장이 집안으로 들어왔습니다.
그는 왕의 의전에 따라 60명의 병사를 데려고 왔습니다.
나는 큰 일이 벌어졌다는 것을 바로 깨달았습니다."

'파트만이여, 우리는 태양 같은 폐하의 명을 받고 왔다. 1160
'이 집에 숨어 있는 우센이 말한 태양같이 아름다운 처녀를 데려고 가겠다.
우리의 일을 막지 말고 어서 그 처녀를 데려와라.'
이 얘기를 들었을 때 나는 분노에 찬 하늘이 나에게 벌을 내리는 것이라고 생각했습니다."

"나는 놀라서 물었습니다. '어떤 처녀를 말하는 겁니까?' 1161
그들은 대답했습니다. '우센은 얼굴이 번개같이 빛나는 처녀가 여기에 있다고 말했소.'
이 말을 듣고 나는 이제 세상을 다 살았다고 생각했습니다.
나는 몸을 떨었고, 일어설 수도 앉아 있을 수도 없었습니다."

"나는 간신히 정신을 차리고 눈물을 흘리고 있는 그녀에게 뛰어갔습니다. 1162
나는 말했습니다. '오 태양 같은 처녀여, 사악한 운명의 덫에 걸렸습니다.
하늘이 분노해서 우리에게 이런 시험을 내렸습니다.
왕이 당신을 궁전으로 데려오라고 명했답니다. 우센 때문에 우리는 파멸하게 생겼습니다.'

그녀는 내게 대답했습니다. '나는 이미 수많은 불행을 겪었습니다. 1163
나는 어디를 가든 사악한 운명의 불길을 벗어나지 못합니다.
행복에는 가슴 떨며 놀라야 하지만, 불행에는 놀랄 필요가 없습니다.
아무리 어려운 고난이 닥쳐와도 나는 더 이상 놀라지 않습니다.'

1164 “그녀의 향기 나는 뺨 위로 진주 같은 눈물이 흘러내렸습니다.
그녀는 위기의 순간에도 마치 호랑이처럼 두려움 없이 일어났습니다.
그녀에게는 기쁨이 더 이상 기쁨이 아니고, 슬픔이 더 이상 슬픔이 아닌 것 같았습니다.
그녀는 나에게 베일을 받아 태양과 같은 얼굴을 가렸습니다.”

1165 “나는 지하로 내려가 수많은 보물이 보관된 창고의 문을 열었습니다.
나는 진주와 보석을 가져올 수 있는 만큼 많이 가지고 나왔습니다.
보석 하나하나가 도시만큼 값어치가 있는 것이었습니다.
나는 그녀의 허리에 보석과 금을 감아주었습니다.”

1166 “나는 나직이 속삭였습니다. ‘이것들이 언젠가 위험한 순간에 큰 소용이 될 것입니다.’
나는 태양과 같은 얼굴을 한 그녀를 마치 희생 제물처럼 호위대에 넘겨주었습니다.
왕은 그녀를 보러 직접 나왔고, 북이 울리고 많은 사람들이 왁자지껄 모였습니다.
태양과 같은 그녀는 슬프게 머리를 숙이고 아무 말도 하지 않고 걸어갔습니다.”

1167 “거리에 먼지를 일으키며 큰 소리를 지르며 구경꾼들이 모여들었습니다.
경비병들도 호기심에 차서 몰려드는 사람들을 제지할 수 없었습니다.
태양과 같은 얼굴과 포플러 나무 같은 몸매를 한 그녀가 다가오는 것을 본 왕은
기쁨에 차서 말했습니다. ‘이 태양 같은 여인은 도대체 어디서 온

존재인가?'

"믿을 수 없는 빛을 발하는 그녀를 바라보는 사람들은 눈이 멀듯 1168
했습니다.
왕이 말했습니다. '내가 지금까지 본 모든 것은 그녀 앞에
사라졌도다!
신 말고 누가 그녀의 모습을 상상할 수 있겠는가?
그녀를 사랑하는 자는 정신을 잃고 들판을 방황할 것이다.'

"왕은 그녀를 자기 옆에 앉히고 부드럽게 말했습니다. 1169
'네가 누구인지 어느 가문, 어느 나라 출신인지 나에게 말해주기
바란다.'
태양과 같은 얼굴을 한 그녀는 슬픈 얼굴을 한 채
자기에게 닥친 불행을 한탄하며 시선을 올리지 않았습니다."

"왕이 무슨 말을 하든 그녀는 왕의 말에 귀를 기울이지 않았습니다. 1170
지나간 일을 생각하며 그녀의 마음은 먼 곳에 가 있었습니다.
그녀는 장미같이 붉은 입술을 굳게 닫고 진주 같은 치아를 보이지
않았습니다.
그녀를 바라보는 모든 사람은 눈앞에 앉아 있는 처녀의 아름다움에
눈이 멀었습니다."

"왕이 말했습니다. '우리는 그녀가 간직한 비밀을 알아내야 한다. 1171
다음 두 가지 중 하나만 진실일 것이다.
그녀는 사랑하는 사람과 헤어져 그를 그리워하며 슬픔에 잠겨서
입을 굳게 다물고 시선을 슬프게 떨구고 있거나,

아니면 그녀는 하늘이 내린 고상한 현자여서 1172
즐거움이 그녀에게는 즐거움이 아니고, 슬픔도 슬픔이 아니다.

불행과 행복이 번갈아 오는 것도 그녀에게는 거짓같은 동화에
불과하다.
그녀의 생각은 비둘기처럼 우리가 도달할 수 없는 먼 곳에 가 있다.

1173 신이여 내 아들이 적들에게 승리를 거두고 당당히 개선하게 하소서.
나는 이 태양 같은 처녀를 그의 신부감으로 준비했다.
그렇게 되면 그에게 자신이 겪은 모든 일을 말할 것이다.
그때까지 창백한 달과 같은 그녀가 태양에게서 멀리 떨어진 곳에서
쉬게 하자.'

1174 "왕의 아들은 칭송을 받을만한 용감한 기사이고,
얼굴과 몸매도 멋있고, 품행도 나무랄 데가 없는 용사였습니다.
그는 전쟁터에 나가 오래 머무르며 용맹하게 싸웠습니다.
그를 위해 왕은 태양보다 더 빛을 발하는 처녀를 신부감으로 준비해
놓았습니다."

1175 "사람들은 그녀를 데려와 멋진 옷을 입혀 치장을 시켰습니다.
옷자락과 단은 빛나는 보석들로 장식되었습니다.
그녀 머리에 루비로 된 왕관을 씌우자,
수정 같은 얼굴색은 장미처럼 붉어지기 시작했습니다."

1176 "왕은 명령을 내렸습니다. '그녀가 머무는 방을 아름답게 치장하라!'
태양과 같은 처녀를 위해 황금으로 된 옥좌를 만들었고,
위대한 왕이 직접 그곳으로 오르자 신하들이 뒤따랐습니다.
왕은 황홀하게 치장한 태양과 같은 그녀를 직접 옥좌로
인도했습니다."

1177 "왕은 아홉 명의 환관들이 그녀 방문 앞을 지키도록 했습니다.
왕은 전통에 따라 성대한 연회를 열었습니다.

태양과 같은 처녀를 소개한 대가로 우센에게는 값비싼 선물을 하사했습니다.
나팔과 북이 소리를 점점 크게 내며 잔치 분위기를 돋우었습니다."

"손님들은 오래 자리에 앉아 떠들썩한 주연을 즐겼고 술잔이 계속 오갔습니다. 1178
그러나 태양과 같은 처녀는 자신의 운명을 저주했습니다. '죽음과 같은 운명이 나에게 주어졌구나!
나는 이미 한 사람에게 마음을 바쳤는데, 어떻게 다른 사람의 손에 나의 운명을 맡길 수 있는가?
내게 닥친 운명을 견딜 수가 없구나! 어떻게 이 운명을 헤쳐나가야 한단 말인가?

나는 장미와 같은 내 모습을 시들게 하지 않을 것이다. 1179
나는 이 고난을 견뎌낼 수 있다. 하늘이 도울 것이다. 나는 분명 승리를 거둘 것이다.
마음이 동요해서 스스로 인생을 포기하는 자는 어리석은 사람이다.
고난에 처해 있을 때에 더욱 지혜를 찾고, 그 지혜를 따라야 한다.'

"그녀는 환관들을 불러서 말했습니다. '어리석은 자가 되지 말고 내 얘기를 잘 들으세요. 1180
나는 당신들의 포로 신세가 되었지만, 이것은 분명 잘못된 일입니다.
엉뚱한 생각을 한 당신들의 왕은 내가 며느리가 되기를 바라고 있습니다.
그는 공연히 나팔을 불고 북을 치며 이 잔치를 즐기고 있습니다.

나는 당신들의 여왕이 될 자격이 없습니다. 나는 갈 길이 따로 있습니다. 1181
당신들의 왕자가 포플러 나무처럼 멋지다 해도 나는 그와 결혼하지 않을 겁니다.
왕의 명령이 아무리 엄하다 해도 나에게는 다른 운명이 있습니다.
나는 이 낯선 곳에 잠시도 머물 수 없습니다.

1182 나는 심장에 날카로운 칼을 꽂아 자살할 것입니다.
그러면 격노한 당신들의 주군이 당신들을 죽일 것입니다.
그렇게 되느니 차라리 내 허리에 찬 보석을 가져가세요.
나중에 후회하지 않으려면 지금 나를 몰래 도망가게 도와주세요.'

1183 "그녀는 허리에 감싸고 있던 진주와 보석을 풀어 환관들에게 주었습니다.
그녀는 루비로 된 왕관도 벗었습니다. 그녀는 모든 것을 주면서 말했습니다.
'부탁입니다. 나를 풀어주고 도망갈 길을 가르쳐주세요.
그러면 자비하신 신께서 당신들에게 큰 보상을 내릴 겁니다.'

1184 "환관들은 그녀가 준 값비싼 보물에 마음이 흔들렸습니다.
그들은 욕심에 눈이 멀어 자신들의 의무도 잊고, 왕으로부터 받을 징벌도 잊었습니다.
그들은 지체하지 않고 그녀를 놓아주기로 결정했습니다.
황금이 어떤 위력을 발휘하는지 보십시오. 황금은 만악의 뿌리입니다."

1185 "황금의 덫에 갇힌 이 지상에는 평안이 있을 수 없습니다.
이빨로 욕심을 단단히 문 사람은 죽어서야 그것을 내려 놓습니다.
금은 들어오기도 하고 나가기도 하기 때문에 아무도 거기서 평안을 얻을 수 없습니다.
금은 영혼을 이 땅에 잡아매고, 그것이 하늘로 올라가지 못하게 합니다."

"환관들이 그녀가 원하는 것을 해주기로 결정하자, 1186
그녀는 환관 중 하나가 건네준 옷을 입고 변장을 했습니다.
그녀는 술취한 사람들이 가득한 홀을 몰래 지나 작은 문을 통해 나갔습니다.
뱀은 달을 삼키지 못했고 그녀는 다시 밝은 빛을 냈습니다."

"환관들도 그녀의 뒤를 따라 도망쳤습니다. 1187
나는 대문을 두드리는 소리를 들었고, 그녀가 다시 돌아온 것을 알았습니다.
나는 그녀를 바로 알아보았고, 그녀를 가슴에 껴안았습니다.
그녀는 또 나쁜 일이 벌어질까 두려워하며 집안으로 들어오려 하지 않았습니다."

"그녀는 말했습니다. '당신이 주신 보물로 환관들을 매수하여 빠져나왔습니다. 1188
나를 도와주신 보답으로 신이 당신에게 백 배의 보상을 해주시기를 기도합니다.
여기 머무는 것은 너무 위험하니 바로 나에게 빠른 말을 한필 주세요.
왕이 사람들을 풀어 나를 쫓기 전에 떠나겠습니다.'

"나는 마굿간으로 가서 가장 빠른 준마를 끌고 나와 안장을 얹고 1189
나를 사로잡은 눈부신 자태를 한 그녀를 말에 태웠습니다.
태양같이 빛나는 그녀가 사자처럼 당당하게 말에 올라 박차를 가했습니다.
안타깝도다! 나는 좋은 씨앗을 뿌렸지만 그 열매를 추수하지는 못했습니다."

"저녁이 되자 그녀가 탈출한 소식이 모두에게 알려졌고, 병사들이 1190

우리집으로 몰려왔습니다.
우리집을 샅샅이 수색하기 시작했고 시내에는 비상령이 내려졌습니다.
나는 병사들에게 대답했습니다. '우리집에서 그녀를 찾으면,
나는 내 목을 바쳐 왕의 진노를 받겠습니다.'

"결국 아무것도 찾아내지 못한 병사들은 궁전으로 돌아갔습니다. 1191
그녀를 잃은 왕은 통곡을 했고, 어떤 일에서도 위안을 찾지 못했습니다.
왕과 측근들은 붉은 옷을 입고 애곡했습니다.
'태양 같은 처녀가 우리를 떠나버렸고, 우리는 암흑 속에 떨어졌다.'

"그녀에 대한 얘기는 나중에 하기로 하고, 1192
그 파렴치한 젊은놈이 왜 나를 위협했는지를 솔직히 말씀 드리겠습니다.
나는 그의 정부였고, 그는 나의 애인이었습니다.
비겁한 남자는 흙탕물을 뒤집어 쓰고, 단정히 못한 여자는 수치를 뒤집어 쓰는 법입니다."

"나는 남편에게 불만이 있었습니다. 그는 못생겼고 말랐습니다. 1193
차츠나기르라는 이름을 가진 이 젊은이는 궁정의 고관이고 신사였습니다.
우리는 서로 사랑하는 사이였지만, 지금 나는 그가 죽은 것을 전혀 애도하지 않습니다.
당신이 도와주신 덕분에 그가 흘린 피는 내 눈에 단지 포도주처럼 보일 뿐입니다."

"나는 수다스런 혀를 제어하지 못하고 내가 어떻게 그 처녀를 1194
숨겨주고

그녀를 말을 태워 보냈는지를 그에게 얘기했습니다.
복수심에 불탄 내 애인은 이 비밀을 사람들에게 폭로하겠다고 나를 위협했습니다.
그러나 이제 그가 당신 손에 죽었으니 나는 구원을 받았습니다."

1195 "그는 저와 말다툼을 할 때면 그는 늘 이 얘기로 나를 위협했습니다.
내가 당신을 초대했을 때 나는 출장을 갔던 그가 갑자기 도시로 돌아온 것을 몰랐습니다.
우리 둘이 같이 있는 것을 그가 발견했을 때 나는 기절할 듯이 놀랐습니다.
그래서 내가 당신에게 우리 만남을 연기하자고 통지하려고 내 하인을 보낸 것입니다."

1196 "그러나 당신은 내 부탁을 듣지 않고 왔고, 우리 집을 환하게 비추었습니다.
당신이 그와 마주치면 칼로 논쟁을 해결했을 겁니다.
그가 나타났을 때 나는 겁에 질려 어찌할 바를 몰랐습니다.
그는 말로만 위협한 게 아니라 정말 제가 죽는 모습을 보고 싶어했습니다."

1197 "만일 당신이 그를 죽이지 않았다면 그는 왕에게 가서
질시로 불타올라 그 처녀에 대해 말했을 것입니다.
그러면 격노한 왕은 우리집을 한번에 쓸어버렸을 것입니다.
내 자식들을 죽게 하고 나에게도 돌로 쳐서 죽이는 극형을 내렸을 것입니다."

1198 "어떻게 내가 당신에게 감사해야 하는지요! 신이 당신에게 보답할 것입니다.
당신이 도와주지 않았다면 나는 악한 뱀의 눈에 파멸을 당했을

것입니다.
이제부터는 내 운명을 기꺼이 받아들이며 행복하게 살 수 있게
되었습니다.
이제 나는 더 이상 죽음을 두려워하지 않습니다. 나의 시련은
끝났습니다."

압탄딜이 파트만에게 대답했다. "이미 오래 전에 현자들이 말했소. 1199
'세상에서 가장 무서운 적은 친구인 척 하는 적이다.'
현명한 사람은 절대 아첨하는 말을 있는 그대로 믿지 않는 법이오.
더 이상 두려워하지 마세요. 그는 시체가 되어 바다 밑에
가라앉았소."

"이제 나에게 당신이 탈출시킨 그 처녀에 대해 말해 주시오. 1200
그녀가 떠난 후 들은 소식이 있나요?"
파트만은 다시 울면서 얘기했다.
"아, 지상을 밝히던 태양은 다시 숨어버렸습니다."

47장 네스탄이 카지족에게 잡힌 이야기를 파트만이 압탄딜에게 하다

1201 '아 운명이여, 네가 심술을 부릴 때면 너는 악마와 같구나.
너의 변절은 어디가 끝인지 모르겠구나.
너는 태양과 같은 여인에게 어떤 운명을 준비했는가, 끝없는 나락인가 아니면 빛나는 옥좌인가?
너를 보면 결국에는 모든 것이 썩어 없어지는 것이 분명히 보인다.'

1202 파트만은 계속 말했다. "살아있는 모든 것을 비추던 태양과 같은 그녀가 떠나버린 후
나는 건강도 잃고 내 인생은 수십 년 짧아진 것 같았습니다.
나의 마음이 불타올라 강처럼 눈물이 흘러내렸고, 더 이상 아무데서도 위로를 찾을 수 없었습니다.
나에게는 샘물처럼 쏟아져 나오는 눈물을 훔칠 힘도 사라져 버렸습니다."

1203 "이 집과 남편이 싫어졌고 아이들에 대한 애정도 식었습니다.
깨어 있을 때도 그녀를 몽상하고, 밤에 잘 때도 그녀 꿈을 꿉니다.
맹세를 깬 우센은 비열한 배신자이고,
그는 죄책감에 더 이상 나에게 다가오지를 못했습니다."

1204 "어느 날 저녁 멀리 노을이 장미색을 띠었을 때,
나는 외지인들이 와서 묵는 여관을 우연히 바라보았습니다.
그때도 태양과 같은 그녀 생각으로 슬픔에 잠겨 있었습니다.
'남자들의 맹세를 믿는 사람은 큰 낭패를 당한다'라는 말을 생각했습니다."

"그때 처마 밑으로 여행객 한 명이 먼저 오고, 세 명이 그 뒤를 1205
따라오는 것이 보였습니다.
그는 노예옷을 입고 있었고 동료들은 아마포로 된 허름한 외투를
걸치고 있었습니다.
이들은 돈 한 드라크마를 주고 산 음식을 한쪽에 풀어놓고 앉아서
먹기 시작했습니다.
음식을 먹으며 유쾌하게 떠들었습니다."

"나는 그들이 하는 말을 유심히 들었습니다. '여기서 쉬게 되니 아주 1206
좋소.
우리는 길동무로 만났지만, 아직 서로 낯선 사이오.
서로가 어디서 온 누구인지 모르고 있소.
각자 자기 소개를 하면 훨씬 더 친해질 수 있을 것이오.'

"이 사람들은 유쾌하게 수다를 떨며 여독을 풀었습니다. 1207
한 노예가 자기 얘기를 했습니다. '오, 형제들이여, 나는 번쩍이는
하늘의 빛을 보았소,
자네들의 얘기가 수수를 심는 것 같다면 내 얘기는 진주를 캐는 것과
같소.
나의 이야기는 당신들의 이야기보다 훨씬 흥미로우니 잘
들어보시오.'

'나는 카지인들의 위대한 왕의 시종이자 용사였소. 1208
왕은 중병에 걸려 오래 자리에 누워있었소.
위대한 군주이자 고아들의 보호자가 죽었소.
이제 왕의 여동생이 왕의 자녀들을 돌보게 되었소.

새 여왕은 이름이 둘라르두흐트였고, 바위처럼 단단한 군주였소. 1209
그녀는 백전불패의 군대를 거느렸고 적은 가차없이 처단했소.

그녀는 어린 조카인 로산과 로디를 돌보았소.
이제 그녀는 카제티왕국을 통치하며 자신의 권력을 강화했소.

1210 여왕의 여동생이 바다 건너 외국에서 죽었다는 소식이 전해졌소.
한자리에 모인 신하들은 이 슬픈 소식에 대해 상의했소.
'누가 여왕님께 대지를 비추는 태양과 같은 여동생이 죽었다는 것을 알릴 것인가?'
군사령관인 로샤크가 말했소.

1211 '죽임을 당하는 한이 있어도 나는 애곡소리만 넘치는 장례식에는 가지 않겠소.
나는 큰 길로 나가 대상들을 습격하며 물건을 약탈하겠소.
큰 재물을 얻으면 나는 지체하지 않고 귀향할 것이오.
여동생을 문상하러 간 여왕이 돌아올 때까지 나는 귀환할 수 있을 것이오.'

1212 그는 부하들에게 물었습니다. '누가 나와 같이 가서 싸울 것인가?'
그는 자기가 직접 고른 백 명의 용감한 노예를 데리고 갔소.
낮 동안에 우리는 약탈을 했고, 밤에도 약탈할 곳을 물색하며 잠을 자지 않았소.
우리는 수많은 대상들을 약탈하여 산더미 같은 보화를 모았소.

1213 어느 어두운 밤 우리는 들판을 돌아다니고 있었소.
멀리 들판 한가운데 환하게 빛을 발하는 물체를 발견했소.
우리는 말했소. '태양이 하늘에서 잘못 땅으로 떨어진 것인가?'
영문을 모르는 우리는 여러 추측을 해보았지만 답을 찾을 수 없었소.

1214 몇 사람은 새벽 여명이 오는 것이라고 말했고, 몇 사람은 달이라고 주장하며 바보같이 논쟁했소.

우리는 직접 가서 보기로 하고 어둠을 비추는 빛 쪽으로 다가갔소.
우리는 조심스레 다가가 빛을 비추는 물체를 멀리서 둘러쌌소.
그런데 갑자기 밝은 빛 속에서 누군가의 큰 목소리가 들렸소.

'너희는 누구냐, 왜 내게 다가오는가? 1215
나는 굴란샤로를 떠나 카제티왕국에 사신으로 가고 있는 중이다.'
우리가 빛이 나는 쪽으로 원을 좁히며 다가가자
태양과 같은 얼굴을 한 용사가 우리 눈앞에 있었소.

들판 가운데 번개가 치듯 빛을 발하는 용사의 얼굴을 보고 우리는 눈이 멀 것 같았소. 1216
활활 타는 그 빛은 먼 들판과 하늘을 밝게 비추고 있었소.
그의 우렁찬 목소리는 가라앉았지만 그는 분노에 찬 것 같았소.
진주 같은 치아에서 나오는 빛이 그의 검은 눈썹을 환하게 비추었소.

우리는 그 기사가 부드러운 말을 해주기 바라며 태양과 같은 그를 바라보았소. 1217
그러나 놀랍게도 그는 남자가 아니었소. 그가 우리를 속이고 있다는 것을 알아차렸소.
그가 여자인 것을 알아차린 로샤크는 그녀의 말 옆으로 접근해서
말고삐를 잡아채며 상처를 내지 않고 태양과 같은 그녀를 사로잡았소.

우리는 다시 물었소. '태양과 같은 여인이여, 사실대로 말하라 1218
너는 누구이며, 어느 나라에서 왔는가?'
그녀는 아무 말도 하지 않고 시내 같은 눈물을 흘렸소.
보름달과 같은 그녀가 뱀에게 잡힌 모습을 보는 것은 얼마나 가련한가!

1219 우리는 무슨 사실이건 알아내려 했지만, 그녀는 입을 열지 않았소.
그녀는 자신이 누구인지, 누구한테 배신을 당해 이런 운명에
처했는지 말하지 않았소.
두세 마디 말을 겨우 했지만 오만하게 우리를 바라보았소.
마치 사로잡힌 독사처럼 바라보는 날카로운 시선에 우리 모두 몸이
얼어붙었소.

1220 로샤크가 우리들에게 명령했소. '너희는 이 여인을 무례하게 대하지
마라.
그녀는 자신의 고난에 대해 우리에게 말하지 않을 것이다.
우리의 여왕께 모두가 부러워할 행운이 닥쳤다.
하늘이 우리 여왕께 기적과도 같은 멋진 선물을 보내주신 것이다.

1221 여왕에게 선물로 바치도록 이 처녀를 신이 우리에게 보내주셨다.
그녀를 데려가면 여왕은 우리에게 아주 고마워할 것이다.
만일 우리가 그녀를 숨겨도 발각될 것이고 여왕의 진노를 살 것이다.
몰래 숨기는 것은 범죄이고 그녀에게 대한 모욕이다.'

1222 우리는 대장의 명령을 군말 없이 수행했소.
우리는 길을 돌려 그녀를 데리고 카제티로 향했소.
우리는 그녀를 소중히 다뤘고, 말도 시키지 않았소.
쉴 새 없이 흐르는 눈물로 처녀의 뺨은 붉은 빛으로 물들었소.

1223 나는 로샤크에게 얘기했소. '대장님, 나는 잠깐 다녀올 데가
있습니다.
나는 굴란샤로로 가서 할 일이있습니다.'
대장의 허락을 받고 나는 전리품을 챙기러 이곳으로 온 것이오.
나는 이제 전리품을 가지고 서둘러 우리 군대로 돌아갈 것이오.'

"놀라운 얘기를 들은 길동무들은 아주 즐거워했습니다. 1224
모든 얘기를 들은 나는 기쁨의 울음을 간신히 참았습니다.
나의 태양 같은 여인을 마침내 찾았다는 것을 직감했습니다.
아직 가야 할 길이 멀었지만 나는 이 소식만으로도 큰 위안을 찾았습니다."

"나는 그 노예를 불러서 내 앞에 앉힌 다음, 1225
'당신의 얘기를 좀 더 자세히 듣고 싶습니다.'라며 간청했습니다.
그는 태양 같은 처녀를 발견한 과정을 다시 한번 자세히 얘기해주었습니다.
슬픔에서 벗어나지 못했던 나는 다시 기쁨을 찾았습니다."

"나는 마술을 부리는 흑인 노예 둘을 데리고 있었습니다. 1226
그들은 마술을 부려 대낮에도 사람 눈에 띄지 않고 어디든 갔다 올 수 있었습니다.
나는 그 노예들을 카제티로 보내며 말했습니다. '어서 서둘러서
포로가 된 그 처녀에 대한 소식을 나에게 가져오라.'

3일만에 노예들은 그녀에 대한 소식을 가지고 돌아왔습니다. 1227
'그녀를 선물로 받은 카제티 여왕은 그녀를 외국으로 데리고 갈 준비를 하고 있습니다.
태양처럼 빛나는 그녀의 눈길은 이제 더 볼 수 없게 될 것입니다.
여왕은 그녀를 조카인 로산의 신부감으로 지명했습니다.

둘라르두흐트여왕이 직접 명령했습니다. '그녀를 로산의 신부로 삼겠다.' 1228
그러나 내가 지금 슬픔에 쌓여 있어 결혼식을 치를 여유가 없다.
내가 돌아오면 그때 성대한 결혼식을 준비하겠다.'
여왕은 그녀를 성탑에 가두고 환관들이 그녀를 지키게 했습니다.

1229 여왕은 노련한 마법사들을 데리고 길을 떠났습니다.
길이 위험하고 적들이 싸움을 걸어 올 준비를 하고 있기 때문에
카제티 병사들의 용맹성은 사방에 잘 알려져 있고, 두려움의 대상이었습니다.
둘라르두흐트여왕은 먼 친정 나라에 아직 머물고 있습니다.

1230 난공불락의 요새인 카지인들의 성을 제대로 공격한 군대는 없습니다.
화살이 닿을 수 있는 곳보다 높게 바위성벽이 둘러싸고 있습니다.
오직 꾸불꾸불 난 지하통로를 통해 그 성에 올라갈 수 있습니다.
성탑에 갇혀 있는 태양과 같은 그녀는 높은 곳에서 빛을 발하고 있었습니다.

1231 무서운 얼굴을 한 병사들이 접근로의 입구를 내내 지키고 있습니다.
만 명의 용맹스런 병사들이 성을 지키고 있습니다.
성의 세 문에는 각각 3천 명의 병사가 주둔해 있습니다.'
이 얘기를 듣고 나는 탄식했습니다. '당신의 운명은 어찌 그리 가련한지요!'

1232 이야기를 다 들은 태양과 같은 얼굴을 한 압탄딜은
아무 말을 하지 않았지만 속으로 너무 기뻤다.
그는 다시 태어난 듯 하늘에 감사하며 소리쳤다.
'이 기적 같은 이야기가 나에게 다시 희망을 주는구나!'

1233 압탄딜은 파트만에게 말했다. "사랑스런 당신은 이 세상 무엇보다 소중한 존재요.
당신은 내가 그렇게 듣고 싶어 하던 얘기를 해주었소.
카지인들의 왕국과 그들에 대해 좀더 자세히 얘기해 주기 바라오.
카지인들은 몸에 살이 없는 영(靈)이라고 하던데 어떻게 다시 사람의 모습을 찾지요?"

"불쌍한 네스탄에 대한 동정으로 인해 내 가슴은 까맣게 타버렸소. 1234
나는 육체가 없는 카지인들이 왜 아내를 필요로 하는지 알 수가 없소."
파트만이 말했다. "당신이 궁금해 하는 것은 당연합니다.
카지인들은 사람이고 깍아지른 바위산에 살고 있습니다."

"사람들이 그들을 카지라고 부르는 것은 1235
이들이 모두 마법에 능숙하고 속임수에 뛰어나기 때문입니다.
남들에게 해를 입히지만 남들로부터 해를 당하지는 않습니다.
그들과 전투를 하러 나간 사람들은 눈이 멀고 수치를 당하고
돌아옵니다."

"카지인들은 마법을 부려서 적들의 눈을 멀게 하고, 1236
무서운 폭풍을 일으켜 바다 한가운데서 배가 뒤집히게 합니다.
그들은 바닷물을 마르게 만든 후 땅 위를 달리듯 바다 위를 달립니다.
그들은 원하면 낮과 밤을 바꿔버리고, 깜깜한 밤도 환하게 만듭니다."

"마법을 부리기 때문에 사람들은 카지라고 이름을 붙인 것뿐이고, 1237
이들도 우리들과 같은 육체를 가지고 있는 종족입니다."
압탄딜은 파트만에게 감사했다. "당신이 내 마음의 뜨거운 불을
꺼주었소.
당신이 해준 얘기로 내가 큰 도움을 얻었소."

압탄딜은 눈물을 흘리며 신을 찬양했다. 1238
'나의 고난을 기쁨으로 바꾸신 신께 영광을 돌립니다!
과거와 현재에 존재하시며, 어떤 말로도 표현할 수 없으며, 우리가
닿을 수 없는 높은 곳에 계신 분이여.
당신의 자비가 번개같이 우리에게 쏟아져 내렸습니다.'

기쁨에 넘친 압탄딜은 눈물을 흘리며 신을 찬양했다. 1239

파트만은 압탄딜이 자기에게 열정을 바치기를 바랐다.
압탄딜은 속마음을 드러내지 않고 파트만에게 연기를 했다.
파트만은 압탄딜의 손을 꼭 붙잡고 그에게 입을 맞추었다.

1240 그날밤 파트만은 기쁜 마음으로 압탄딜과 자리에 누워 밤을 새웠다.
압탄딜은 그녀의 목을 껴안았지만 마음은 먼 곳에 가 있었다.
티타틴에 대한 그리움으로 몸을 떨며 그녀와의 맹세를 기억했다.
사랑의 열정에 사나워진 그의 마음은 맹수처럼 날뛰었다.

1241 강물처럼 흐르는 눈물에 그의 시선은 흐려졌다.
그의 검은 눈동자는 파도 치는 검은 호수에 침몰한 조각배 같았다.
그는 스스로 생각했다. '나는 지금 누구의 품에 안겨있는가?
나이팅게일 같은 그녀에게서 멀리 떨어져서 까마귀처럼 거름더미 위에 앉아 있구나!'

1242 그가 깊은 한숨을 쉬며 흘리는 눈물은 바위도 녹일 것 같았다.
눈물의 연못은 숲과 같이 검은 눈썹에 넘쳐흘렀고, 장미의 계곡에 여울을 만들었다.
'파트만은 나와 같이 누워서 나이팅게일처럼 행복한 노래를 부르는구나
까마귀가 장미를 찾으면 까마귀는 자신을 나이팅게일이라고 생각한다.'

1243 날이 밝자 압탄딜은 목욕을 하러 일어났다.
파트만은 화려한 수가 놓인 외투와 터번,
많은 종류의 향수와 화려한 색상의 속옷을 주었다.
그녀는 말했다. "원하는 대로 입으시고, 당신의 멋진 몸을 치장하세요."

압탄딜은 스스로 생각했다. '이제 더 숨길 필요 없다. 오늘 비밀을 드러내겠다!' 1244
그는 그때까지 입고 있던 상인의 옷을 벗어 던지고,
영웅에 걸맞는 용사의 갑옷을 입고 그녀 앞에 나타났다.
이렇게 모습을 바꾸자 그는 다시 사자가 되어 태양과 같은 빛을 발했다.

파트만은 자신이 준비한 진수성찬에 압탄딜을 초대했다. 1245
압탄딜은 우울한 생각을 털어버리고 얼굴 가득 미소를 띠고 나타났다.
파트만은 그가 상인의 옷을 벗어 던진 것을 보고 놀랐다.
그녀는 달콤하게 말했다. "당신은 훨씬 멋져 보입니다. 당신 때문에 기절할 지경입니다."

압탄딜의 멋진 모습에 감탄한 파트만의 마음에 열정의 파도가 일었다. 1246
압탄딜은 웃음을 참으며 아무 말도 하지 않았다.
'이 여인은 아직 내가 누구인지 모르고 여전히 경박하게 행동하는구나.'
그는 마치 그녀와 사랑에 빠진 것처럼 행동했기 때문에 다른 선택은 없었다.

그들은 마음껏 먹고 마시고 나서 작별했다. 압탄딜은 숙소로 돌아갔다. 1247
얼큰하게 취한 그는 즐거운 마음으로 자리에 누워 잠이 들었다.
저녁무렵 그는 잠에서 깨었다. 그는 들판에 빛을 발산했다.
그는 파트만에게 시종을 보냈다. '지금 나에게로 오시오. 나는 지금 혼자 있소.'

파트만이 그에게 달려왔고, 압탄딜은 그녀의 탄식 소리를 들었다. 1248

'나는 플라타너스나무 같은 몸을 한 당신 때문에 죽을 지경입니다.'
그녀를 옆 보료 위에 앉히자 그녀는 칭얼대는 소리를 멈췄다.
압탄딜의 속눈썹이 만든 그늘이 정원의 장미를 어둡게 했다.

1249 압탄딜이 파트만에게 말했다. "당신에게 미리 말하겠소.
당신은 내 얘기를 듣고 뱀에 물린 것처럼 시선이 흐려질 것이오.
그러나 지금까지 나는 당신에게 나의 비밀을 털어놓지 않았소.
다른 여인의 검은 속눈썹이 검은 숲처럼 나를 거의 죽게 만들었소."

1250 "당신은 내가 상인이고, 대상의 우두머리라고 알고 있소.
그러나 사실은 나는 위대한 로스테반왕의 군사령관이오.
나는 화려하게 빛나는 막강한 군대의 총사령관이오.
또한 많은 무기와 보화도 소유하고 있소."

1251 "당신은 신뢰할 만한 좋은 친구이기 때문에 내 비밀을 털어놓겠소.
나의 조국 아랍왕국에는 세상을 밝히는 태양과 같은 공주가 있소.
그녀는 내 가슴에 사랑의 불꽃을 일게 했고, 나는 그 불로 촛농처럼 타들어 가고 있소.
나는 그녀가 부탁한 임무를 수행하기 위해 모든 것을 버리고 떠나왔소."

1252 "나는 당신 집에 머물던 그 처녀를 찾고 있소.
나는 그녀의 흔적을 찾기 위해 온 세상을 돌아다녔소.
그녀를 사랑하는 사자 같은 인도의 용사 타리엘은 큰 고통을 겪고 있소.
그는 모든 힘과 정신을 잃고 온 세상을 저주하고 있소."

1253 압탄딜은 파트만에게 타리엘의 가혹한 운명에 자세히 얘기하고,
타리엘과 네스탄의 이야기와 그가 왜 호랑이 가죽을 입게

되었는지도 얘기했다.
그는 말했다. "당신은 아직 면식이 없는 타리엘을 위해 영약을 줄 수
있소.
매혹적인 검은 눈썹을 한 그녀에게도 새로운 생명을 줄 수 있소."

"파트만이여, 나를 도와 포로로 잡힌 그녀를 구해내서 1254
태양과 같은 두 연인에게 밝은 길을 열어줍시다.
사람들이 이것을 알게 되면 모두 우리를 칭송할 것이오.
운명의 장난으로 헤어진 연인들은 서로 다시 만나는 날이 올
것이오."

"마술을 하는 그 노예를 카제티왕국으로 보내서 1255
타리엘에 대한 소식과 우리가 함께 도우려 한다는 것을 네스탄에게
알립시다.
그러면 네스탄이 우리에게 답장을 보낼 것이고
하늘의 도움을 받아 카제티왕국을 쳐부술 수 있을 것이오."

파트만이 말했다. "신에게 영광을! 1256
오늘 내가 들은 얘기는 천국의 문으로 인도하는 축복의 소식입니다."
그녀는 까마귀처럼 까만 마술쟁이 노예를 데려와서 말했다.
"나는 너를 카제티로 보내니 어서 먼 길을 다녀오너라."

"나는 너의 마술 실력을 믿고 성공을 의심치 않는다. 1257
활활타는 불과 같은 고통에서 나를 구해다오.
감옥에 갇혀 있는 태양 같은 여인에게 우리가 구하러 간다고
알려라."
마술사가 대답했다. "내일 주인이 원하는 소식을 가져오겠습니다."

48장 파트만이 네스탄-다레잔에게 쓴 편지

1258 파트만은 다음과 같이 편지를 썼다. '오 광대한 세상을 비추는 태양이여,
당신의 아름다운 모습과 헤어진 사람은 당신의 불에 온 몸이 탑니다.
당신의 아름다운 목소리와 상냥한 태도는 누구도 잊을 수 없습니다.
수정과 루비가 같이 장식된 천상의 얼굴을 한 사람이여!

1259 당신이 자신이 겪은 가혹한 운명에 대해 얘기하지 않았지만,
다른 이에게서 당신이 얼마나 고통스런 길을 지나왔는지를 알게 되었습니다.
당신에 대한 염려로 타리엘이 얼마나 고통스러워하는지도 들었습니다.
그가 당신을 만나 다시 장미처럼 피어나고 당신의 제비꽃이 만개하기를 기원합니다!

1260 당신을 찾아서 타리엘의 의형제가 우리에게 왔습니다.
압탄딜은 아랍왕국의 기사이며 군대의 총사령관입니다.
그는 패배를 모르는 장군이며 로스테반왕이 가장 사랑하는 신하입니다.
당신의 소식을 그에게 자세하게 전해주세요. 현명한 이여!

1261 당신께 나의 노예를 보내니 자세한 소식을 알려주세요.
우리는 카제티의 군대에 대한 정보를 원합니다. 그들은 곧 귀환하나요?
카제티성을 지키는 병사가 얼마나 되며 얼마나 강한지도 자세히 알고 싶습니다.
누가 당신을 지키고 있고, 그들의 대장은 누구인지요?

카제티왕국에 대해 당신이 아는 대로 편지에 써주세요. 1262
그리고 고통받고 있는 당신의 연인을 위해 증표를 보내주세요.
지금까지 당신들이 견뎌온 모든 슬픔은 기쁨으로 바뀔 것입니다.
사랑하는 당신들이 다시 만날 수 있도록 신이 도와주기를!'

파트만은 마술에 뛰어난 노예를 불러 편지를 주고 1263
그에게 명령했다. "이 편지를 태양 같은 그 처녀에게 전달하라!"
마법사는 녹색의 망토를 몸에 걸치고,
한 마리 새처럼 쏜살같이 지붕 위를 날아갔다.

그는 마치 힘센 궁수가 쏜 화살처럼 날아갔다. 1264
그가 카제티왕국에 도착하자 어둠이 내리는 저녁이 되었다.
그는 많은 병사들이 지키는 문을 통과한 후,
포로가 된 태양 같은 처녀가 기다리는 파트만의 편지를 전달했다.

그는 닫혀 있는 성문을 마치 열린 성문을 통과하듯이 지나갔다. 1265
악마처럼 긴 머리를 하고 망토를 걸친 검은 노예가 안으로 들어서자
태양과 같은 그녀는 겁에 질렸다. 그녀는 그가 자신을 해치려는 것으로 생각했다.
장미는 노란 샤프란꽃으로 변했고, 보라색의 제비꽃은 바다처럼 파래졌다.

노예가 말했다. "왜 그렇게 놀라시는지요? 1266
나는 파트만의 편지를 가져온 그녀의 노예입니다.
내 말이 거짓이 아니라는 것을 이 편지가 알려 줄 것입니다.
태양빛이 곧 비추니, 오 장미여, 빨리 시들지 마십시오."

태양 같은 얼굴을 한 처녀는 동화 같이 놀라운 소식을 듣고 기뻐했다. 1267
그녀의 아몬드 같은 눈가의 검은 창 같은 눈썹이 떨렸다.

그녀는 사랑과 위로의 말이 담긴 편지를 마법사로부터 받아서
끝까지 다 읽고 수정과 같은 눈물을 편지 위에 떨구었다.

1268 네스탄은 그에게 물었다. "나를 찾는 분이 누구인지,
내가 살아있다는 것과 감옥에 갇혀있는 것을 알고 있는 분이
누구인지 얘기해다오."
노예는 대답했다. "감히 내가 알고 있는 것을 말씀드리겠습니다.
당신이 사라진 후 우리는 어둠에 갇혀 버렸습니다."

1269 "그 이후로 파트만님의 가슴은 칼에 찔린 것처럼 찢어졌습니다.
그녀가 강물처럼 흘린 눈물은 바다와 합쳐졌습니다.
당신이 겪고 있는 고난을 내가 그녀에게 얘기하자,
신이 증명하듯이 파트만님은 그때부터 비탄에 빠져 울음을 그치지
않고 있습니다."

1270 "그러던 어느 날 플라타너스처럼 잘 생긴 기사가 우리 앞에
나타났습니다.
파트만님이 그에게 당신이 어떤 운명을 겪고 있는지 다 얘기해
주었습니다.
그 용사는 온 세상을 돌아다니며 당신을 찾고 있었습니다.
그분들이 나에게 화살처럼 날아서 당신에게 편지를 전하도록
명령했습니다."

1271 네스탄이 노예에게 말했다. "네가 말한 것이 모두 사실인 것 같구나.
파트만은 내가 이곳에 잡혀 있는 것을 어떻게 알아낸 것일까?
내 가슴을 불에 타게 만든 나의 기사가 어디엔가 살아 있는 것이
분명하구나.
내가 파트만에게 답장을 쓸 테니, 너는 내가 어떤 고난을 받고
있는지 가서 얘기하기 바란다."

49장 네스탄-다레잔이 파트만에게 쓴 편지

태양 같은 처녀가 답장을 썼다. '사랑이 넘치는 파트만이여, 1272
당신은 내가 포로가 되어 악의 그물에서 고통 받는 것을 우리 엄마보다 잘 알고 있습니다.
신의 뜻으로 내가 다시 이런 기구한 운명에 처했습니다.
그러나 당신의 편지를 보고 나는 다시 기쁨을 얻었습니다.

당신은 두 번이나 나를 구해 주었고 나의 슬픔을 감해 주었습니다. 1273
지금 나는 철문으로 굳게 닫힌 카제티인들의 성채에 사로잡혀 있습니다.
수 천 명의 병사가 나를 지키고 있습니다.
당신의 다정한 약속이 이제 다시 액운으로 변했습니다.

이곳에 대해 어떤 얘기를 더 쓸 수 있을까요? 1274
두라흐두흐트여왕은 병사들을 데리고 먼 나라에 간 지 오래되었습니다.
그러나 성채와 성벽에는 수많은 병사들이 나를 지키고 있습니다.
이런 상태에서 나를 구하려 하다니요. 기적이 일어나도 그것은 불가능합니다.

압탄딜님이 아무리 용감하시더라도 나를 구하기가 쉽지 않을 것입니다. 1275
그분이 나 때문에 가슴 아파하고, 공연히 불길 속에 뛰어들지 않게 해주세요.
그러나 나는 그를 부러워합니다. 그는 태양 같은 타리엘을 보았을 것입니다.
아, 내 운명이여! 사랑하는 사람을 보지 못하는 나는 살아 있는 것이 너무 괴롭습니다.

1276 이전에 나는 당신에게 내가 겪은 고난에 대해 얘기하지 않았습니다.
말할 힘도 없었던 나는 슬픈 기억을 떠올리며 다시 비탄에 빠지고 싶지 않았습니다.
나는 지금 당신에게 간청합니다. 내가 사랑하는 분이
나를 구하러 이곳에 오지 않도록 어서 그에게 사람을 보내주세요.

1277 나는 이미 죽을 만큼 고통을 겪었습니다. 나는 더 이상 살고 싶지 않습니다.
만일 그가 죽었다는 소식을 듣게 되면 나는 두 번 죽게 될 것입니다.
나를 구해 낼 방법은 없습니다. 이것은 괜한 얘기가 아닙니다.
그렇지 않다면 저를 차라리 돌로 쳐 죽이고 그 돌로 무덤을 만들어 주세요.

1278 당신이 부탁한 대로 나는 기꺼이 타리엘에게 증표를 보내겠습니다.
그가 내게 선사한 내 베일 조각을 보냅니다.
사랑하는 사람으로부터 받은 이 선물을 무엇보다 소중히 간직했습니다.
이 베일의 색은 나의 운명을 닮아 검은색입니다.’

50장 네스탄-다레잔이 사랑하는 사람에게 쓴 편지

네스탄은 탄식을 하며 사랑하는 사람에게 편지를 썼다. 1279
그녀는 자신이 흘리는 눈물로 사랑하는 사람을 태우는 불길을
잠재운다.
그녀가 쓴 편지는 창처럼 독자들의 가슴을 꿰뚫을 것이다.
반쯤 열린 장미 같은 입술 사이로 진주 같은 치아가 살짝 빛났다.

'오 나의 님이여. 내가 겪은 모든 일을 이 편지에 적어 보냅니다. 1280
나의 몸을 펜으로, 쓸개즙과 같은 쓰라린 고통을 잉크 삼고,
당신에게 영원히 결합된 내 가슴을 편지지로 씁니다.
슬픔에 빠진 가슴이여, 너는 그분의 가슴과 영원히 쇠사슬로 묶였다.

오 나의 님이여, 신이 우리에게 어떤 일을 했는지를 보십시오. 1281
그의 빛이 아무리 환하게 비추더라고 신의 피조물인 나는 어둠에
갇혀 있습니다.
현자들은 배신으로 가득 찬 세상을 알기 때문에 세상을 경멸합니다.
당신과 떨어져 있는 나의 인생이 얼마나 고달픈지 말로 표현할 수
없습니다.

이 저주받은 세상이 당신과 나를 서로 떨어지게 만들었습니다. 1282
사랑하는 이여, 이제 나는 더 이상 당신과 함께 즐거움을 맛볼 수
없습니다.
오 나의 님이여, 당신의 사랑의 창에 찔린 나의 가슴은 어떻게
될까요?
나는 모든 사람에게 감춘 나의 비밀을 당신께 고백했습니다.

1283 당신이 세상을 하직했다고 생각한 나는 가슴 가득히 슬픔에 차 있었습니다.
이 모든 시련에 탈진해서 살고자 하는 욕망이 다 사라져 버렸습니다.
그러나 지금 당신의 소식을 듣고 나는 기쁨에 겨워 신의 자비를 칭송합니다.
이제까지의 모든 슬픔을 대신할 기쁨의 빛이 찾아왔습니다.

1284 당신이 살아 있다는 소식만으로도 나에게는 희망의 빛이 비춥니다.
슬픔과 고통의 불길에 재처럼 타버린 나는
당신을 위해 생명을 다한 나의 모습과 우리가 사랑한 기억을 간직해 주세요.
사랑의 씨앗이 뿌려진 그곳에서 다시 피어나는 사랑의 꽃봉오리를 나는 돌보고 있습니다.

1285 내게 겪고 있는 고통을 당신에게 어떻게 얘기할 수 있을까요?
입이 마르도록 얘기해도 나의 슬픈 이야기를 세상 사람들은 믿으려 하지 않을 것입니다.
나는 파트만의 집에서 피난처를 찾았었습니다. 신이 그녀를 구원해 주시기를.
그러나 늘 그러하듯이 운명은 사악한 변덕을 보였습니다.

1286 변덕스런 운명이 무자비하게 나의 고통에 새로운 고통을 더했습니다.
하늘은 이제까지 내가 받은 시련이 부족했다고 생각했나 봅니다.
나는 싸워 무찌르기 힘든 카지인들의 손에 잡혀 있습니다.
지금까지 겪은 모든 시련은 운명이 우리에게 선사한 것입니다.

1287 나는 시선이 닿기도 힘든 높은 성탑 안에 잡혀있습니다.
유일한 출입구인 지하통로는 철통같이 병사들이 지키고 있습니다.

그들은 밤낮으로 보초를 서며 감시를 소홀히 하지 않고 있습니다.
불이 적을 삼키듯 그들은 자신들을 공격하는 사람들을 죽일 겁니다.

카지인들은 다른 종족과 전혀 다르게 싸움을 합니다. 1288
더 큰 불행을 목격하느니 내가 지금 겪고 고난을 참는 게 낫습니다.
만일 당신이 죽게 되면 나는 바로 부싯깃처럼 타버릴 것입니다.
우리의 이별을 감내하시고 마음을 바윗돌처럼 단단하게 가지세요.

사랑하는 님이여, 나와 헤어졌다고 너무 낙담하거나 너무 슬퍼 1289
마세요.
나는 타향과 같은 정원에서 종려나무처럼 피어날 수 없습니다.
당신이 없을 때 나는 세상의 모든 낙과 위안을 잊어버렸습니다.
나는 다른 사람의 신부가 되느니 바위 아래로 몸을 던지거나, 칼로
스스로를 찌르겠습니다.

나의 태양 같은 님께 맹세합니다. 나는 당신의 영원한 달이 1290
되겠습니다.
설사 하늘에 세 개의 태양이 나를 신부로 삼으려 해도
나는 절벽 아래로 몸을 던져 이 생을 끝내겠습니다.
그러면 나의 영혼은 당신의 가호를 받으며 날개를 달고 하늘로
올라가겠지요.

이 어두운 세상에서 벗어날 수 있도록 나를 위해 신에게 간청해 1291
주세요.
불, 물, 공기, 흙이 나의 길을 가로막지 않도록.
나의 눈동자가 늘 바라보며 꿈꾸던 천상으로 날개를 달고 올라갈 수
있도록.
내가 밤낮으로 황금빛 같이 빛나는 당신의 얼굴을 볼 수 있도록.

1292 당신은 태양의 일부이기 때문에 당신 없이 태양은 빛을 발하지 못합니다.
당신은 태양의 영원한 동반자이며, 당신과 태양은 한 몸으로 주조되었습니다.
나는 태양에게서 당신의 형상을 보고, 마음 속의 암흑을 빛으로 바꿀 것입니다.
이제까지 나의 생은 쓰라렸지만 죽음 속에서 평안을 얻을 것입니다.

1293 내 영혼을 당신께 맡긴 이상 나는 죽음을 두려워하지 않습니다.
무덤에서도 나의 불꽃은 사그라들지 않을 것입니다.
그곳에서 우리의 이별을 회상하면 쓰라린 상처에서는 피눈물이 흐르겠지요.
당신의 사랑이 이 세상을 떠나갔다 해서 너무 슬프게 울지 마세요.

1294 어서 인도로 돌아가서 불쌍한 우리 부모님을 위로해 주시고,
사면초가에 처한 나의 아버지를 어떻게든 도와주십시오.
사랑하는 딸과 헤어져 슬픔에 빠진 부왕을 위로해 주세요.
당신을 위해 마를 줄 모르는 눈물을 흘린 나를 기억해 주세요.

1295 나의 불쌍한 운명에 대해 할 만큼 얘기를 다 한 것 같습니다.
이심전심으로 당신은 내 슬픈 마음을 모두 이해하시리라 믿습니다.
당신을 위해 죽은 나의 무덤에 까마귀들만이 와서 애곡을 하겠군요.
나는 살아있는 동안에도 당신께 눈물과 고통만 선사했군요.

1296 나는 당신이 준 경이로운 베일을 간직해 왔습니다. 여기 그 조각을 잘라 보냅니다.
이미 불이 꺼진 사랑의 표상과도 같은 이 베일을 몰래 감추어 왔습니다.
지난날의 우리의 사랑과 희망에 대한 추억의 증표로 이것을 잘

간직해 주세요.
분노에 찬 하늘의 일곱 행성이 우리를 덮쳤습니다.'

그녀는 사랑하는 사람에게 보내는 편지를 마무리했다. 1297
그녀는 베일 조각을 편지 사이에 조심스레 끼워 넣었다.
베일을 벗자 그녀의 짙고 아름다운 긴 머리가 드러났다.
플라타너스 나무 같은 몸과 머리결에서 아름다운 향기가 날아올랐다.

편지를 받아 든 검은 노예는 쏜살같이 굴란샤로로 향했다. 1298
그는 먼 길을 순식간에 달려와 파트만에게 편지를 전달했다.
처녀에 대한 소식을 들은 압탄딜은 두 손을
높이 들고 신께 감사의 기도를 올렸다.

압탄딜은 파트만에게 말했다. "우리에게 이런 행운이 따라서 너무 기쁘오. 1299
나는 당신에게 큰 빚을 졌소. 당신의 은혜를 결코 잊지 않을 것이오.
적들이 돌아오기 전에 나는 지체없이 가서 군대를 소집해야 하오.
용맹한 친구들을 데리고 카지인들의 요새를 무너뜨리러 가겠소."

파트만이 말했다. "나의 사자요. 나는 벌써 불에 타고 있습니다. 1300
태양과 같은 당신과 헤어지면 나의 마음은 온통 암흑으로 뒤덮일 것입니다.
그러나 어서 타리엘에게 가서 소식을 알리고 함께 그 처녀를 구하세요.
카지인들이 당신보다 먼저 돌아오면 성채를 정복하기가 힘들 겁니다."

압탄딜은 지체하지 않고 자신을 시중드는 프리돈의 노예들을 1301

불렀다.
그는 말했다. "지금까지 시체처럼 지낸 우리들이 다시 살아났다.
그녀에 대한 소식을 듣고 다시 생명의 피가 돌기 시작했다.
이제 적들은 우리 대신에 자신들의 죽음으로 죄값을 치를 것이다."

1302 "바로 가서 위대한 프리돈왕에게 말씀 드려라.
나는 그를 만나러 갈 수 없다. 나는 번개같이 서둘러서 길을 가야 한다.
내가 용맹스럽게 원정에 나섰다고 우렁찬 소리로 전쟁을 선포하게 하라.
내가 적들을 공격하여 얻은 모든 노획물을 너희들에게 선물로 주겠다."

1303 "너희들은 나를 충실히 섬겼는데 나는 아직 제대로 보상을 못했다.
그러나 우리는 곧 다시 만날 것이고, 그때 큰 상을 내리겠다.
일단 해적들에게 뺏은 풍부한 노획물을 너희들에게 나누어 주겠다.
내가 인색해 보일 수도 있지만 너희들에게 더 줄 게 없다."

1304 "나는 선물을 주는 것을 좋아하지만, 먼 외국에 나와 있어 보물이 없구나."
압탄딜은 배 안에 보관되었던 수많은 보물을 모두 나눠준 후
다음과 같이 명했다. "이 선물을 가지고 어서 너희 나라로 돌아가라.
여기 내가 형제처럼 생각하는 프리돈왕에게 전하는 편지를 가져가라."

51장 압탄딜이 프리돈에게 보내는 편지

압탄딜은 프리돈왕에게 편지를 썼다. '왕중의 왕인 프리돈이여, 1305
사자와 닮은 담력을 가지고 태양과 같은 빛을 비추는 분이며,
간악한 적들을 피흘리게 하는 왕이시여,
당신의 동생같은 내가 멀리서 당신께 인사를 올리오.

나는 오늘까지 세상에서 많은 고난을 경험했지만, 1306
이제 모든 난관을 극복하고 희망에 가득 찬 마음으로 목표에 다가가고 있소.
나는 태양과 같은 처녀가 카지인들에게 잡혀 있다는 것을 알았소.
깊은 함정에 빠진 사자 같은 타리엘은 이 소식에 크게 기뻐할 것이오.

태양과 같은 그녀는 카지인들에게 포로로 잡혀 고난을 받고 있소. 1307
난관이 적지 않겠지만 나는 경기에 나서는 선수처럼 카지인들의 성채를 정복하러 원정에 나섰소.
장미에 봄비가 오듯이 그녀의 뺨에는 수정 같은 눈물이 끊임 없이 흘러내리고 있소.
카지인들의 주력은 아직 성으로 돌아오지 않았지만, 성에는 경비를 서는 병사의 수가 아주 많다고 하오.

나는 슬픔의 눈물을 털어 버리고 다시 힘을 얻어 기쁜 마음으로 일어났소. 1308
당신과 나, 타리엘이 힘을 합치면 누가 우리를 대적할 수 있겠소?
당신 둘이 힘을 모아 나서면 계획하는 대로 모두 이루어 질것이오.

당신들 앞에서는 적들뿐만 아니라 바위도 두려워 떨 것이오.

1309 나는 먼 곳을 갔다 와야 하기 때문에 당신의 왕국에 들르지 못하는 것을 이해해 주기 바라오.
포로로 잡혀 있는 달과 같은 처녀를 구하러 서둘러 가야하오.
친구와 같이 승리를 거두고 당신께 귀환하여 같이 기쁨을 나누도록 합시다.
더 이상 무슨 말을 하겠소? 나를 형제처럼 도와주기 바라오.

1310 당신이 보낸 노예들에게 나는 큰 신세를 졌소.
그들은 충성을 다해 나를 위해 봉사했소.
당신의 궁전에서 온 사람들은 칭송 받아 마땅하오.
현자가 얘기한 바 있소. '사람은 누구나 자기와 닮은 사람을 낳는 법이다'라고"

1311 편지를 다 쓴 후 압탄딜은 편지를 봉인해 노예에게 주었다.
그의 머리결은 제비꽃 같았고, 그의 입술은 붉게 타는 루비 같았다.
그가 노예들에게 왕께 전할 말을 덧붙여 말 할 때
붉은 입술 사이로 진주 같은 치아가 빛을 발했다.

1312 압탄딜은 출항 준비가 된 배를 타고 바다로 나갔다.
그는 보름달 같은 밝은 빛을 비추며 바다를 헤쳐나갔다.
눈물을 흘리고 있는 파트만과 이별하는 압탄딜의 마음도 슬퍼졌다.
태양과 같은 용사와 헤어지는 사람들은 강물 같은 눈물을 흘렸다.

1313 파트만, 우센, 노예들은 모두 뜨거운 눈물을 흘리며
소리쳤다. "오 태양이여, 당신은 뜨거운 빛으로 우리를 태웠습니다.
당신이 떠나면 우리에게는 어둠만이 남습니다.
당신의 손으로 우리에게 무덤을 만들어 주십시오."

52장 굴란샤로를 떠난 압탄딜이 타리엘을 만나다

압탄딜은 희망에 가득 차서 배를 타고 바다로 나갔다. 1314
혼자이지만 그는 기쁜 마음을 가지고 연안을 따라 항해를 했다.
그는 타리엘의 고통을 덜어 줄 기쁜 소식을 가지고 있는 것이다.
그는 손을 높이 들고 신께 감사의 기도를 드렸다.

봄이 절정에 이르러 산과 들이 푸른 빛으로 덮였다. 1315
장미가 서로 사랑하듯이 서로에게 꽃봉우리를 기울이는 계절이 왔고,
붉은 태양도 궤도를 바꾸어 게자리에 가까이 다가갔다.
압탄딜은 만개한 장미를 오랜만에 보고 깊은 숨을 들이마셨다.

하늘에 천둥이 울렸고, 구름은 수정 같은 빗방울을 뿌렸다. 1316
압탄딜은 장미 같은 붉은 입술을 장미에 가까이 가져갔다.
그는 장미에게 말했다. '내 눈앞의 너를 보면서
티나틴과 다정한 이야기를 나누는 것 같은 위안을 얻는구나.'

압탄딜은 타리엘을 생각하자 쓰디 쓴 눈물이 흘러 내렸다. 1317
그는 타리엘을 만나기 위해 아무리 험한 길이라도 한숨에 달려 갈 것이다.
길이 없는 광야나 사막이나 바위가 덮인 험한 길도 마다하지 않고 달려갔다.
그는 울창한 갈대 숲에서 만난 사자와 호랑이를 죽였다.

드디어 동굴이 눈에 들어오자 그는 기뻐하며 말했다. '드디어 저기 1318

바위산이 보인다.
저기에 그 많은 역경을 견디며 눈물을 흘리고 있는 나의 형제가 있다.
타리엘을 만나자마자 내가 들은 기쁜 소식을 전할 것이다.
그러나 그가 동굴로 돌아오지 않았으면 나의 모든 수고가 허사가 될 것이다.

1319 그가 돌아왔다 해도 그는 동굴에서 오래 머물지 않을 것이다.
그는 짐승처럼 들판을 헤매고 있을 것이다.'
압탄딜은 사방을 둘러보다가 '갈대 숲을 지나가는 길이 가장 빠르겠다'라고 생각했다.
그는 말을 돌려 들판을 가로질러 갔다.

1320 압탄딜은 기쁜 마음에 휘파람을 부르며 갈대밭을 지나갔다.
그는 큰소리로 타리엘을 불렀다.
갑자기 멀리서 눈을 멀게 만들 것 같은 달빛과 같은 존재를 보았다.
갈대 숲가에 타리엘이 서 있었다.

1321 타리엘이 죽인 사자가 옆에 누워 있었고, 그의 칼은 피로 물들어 있었다.
그는 갈대 숲이 끝나는 곳에 서 있었고 그의 말은 보이지 않았다.
압탄딜이 외치는 소리를 들은 타리엘은 놀랐다.
압탄딜을 바로 알아본 그는 쏜살같이 그에게 뛰어왔다.

1322 그는 칼을 옆으로 던져버리고 활처럼 빠르게 압탄딜에게 달려왔다.
압탄딜도 태양 같은 빛을 내며 말에서 뛰어 내렸다.
오래 기다리던 재회를 기뻐하며 두 사람은 서로의 목을 껴안았다.
꿀같이 달콤한 목소리가 두 사람의 장미 같은 입술 사이로 흘러 나왔다.

타리엘은 눈물을 흘리며 가장 다정한 말로 압탄딜을 맞았다. 1323
그가 흘리는 피눈물이 검은 속눈썹을 붉은빛으로 물들였다.
시내처럼 흐르는 눈물이 플라타너스 같은 타리엘의 몸을 적셨다.
그는 외쳤다. "당신을 만나니 내가 겪은 고통과 슬픔이 모두 사라지는 것 같네."

압탄딜은 웃음을 터뜨리며 눈물에 젖은 타리엘을 맞았다. 1324
장미 같은 입술이 열리자 진주 같은 그의 치아가 빛을 발했다.
그는 말했다. "하늘이 도운 덕분에 공주에 대한 소식을 가지고 왔네.
지금까지 시들어 말라 버린 장미 같은 그녀가 오늘부터 다시 필 것이네."

타리엘이 말했다. "오늘은 너무 기쁜 날이네. 1325
자네를 다시 보다니 내 인생의 큰 목표가 이루어졌네.
신께서 이보다 더 좋은 약을 나에게 보낼 수는 없을 것이네.
이런 말이 있네 '하늘이 돕지 않으면 사람은 지상의 목적을 이룰 수 없다.'

타리엘이 자신의 얘기를 완전히 믿지 않자 압탄딜은 애가 탔다. 1326
그는 타리엘이 자신의 얘기를 믿도록 온 힘을 다해 설득했다.
그는 장미 같은 입술을 한 여인이 보낸 베일 조작을 타리엘에게 꺼내 보였다.
타리엘은 자신이 준 선물을 바로 알아보았다.

그는 네스탄이 보낸 편지와 베일 조각을 보고 뛸듯이 기뻐하며 1327
그것들을 자기 얼굴에 갖다 댔다. 그러나 그의 장미빛 뺨이 창백해졌다.
검은 숲 같은 속눈썹이 아래로 덮이고 정신이 안개처럼 흐려지더니 그는 자리에 풀썩 쓰러졌다.

카이스나 살라만[30]도 이같은 슬픔을 견딜 수 없었을 것이다.

1328 압탄딜은 쓰러져 숨도 쉬지 않는 타리엘을 보고 놀랐다.
그는 타리엘에게 달려가 그를 일으켜보려고 했지만
슬픔에 완전히 불타버린 그를 도울 수 없었다.
사랑하는 여인이 보낸 편지를 보고 그는 제물처럼 쓰러져 버렸다.

1329 압탄딜은 쓰러진 친구 옆에 앉아 노래하듯 애곡했다.
계란형의 눈을 따라 덮인 검은 눈썹이 까마귀 날아오르듯이 갑자기 열렸다.
그는 금강석으로 만든 자신의 머리장식으로 타리엘의 루비 같은 입술을 찔렀다.
그러자 뺨을 따라 붉은 피가 흘러내렸다.

1330 압탄딜은 자신의 뺨을 긁으며 피눈물을 흘렸다.
'바보나 미친 사람도 이런 식으로 친구를 돕지는 않을 것이다.
활활 타는 모닥불에 내가 너무 서둘러 물을 부어서 일을 그르쳤구나!
너무 큰 기쁨을 감당하지 못해 그의 심장이 멈췄구나.

1331 내가 경솔하게 그녀의 얘기를 해서 이 친구를 죽게 만들었구나.
모두 내 잘못이다. 내가 너무 바보같이 행동했구나.
경망한 행동은 어려운 상황을 해결하는 데 전혀 도움이 되지 않는다.
책망 받는 느림이 칭찬 받는 서두름보다 낫다'라고 현자들이 말하지 않았는가.'

1332 타리엘은 의식을 잃고 누워서 간신히 생명의 불꽃을 유지하고 있었다.

---

30) 카이스(Kais) – 니자미의 장시〈레이라와 메지눈〉의 주인공. 살라만(Salaman) – 아라비아의〈살라만과 아브시루〉의 주인공. 혹은 카이스는 카인, 살라만은 솔로몬이라는 설도 있음.

슬픔에 빠진 압탄딜은 물을 찾아 여기저기를 뛰어다녔다.
그는 웅덩이에서 아직 식지 않은 사자의 피를 발견했다.
그는 타리엘의 옷을 풀고 가슴에 선홍색의 사자피를 뿌렸다.

압탄딜이 사자를 닮은 타리엘의 뺨에도 사자의 피를 뿌리자, 1333
인도인의 검은 장례 행렬 같은 속눈썹이 열리고 타리엘이 깨어났다.
그가 눈을 크게 뜨자, 플라터너스 같은 그의 몸은 힘을 되찾았다.
태양과 같은 타리엘의 빛을 받은 달과 같은 압탄딜의 안색은
푸른색으로 변했다.

겨울 서리를 만나면 장미는 시들 수 밖에 없다. 1334
여름에 태양 가까이 간 장미도 가물어서 타버리기 쉽다.
나이팅게일이 장미 위에서 노래를 불러도
혹한과 열기를 만나면 장미꽃과 잎은 시든다.

그래서 사람의 마음을 다루는 것이 가장 힘든 일인 것이다. 1335
마음은 큰 기쁨을 맛보거나 큰 슬픔을 겪으면 미친다.
마음은 인생에서 완전한 것을 보지 못하고, 지나가는 일에
일희일비한다.
맹목적으로 세상을 따르는 사람은 스스로를 적으로 만드는
사람이다.

타리엘은 자신을 기절하게 한 편지를 다시 읽었다. 1336
부들부들 떨리고 정신이 혼미해졌지만 그는 끝까지 편지를 읽었다.
그의 눈물이 눈을 멀게 하고, 햇빛도 까맣게 보였다.
압탄딜은 자리에서 일어나 타리엘에게 성난 어조로 충고하기
시작했다.

그는 말했다. "배움이 깊은 남자는 그렇게 낙담해서는 안되네. 1337

이제는 울음을 멈추고 미소를 지으며 기뻐해야 하네.
이제 서둘러 포로로 잡혀있는 태양과 같은 네스탄을 구하러 가세.
자네가 그렇게 보고 싶어하는 네스탄에게 가는 길을 내가 인도하겠네."

1338 "이제 슬픈 마음을 털어버리고 희망에 찬 즐거운 마음을 갖도록 하게.
우리들의 준마를 타고 카제티왕국으로 날아가세.
우리 칼을 우리의 길잡이로 삼고, 카지인들의 등을 칼집으로 삼도록 하세.
카지인들을 모두 시체로 만들고 이리로 돌아옵세."

1339 그러자 타리엘은 압탄딜에게 네스탄에 대해 여러가지를 물었다.
번쩍 뜬 그의 눈에서는 희고 검은 빛이 교대로 반짝였다.
그의 얼굴은 마치 석양빛을 받은 루비처럼 붉게 물들었다.
자격이 있는 사람만이 하늘의 자비를 받게 되어 있다.

1340 그는 압탄딜에게 진심으로 감사의 말을 했다.
"자네에게 어떤 찬사를 해야 할 지 모르겠네. 현명한 사람만이 제대로 된 찬사를 전할 수 있을 것이네.
산속의 샘물이 들판의 꽃을 소생시켜 주듯이
자네는 수선화같이 쉴새 없이 흐르는 내 눈물을 멈추게 해 주었네."

1341 "내가 제대로 보답하지 못한 자네의 은혜를 신이 보답해 주시기를 바라네.
신의 은총으로 자네의 잔이 가득 넘치기를 기원하네!"
이들은 기쁜 마음으로 노래를 부르며 말을 타고 달려갔다.
이제 아스마트는 고난에서 벗어나 큰 위로를 받을 것이 분명했다.

바위 밑 동굴 입구에 아스마트가 슬픈 표정을 짓고 홀로 앉아 있었다. 1342
그녀는 타리엘과 백마를 탄 용사가 달려오는 것을 보았다.
두 사람은 나이팅게일처럼 즐겁게 노래 부르고 있었다.
그들을 알아보자마자 그녀는 옷을 제대로 입을 생각도 못하고 달려 나갔다.

여태까지 그녀는 타리엘이 울면서 동굴로 돌아오는 모습만 보아왔다. 1343
이제 타리엘이 노래하며 웃는 모습을 보자 그녀는 놀라서 일어났다.
그녀는 비애를 이기지 못한 타리엘이 열병에 걸려 정신이 나갔다고 생각했다.
그녀는 그들이 가져온 기쁜 소식을 믿을 수가 없었다.

두 용사는 진주 같은 이빨을 드러내어 웃으며 아스마트에게 소리쳤다. 1344
"오 아스마트여, 신이 우리를 도우셨다.
이제 우리는 어둠에 갇힌 달을 구해낼 수 있게 되었다.
운명은 우리의 고통을 덜어주고, 우리를 재앙에서 구해냈다."

압탄딜은 아스마트를 안아주기 위해 말에서 뛰어내렸다. 1345
그녀는 수양버들 같이 유연한 팔을 뻗어 그를 맞았다.
그녀는 압탄딜의 목과 얼굴에 입맞추며 눈물을 흘렸다.
그녀가 말했다. "당신 생각을 하며 울고 있었어요. 어서 무슨 소식을 가져왔는지 말해 주세요."

압탄딜은 아스마트에게 그녀와 같이 자란 주인의 편지를 보여주었다. 1346
시들은 종려나무나 빛을 잃은 달과 같은 네스탄이 쓴 편지를 그녀는 읽었다.
그는 말했다. "편지를 보면 그녀가 큰 고통을 당하고 있는 것이 분명하다.
그러나 태양이 우리에게 다가왔으니 이제 밤의 어둠도 두렵지 않다."

1347 아스마트는 편지를 보자 바로 네스탄의 글씨를 알아보았다.
두려움이 그녀를 사로 잡아서 몸이 떨렸고 정신이 아뜩했다.
엄청난 전율이 그녀를 머리끝에서 발끝까지 사로 잡았다.
그녀가 용사들에게 말했다. "그녀가 쓴 내용이 모두 사실이지요?"

1348 압탄딜이 대답했다. "너무 두려워 말라, 모든 것이 사실이다.
이제 쓰라린 고통과 한이 사라지고 우리에게 기쁨이 찾아왔다.
이제 하늘을 가리는 구름은 흩어졌고, 태양이 환하게 우리를 비출 것이다.
악은 선에게 패배하고 선이 영원히 승리한다."

1349 인도의 왕인 압탄딜은 아스마트와 포로로 잡힌 인도의 공주에 대한 얘기를 나누었다.
이들은 마치 백 년이나 서로 보지 못한 사람들처럼 껴안고 기쁨의 눈물을 흘렸다.
까마귀 꼬리 같은 속눈썹에서 흘러내리는 눈물이 장미 같은 뺨을 적셨다.
하늘은 어려움에 처한 사람을 버리지 않는다는 사실을 꼭 기억해야 한다.

1350 그들은 신에게 찬양을 올렸다. '우리 행복의 근원이시며,
지상의 무질서를 하늘의 정의로 바로잡으시는 분이시여!'
인도의 왕은 손을 높이 들고 자비로운 신을 찬양했다.
일행은 동굴로 들어갔고, 아스마트는 용사들에게 손수 준비한

음식을 대접했다.

타리엘이 압탄딜에게 말했다. "이제부터 내가 하는 말을 잘 들어주게. |351|
내가 하는 말은 모두 사실이니 차분히 들어주기 바라네.
내가 데비인들을 죽이고 이 동굴을 차지했을 때
이 동굴 안 창고에는 금은보화가 넘치게 숨겨져 있었네."

"겨우 목숨을 부지하던 나는 보화가 필요하지 않았기 때문에 그 창고를 열어 보지 않았네. |352|
이제 우리가 얻은 금은보화가 얼마나 되는지 창고로 가봅시다."
두 용사와 함께 아스마트도 동굴 깊숙이 들어갔다.
이들이 단단히 닫힌 문을 부수고 들어가자 보화가 가득 찬 사십 개의 방이 나타났다.

아직까지 아무도 보지 못한 값진 보석들이 방마다 가득 차 있었다. |353|
모든 면이 찬란한 빛을 내는 다이아몬드와 상상할 수 없이 큰 금괴가 수도 없이 있었다.
격구공만큼 큰 진주들이 큰 상자에 가득 차 있었고,
셀 수 없이 많은 금화가 바닥에 깔려 있었다.

사십 개의 방은 어디로 발을 내디뎌도 황홀한 보석이 발에 채였다. |354|
방 하나에는 번쩍이는 갑옷들과 무기들이 가득 쌓여 있었다.
소금에 절인 야채처럼 갑옷들이 빽빽이 보관되어 있었다.
방 한가운데는 아무도 열어보지 않은 커다란 상자가 놓여 있었다.

그 위에는 이렇게 쓰여 있었다. '여기에 경이로운 갑옷들이 들어 있다. |355|
다이아몬드로 만든 갑옷과 강철도 자를 수 있게 날카롭게 벼른 바스라의 칼.
만일 카지인들이 데비족을 공격하면 큰 낭패를 볼 것이다.
허락없이 이 봉인을 뜯는 사람은 왕의 분노를 살 것이다.'

1356 그러나 두 용사는 아무 주저없이 상자의 뚜껑을 열었다.
거기에는 용사 세 사람이 무장할 수 있는 무기가 있었다.
검, 쇠사슬갑주, 투구, 견갑과
날카로운 화살촉들이 에메랄드 그물에 쌓여 있었다.

1357 사자 같은 용사들은 갑옷을 입고 무기를 골라 들었다.
이들이 걸친 투구와 갑주와 갑옷은 어떤 칼로도 흠집을 낼 수 없었다.
강철로 만든 날카로운 칼은 어떤 것도 명주실처럼 잘라 버릴 수 있었다.
용사들은 이 칼을 이 세상의 어떤 값진 보화와도 바꾸지 않을 것이다.

1358 세 사람은 말했다. "이제 우리의 고난이 곧 끝날 것이다.
하늘의 신이 우리에게 행복의 길을 열어 주셨다."
두 용사는 무기와 갑옷을 갖추고 출정준비를 하였다.
그들은 갑옷과 무기 한 벌을 프리돈에게 주기 위해 부대에 담았다.

1359 그들은 값비싼 진주와 금화들도 골라서 가지고 갔다.
사십 개 방의 문을 봉인하고 입구를 닫고 나왔다.
압탄딜이 말했다. "이제부터 내 손에서 검을 놓지 않겠소.
오늘밤 동굴에서 휴식을 취하고 날이 밝으면 함께 출정합시다."

53장 타리엘과 압탄딜이 프리돈에게 가다

날이 밝자 두 기사는 프리돈의 왕국을 향해 길을 떠났다. 1360
아스마트는 말 뒤에 태워 프리돈왕의 땅 경계까지 데리고 갔다.
거기에서 금화 한 냥을 주고 상인에게서 말 한 필을 샀다.
길을 잘 아는 압탄딜이 손수 길안내자 역할을 했다.

그들은 길을 계속 가다 말떼에게 풀을 먹이는 프리돈의 목동들을 만났다. 1361
그렇게 훌륭한 말떼를 가진 왕은 자랑스러워하는 것이 당연하다.
타리엘이 압탄딜에게 말했다. "내게 한가지 생각이 있으니 들어보게.
우리가 장난으로 말떼를 쫓아버리면 프리돈왕이 나타날 것이오."

"우리가 말떼를 몰고 가면 목동들이 소리 쳐서 왕께 보고할 테고, 1362
프리돈왕은 도적들의 피를 뿌리게 하기 위해 병사들을 데리고 나올 것이오.
말을 데려간 것이 우리라는 것을 알면 그의 분노는 바로 기쁨으로 바뀔 것이오.
유쾌한 장난을 쳐서 한 번 크게 웃도록 합시다."

그들은 프리돈의 가장 뛰어난 준마들을 올가미로 채어가기 시작했다. 1363
목동들은 놀라 부싯돌로 횃불을 켜고 소리쳤다.
"너희들은 누구인가, 거기 서라. 이것은 프리돈왕의 준마들이다.
프리돈왕은 적들을 신음소리도 내지 못하고 죽게 만드는 분이다."

1364 두 기사는 활을 잡고 목동들을 위협했다.
목동들이 겁에 질려 소리치는 비명이 천둥소리처럼 주변에 크게 들렸다.
"도와주세요, 살려주세요. 이 강도들이 우리를 죽입니다!"
목동들은 프리돈에게 급박한 상황을 보고했다.

1365 프리돈은 무장을 갖추고 말에 올라 질풍처럼 달려왔다.
군사들도 황급히 그의 뒤를 따라와 들판을 에워쌌다.
겨울 추위에도 얼지 않는 태양과 같은 두 용사는 이들을 향해 당당하게 다가왔다.
그들은 눈과 얼굴을 가리고 있던 투구의 얼굴 가리개를 아래도 내렸다.

1366 프리돈을 본 타리엘이 말했다. "내가 찾던 사람이 나타났군!"
그는 투구를 벗고 환한 미소를 지었다.
그는 웃으며 프리돈에게 말했다. "우리를 정말로 공격하려 했나?
싸움을 거는 것이 자네의 손님 접대하는 방법인가?"

1367 프리돈은 재빨리 말에서 뛰어내려 영웅들에게 인사했다.
두 용사도 말에서 뛰어내려 프리돈의 뺨을 맞추며 반갑게 인사했다.
프리돈은 손을 높이 들어 신에게 무한히 감사했다.
두 용사를 아는 장군들과 신하들도 이들을 껴안으며 환영했다.

1368 프리돈이 큰소리로 말했다. "오래전부터 기다렸는데 왜 이제야 왔는가?
나는 앞으로 자네들을 받들 만반의 준비가 되었네."
이들이 만난 모습은 마치 두 태양과 달이 만난 것과 같았다.
이들은 서로에게 환한 빛을 비추며 프리돈의 성으로 갔다.

1369 프리돈의 손님들은 멋지게 지어진 왕궁을 보고 놀랐다.
프리돈은 압탄딜을 자기 옆자리에 앉혔고,

신하들은 타리엘을 비단으로 덮인 자리에 앉혔다.
두 용사는 뛰어난 영웅인 프리돈에게 자신들이 가져온 갑옷과 무기를 선사했다.

용사들은 프리돈에게 말했다. "자네에게 이 선물 밖에 가져오지 않았지만, 1370
보물이 가득 찬 동굴은 여기에서 멀지 않네."
프리돈은 땅에 머리를 조아리며 감사를 표했다.
"선물도 귀하지만 이런 선물을 마련한 자네들의 배려가 너무 고맙네."

용사들은 휴식을 취하며 프리돈이 마련한 진수성찬을 즐겼다. 1371
아침 일찍 시종들은 두 기사를 목욕시켰고,
프리돈은 두 영웅에게 값비싼 옷을 선사했다.
프리돈은 보석과 진주를 금쟁반에 담아 그들에게 선물했다.

프리돈이 말했다. "주인으로서 손님들을 최대한 융숭하게 모시고 싶지만 1372
자네들이 편하게 휴식을 취할 수는 없다고 생각하네.
시간을 지체하지 말고 먼 길을 떠나야 하네.
만일 카지인들이 먼저 돌아오면 우리는 승리를 장담할 수 없네."

"대부대를 동원할 필요는 없네. 소수정예 병사만 데려가도록 하세. 1373
기습으로 성을 점령하는데 300명의 병사면 충분하다고 생각하네.
우리는 칼을 단단히 쥐고 전광석화처럼 카제티 성채를 공격하여
죽음보다 더한 슬픔을 겪고 있는 플라타너스 나무 같은 네스탄을 구해내세."

"나는 카제티의 요새를 본 적이 있네. 요새는 깎아지른 절벽 위에 있지. 1374
높은 바위산으로 사방이 둘러싸여 있어 공략하기가 거의 불가능하네.

무턱대고 공격할 것이 아니라 비밀리에 기습적으로 공격해야 뜻을
이룰 수 있네.
그래서 대부대를 데리고 갈 필요가 없네."

1375 프리돈의 말에 두 용사는 동의했고 이들은 출정을 준비했다.
아스마트는 그곳에 남기로 했고, 프리돈은 떠나기 전에 값진 선물을
선사했다.
주인처럼 일당백의 용맹을 자랑하는 300백 명의 기병대도 같이
출발했다.
처음에 고난을 인내하는 자만이 종국에 승리를 쟁취한다고 오래된
격언이 말하고 있다.

1376 세 명의 의형제는 바다를 건너 행군을 계속했다.
프리돈의 인도를 따라 병사들은 밤낮을 가리지 않고 길을 갔다.
프리돈이 말했다. "이제 우리는 카제티왕국에 거의 왔다.
이제부터는 발각되지 않기 위해 밤에만 움직여야 한다."

1377 세 용사는 현명한 프리돈의 조언에 맞춰 행동했다.
낮에는 진군을 멈추었고, 밤이 되면 아무 소리도 내지 않고 신속히
움직였다.
멀리 날카로운 바위산 위에 우뚝 선 무시무시한 카지인들의 요새가
보였다.
요새 위를 순찰하는 경비병들의 군호 소리가 들렸다.

1378 지하통로 입구는 만 명의 병력이 지켰다.
달빛에 빛나는 요새를 바라본 사자 같은 용사들은
이렇게 말했다. '승리를 얻기 위해서는 좋은 계략을 짜내야 한다.
뛰어난 계략만 있으면 백 명의 군사가 천 명의 적군도 이길 수 있다.'

54장 누리단-프리돈의 제안

프리돈이 두 용사에게 말했다. "내가 생각하는 바를 말하겠네. 1379
요새는 난공불락인데 우리 병사는 소수이네.
만용을 부리면 낭패를 당할 것이 분명하네.
저들이 성문을 굳게 닫아걸고 버티면 우리는 여기서 천 년을 기다려야 하네."

"나는 어려서 곡예술을 배웠네. 1380
나는 곡예를 잘 연마해서 장애물을 쉽게 뛰어 넘을 수 있네.
나는 밧줄을 타고 눈이 따라 갈 수 없을 정도로 빨리 성벽을 올라갈 수 있네.
내 또래 애들이 부러움에 넘쳐 나를 따라하고 싶어했다네."

"자네들 중 한 명이 긴 밧줄에 단단한 올가미를 만들어 1381
적의 성탑 위의 돌기로 던지게.
나는 들판을 걷는 것처럼 쉽게 성벽을 올라갈 수 있네.
자네들이 성 안으로 들어올 때 이미 적병들은 내 손에 다 죽임을 당했을 것이네."

"나는 창과 방패를 들고 올라가는 것은 전혀 문제가 없네. 1382
나는 위로 올라가 성안으로 사뿐히 뛰어내려 천둥번개처럼 적들을 제압하겠네.
카지 병사들을 몰살시킨 후 성문을 활짝 열겠네.
내가 신호를 보내면 자네들은 성안으로 빨리 뛰어 들어오면 되네."

55장 압탄딜의 제안

압탄딜이 프리돈에게 말했다. "군주여, 자네는 패배를 모르는 용사네. 1383
자네는 사자와 같은 팔을 가지고 있고, 그 팔은 한 번도 부상을 입지 않았지.
자네의 계획대로라면 적들에게 치명적인 패배를 입히고 그들을 쓸어버릴 수 있지.
그러나 지금 경비병들이 서로 군호를 교환하는 것을 들어보게."

"경비병들은 자네의 갑옷이 찰랑거리는 소리를 들을 것이고, 1384
자네가 성벽꼭대기에 다다르기 전에 자네의 밧줄을 끊을 것이 분명하네.
그러면 자네는 땅에 떨어져 목숨을 잃게 될 것이네.
그녀를 구하려면 다른 방도를 찾아봐야 할 것 같네."

"자네들이 병사들을 데리고 이곳에 잠복하는 것이 더 나을 것 같네. 1385
적들은 성으로 들어오는 여행자에게는 손을 대지 않네.
나는 상인의 복장을 하고 성안으로 들어가 그들을 속이겠네.
나는 노새 위에 투구와 갑옷, 검을 숨겨 싣고 가겠네."

"우리 셋이 같이 들어가면 적들이 바로 우리를 알아볼 것이네. 1386
나 혼자 상인으로 변장해 적들의 눈을 속이겠네.
성 안으로 들어간 다음 나는 순식간에 갑옷을 입고 적들을 공격하겠네.
신이 우리를 도우면 성안에서 적들의 피가 강같이 흐르게 만들 수 있네."

1387 "나는 성 안에서 경비병들을 해치울 것이네.
그러면 자네들은 영웅적인 용사답게 적들을 무섭게 처단하기
바라네.
내가 자물통을 부숴버리고 자네들을 위해 성문을 활짝 열겠네.
이보다 더 좋은 계획이 있으면 나는 그것을 기꺼이 받아들이겠네."

56장 타리엘의 제안

타리엘이 말했다. “자네 둘은 천하무적의 영웅들이네. 1388
자네들의 무용만큼이나 자네들의 계략도 뛰어나네.
자네들은 장난 같은 칼싸움이 아니라 격렬한 전투를 고대하고 있지.
결사적 전투를 치를 때 자네들 같은 용사들과 함께 싸울 수 있다면 정말 마음 든든하네.”

“그러나 나도 무언가 역할을 할 수 있게 좋은 계략을 내주기 바라네. 1389
싸우는 소리가 나면 태양 같은 네스탄이 그 소리를 듣고
성탑에서 내려다보면서 자네들이 격렬하게 전투를 벌이는 것을 보고,
내가 싸우는 모습을 보지 못한다면 세상에 이보다 더 큰 불명예는 없네.”

“이제 내가 말하는 계략이 분명히 성공한다고 내 목을 걸고 약속하겠네. 1390
우리 셋이 백 명씩 병사를 나눠 갖고 여명이 밝을 때 동시에 공격하도록 하세.
세 방향에서 말을 타고 성문으로 질주해 들어가면
처음에 적들은 우리가 오합지졸이라고 오판했다가 우리의 칼에 크게 당할 것이네.”

“번개처럼 적들을 공격하면 적들은 성문을 닫을 틈이 없을 것이고 1391
세 사람 중 하나가 먼저 성문을 돌파해 들어가고, 나머지 두 사람은 성문에서 전투를 시작하도록 하세.

안으로 들어간 사람은 적들의 피가 폭포처럼 흐르게 적을 섬멸할 것이네.
수많은 전투에 단련된 우리의 갑옷이 승리를 보장할 것이네."

1392 그러자 프리돈이 말했다. "내일 치열한 전투가 벌어질 것이 눈에 선하네.
내가 선물한 자네의 준마가 적들이 막을 틈도 없이 질풍같이 성문을 돌파할 것이네.
카제티왕국을 공격하는데 당신이 이 말을 탈 줄 알았다면
나는 절대 당신에게 이 말을 선사하지 않았을 것이네."

1393 프리돈은 친구들을 즐겁게 하기 위해 이런 농담을 던졌다.
이들은 현명한 말과 농담을 주고 받으며
서로를 격려하고 위로했다.
이들은 공격을 준비하며 무장을 챙기고 말에 안장을 얹었다.

1394 그들은 결전의 의지를 다지며 농담을 주고 받았다.
세 용사는 타리엘의 계획을 따르기로 했다.
그들은 용감한 병사들을 백 명씩 인솔하며 결전을 기다렸다.
그들은 말에 뛰어올라 투구를 올리고 공격 준비를 했다.

57장 카제티요새를 점령하고 네스탄-다레잔을 구하다

세 영웅들의 모습을 바라보는 사람들은 태양보다 강한 빛에 눈이 멀 1395
지경이었다.
일곱 행성에서 빛기둥이 내려와 세 명의 용사를 호위했다.
멋진 몸을 한 타리엘은 흑마 위에 올라타고 들판을 달렸다.
이들의 용맹스런 모습은 적에게는 두려움을, 친구들에게는 기쁨을
주었다.

나는 세 용사의 모습을 전혀 과장하지 않고 그리고 있다. 1396
구름이 몰려와 소나기를 퍼붓고 물이 불어나면,
산꼭대기에서 계곡물이 천둥 같은 소리를 내려 쏟아져 내린다.
그러나 이 계곡물이 바다와 합쳐지면 그때야 물결이 잔잔해진다.

이 세상에 프리돈과 압탄딜에 비길 수 있는 영웅은 없지만, 1397
그러나 치열한 전투에서 타리엘과 감히 겨룰 수 있는 전사는 없다.
별이 아무리 환하게 비추더라도 태양이 뜨면 별빛은 사그러든다.
전장의 함성 소리를 듣고 싶은 사람은 이제부터 잘 들으시라.

각각 성문을 하나씩 맡은 세 사람은 열을 맞추어 전진해갔다. 1398
영웅과 같은 300명의 병사가 그들의 뒤를 따랐다.
이들은 한밤중을 골라 신속히 전진했다.
새벽빛이 비추자마자 세 사람은 방패와 무기를 들고 전진했다.

처음에 이들은 여행자처럼 열을 만들지 않고 조용히 나갔다. 1399
성 위의 적군들이 이들을 알아차리고 비상을 걸지 않도록 했다.

경비병들은 이들이 가까이 접근하는 것을 신경 쓰지 않았다.
성 앞에 다다르자 용사들은 재빨리 투구를 쓰고 전투준비를 했다.

1400 갑자기 이들은 말에 박차를 가하고 채찍을 내리치며 적들에게 돌진했다.
말들이 성 안으로 질주하자 놀라서 다급하게 외치는 소리가 성문 안에서 들려왔다.
세 용사는 큰 함성을 지르며 무서운 기세로 세 방향에서 공격을 시작했다.
공격의 함성 소리와 나팔소리가 적들의 통곡과 비명 소리와 합쳐졌다.

1401 이날 아침 카지인들에게 무섭고도 가혹한 신의 분노가 덮쳤다.
화가 난 토성은 태양빛을 가려버리고 어둠을 땅으로 내려보냈다.
창공이 분노에 차서 뒤집히고 어둠이 덮쳤다.
산 사이의 계곡은 겹겹이 쌓인 카지인들의 시체더미를 다 담을 수 없었다.

1402 타리엘의 땅을 울리는 외침소리만으로도 적들은 혼비백산했다.
그는 적의 갑옷과 투구를 헝겊처럼 찢고 적들의 머리를 박살냈다.
세 용사는 세 방향에서 성문을 공격하며 적들을 살육했다.
성벽을 부수며 공격했고, 이미 성벽이 뚫린 곳을 집중적으로 공략했다.

1403 성벽을 돌파한 압탄딜과 사자 같은 프리돈은 성 안에서 만났다.
적들은 완전히 섬멸되어 적의 피가 바다처럼 흘러내렸다.
이들은 서로의 이름을 크게 불렀고, 기쁨에 겨워 서로를 찾았다.
그러나 타리엘을 찾지 못한 이들은 사방을 둘러보며 그를 찾았다.

타리엘을 찾지 못한 이들은 두려운 마음으로 다시 수색을 시작했다. 1404
이들은 막아서는 적들을 한 칼에 처단하며 성탑으로 달려갔다.
그곳에는 찢어진 갑옷과 부러진 칼들이 산더미처럼 쌓여 있었고,
죽은 만 명의 적군이 먼지처럼 누워 있었다.

성의 수비대는 완전히 섬멸되었고, 깊은 부상을 입은 경비병들은 바닥에 뒹굴었다. 1405
모두 머리에서 발끝까지 부상을 입었고 갑옷은 조각조각 찢어졌다.
성문은 경첩에서 완전히 뜯겨졌고, 바닥에 떨어진 성문의 쌍빗장이 겹으로 쌓여 있었다.
이 모든 것이 타리엘의 전투의 흔적이라는 것을 용사들은 알아차렸다.

용사들은 죽은 적병들을 헤치고 지하통로를 통해 성탑으로 올라갔다. 1406
거기에서 독사의 손길에서 벗어난 처녀가 태양과 같은 용사와 만나고 있었다.
투구를 벗어 던진 타리엘이 태양과 같은 처녀와 함께 서 있었다.
두 사람은 가슴과 가슴을 맞대고, 목과 목을 껴안고 있었다.

네스탄과 타리엘은 서로 입을 맞추었어도 가슴에 타는 불길을 끌 수 없었다. 1407
이들의 모습은 마치 하늘에서 목성과 토성이 만난 것 같았다.
태양이 장미의 가슴을 비추자 장미는 불길에 휩싸인 것처럼 밝은 빛과 열기를 발했다.
이제까지 슬픔만을 맛보았던 두 사람의 가슴에 이제부터 영원히 기쁨의 빛이 비출 것이다.

타리엘과 네스탄은 서로 목을 꼭 껴안고 오랫동안 뜨겁게 입을 맞추었다. 1408

두 사람의 장미 같은 입술은 떨어졌다가 다시 꼭 붙기를 반복했다.
이제 압탄딜과 프리돈도 사랑하는 연인들 앞으로 다가왔다. 세 명의 의형제가 같이 모였고,
압탄딜과 프리돈은 태양과 같은 네스탄에게 정중히 인사했다.

태양 같은 네스탄은 환희에 넘치는 미소를 지으며 이들에게 답례를 했다. 1409
침착하게 감정을 추스린 그녀는 큰 고생을 한 용사들에게 입맞추었다.
그녀는 상냥한 말로 예의를 갖추며 이들에게 크게 감사했다.
프리돈과 압탄딜도 멋진 말로 그녀에게 답하며 기쁨을 함께 나누었다.

그들은 플라타너스 같은 멋진 몸을 한 타리엘을 칭송했다. 1410
전투에서 몸을 다치지 않은 그를 칭송하며 여러 질문을 던졌다.
타리엘의 갑옷과 무기에 흠이 좀 났지만 부상을 입지 않은 것을 확인했다.
염소에 불과한 카지인들을 무찌른 이들은 사자처럼 용맹스러워 보였다.

그들과 같이 성을 공격한 300명의 용사 중 160명이 살아서 귀환했다. 1411
프리돈은 전사한 부하들을 애석해 했지만, 그래도 승리를 기뻐했다.
그들은 남아있는 적을 모두 찾아 죽였다.
이들이 노획한 적군의 보화는 수를 셀 수도 없었다.

이들은 3천마리의 노새와 낙타등에 1412
수도 없는 진주와 보석을 실었고,
터키옥, 루비, 정교하게 세공된 찻잔들도 실었다.

그들은 태양과 같은 네스탄을 가마에 태워서 조심스럽게 이동했다.

1413 이들은 병사 60명을 뽑아서 카제티를 지키게 했다.
용사들은 태양과 같은 네스탄을 데리고 갔다. 이제 누가 그녀를 해할 수 있겠는가?
바다의 왕국을 향해 긴 행렬이 나아갔다.
그들은 말했다. "우리는 파트만을 만나서 그녀에게 진 빚을 갚아야 한다."

58장 타리엘이 바다의 왕에게 가다

타리엘은 '바다의 왕'에게 전령을 보냈다. 1414
그는 다음과 같이 썼다. '적들을 이 땅에서 쓸어버린 타리엘이 가고 있습니다.
창에 찔린 듯 나의 가슴을 고통스럽게 한 네스탄을 구출해서 같이 가고 있습니다.
나는 아버지와 같은 당신을 어서 빨리 가서 만나고 싶습니다.

나는 카제티왕국을 격파하고 그 주변 지역도 점령했습니다. 1415
오 왕이여, 이러한 위업을 달성한 것은 다 당신 덕분입니다.
파트만이 누이처럼 네스탄을 보호했습니다.
어떻게 이 은혜를 갚을 수 있을 지 황망할 뿐입니다.

우리가 당신의 왕국을 통과할 때 당신을 꼭 보고 싶습니다. 1416
카지인들의 모든 재산을 당신께 선물하겠습니다.
당신의 병사들을 그 곳에 주둔시켜서 그 성을 잘 지키시기 바랍니다.
나는 서둘러 고국으로 가야 하니 길을 가는 도중에 꼭 만나 뵙기를 원합니다.

파트만의 남편인 우센에게 말하여 파트만도 같이 나오도록 하십시오. 1417
그녀가 구해 준 네스탄을 다시 만나면 매우 기뻐할 것입니다.
네스탄은 다른 사람보다 자신을 구해 준 파트만을 꼭 만나고 싶어합니다.
수정의 밝은 빛이 콜타르를 압도하듯 네스탄이 비추는 빛은

태양보다 밝습니다.'

1418 타리엘의 전령이 바다의 왕 앞에 도착했다.
그의 가슴은 기쁨에 차 떨렸고, 모두가 왕이 기뻐하는 모습을 보았다.
왕은 공의를 행하신 신께 찬양을 올렸다.
그는 서둘러 말에 올라 그들을 만나러 갔다.

1419 왕은 결혼식에 가듯이 나귀들을 모아 귀한 선물을 가득 실었다.
화려한 빛을 내는 값진 보화와 진주를 가득 싣고 갔다.
그는 용사들을 만나기 위해 파트만을 데리고 열흘길을 갔다.
그는 사자와 세상을 비추는 태양 같은 기사를 만난다는 생각에 너무 기뻤다.

1420 바다의 왕을 만나는 세 용사도 기쁨에 넘쳤다.
그들은 왕을 만나자 군대가 도열한 가운데 반갑게 입을 맞췄다.
타리엘은 연이어 자신을 찬양하는 병사들에게 감사를 표했다.
막 떠오른 태양과 같은 휘황한 빛을 발하는 네스탄을 보고 모두 행복해했다.

1421 네스탄을 본 파트만은 다시 가슴이 불에 타는 듯 했다.
파트만은 그녀의 발, 손, 목에 키스를 퍼부으며 기쁨의 소리를 질렀다.
"신께 감사하나이다. 당신은 태양과 같은 밝은 빛으로 어둠을 밝히셨습니다.
세상의 악은 오래 가지 못하고, 선이 영원히 승리합니다."

1422 네스탄도 파트만을 껴안고 다정한 말로 기쁨의 인사를 전했다.
"깊은 상처가 난 내 가슴에 다시 즐거움이 물결치듯 몰려왔습니다.

이지러지던 달이 다시 밝은 빛을 비추게 되었습니다.
태양 빛을 받은 장미는 다시 꽃봉우리를 피우고 다시는 시들지 않을 것입니다."

바다의 왕은 결혼식과 같은 성대한 연회를 열고 축배의 잔을 높이 들었다. 1423
그는 카제티를 선물로 준 것에 대해 감사하며 7일간이나 연회를 주관했다.
손님 모두에게 값진 선물을 나누어 주고,
손님들은 뿌려진 금화를 돌로 된 다리처럼 싫증이 나도록 밟았다.

화려한 무늬가 수놓아진 값진 비단과 천이 산처럼 쌓였다. 1424
왕은 타리엘에게 가장 화려하게 장식된 왕관을 씌워주었다.
전체가 루비로 만들어진 왕관에는 아름다운 각인이 새겨졌다.
그에게 불꽃처럼 빛을 내는 붉은 금으로 만들어진 옥좌도 선사했다.

왕은 네스탄에게 값을 매길 수 없는 수단(繡緞)을 선물했다. 1425
터키옥과 히아신스 루비가 무지개처럼 그 위에 장식되었다.
옥좌에 앉은 새 신랑, 신부는 번개가 치듯이 강렬한 빛을 발산했다.
그 자리에 있던 사람들은 모두 불에 타는 듯 했다.

왕은 압탄딜과 프리돈에게도 값진 선물을 풍성히 선사했다. 1426
두 사람에게 값비싼 안장과 준마를 선물했다.
보기 드문 빛을 발하는 보석으로 장식된 외투도 선물했다.
용사들이 말했다. "무슨 말로 감사를 표할 수 있겠는가? 왕의 호의는 바다와 같이 넓다."

타리엘은 멋진 말로 왕에게 감사를 표했다. 1427
"오 왕이여, 태양과 같이 빛나는 당신을 만나 뵈어 큰 영광입니다.

당신은 우리에게 차고도 넘치는 값진 선물을 주셨습니다.
우리가 이곳을 지나치지 않고 찾아오기를 아주 잘했다고
생각합니다."

1428 바다의 왕이 대답했다. "오 용감한 사자여,
당신과 함께 있으면 생명을 얻지만, 당신과 헤어져 멀리 있는 것은
죽음과 같은 형벌입니다.
어떠한 선물도 당신에게 격이 맞지 않습니다. 당신은 남녀 모두에게
큰 기쁨을 주십니다.
당신을 바라볼 수 있으면 우리가 살 수 있지만, 당신 없이 우리는
어떻게 살아가야 하나요?"

1429 타리엘은 파트만에게 말했다. "나는 당신을 나의 여동생으로
삼겠소.
나는 당신에게 진 빚을 지금 제대로 갚을 수 없지만, 후에 백 배로
보상하겠소.
내가 카지인들을 무찌르고 가져온 보석을
감사의 표시로 선사하니 사양 말고 받아주시오."

1430 파트만은 머리를 숙여 깊은 감사를 표했다.
"불과 같이 빛을 발하는 당신을 만나 뵙고 나니
당신이 떠나면 나는 정신을 잃게 될 것 같습니다.
당신과 같이 길을 갈 수 있는 사람은 축복을 받고, 당신을 보지
못하는 사람은 하루도 살 수 없습니다."

1431 붉은 빛을 발하는 뺨과 수정같이 빛나는 치아, 루비 같은 입술을 한
세 명의 용사는 왕에게 말했다.
"당신과 헤어지면 피리와 하프로도 즐거운 음악을 연주할 수
없습니다.

그러나 이제 당신을 떠나게 허락해 주소서. 우리는 갈 길이 멉니다."

"우리의 아버지 같은 당신께 한 가지 청원이 있습니다. 1432
폭풍과 풍랑을 뚫고 나갈 수 있는 배와 조타수를 주십시오."
왕이 대답했다. "당신들을 위해서라면 내 목숨도 내놓겠소.
그렇게 결정했으면 어서 바다를 헤치고 가시오. 당신들의 무용이 영원하기를!"

바다의 왕은 가장 견고한 배를 골라서 삭구를 설치했다. 1433
세 사람은 배를 타고 바다로 나갔다. 이들은 서로 멀어지며 한없이 눈물을 흘렸다.
왕은 가슴을 치며 아쉬워했고, 환송하는 사람들도 슬프게 통곡했다.
파트만이 흘리는 눈물로 바다의 파도가 더 높아졌다.

맹세로 결연을 맺은 세 용사는 바다를 건너 갔다. 1434
항해를 하며 우정의 맹세를 다시 확인하며 우정을 돈독히 했다.
이들의 웃는 소리와 즐거운 노랫소리가 바다에 울려 퍼졌다.
수정 같은 치아에서 나오는 빛은 입술에 투명한 빛을 비췄다.

그들은 아스마트에게 전령을 보내 기쁜 소식을 알렸다. 1435
프리돈과 신하들에게도 승전보를 전했다.
'태양과 같이 네스탄도 함께 가고 있다. 그녀를 보는 사람은 모두 큰 기쁨을 얻을 것이다.
우리의 인생에 매서운 한기가 돌았지만, 이제 우리는 추위를 두려워하지 않는다.'

일행은 바닷가를 따라 여행했고, 네스탄은 가마에 앉아 바다를 건넜다. 1436
이들은 그간 겪은 고난을 모두 잊고 어린아이처럼 장난을 치며 즐거워했다.
그들은 마침내 누라딘-프리돈이 통치하는 땅에 도착했다.
용맹스런 용사들을 칭송하는 환영의 소리가 울려 퍼졌다.

1437 프리돈의 신하들이 나와 용사들을 열렬히 환영했다.
기쁨을 주체할 수 없는 아스마트는 그간 가슴에 안고 살아 온 상처를 다 잊었다.
그녀는 네스탄 공주를 꼭 껴안아서 도끼를 가지고도 두 사람을 떼어 놓을 수 없었다.
일편단심 네스탄을 섬긴 아스마트의 충정이 드디어 보답을 받은 것이다.

1438 네스탄은 아스마트의 뜨거운 입술에 입을 맞추며 말했다.
"나는 너에게 슬픔에 슬픔을 더했다.
나는 하늘로 눈을 들어 신의 자비에 감사를 올린다.
너의 사랑과 충성에 내가 어떻게 보상할 수 있을지 모르겠다."

1439 아스마트가 대답했다. "신께 찬양을 올립니다. 장미빛은 전혀 바래지 않았습니다.
신의 섭리로 이제까지 감추어졌던 비밀이 드러났습니다.
주인께서 행복하신 것을 보니 나에게는 죽음조차도 생명처럼 보입니다.
주인과 종의 진정한 사랑보다 더 고귀한 사랑은 세상에 없습니다."

1440 신하들은 영웅들에게 허리를 굽혀 인사하고 이들을 찬양했다.
"주께서 우리에게 하늘의 은총을 선사하셨습니다.
당신들의 얼굴을 다시 보게 되니 이제 슬픔은 사라졌습니다.
우리가 받은 모든 상처를 전능하신 분이 치료해 주십니다."

신하들은 의식을 치르듯 차례로 기사들의 손등에 입을 맞추었다. 1441
프리돈왕이 탄식하며 말했다. "우리의 병사들이 전투에서 장렬히 전사했다.
죽은 병사들은 영원한 영광을 얻으러 하늘로 올라갔다.
그들은 신과 함께 낙원에 살며 영원한 안식을 얻을 것이다."

"용감한 병사를 잃은 나는 가슴 속의 슬픔을 주체할 수 없다. 1442
그러나 그들은 영원한 생명을 선물로 받았다."
이 말을 하면서 그는 크게 울었고, 흰 눈 같은 눈물이 황옥 같은 뺨에 흘러내렸다.
수선화는 북풍에 몸을 떨었고, 장미는 황옥색으로 얼어붙었다.

왕이 눈물을 흘리는 것을 본 병사들은 모두 소리 높여 흐느꼈다. 1443
그때까지 울음을 참던 사람들도 탄식과 울음을 토해냈다.
다 울고 나서 병사들은 말했다. "태양과 같은 얼굴을 한 왕이라고 불리시는 분이여,
당신의 얼굴을 보는 우리는 울음을 그치고 기쁨의 종을 울려야 합니다."

"누가 감히 당신이 흘린 눈물보다 더한 눈물을 흘리겠습니까? 1444
당신을 위해서라면 어떤 병사도 장렬히 전사해 땅 아래로 내려가는 것을 두려워하지 않을 것입니다."
그러나 프리돈이 압탄딜에게 다음과 같이 말했다. "너무 괴로워 마시고 진정하기 바라네.
신이 보답으로 당신에게 천 배나 되는 기쁨을 줄 것이네."

압탄딜은 왕의 말에 동의하며 말했다. 1445
다른 이들도 한 목소리로 말했다. "이제 우리는 고난을 극복했습니다.

사자와 같은 용사가 태양과 같은 공주를 다시 만났으니
우리는 더 애곡할 필요가 없습니다. 이제 모두 눈물을 버리고 마음껏 기뻐하도록 합시다."

1446 그들은 계속 항해하여 프리돈왕국의 수도 물가잔자르에 도착했다.
그들을 환영하는 나팔소리와 징소리가 크게 울려 퍼졌다.
힘찬 북소리가 쿵쿵 울려퍼졌다.
모든 주민들이 하던 일을 멈추고 이들을 만나러 달려나왔다.

1447 상인들이 가게문을 닫고 나왔고, 주민들은 집에서 뛰어나왔다.
호위병들이 군중을 헤치고 용사들이 나갈 길을 만들었다.
군중들이 용사들을 조금이라도 가까이서 보려고 계속 몰려들었다.
이들은 신하들에게 사정하며 한번이라도 용사들의 얼굴을 보고 싶어했다.

1448 용사들은 드디어 보기에 아름다운 프리돈의 궁전에 도착했다.
금빛 허리띠를 두른 시종들이 이들을 맞으러 궁전 밖으로 나왔다.
용사들이 오는 길에 황금빛 양탄자를 깔고 일행의 머리 위에 금화를 뿌려서
군중들은 환호를 지르며 금화를 한움큼씩 주웠다.

59장 프리돈의 궁전에서 타리엘과 네스탄이 결혼식을 올리다

프리돈은 네스탄과 타리엘을 위해 흰색과 붉은색으로 장식된 옥좌를 1449
마련해 주었다.
루비와 황옥이 옥좌의 테를 멋지게 장식했고,
압탄딜을 위해서는 황금색과 검정색의 에나멜보석으로 만든 자리를
마련해 주었다.
이들이 옥좌에 오르자 이 광경을 지켜 본 사람들이 내는 탄성소리가
나에게도 선명히 들렸다.

음유시인과 가수들이 나와 달콤한 노래와 음악을 연주했다. 1450
손님들이 값비싼 선물을 가지고 와서 성대한 결혼식을 축하했다.
프리돈은 돈을 아끼지 않고 성대한 연회를 베풀었다.
네스탄의 얼굴에는 미소가 퍼졌고, 수정같이 아름다운 치아가 빛을
발했다.

프리돈왕은 신랑, 신부를 위해 엄청난 선물을 준비했다. 1451
거위알만한 아홉 개의 진주와
태양빛같이 휘황한 빛을 내는 무거운 보석들도 가져왔다.
보석을 앞에 두면 화가는 어두운 밤에도 그림을 그릴 수 있을
정도였다.

프리돈은 신혼부부에게 각각 목걸이를 선물했다. 1452
터키옥으로 만들어지고 정교하게 세공된 틀을 가진 보석들은
연회장을 밝게 했다.
다음으로 시종이 온갖 보석이 올려져 있는 무거운 쟁반을 가져왔다.

이것은 사자 같은 타리엘의 의형제인 압탄딜에게 주는 선물이었다.

1453 압탄딜이 받은 쟁반에는 통진주들이 가득 찼다.
프리돈은 멋진 찬사와 함께 이 선물을 압탄딜에게 주었다.
넓은 궁전은 수단과 금빛 옷감으로 가득 찼다.
타리엘은 현란한 무늬와 같은 아름다운 말로 프리돈왕에게 감사를 표했다.

1454 프리돈이 베푼 성대한 잔치는 8일 동안 계속되었다.
매일 손님들은 값을 따질 수 없는 선물들을 받았다.
밤과 낮을 가리지 않고 피리와 하프 소리가 들렸다.
타리엘과 함께 있는 네스탄은 눈부신 빛을 발했고, 두 사람은 천생연분처럼 보였다.

1455 하루는 타리엘이 마음 속 깊은 말을 프리돈에게 했다.
"우리를 온 정성을 다해 접대한 자네는 하늘이 준 의형제이네.
나를 위해서 자네는 죽음도 두려워하지 않는다는 것을 잘 아네.
자네는 죽게 된 나를 살린 영약과 같은 존재이네."

1456 "압탄딜도 나를 구하기 위해 큰 희생을 치렀네.
나는 이에 대한 보답으로 그의 고통을 덜어주어야 하네.
가서 슬픈 이별로 고통스러워 하는 그를 위해 무엇을 해줄 수 있는지 알아봐 주길 바라네.
그가 고통에 시달리던 나를 구원한 것처럼 나도 그를 위해 무언가를 하고 싶네."

1457 "가서 이렇게 전해 주게 '자네가 보여준 의리에 어떻게 보답해야 할지 모르겠네.
하늘이 놀랄만한 은총을 우리에게 내렸네.

자네가 소망하는 일을 내가 이루지 못한다면,
나는 화려한 궁전을 멀리 떠나 떠돌아 다니며 생을 마쳐야 마땅하네.

내가 어떻게 해야 자네를 도울 수 있는지 직접 얘기해 주기 바라네. 1458
내 생각에 우리 같이 자네와 함께 아랍왕국으로 가는 것이 좋겠네.
문제가 생기면 먼저 부드러운 말로 해결해 보고, 그렇지 않으면
무기를 들어야 하네.
만일 자네가 사랑하는 사람과 결혼하지 못하면, 나도 사랑하는
사람의 남편이 되지 않을 것이네.'

프리돈이 압탄딜에게 타리엘의 말을 전하자, 1459
행복에 겨운 압탄딜은 멋진 미소를 지었다.
압탄딜이 말했다. "내가 상처를 입지 않았는데 왜 약이 필요하겠나?
카지인들이 내가 사랑하는 여인을 포로로 잡아 빚을 잃은 것도
아니지 않나."

"그녀는 부왕으로부터 물려받은 옥좌를 빛내며 평온하게 나라를 1460
통치하고 있네.
그녀는 백성들의 큰 존경을 받고 있어서 적들은 감히 그녀에게 해를
입힐 생각도 못하고 있네.
무력해진 카지인들이나 마술사의 마법도 그녀를 괴롭히지 못하네.
이런 말을 들으니 기분이 좋지만 내가 무슨 도움을 받겠나?"

"만일 신의 뜻이 있다면 하늘이 내게 힘을 줄 것이네. 1461
하늘이 원한다면 나의 고통은 기쁨으로 바뀔 것이네.
오직 그때가 되어야 죽을 운명인 나는 하늘로부터 태양빛을 받을
것이네.
그렇게 되기 전까지 행복을 찾고자 하는 나의 모든 노력은 헛된 것이
될 것이네."

1462 “내가 말한 것을 타리엘에게 그대로 전해 주기 바라네.
‘내 말을 섭섭하게 받아들이지 말기 바라네. 나의 주군인 자네가 나에게 감사할 일이 무엇이 있단 말인가?
나는 태어날 때부터 자네의 종이었고,
나는 죽는 날까지 위대한 군주인 자네를 위해 봉사할 것이네.”

1463 자네 스스로 말하지 않았나. ‘나는 그가 사랑하는 사람과 만나는 것을 간절히 열망한다’고.
이런 따뜻한 감정은 자네의 마음에 딱 어울리네.
사랑에 관해서는 칼도 소용이 없고, 미사여구도 소용이 없다네.
나로서는 하늘의 뜻이 이루어질 때까지 기다리는 게 낫네.

1464 나의 유일한 바람과 소원을 말한다면
자네가 인도의 옥좌에 앉아 황금 왕관을 쓰는 것을 보는 것이네.
지지 않는 해처럼 빛을 발하는 네스탄이 자네 보좌 옆에 앉아 있는 것을 어서 보고 싶네.
또한 자네가 적들을 완전히 제압하고 아무도 도전하지 못하는 맹주가 되기를 바랄 뿐이네.

1465 나의 오랜 바람이 이루어지면, 그때야 자네에 대한 봉사를 마치고
태양과 같은 나의 여인을 만나러 아랍왕국으로 돌아가겠네.
시간이 내안에 타고 있는 불을 꺼줄 것이라 생각하네.
나는 자네에게 이것 이외에 다른 것을 바라지 않고, 다른 모든 듣기 좋은 말은 귀에 담지 않겠네.’

1466 프리돈이 전한 압탄딜의 말을 들은 타리엘이 말했다.
“어떤 마술과 같은 힘도 나를 막아서지 못하네.
나는 압탄딜 덕분에 사랑하는 여인을 찾아 나설 수 있게 되었네.
나는 그렇게 소중한 의형제를 얻었으니 무슨 일이 있어도 그를

도와야 하네."

"내가 하는 말은 공연한 말이 아니라는 것을 가서 전해주기 바라네. 1467
나는 압탄딜이 작별하고 떠나온 아버지 같은 로스테반왕을 꼭 만나
뵐 것이네.
나는 그가 아끼는 많은 노예들을 죽여서 그를 격노하게 만들었네.
나는 그의 용서를 받은 후에 인도로 돌아오겠네."

"그에게 전해주게. '더 이상 논쟁하지 말고 1468
내일 아침 일찍 길을 떠나도록 하세. 내 결심은 확고하네.
아랍의 왕은 우리의 우정의 간언을 듣고 가볍게 여기지는 않을
것이네.
그리고 나서 나는 자네와 공주의 결혼을 간청할 것이네.'

프리돈은 압탄딜에게 타리엘의 결심을 알렸다. 1469
그리고 자신의 충언을 더했다. "친구를 고통에 빠지게 해서는
안되네."
타리엘의 말을 전해 들은 압탄딜은 걱정과 번민에 빠졌다.
'그래, 주군에게는 순종하는 것이 최고의 미덕이다.' 마침내 그는
그렇게 결론내렸다.

압탄딜은 타리엘에게 가서 무릎을 꿇고 간청을 했다. 1470
그는 타리엘의 다리를 잡고 앉아 시선을 내리깐 채 청원했다.
"나는 로스테반왕에게 큰 죄를 짓고 떠나왔네.
자네가 나를 돕는 것은 고맙지만 그분을 다시 격노하게 할 수는
없네."

"자네는 바라는 것을 얻지 못할 것이네. 하늘의 뜻에는 거짓이 없네. 1471
내가 어떻게 아버지 같은 분을 배신하겠는가?

나의 배은망덕한 행위로 그는 몸져 누워 있네.
나는 군주에게 칼을 겨누는 종이 될 수는 없네."

1472 "나는 다시 여왕과 말다툼을 할 수 없네.
그녀가 다시 화를 내면 나에 대한 그녀의 분노는 더욱 커질 것일세.
그러면 나는 영영 그녀를 만날 수 없을 것이네.
이 세상 누구도 나의 고난을 해결해 줄 수 없네."

1473 태양같은 빛을 발하는 타리엘은 큰 웃음을 터뜨리며 말했다.
그는 압탄딜의 손을 잡고 단번에 그를 일으켰다.
"자네가 도와준 덕에 나는 행복과 기쁨을 되찾았네.
이제 자네도 나와 같은 기쁨을 누리고 빛을 되찾기를 바랄 뿐이네."

1474 "친구가 어려움을 겪고 있는데 돕지 않는 것은 옳지 않은 일이네.
나는 우울한 생각에 빠지는 것과 지나친 자신감도 싫어하네.
자네가 나의 친구라면 나에게 마음을 털어놓아야 하네.
그렇지 않다면 서로 갈라서서 각자의 길을 가는 게 더 낫네."

1475 "나는 자네에게 마음을 바친 태양과 같은 여왕의 마음을 아네.
그녀는 자네 친구인 나를 멀리 하지는 않을 걸세.
나는 로스테반왕에게 에둘러 말하지 않을 것이네.
나는 빛나는 옥좌에 앉아 있는 로스테반왕을 하루빨리 뵙고 싶네."

1476 "나는 정성을 다해 공손하게 왕에게 간청할 것이네.
왕이 스스로 자네와 공주를 결혼시키도록 청원할 것일세.
멀리 떨어져 서로를 애타게 그리던 연인들이 결합하게 해 달라고.
이제 두 사람이 이별의 슬픔을 극복하고 서로를 아름답게 만들어
주기 바랄 뿐이네."

1477 타리엘의 결심을 꺾을 수 없다는 것을 깨달은 압탄딜은

그와 더 논쟁하지 않고 그의 뜻에 동의했다.
멋진 결말을 목격한 프리돈은 지체없이 타리엘을 수행할 부대를 편성하도록 명령하고
자신도 이들을 따라 나섰다. 세 사람은 기쁨으로 가슴이 뛰었다.

60장 세 용사가 동굴을 거쳐 아랍왕국으로 가다

1478 현자 디오니소스[31]가 우리에게 다음과 같은 지혜를 알려주었다.
'신은 악을 만들지 않고 세상에 선을 나타내신다.
악은 순식간에 뿌리를 뽑고, 선은 영원히 지속되게 하신다.
신은 가장 완전한 경지까지 선을 드높이신다.'

1479 태양과 같은 얼굴을 한 사자와 영웅들은 프리돈의 나라를 출발했다.
보는 이의 눈을 기쁘게 하는 네스탄도 데리고 갔다.
수정 같은 뺨 뒤로 까마귀의 꼬리같이 우아하게 땋아진 그녀의 검은 머리결이 흔들렸다.
머리결은 루비 같은 그녀의 뺨에 이리저리 움직이는 그늘을 만들었다.

1480 용사들은 태양과 같은 네스탄이 탄 가마를 어깨에 메고 같이 길을 갔다.
용사들은 때때로 짐승을 사냥하여 피가 강같이 흐르게 했다.
그들이 가는 곳마다 용사들의 멋진 모습을 본 사람들은 눈이 멀 지경이었다.
사람들은 이들에게 선물을 바치고 큰 소리로 찬사를 올렸다.

1481 옥좌에 앉아 있는 밝은 달과 같은 형상을 한 네스탄은 별도 어둡게 만들었다.
이들은 즐거운 기분으로 여러 날을 여행했고, 현자들과 같은 덕담을

---

31) 디오니소스 – 5세기의 그리스 철학자.

나눴다.
인적이 드문 평원을 지나 깊은 계곡도 건넜다.
전에 이곳에 머물렀던 타리엘은 바위산으로 올라가는 길을 바로 찾았다.

타리엘이 말했다. "여기서는 내가 주인이 되어야 하겠네. 1482
내가 괴로움에 시달리며 머물렀던 동굴로 올라가세.
거기서 아스마트가 우리를 맞고 고기를 대접할 것일세.
그리고 당신들을 놀라게 할 멋진 보화를 선사하겠네."

그들은 바위더미 뒤에 만들어진 동굴로 들어갔다. 1483
아스마트는 사슴고기를 구워서 손님들을 위해 내놓았다.
그들은 휴식을 취하며 자신들이 거둔 성공에 대해 즐겁게 얘기했다.
슬픔의 날을 기쁨의 날로 바꾸어 준 신께 감사했다.

즐겁게 식사를 마치고 세 사람은 동굴 깊은 곳을 탐험했다. 1484
타리엘이 봉인해 놓은 창고 안에 쌓여 있는 보물들을 보았다.
셀 수도 없는 엄청난 보물들이 그곳에 그대로 있었다.
이제 그들 중 아무도 가난한 사람은 없었고, 불행으로 고난 받을 사람도 없었다.

보물의 주인인 타리엘은 용사들에게 넘치도록 보화를 선사했다. 1485
신하들과 병사들의 지휘관들도 선물을 가득 받았다.
용사들을 따라온 프리돈왕 병사들에게도 선물을 넘치게 나누어 주었다.
그래도 창고에 보관된 많은 금은보화는 줄어들지를 않았다.

타리엘은 프리돈에게 말했다. "자네에게 진 빚을 내가 어찌 다 갚겠나. 1486

그러나 선행을 베푼 자는 하늘로부터 꼭 보상을 받는 법이네.
지금 보고 있는 모든 보물과 앞으로 새로 나타날 보화는
다 자네 것이니 자네 나라로 가져가기 바라네."

1487 프리돈은 자세를 낮추고 타리엘에게 정중히 말했다.
"자네는 나를 재물에 눈 먼 욕심쟁이로 생각하는 것 아닌가?
자네와 싸우려고 달려드는 적들은 모두 자네 손에 추풍낙엽처럼 날아갈 것이네.
자네가 따뜻한 시선으로 나를 보듬어주어야 나는 행복을 얻을 수 있는 존재이네."

1488 프리돈은 사람을 보내 낙타를 있는 대로 모으게 하고
헤아릴 수 없이 많은 보화를 고국으로 실어 보냈다.
보물들을 보내고 영웅들은 계속 아랍왕국을 향해 나아갔다.
태양 같은 여인에게서 멀리 떨어진 압탄딜은 이지러진 달과 같았다.

1489 오랜 여행 끝에 일행은 드디어 목적지에 다다랐다.
아랍왕국의 마을들이 나타났고, 멀리 왕국의 성탑이 보였다.
파란옷과 녹색옷을 입은 주민들이 감격에 겨워 눈물을 흘렸다.
압탄딜을 본 사람들의 얼굴에는 눈물이 폭풍같이 흘러내렸다.

1490 타리엘은 로스테반왕에게 전령을 보내 다음과 같은 편지를 전했다.
'위대한 왕이시여, 나는 당신을 만나고 싶은 열망에 가슴이 타고 있습니다.
나는 멀리 인도에서 당신의 위대한 나라를 찾아왔고,
붉게 핀 아름다운 장미를 당신께 보여드리고자 합니다.

1491 전에 이곳에서 우리가 만났을 때 벌어진 일에 대해 부끄럽게 생각합니다.

당신을 나를 잡으려고 좇아왔지만,
나는 본의 아니게 나를 추격하는 당신의 병사들에게 진노를
나타냈습니다.
나는 당신의 정예병사들을 많이 죽였습니다.

나는 당신을 찾아 뵈려고 먼 길을 돌아왔습니다. 1492
자비를 베푸셔서 제가 오래 전에 지은 죄를 너그러이 용서해 주시기
바랍니다.
프리돈왕과 수행원들이 증언하듯이 우리는 아무 공물을 가져오지
못했습니다.
대신에 당신이 사랑하는 압탄딜장군을 금의환향하게 만들었습니다.'

전령이 달려와 무릎 꿇고 전하는 소식에 로스테반왕은 하늘에 1493
감사했다.
아랍의 왕이 얼마나 큰 기쁨에 싸였는지는 말로 표현할 수가 없다.
환희에 넘친 티나틴의 뺨에도 밝은 빛이 비쳤다.
수정과 같은 얼굴에 살포시 나온 아름다운 속눈썹이 그늘을
만들었다.

큰 북이 울렸고 여기저기서 기쁨의 함성이 울려퍼졌다. 1494
예기치 않은 귀중한 손님들을 맞기 위해 모든 병사들이 뛰어나왔다.
산 위에서 말들을 방목하던 목동들도 말을 타고 달려 내려왔다.
많은 병사들이 먼지를 일으키며 말을 달려 앞으로 나갔다.

왕도 서둘러 말에 올랐다. 모든 신하들과 군대도 왕의 뒤를 따라 1495
나섰다.
소식을 들은 모든 사람들은 먼 곳에서도 달려왔다.
모두 신에게 감사하고 목소리를 높여 찬양했다.
"악은 오래가지 못하지만, 당신의 자비와 은총은 영원무궁합니다!"

1496 멀리 왕의 행렬이 다가오는 것이 보이자 영웅들은 기분이 들떴다.
압탄딜은 흥분한 목소리로 타리엘에게 말했다.
"저기 들판에 먼지가 구름처럼 이는 것이 보이나?
나는 저 불길 속에 빠지면 재가 되어버릴 것이네."

1497 "저기에 나의 양아버지인 왕이 자네를 만나러 오고 있네.
어떻게 그 앞에 나가야 할 지 모르겠네. 나는 부끄러워 몸 둘 바를 모르겠네.
아무도 나와 같은 부끄러움을 겪은 사람은 없을 것이네.
자네와 프리돈이 내가 어떻게 해야 할 지를 직접 결정해 주기 바라네."

1498 타리엘이 말했다. "자네가 주군께 겸손한 태도를 보이는 것은 옳은 일이네.
내가 먼저 가서 왕을 만날테니 자네는 여기 혼자 있기 바라네.
내가 로스테반왕을 만나면 자네가 부끄러워 여기 숨어 있다고 알리겠네.
태양과 같은 용사여, 태양과 같은 얼굴을 하고 백양나무 같은 몸을 가진 공주가 곧 자네 신부가 될 것이네."

1499 사자 같은 위용을 보이는 압탄딜은 그 말을 듣고 천막에 남았다.
바라보는 사람 모두를 황홀하게 하는 네스탄도 그와 함께 남았다.
그녀의 눈썹에서 남쪽 나라의 산들바람이 불어왔다.
타리엘은 말에 올라 광휘를 발하며 로스테반왕을 맞으러 앞으로 나갔다.

1500 프리돈도 타리엘과 같이 나갔다. 두 용사는 평원을 가로질러 갔다.
로스테반왕은 멋진 몸을 한 타리엘이 가까이 다가오는 것을 보았다.
사자 같은 모습을 한 용사를 맞기 위해 왕은 말에서 내렸다.

마치 아들이 아버지를 맞듯 최대한 예를 갖춰 타리엘을 맞았다.

타리엘도 몸을 낮춰 왕에게 절을 한 후 그에게 다가가 입을 맞추었다. 1501
왕도 타리엘의 목에 향기로운 입을 맞추었다.
아랍의 왕은 기쁨과 환희에 차서 이렇게 말했다.
"태양 같은 왕이여, 당신이 떠나면 우리의 낮이 두 동강이 날 것이오."

아랍의 왕은 혼을 빼앗을 듯한 타리엘의 아름다운 모습에 놀랐다. 1502
왕은 감탄하여 그의 빛나는 얼굴과 늠름한 팔을 바라보았다.
프리돈도 무릎을 꿇고 왕에게 정중히 예를 올렸다.
그러나 왕은 압탄딜을 만나고자 하는 열망에 타올랐다.

타리엘이 왕에게 찬사를 올렸으나, 왕은 낙담에 싸여 있었다. 1503
타리엘이 말했다. "나는 왕에게 마음을 뺏긴 포로와 같습니다.
당신께서 나에 대해 그렇게 감탄하시는 것이 이해가 되지 않습니다.
당신에게는 압탄딜이 있는데, 제가 감히 찬양을 받을 수 있겠습니까?"

"지금 압탄딜이 지체하고 있기는 하지만 곧 인사를 올릴 것입니다. 1504
와서 풀밭에 앉으셔서 신록이 얼마나 아름다운지 보십시오.
나는 왜 압탄딜이 당신을 알현하지 않았는지 말씀드리겠습니다.
제가 꼭 용기를 내어 왕께 드리는 간청을 들어주시기 바랍니다."

왕은 자리에 앉았다. 많은 신하와 병사들이 왕 둘레에 둥그렇게 섰다. 1505
타리엘의 얼굴에서 나오는 빛은 주위 사람들의 눈을 멀게 할 지경이었다.

그의 멋진 모습을 본 사람은 정신을 잃을 듯한 황홀감에 빠졌다.
타리엘은 현명하게 선택된 멋진 말로 왕의 주의를 단번에 끌었다.

1506 "오 왕이여, 나는 이런 청원을 드릴 자격이 없습니다.
그러나 당신 앞에 나왔으니 모든 것을 말씀 드리지 않을 수 없습니다.
태양에 버금가는 빛을 발하는 당신의 용사가 부탁했습니다.
그의 빛이 나에게 비추어졌을 때, 나의 밤은 물러가고 광명이 찾아왔습니다."

1507 "저와 프리돈은 위대하신 왕께 우리의 간청을 말씀 드리기로 했습니다.
압탄딜은 거의 죽음에 다다른 나를 살리는 영약을 찾아주었습니다.
그는 자신이 겪는 슬픔을 제쳐두고 나를 도우러 나섰습니다.
나는 긴 얘기로 당신을 지루하게 하지 않겠습니다."

1508 "당신의 따님과 압탄딜은 서로 사랑의 언약을 맺었습니다.
사랑하는 사람과 헤어진 후 그가 얼마나 애곡하고 안색이 얼마나 창백해졌는지 기억합니다.
두 사람이 사랑의 불길에 고통받으며 죽지 않도록 부정(父情)을 발휘해 주시기 바랍니다.
당신의 딸을 사자 같은 용기와 팔을 가진 압탄딜과 결혼시켜 주십시오."

1509 "위대한 왕이시여, 짧지만 이것이 내가 말씀 드릴 전부입니다."
그는 두건을 풀어 목에 건 채
왕 앞에 무릎을 꿇고 앉아 간절히 청원했다.
가까이나 멀리서나 그의 얘기를 들은 사람들은 모두 크게 놀랐다.

무릎을 꿇은 타리엘을 본 로스테반왕은 마음이 아팠다. 1510
그는 땅에 닿도록 몸을 깊이 숙이고 타리엘에게 말했다.
"인도의 왕이여, 나의 모든 기쁨이 멀리 사라져 버렸습니다.
당신의 과한 겸손으로 인해 내 마음이 너무 아픕니다."

"왕이여, 당신이 바라는 것을 내가 거절할 수 있다고 생각합니까? 1511
당신을 위해서라며 내 딸을 죽음에 이르게 해도 아깝지 않습니다.
당신이 직접 나서서 이렇게 부탁하지 않아도
압탄딜과 같은 사람은 페가수스의 도움을 받아 하늘 끝까지 올라가도 찾을 수가 없을 것입니다."

"하늘도 나에게 압탄딜보다 더 뛰어난 부마감을 보낼 수 없을 것입니다. 1512
나는 딸에게 왕위를 물려주었고, 이제 딸애가 나라를 통치하고 있습니다.
티나틴은 새로 피어난 장미고, 나는 백발의 노인에 불과합니다.
나는 그녀의 결정을 흔쾌히 따를 것이고, 두 사람이 백년해로하기를 바랄 뿐입니다."

"설사 당신이 내 딸을 노예와 결혼시킨다 해도 나는 딸을 아까워하지 않고 줄 것입니다. 1513
미친 사람이 아니고서야 어떻게 당신의 의견에 반대하겠습니까?
나는 오매불망 압탄딜을 그리워했습니다.
나는 하늘의 뜻을 받들어 두 사람을 결혼시키겠습니다."

왕의 말을 들은 타리엘은 크게 기뻐하며 1514
왕의 이마에 입을 맞추기 위해 몸을 숙였다.
그러자 왕도 앞으로 나와 그에게 절을 했다.
그들은 서로의 뜻을 존중하며 행복해했다.

1515 프리돈은 이 기쁜 소식을 압탄딜에게 전하기 위해 말을 타고 달렸다.
그 자신도 압탄딜 못지않게 기뻐했다.
그는 압탄딜을 데리고 왕 앞으로 나왔다.
그러나 왕 앞에 선 압탄딜은 면목이 없어 눈을 내리깔았다.

1516 왕이 자리에서 일어났고, 멋진 몸매를 자랑하는 압탄딜도 말에서 내렸다.
압탄딜은 손에 든 손수건으로 왕 앞에 당황한 얼굴을 가렸다.
순간적으로 구름이 태양을 가렸고, 장미가 얼어 붙었다.
그러나 어떻게 그가 자신의 아름다움을 가릴 수 있겠는가!

1517 왕은 격렬한 감정을 억누르며 몸을 기울여 압탄딜에게 입맞추었다.
압탄딜은 눈물을 훔치며 왕의 발을 껴안았다.
왕이 압탄딜에게 말했다. “일어나라, 자네는 진정한 용기가 무엇인지 보여주었다.
부끄러워하지 말라. 우리의 사랑이 우리를 다시 만나게 했다.”

1518 왕은 압탄딜을 껴안고 양쪽 볼에 입을 맞췄다.
“자네는 내 안에 타던 불을 모두 꺼주었네.
흑옥 같은 속눈썹을 한 내 딸의 얼굴에도 빛을 비춰주었네.
용감한 사자여, 해가 뜨자마자 가서 태양 같은 공주를 만나게나.”

1519 왕은 사자 같은 영웅인 압탄딜을 다시 한 번 끌어안았다.
왕은 그를 옆에 앉히고 눈을 바라보며 다정한 대화를 나누었다.
태양 같은 용사는 왕에게 깊은 경의를 표했다.
쓰라린 고통을 이겨 낸 사람이 맛보는 기쁨은 더욱 크다.

1520 압탄딜은 왕에게 말했다. “왕이시여, 당신의 다정한 말씀에 감동을 받았습니다.

그러나 우리는 태양과 같은 얼굴을 한 네스탄을 빨리 보아야 합니다.
위대한 왕이신 당신께서 이 왕국의 주인으로 그녀를 맞아주시기 바랍니다.
전하와 주변 모든 사람은 그녀의 밝은 빛으로 환하게 빛날 것입니다."

말을 마치고 왕과 영웅들은 말을 타고 네스탄을 만나러 갔다. 1521
세 사람의 뺨은 태양빛으로 반짝였다. 골리앗 같은 세 용사는 말을 달려 나갔다.
수많은 어려움과 고통을 극복한 그녀를 만나러 가는 것은 큰 행복이었다.
이들은 그녀를 찾기 위해 손에서 칼을 놓지 않고 산과 강을 달린 것이다.

아랍의 왕은 말에서 뛰어내려 네스탄에게 정중하게 인사를 했다. 1522
빛을 발하는 그녀의 얼굴에서 시선을 떼기가 힘들었다.
네스탄은 가마에서 내려 아랍의 왕에게 인사를 한 그녀는
환희에 찬 왕의 찬사를 들었다.

왕이 말했다. "당신은 태양이며 세상이 빛이오. 1523
당신을 바라보면 정신이 혼미해지고 넋이 나가는구려.
태양같고 달같은 당신은 행성들을 밝게 비추는 빛이요.
당신을 보니 이제 제비꽃도 장미도 보고 싶은 마음이 없소."

그녀를 본 모든 사람은 그녀의 뺨에서 나오는 빛을 보고 놀랐다. 1524
그녀의 모습을 본 사람들은 나뭇가지가 나무에서 떨어지지 못하듯이 그녀에게서 시선을 거두지 못했다.
황홀한 표정으로 그녀를 바라보는 모든 사람의 마음에는 기쁨이 넘쳤다.

그녀가 가는 곳마다 사람들이 앞을 다투어 몰려들었다.

1525 이들은 피로를 모르고 왕도를 향해 달렸다.
일곱 행성의 빛도 태양 같은 그녀가 발하는 빛에 비교할 수 없었다.
그녀의 아름다움은 어떤 이성으로도 제대로 이해할 수 없을 정도였다.
손님들과 왕은 말을 달려 왕이 거처하는 화려한 궁전에 도달했다.

1526 그들은 안으로 들어가 모든 사람들의 마음을 떨리게 하는 아름다운 티나틴에게 정중한 예를 올렸다.
왕관과 왕의 홀(笏), 자색 망토가 그녀의 아름다운 얼굴에 잘 어울렸다.
그녀는 도착한 손님들에게 밝은 빛을 선사했다.
영웅과 태양과 같은 모습을 한 인도의 왕이 입장했다.

1527 타리엘이 신부와 함께 티나틴에게 정중히 예를 올렸다.
이들은 서로 입을 맞춘 후 물 흐르듯이 아름다운 대화를 나누었다.
티나틴이 발하는 빛이 궁전을 환히 비추었고, 어둠 속에도 빛이 뚫고 들어갔다.
루비 같은 그녀의 두 뺨이 붉어졌고, 흑옥 같은 눈썹은 검은 빛을 발했다.

1528 티나틴이 타리엘을 옥좌로 올라오도록 불렀다.
타리엘이 말했다. “당신이 옥좌에 앉으셔야 합니다!
다른 모든 날보다 오늘 그 왕좌에 앉아 계셔야 합니다.
태양과 같은 분이여, 사자 중의 사자인 압탄딜이 당신 옆에 앉아야 합니다.”

1529 이들은 티나틴의 손을 잡고 왕좌에 오르게 했고,

그녀를 열정의 불길에 타게 만든 압탄딜을 그 옆에 앉게 했다.
태양과 같은 두 사람이 같이 앉자 세상의 모든 물체는 어둠 속으로 숨어버렸다.
두 연인의 사랑의 불꽃이 라민과 비스처럼 어두워지지 않게 하라.

1530 티나틴은 압탄딜이 옆에 앉자 부끄러움으로 가득 찼다.
그녀의 안색은 창백한 장미 색깔로 희어지며 몸을 떨었다.
왕이 말했다. "딸이여, 왜 그렇게 수줍어하는가?
현자들이 말한 것과 같이 아름다운 사랑은 행복의 왕관을 받을 자격이 있다."

1531 "자식들이여, 이제 너희들이 천수를 누리며
고통과 시련 없이 행복을 마음껏 누리며 살기를 기원한다.
변치 않는 하늘의 은총과 빛이 너희와 함께 하기를 기원한다.
내가 죽으면 너희 손으로 내 무덤에 흙을 덮어 주기를 원한다."

1532 그리고 나서 왕은 군대와 신하들 모두가 압탄딜에게 예를 올리도록 명령했다.
"신이 압탄딜을 너희의 군주로 보내주셨다.
이제 건강과 기력을 잃은 나는 그에게 나의 왕위를 물려준다.
병사들이여 지금까지 나를 섬긴 것처럼 그를 섬겨라."

1533 장군들과 병사들은 다같이 압탄딜에게 충성을 맹세했다.
"우리는 당신의 흙과 같은 병사들이고, 당신은 땅의 주인이십니다.
당신은 충성하는 사람에게는 관용을, 적에게는 무자비한 칼날을 선사합니다.
적들은 무력하게 만드시고, 우리의 심장은 대장간의 화로처럼 강하게 하시는 분이여!"

타리엘도 티나틴을 쓰다듬으며 가장 아름다운 찬사를 바쳤다. 1534
그가 말했다. "이제 당신들은 하나가 되었습니다. 슬픔은 연기와
같이 사라졌습니다.
당신의 남편은 나의 형제입니다. 이제 당신도 나의 자매가
되었습니다.
이제 당신에게 충성하지 않거나 대항하는 자는 내 칼로 진멸할
것입니다."

61장 압탄딜과 티나틴이 아랍의 왕의 궁전에서 결혼식을 올리다

1535 그날 압탄딜은 군주이자 위대한 왕으로 즉위했다.
기쁨의 빛을 발하는 타리엘이 그 옆에 앉았다.
네스탄과 티나틴의 자태는 그 자라에 있는 모든 사람의 눈을 황홀하게 했다.
마치 하늘이 땅으로 내려온 것 같았고, 두 태양이 함께 내려 온 것 같았다.

1536 왕은 주빈으로서 손님들을 위해 화려한 연회를 베풀었다.
셀수도 없이 많은 암소와 양을 잡아 진수성찬을 마련하고,
왕은 손님들과 고관들에게 두 여인의 얼굴과 같이 빛나는 보화를 선물로 주었다.
두 여왕이 발하는 빛이 성대한 연회석상을 장식했다.

1537 연회에 사용된 식기와 컵은 에메랄드와 루비로 테가 둘러졌고,
형형색색의 그릇들은 멋진 장식을 뽐냈다.
로스테반왕이 베푼 이 결혼식을 찬양하는 사람은 칭송 받을만한 사람이다.
잔치에 참석한 모든 사람은 '이 잔치가 계속되기를!'이라고 마음속으로 말했다.

1538 악사들은 심벌즈를 울리며 결혼을 축하했고,
금과 세공된 루비가 산처럼 쌓였다.
소용돌이처럼 철철 넘치는 온갖 술이 손님들에게 대접되었다.
해질 때부터 다음날 해가 뜰 때까지 손님들은 술을 마시며 연회를

즐겼다.

그날 가난한 사람이나 불구자 모두가 넘치는 선물을 받았다. 1539
사방에 뿌려진 수도 없는 진주들이 미끄러지듯 굴러다녔다.
손님들이 선물로 받은 금화와 비단은 무거워 집으로 가져가기 힘들 정도였다.
사흘 동안 타리엘은 신랑 압탄딜의 들러리가 되었다.

다음날도 아랍의 왕은 손님들이 쓰러질 때까지 술과 음식을 대접했다. 1540
그는 타리엘에게 말했다. "당신이 비추는 빛은 너무 달콤하고 아름답소.
왕 중의 왕이 이렇게 아름다운 왕비와 앉아 있으니 당신은 세상에 부러울 것이 없는 분이요.
당신의 발자국을 보관하여 우리의 귀걸이로 만들겠소."

이들이 왕에게 답했다. "위대한 왕이여, 우리는 당신과 나란히 앉아 있을 수 없습니다." 1541
이에 아랑곳하지 않고 로스테반왕은 옥좌를 타리엘과 네스탄에게 내주었다.
그 옆에 압탄딜과 티나틴을 나란히 앉혔다.
타리엘에게 바쳐진 선물이 천장에 닿을 듯이 쌓였다.

아랍의 왕은 주빈 역할을 하며 결혼식에 온 모든 손님을 정성껏 대접했다. 1542
그는 마치 종처럼 이사람 저사람에게 오가며 손님들을 정성껏 대접했다.
모든 사람에게 아낌없이 선물을 주어 모두로부터 칭송을 들었다.
왕은 프리돈도 압탄딜 옆에 앉게 했다.

1543 로스테반왕은 신혼부부인 타리엘과 네스탄에게 포로처럼 마음이 사로잡혔다.
왕은 두 사람을 친아들과 며느리같이 대하며 넘치는 선물을 주었다.
이들이 받은 선물의 십분의 일만 받아도 나는 여한이 없겠다!
왕은 두 사람에게 왕의 홀(笏)과 왕관을 주었고, 어깨에는 자주색 망토를 걸쳐주었다.

1544 두 사람의 행복한 운명에 걸맞은 멋진 선물들이 하사되었다.
눈을 멀게 하는 천 개의 로마 보석과
비둘기알만큼 큰 천 개의 진주를 주었다.
언덕만큼 몸집이 큰 말도 천마리 주었다.

1545 프리돈에게는 보석으로 가득 찬 아홉 개의 쟁반을 주었고,
화려한 안장과 마구가 달린 말 아홉마리를 선사했다.
현명하고 위풍당당한 인도의 왕인 타리엘은 로스테반왕에게 큰 감사의 인사를 올렸다.
그는 술을 많이 마셨지만 맑은 정신으로 사의를 표했다.

1546 내가 말을 길게 할 필요가 있겠는가? 결혼식은 한 달이나 지속되었다.
한 달이 지나도록 이들은 연회를 멈추기 않고 맘껏 먹고 마시며 즐거운 시간을 보냈다.
다시 타리엘에게 루비원석으로 만든 놀라운 보석들을 선물했다.
태양과 같은 보석의 빛은 번개처럼 궁전을 환히 비추었다.

1547 타리엘의 눈에서 나온 백설 같은 눈물이 장미 같은 얼굴에 뿌려졌다.
타리엘은 다정한 말로 로스테반왕에게 다음과 같이 부탁했다.
"당신과 영원히 있는 것이 나에게는 큰 행복입니다.
그러나 지금 인도땅이 간교한 적들의 위협에 처해 있습니다."

"나는 용의주도하게 나서서 적들을 물리쳐야 합니다. 1548
내가 불행을 당하면 전하에게도 슬픔과 고통이 될 것입니다.
이제 출발해야 합니다. 더 지체하는 것은 위험합니다.
나는 다시 이곳으로 와서 당신을 뵙겠습니다."

로스테반왕이 말했다. "위대한 군주여, 주저하실 필요 없습니다. 1549
당신이 운명의 주인이니 당신 원하는 대로 하십시오.
압탄딜이 정예병사를 이끌고 당신과 같이 출병할 것입니다.
당신에게 대적하는 자들은 무자비하게 쓸어버린다는 것을 적들에게 보여주십시오."

압탄딜은 왕의 말을 그대로 타리엘에게 전달했다. 1550
타리엘이 말했다. "입을 닫아 수정과 같은 자네의 이가 보이지 않게 하게.
한 달을 태양과 같은 여인과 함께 있었는데, 어떻게 그녀와 다시 헤어질 수 있단 말인가?'
압탄딜이 답했다. '나는 자네 말에 설복당하지 않을 것이네."

"자네는 나를 남겨두고 떠나며 다음과 같이 욕을 할 걸세. 1551
'친구보다 자기 부인을 더 사랑하는 사람이군.'
내가 자네와 떨어지면 그 고통을 어떻게 감당하겠나?
곤란에 처한 친구를 버리는 자는 쓰라린 불행을 맛보게 되네."

타리엘은 장미에 뿌려지는 수정 같은 미소를 지으며 말했다. 1552
"나도 자네와 헤어지면 가슴에 고통이 겹겹이 쌓일 걸세.
자네가 그렇게 원한다면 같이 가도록 하세. 내가 설득해봐야 헛고생이란 생각이 드네."
이말을 들은 압탄딜은 군대를 소집하라고 바로 명령을 내렸다.

1553 명령이 떨어지자 바로 사기가 충천한 병사들이 모여들었다.
팔만 명의 병사가 무기와 갑옷을 갖추고 출동준비를 마쳤다.
병사들과 말은 호라즘의 갑옷으로 무장했다.
아랍의 왕은 출동하는 병사들을 보며 쓸개즙 같은 비통함을 맛보았다.

1554 두 신혼부부 쌍이 헤어질 시간이 되자
네스탄과 티나틴은 진정한 친구로서 의자매의 의를 다시 맹세했다.
가슴이 서로 밀착했고, 목과 목이 떨어질 줄 모르고 울었다.
그들을 바라보는 사람들도 너무 가슴이 아파 울음을 터뜨렸다.

1555 초생달과 별이 해가 뜰 때까지 같은 길을 가면
이들은 함께 빛을 낸다. 그러나 여명이 밝아오면 둘은
서로 헤어져야 한다. 이것이 달과 별의 운명이다.
이들을 보려면 높은 언덕에 올라가야 한다.

1556 천체의 모든 별의 운행을 주관하는 신이
만난 것은 때가 되면 다시 헤어지게 만들었다.
두 여인은 꼭 붙은 장미 같은 뺨을 떼고 눈물로 들판을 적셨다.
이 장면을 본 모든 사람들은 슬픈 운명을 한탄하며 눈물을 흘렸다.

1557 네스탄이 말했다. "우리가 차라리 서로를 몰랐다면
당신과 헤어지는 것이 내 머리 위에 떨어지는 천둥처럼 괴롭지는 않았을 겁니다.
서로 자주 편지를 써서 우리의 슬픔을 덜도록 합시다.
우리는 서로를 그리워하며 촛농처럼 녹을 겁니다."

1558 티나틴이 대답했다. "오 태양이여, 당신을 보는 사람은 행복했습니다.

당신과 헤어진 후 내가 어떻게 마음에 평정을 유지할 수 있을까요?
세상에서 위안을 얻느니 차라리 무덤 문을 열겠습니다.
제가 끝없이 눈물을 흘리는 것만큼 당신이 오래 사시기를!"

그들은 마지막으로 한번 더 포옹하고 입을 맞춘 후 헤어졌다. 1559
티나틴은 멀어져 가는 네스탄에게서 시선을 옮기지 못했다.
뒤돌아보며 그녀에게 작별을 고하는 네스탄의 가슴은 불에 타버렸다.
나는 이들이 겪은 고통을 십분의 일도 적지 못하겠다!

이들과 헤어지면서 로스테반왕은 광인과 같은 격노에 싸였다. 1560
그는 천 번도 넘게 한숨을 토해내며 탄식했다.
마치 가마솥이 끓듯이 그의 눈에서 쉴새 없이 눈물이 흘러나왔다.
타리엘의 뺨은 다시 한번 흰 눈이 내리듯 하얗게 변했다.

왕은 작별 전에 마지막으로 아들을 안듯이 타리엘의 붉은 뺨에 꼭 껴안았다. 1561
그는 말했다. "당신이 우리를 찾아주어서 너무 행복했지만, 이제 헤어지게 되니 눈물이 앞을 가리오.
당신이 나를 떠나가면, 나의 고통은 백이십 배나 더 커질 것이오.
당신은 우리에게 다시 생명을 주었지만 이제 우리를 다시 죽이는군요."

타리엘은 왕에게 작별을 고하고 말에 올라 길을 떠났다. 1562
애곡하며 병사들이 흘리는 눈물이 초원을 적셨다.
"태양이 도전한다고 해도 승리는 당신의 것입니다."
타리엘이 말했다. "살라만의 슬픔도 나의 불행과 비교할 수 없을 것이오."

1563 일행은 출발하였고 그 뒤를 짐을 실은 마차가 따랐다.
누구보다 지혜롭고 용맹한 타리엘, 프리돈과 압탄딜이 전진했다.
만8천 명의 용감한 기병들이 이들을 호위하며 나갔다.
세 용사는 서로를 격려하며 한 몸과 같이 당당하게 나아갔다.

1564 이들은 석 달을 길을 갔다. 신은 이들과 같은 사람들을 다시 만들지 못할 것이다!
이들의 길을 막아서는 적들은 죽음을 면치 못했다.
이들은 들판을 벗어나 물가에서 휴식을 취했다.
잔치에서는 우유가 아니라 포도주를 마시는 법이다.

62장 타리엘과 네스탄-다레잔이 결혼식을 올리다

타리엘과 네스탄이 원하던 일이 그들에게 이루어졌다. 1565
그들은 인도의 일곱 왕국을 통치할 권한을 얻었다.
두 사람은 그간 겪은 모든 불행은 잊고 새로운 기쁨을 맛보았다.
슬픔을 경험해 보지 못한 사람은 기쁨을 제대로 이해하지 못한다.

옥좌에 앉은 타리엘과 네스탄은 태양보다 밝은 광휘를 발하였다. 1566
사람들은 나팔소리를 크게 울리며 이들의 대관식을 축하했다.
타리엘에게 왕국의 보물 창고의 열쇠를 넘겨 주고 사람들은 그를 가족처럼 둘러쌌다.
"우리의 제왕께 영광 있기를!" 주민들은 열정적으로 크게 소리쳤다.

압탄딜과 프리돈을 위해 두 개의 옥좌가 마련되었다. 1567
모든 신하가 앞으로 나와 그들을 찬양하고 정중한 예를 올렸다.
하늘이 만든 사람 중에 이들과 비견할만한 사람이 어디 있겠는가?
그들은 그 동안 겪은 일을 모든 사람에게 자세하게 얘기해 주었다.

수많은 시종들의 수발을 받으며 그들은 먹고 마시며 즐거운 시간을 보냈다. 1568
궁정의 격식에 맞게 성대한 결혼식이 진행되었다.
신하와 하객들은 엄청난 선물을 신랑과 신부에게 가져왔다.
가난한 사람들에게 풍성하게 선물을 주어 빈곤이 영영 사라지게 했다.

모든 신하들이 압탄딜과 프리돈을 소리 높여 찬양했다. 1569

이들은 큰 소리로 찬양했다. "당신들은 우리에게 하늘의 선물을 가져다 주었습니다."
그들을 자신들의 군주처럼 받들며 모든 명을 수행했다.
용사들에게 문안을 드리기 위해 온종일 사람들이 궁중으로 몰려들었다.

1570 인도인들의 왕은 아스마트에게 말했다.
"아스마트여, 네가 한 일은 부모도 하지 못하고 자식도 할 수 없는 일이다.
이제 너를 인도의 일곱번째 왕국의 왕좌에 앉힌다.
행복한 군주가 되어 그 왕국을 다스리거라."

1571 "네가 원하는 남자를 남편으로 맞고 같이 왕국을 통치하라.
그가 우리에게 계속 충성하고 온 마음을 다해 우리를 따르게 하라."
아스마트는 타리엘의 발 아래 엎드려 감사했다. "나는 당신들을 모실 때 담대해 질 수 있습니다.
당신들을 섬기는 것보다 더 행복한 일은 없습니다. 그런데 내가 어디로 갈 수 있겠습니까?"

1572 세 명의 의형제는 유쾌한 시간을 보내며 여러 날을 같이 머물렀다.
같이 즐거운 놀이를 하며 선물을 주고 받았다.
보화나 준마가 무슨 필요가 있겠는가? 여기에서는 아무것도 아쉬운 것이 없었다.
그러나 티나틴을 그리워하는 압탄딜의 얼굴에 어둠이 드리웠다.

1573 타리엘은 압탄딜이 자신의 부인을 그리워하는 것을 알았다.
타리엘이 말했다. "자네가 은밀히 나를 원망하고 있는 것을 아네.
자네의 일곱 가지 슬픔이 여덟 가지가 되었네.
이제 작별할 때가 되었네. 운명이 우리의 우정을 시기하는 것 같네."

그러자 프리돈도 떠나는 것을 허락해 주기를 청원했다. "조국으로 돌아가겠소. 1574
당신의 왕도와 나라를 떠나지만,
가신이 주군에게 충성하듯 나는 계속 당신에게 충성할 것이오.
그러나 목마른 사슴이 샘물을 찾듯 당신을 향해 달려올 것이오."

인도의 왕인 타리엘은 프리돈에게 윤허를 내렸다. 1575
"떠나도록 하시오. 그러나 우리의 우정을 기억하고 꼭 돌아오시오.'
압탄딜에게도 말했다. '당신없이 어떻게 계속 살아가야 할 지를 모르겠소.'
태양이 사자를 기다리는데 내가 어떻게 당신을 잡을 수 있겠소?"

타리엘은 로스테반왕에게 줄 선물로 황금천으로 된 망토들과 1576
보물로 가득찬 화려한 그릇들을 가져오게 했다.
"부디 편안히 가시오. 위대한 왕께 나의 선물을 전해주기 바라오!'
압탄딜이 대답했다. '당신과 헤어진 후 가슴 속의 상처를 어떻게 치유해야 할 지 모르겠소."

네스탄은 티나틴에게 값비싼 외투와 베일을 보냈다. 1577
그런 고귀한 옷은 티나틴 말고 다른 사람이 입을 수 없었다.
그리고 다른 어느 곳에서도 찾을 수 없는 값나가는 보석도 보냈다.
보석은 밤에도 태양과 같은 빛을 발해서 고향으로 가는 이들의 길을 환하게 비출 수 있었다.

압탄딜은 평생 의형제의 언약을 맺은 타리엘과 이별의 정을 나눴다. 1578
이별의 슬픔의 불꽃이 두 사람의 마음을 모두 태웠다.
인도인들이 흘리는 뜨거운 눈물로 숲과 들판이 젖었다.
압탄딜이 말했다. "가혹한 운명이 나에게 독주를 마시게 하는구려."

1579 압탄딜과 프리돈은 서로 위로하며 며칠 동안 같이 길을 갔다.
갈라지는 길이 나왔고, 그들은 울면서 각자의 길을 갔다.
두 사람은 명예롭게 인생의 가장 큰 목적을 이루었다.
압탄딜은 아랍으로 돌아왔고, 장인과도 좋은 시간을 보냈다.

1580 모든 아랍인들이 자신들의 군주를 환영하러 나왔다.
압탄딜은 태양과 같은 티나틴을 다시 보고 기쁨의 탄성을 발했다.
그는 티나틴과 함께 왕좌에 앉았다. 모든 이가 행복에 겨워했다.
하늘의 가장 높은 존재가 그에게 직접 왕관을 내려주었다.

1581 세 명의 군주는 세 나라를 행복하게 통치했다.
그들은 자주 서로를 방문하고, 새롭게 만날 때마다 행복에 겨워했다.
이들에게 대항하는 적들은 힘을 합쳐 칼로 다스렸고,
이들은 왕국을 크게 확장하고 재산을 늘렸다.

1582 그들은 너나할것없이 모든 이에게 눈과 같이 자비를 베풀었다.
과부와 고아를 부유하게 해주었고, 가난한 사람의 한숨이 사라지게 했다.
어린 양들은 평화롭게 어미 젖을 빨게 하고, 악행을 하는 자는 혼을 냈다.
그들의 왕국에서는 염소와 늑대가 평화롭게 같이 자랐다.[32]

32) 성경 이사야 11장 6절과 유사함 - '그때에 이리가 어린 양과 함께 거하며 표범이 어린 염소와 함께 누우며 송아지와 어린 사자와 살찐 짐승이 함께 있어 어린 아이에게 끌리며'

63장 대단원의 막을 내리다

이제 한밤중의 꿈같은 이야기를 마친다. 1583
제왕들은 세상을 떠났다. 이것이 인생의 변덕스러움이다.
아무리 영생을 꿈꾼다 해도 삶은 한순간에 불과하다.
루스타비 출신의 무명의 메스케티안 서정시인인 내가 이 이야기를 썼다.

태양과 같이 빛나고 조지아인들의 보호자인 1584
위대한 왕 다비드의 이야기를 나는 시로 엮었다.
회오리바람처럼 동에서 서까지 모든 나라를 굴복하게 만들고,
배신자는 재처럼 만들어버리고 충성스런 자는 칭찬하시는 그녀를 위해 이 글을 썼다.

내가 어떻게 다비드왕의 위업을 제대로 찬양할 수 있겠는가? 1585
먼 나라의 왕들의 놀랍고 신비스런 이야기와
그들의 업적과 용맹이 끝없이 찬사를 받는 곳의 이야기를
시로 만들었고, 이제 그 이야기를 마친다.

아무도 믿을 수 없는 게 이 세상이고, 운명의 변덕은 끝이 없다. 1586
인생은 눈 깜짝할 새보다 빠르게 지나간다.
당신은 행복을 찾아 무엇을 하려는가? 운명은 변덕스러운 것이다.
운명에 배신당하지 않는다면 지상과 하늘 두 세계에서 행복해질 것이다.

모세 호넬리[33]는 다레잔의 딸인 아미란을 찬양한다. 1587

경외하는 샵텔리는 압둘-메시아[34]를 찬양했다.
지치지 않는 혀를 가진 사르기스 트모그벨리[35]는 딜라르게치아니를 찬양했다.
루스타벨리는 타리엘을 찬양했고, 그를 위해 멈추지 않는 눈물을 흘렸다.

33) 모세 호넬리(Mose Khoneli) - 12세기 조지아의 작가, 장편 소설 〈아미란-다레자니아니〉를 씀. '아미란-다리자니아니'는 '다레잔의 자식 아미란'이란 뜻.
34) 압둘-메시아(Abdul-Messia) - 샵텔리(Shavteli)가 쓴 찬미가에 시조로 나오는 인물
35) 트모그벨리(Sargis Tmogveli) - 12세기 조지아의 시인. 오늘날까지 모든 내용이 알려지지 않은 환상의 대서사시 〈딜라르체치아니〉의 저자

부록

① 작품의 번역 과정

국내에 조지아를 소개하기 위해 《조지아의 역사》(문예림, 2016)를 편역하면서, 조지아 문학과 문화의 가장 큰 자랑거리이고 조지아 국민들이 국보같이 소중히 여기는 쇼타 루스타벨리의 《호랑이 가죽을 두른 용사》를 중역(重譯)으로라도 번역해야겠다는 생각이 들었다. 이 작품을 원어에서 번역할 정도로 조지아를 뛰어나게 구사하는 사람이 나올 때까지 기다리다가는 10년이 지나도 이 책이 국내에 소개되기 힘들 것이라는 생각 때문에 용기 있게 번역 작업에 착수하였지만, 조지아어를 제대로 구사하지 못하는 입장에서 번역 작업에 대한 회의가 들 때도 여러 번 있었다. 약 2년 간 나름대로 성실하게 러시아어 번역본, 영어번역본, 일본어번역본을 대조해 가면서 조심스럽게 번역을 하여 나름대로 정성을 기울인 번역본을 내게 되었다. 초벌 번역을 거의 끝낼 무렵 조주관 교수도 이 작품을 번역 중이라는 소식을 뒤늦게 듣게 되었는데, 국내 최초 번역본을 출간한다는 욕심을 내지 않고 차분하게 작업하여 번역의 완성도를 높이는 데 노력을 기울이기로 했다.

이 작품 번역을 위해 러시아어번역본 3종, 영어번역본 2종, 일본어번역본 1종을 참고하였고, 번역본 간에 차이가 나는 문장들은 조지아어 원어민과 두 번에 걸쳐 직접 상의를 해가며 원어에 가능한 가깝게 번역하도록 노력하였다.

두른 용사》 번역본이 2종 출간됨으로써 독자들은 작품의 내용을 좀 더 깊이 있게 알 수 있고, 두 번역본을 대조하며 읽을 수도 있지만, 진정한 번역작업의 완성은 조지아어를 능숙하게 구사하는 학자가 나와서 조지아어 원본에서 직접 한국어로 이 작품을 번역하는 시점에 이루어지리라 믿는다.

② 《호랑이 가죽을 두른 용사》 작품 줄거리

옛날에 아랍왕국을 다스리는 로스테반이라는 왕이 있었다. 그에게는 태양과 같이 빛을 발하는 티나틴이란 무남독녀가 있었다. 아랍군대의 총사령관이며 로스테반의 양자인 압탄딜은 티나틴을 짝사랑하고 있었다. 노년에 이른 로스테반왕은 공주 티나틴을 일찍 여왕으로 즉위시켜서 그의 왕국을 물려줄 생각을 하고 있었다.

어느 날 궁중에서 벌어진 연회에서 로스테반왕과 압탄딜 중 누가 더 활을 잘 쏘는지에 대한 작은 논쟁이 벌어졌다. 왕과 압탄딜은 즐거운 마음으로 들판으로 나가 직접 사냥을 하며 자웅을 겨뤄보기로 했다. 병사들과 함께 사냥을 나가 많은 동물을 사냥한 두 사람 중, 압탄딜은 백발백중 목표물에 화살을 명중시켰지만, 로스테반왕의 화살은 빗나간 경우가 많아 압탄딜의 궁술이 더 뛰어난 것으로 내기는 끝났다.

이들이 사냥을 마치고 휴식을 취하고 있을 때, 강가에서 눈물을 흘리고 있는 호랑이 가죽을 걸친 기사가 눈에 들어왔다. 왕은 시종들을 보내 그를 데려오려고 하였으나 그는 들은 체를 하지 않았고 결국 화가 나서 자리를 떴다. 왕이 군사들을 보내 그 기사를 잡으려고 하자, 그는 놀라운 무술을 보이며 왕의 군사들을 살상하고 부상을 입혔고, 직접 추격에 나선 왕도 따돌리고 연기와 같이 사라졌다.

궁전으로 돌아온 로스테반왕은 환영과 같이 나타났다가 사라진 호랑이 가죽을 쓴 기사에 대한 궁금증과 자신이 당한 수치 때문에 크게 낙담하였다. 아버지가 실의에 빠져 연회도 중지하고 정사도 돌보지 않는 것을 본 티나틴은 압탄딜을 은밀히 불렀다. 압탄딜이 자기를 흠모하고 있는 것을 안 티타틴은 자신도 압탄딜을 연모하고 있었다는 사실을 얘기하고, 그가 3년 안에 사라진 기사를 찾아오면 압탄딜과 결혼하겠다는 뜻을 밝혔다. 압탄딜은 기꺼이 이 제안에 동의하고 자신의 성과 군대를 충성스런 신하 세르마딘에게 맡기고 호랑이 가죽을 두른 용사를 찾아 방랑길에 나선다.

3년 가까운 기간 동안 압탄딜은 수많은 나라를 돌아다녔지만 호랑이 가죽을 두른 용사의 흔적을 찾지 못해서 큰 좌절에 빠졌고, 티타틴을 그리워하는 마음도 더욱 커졌다. 그러던 어느 날 압탄딜은 전투에서 큰 부상을 입은 삼형제를 만난다. 이들은 낯선 용사를 만나 싸움을 걸었다가 크게 패하고 막내 동생은 사경을 헤맬 정도의 큰 부상을 입었다. 이들이 전하는 용사의 모습과 무용을 듣고 압탄딜은 그렇게 찾아 헤매던 호랑이 가죽을 두른 용사를 드디어 찾았다고 쾌재를 불렀다. 그 용사의 뒤를 밟아 사흘을 따라간 압탄딜은 그가 바위산 꼭대기에 위치한 동굴로 들어가는 것을 발견한다. 동굴에서는 젊은 여종이 그 용사의 시중을 들고 있었다. 다음날 그 용사가 동굴을 떠나자 압탄딜은 동굴로 들어가 아스마트라는 이름을 가진 여종을 만난다. 압탄딜은 아스마트에게 그 용사에 대한 정보를 알고 싶어 했으나 아스마트는 입을 굳게 다물고 아무 말도 하려 하지 않았다. 압탄딜이 자신의 슬픈 사랑에 대해 털어놓자 아스마트는 그 용사의 이름이 타리엘이라고 알려준다.

며칠 후 그 용사가 동굴로 돌아오자 동굴 깊숙이 숨어 있었던 압탄딜은 아스마트의 소개로 그 용사와 해후한다. 두 사람은 만나자마자 서로의 용사다움에 마음이 끌렸고 슬픈 사랑을 서로 동정했다. 압탄딜이 먼저 자신의 슬픈 사랑과 타리엘을 찾아 방랑하며 고생한 이야기를 하자 타리엘도 자신의 얘기를 털어 놓았다. 타리엘은 인도의 일곱 왕국 중 한 곳을 다스리는 사리단의 외아들이었다. 인도 전체의 제왕인 파르사단왕에게 아들이 없어서 타리엘은 그의 양아들이 되어 파르사단왕의 양육을 받았다. 어려서부터 무예에 뛰어난 타리엘은 파르사단의 군대 총사령관이 되었다. 파르사단왕의 외동딸인 네스탄-다레잔은 왕의 여동생이 맡아 따로 떨어진 궁전에서 양육을 했다. 타리엘과 네스탄은 성년이 될 때까지 서로를 보지 못했다. 어느 날 파르사단왕과 사냥을 마친 타리엘은 왕과 함께 사냥에서 잡은 꿩을 네스탄에게 주기 위해 공주의 궁전을 방문한다. 태양과 같은 빛을 발하는 여인으로 성장한 네스탄을 본 타리엘은 바로 그녀를 흠모하게 되었고 사랑의 열병을 앓으며 자리에 누웠다. 사흘 동안 생사를 오가며 열병에 시달리던 타리엘에게 네스탄의 여종인 아스마트가 몰래 와서 네스탄의 편지를 전한다. 편지에서 네스탄은 자신도 타리엘을 사랑하고 있지만 자신과 결혼하기 위해서는 인도를 위협하는 하타이족을 물리쳐야 한다고 말한다. 타리엘은 이 임무를 기꺼이 맡고 하타이국으로 원정을 떠나서 국경에 다다르자 하타이족의 라마즈왕에게 자신에게 복종할 것을 요구하는 사절을 보낸다. 라마즈왕은 이 제안을 받아들이고 타리엘을 맞으러 나오겠다고 통보한다. 타리엘은 300명의 군사만 대동한 채 라마즈왕을 만나러 나아갔고, 본대는 뒤에서 따라오도록 명령했다. 라마즈왕은 타리엘의 환심을 사려고 신하들과 선물을 타리엘에게 먼저 보냈다. 라마즈왕의 전령 중 한 명이 라마즈왕이 타리엘을 공격하기 위해 군사들을 매복시키고 있다는 사실을 알렸다. 타리엘은 뒤에서 따라오는 본대가 신속히 합류하도록 전령을 보낸 후 라마즈왕의 군대와 싸워 큰 승리를 거둔 후 하타이국에 입성한다. 라마즈를 포로로 잡은 타리엘은 하타이국에서 얻은 많은 노획물과 함께 인도로 귀환하여 주민들의 열렬한 환영을 받았고 네스탄과의 사랑도 더욱 굳게 했다.

이 승리 후 네스탄과 타리엘의 은밀한 사랑을 모르는 인도의 왕은 네스탄을 외국의 왕자와 결혼시키기로 한다. 왕은 타리엘을 포함한 중신들을 불러 모으고 네스탄을 호라즘의 왕자와 결혼시키기로 한 결정을 알렸다. 타리엘은 큰 충격을 받았지만 아무 말도 못하고 집으로 돌아온다. 네스탄이 타리엘을 불러 아무 행동도 하지 않은 그를 크게 꾸짖자, 타리엘은 결혼을 위해 인도로 오는 호라즘 왕자를 죽이기로 결정한다. 호라즘의 왕자가 인도에 도착하여 수도 외곽의 천막에 머물자 타리엘은 한밤중에 소수의 병사를 데리고 천막에 가서 호라즘 왕자를 죽인 후 도망을 친다. 왕은 격노하여 타리엘을 잡도록 명령하고 네스탄과의 사랑을 알리지 않은 것을 책망한다. 타리엘은 자신이 원하는 것은 네스탄과의 결혼이 아니라 인도의 통치권이며 자신만이 인도의 제왕이 될 자격을 가지고 있다고 답한다. 왕은 다시 격노하여 네스탄의 양육자이며 보호자인 자신의 여동생 다바르를 죽이도록 명령한다. 다바르는 네스탄을 심하게 매질한 후 두 명의 흑인 노예에게 넘겨버리고 자살을 한다. 흑인 노예들은 네스탄을 데리고 인도를 떠나 행방이 사라진다. 여종 아스마트는 타리엘에게 가고 두 사람은 배를 타고 인도를 탈출한다. 어느 날 큰 부상을 입은 기사를 만나 치료하는데, 프리돈이라는 이름을 가진 이 기사는 인근 물가잔자르의 군주였다. 그는 자신의 삼촌과 사촌동생들과 영토를 놓고 싸움을 벌이다가 부상을 입은 것이었다. 타리엘은 프리돈의 군사령관이 되어 프리돈의 적들을 물리치고 두 사람은 의형제를 맺는다. 타리엘은 프리돈이 선물로 준 흑마를 타고 아스마트와 같이 네스탄을 찾아 다녔지만 그녀의 흔적을 발견할 수 없었다. 두 사람은 바위산의 동굴로 와서 그곳에 거주하던 데비인들을 물리치고 동굴을 거처로 삼았다. 아스마트는 동굴에 머물고 타리엘은 네스탄을 찾아 들판을 방랑하며 가끔씩 사냥한 짐승들을 동굴로 가져와 아스마트를 먹였다. 네스탄을 찾을 수 없는 두 사람은 슬픔과 번민에서 벗어나지를 못했다.

타리엘의 이야기를 들은 압탄딜은 자신과 비슷한 운명을 겪고 있는 타리엘을 동정한다. 압탄딜과 타리엘은 의형제의 맹세를 다시 굳게 하고 압탄딜은 아랍으로 귀환한다. 애초 약속한 3년의 기한 안에 호랑이 가죽을 두른 용사에 대한 소식을 가지고 귀국한 압탄딜은 티나틴과 감격적인 해후를 하지만, 타리엘을 도우러 다시 떠나야겠다는 결심을 한다. 3년 만에 돌아온 압탄딜이 다시 떠난 것을 안 로스테반왕은 크게 실망한다. 압탄딜은 동굴 가까운 들판에서 사자와 호랑이를 죽이고 서 있는 타리엘을 만나 반가운 해후를 하고 동굴로 올라가 아스마트를 만난다. 압탄딜은 낙심해서 거의 실성한 사람처럼 지내는 타리엘을 대신해 네스탄공주를 찾아 나선다. 압탄딜은 먼저 프리돈을 찾아가 만나고, 프리돈이 준 네 명의 시종을 데리고 네스탄을 찾는 여행을 계속한다. 바닷가에서 상인들의 카라반을 만난 압탄딜은 상인들을 위협하는 해적들을 물리치고 이들의 우두머리가 되어 상인의 복장을 하고 굴란샤로라는 바닷가에 위치한 도시에 도착한다. 굴란샤로의 대상인인 우센의 부인인 파트만은 압탄딜 일행을 맞는다. 압탄딜의 멋진 모습에 반한 파트만은 그를 흠모하게 되고 적극적 구애를 펼친다. 수많은 상인들이 오가는 굴란샤로에서 네스탄의 소식을 알 수 있다고 판단한 압탄딜은 파트만의 사랑을 받아들이는 척 하고, 그녀를 위협한 젊은 연인을 죽인다. 파트만은 압탄딜에게 태양처럼 빛나는 신비스러운 처녀를 만나 집에 잠시 보호했던 이야기를 한다. 두 명의 흑인노예와 함께 굴란샤로에 상륙한 이 처녀를 발견한 파트만은 그녀를 팔기를 거부한 흑인노예들을 죽이고 그녀를 집으로 데려와 별채에 숙소를 마련해 주고 남편에게도 이 사실을 알리지 않는다. 그러던 어느 날 남편에게 절대 발설하지 않는다는 약속을 받은 파트만은 남편을 데리고 가서 이 처녀를 보여준다. 그러나 입이 가벼운 남편은 왕에게 인사를 하러 들어가서 왕에게 이 처녀에 대해 자랑한다. 왕은 이 처녀를 원정 중인 아들과 결혼시키기로 하고 처녀를 잡아오도록 명령한다. 왕이 보낸 병사들이 파트만의 집에 닥치자, 파트만은 창고에서 진주와 보석을 가져와 그 처녀의 허리에 매어주고 그녀와 작별을 한다. 궁전으로 들어간 처녀는 파트만이 준 보석으로 자신을 감시하는 환관들을 매수하고 그 나라를 탈출한다. 그 처녀를 그리워하던 파트만은 우연히 굴란샤로에 들어온 세 명의 노예들이 하는 얘기를 듣다가 그 처녀의 행방을 알게 된다. 마술에 능한 카지인들이 사는 나라에서 온 노예는 어느 날 밤 부대와 이동하다가 들판에서 달과 같이 신비한 빛이 비추는 것을 본 사실을 얘기한다. 가까이 가서 보니 그 빛은 용모가 태양같이 빛나는 한 처녀가 발하는 것이었고, 카지인 병사들은 그녀를 잡아 자신들의 나라인 카제티왕국으로 데려간다. 여왕이 이웃나라에 출타한 동안 이 처녀를 잡아두기로 한 카지인들은 난공불락의 카제티 요새의 성탑에 그녀를 가두고 수 천 명의 병사가 교대로 그녀를 감시했다. 파트만이 전해 준 카지인 노예의 얘기를 들은 압탄딜은 그 신비한 처녀가 네스탄공주라는 것을 직감한다. 압탄딜은 파트만에게 타리엘에게서 들은 모든 얘기를 해준다. 파트만은 즉시 마법을 쓰는 노예를 네스탄이 갇혀 있는 성탑으로 보내 그녀의 편지와 증표를 받아오게 한다. 이 편지를 받은 압탄딜은 타리엘과 아스마트가 머물고 있는 동굴로 돌아가 네스탄의 편지와 증표를 전한다. 두 용사는 네스탄을 구하러 가기로 결정한다. 동굴을 떠나기 전 타리엘은 이전에 동굴에 살던 데비인들을 섬멸했을 때 발견한 40개의 보물창고를 보여준다. 창고에는 값진 보석이 산처럼 쌓여 있었고, 특별히 봉인된 한 방에는 갑옷, 견갑 등 최고의 무기들이 보관되어 있었다. 이 무기들을 취한 두 용사는 프리돈의 왕국으로 가서 프리돈이 선발한 300명의 정예 병사와 함께 카제티의 요새로 간다. 요새 근처에 다다른 세 사람은 어떻게 난공불락의 요새를 정복하고 네스탄을 구할 것인가를 논의한 끝에 타리엘이 제안한대로 각각 100명씩의 정예병을 데리고 세 방향에서 세 개의 성문을 공격하기로 한다. 세 사람은 적들의 의심을 사지 않기 위해 성문 앞까지 여행객 차림으로 접근한 다음, 재빨리 갑옷과 무장을 갖추고 성문 안으로 들어가 미처 반격 준비를 하지 못한 카지인들을 섬멸한다. 세 용사 중 가장 용감하게 싸운 타리엘은 성탑에 제일 먼저 도착하여 네스탄공주와 감격적인 해후를 한다. 카제티왕국을 프리돈에게 넘긴 용사들은 굴란샤로로 가서 네스탄을 보호하고 그녀의 소재를 알려준 파트만에게 크게 보상을 한다. 다음으로 프리돈의 왕국으로 돌아가 그곳에 남아있던 아스마트와 해후한다. 네스탄과 타리엘은 프리돈의 왕국에서 성대한 결혼식을 치른 후 모두 압탄딜의 고향인 아랍으로 향한다. 고국에 도착해 로스테반왕과 주민들의 뜨거운 환영을 받은 압탄딜은 드디어 티나틴과 결혼하고 공동 군주로 왕좌에 오른다. 압탄딜과 티나틴, 타리엘과 네스탄 부부는 프리돈왕과 여러날 동안 최고의 환대를 받으며 잔치를 즐기다가 각각 고국으로 돌아간다. 이후에도 세 나라의 군주가 된 영웅들과 그 부인들은 자주 편지를 하고 서로 방문하며 행복하게 각자의 나라를 통치한다.

대서사의 서문과 마지막에 추가된 저자의 후기에서 저자 자신은 조지아 루스타비 지역 출신의 시인이며 존경하는 타마르 여왕의 즐거운 여가를 위해 조지아의 불세출의 군주인 다비드 대왕의 위업을 모티프로 삼아 이 이야기를 지었다는 사실을 밝힌다. 저자는 군주들의 위대한 생애와 업적에도 불구하고 '인생은 눈 깜짝할 새보다 빠르게 지나간다. 당신은 행복을 찾아 무엇을 하려는가? 운명은 변덕스러운 것이다.'는 말로 작품을 마친다.

3 작가와 작품에 대해

다음은 1988년 소련에서 출판된《호랑이 가죽을 두른 용사》러시아어 번역본에 실린 알렉산드리 바라미제(Aleksandr Baramidze, Александр Барамидзе)와 사르기스 차이쉬빌리(Sargis Tsaishvili, Саргис Цаишвили)의 작가와 작품에 대한 해설을 축약 번역한 것이다.

《호랑이 가죽을 두른 용사》번역 Konstantin. D. Bal'mont (Константин Дмитриевич Бальмонт)[37] (Moskva: Sovietskii pisatel' (Советский писатель), 1988) 5–36쪽.

이 책의 작가 루스타벨리의 조국인 조지아(그루지아)는 풍부한 문화와 고대의 유산을 자랑하는 나라이다. 조지아가 중세에 정치, 문화적으로 최전성기를 맞은 것은 12세기 다비드 대왕(재위 1089–1125년), 기오르기 3세(재위 1156–1184년), 타마르 여왕(재위 1184–1213년) 시기였다. 당시 조지아는 근동 지역 주민들의 역사에서 중요한 역할을 하며 중앙집권적인 전제정을 유지하고 있었다.

조지아는 이 시기에 물질적으로뿐만 아니라 정신적, 문화적 발전이 정점에 이르렀다. 오늘날까지도 보존된 기념비적인 건축물들과 경이롭고 우아한 그림, 금속 장식품, 부조 예술품, 도자기 등도 이 시기에 만들어졌다. 학문과 사회·정치, 철학 사상 분야에서도 기독교의 교조주의와 스콜라 철학의 틀을 벗어난 뛰어난 업적들이 이루어졌다.

37) 콘스탄틴 발몬트(1867–1942년) – 러시아 상징주의 시인. 20세기 초 러시아의 은세기(Silver Age) 문학의 대표자 중 한 사람이다. 1890년 출간한 시집 '불타는 건물들'로 유명해졌다. 러시아 혁명에 적극 동조했으나 혁명 세력과 갈등을 빚고, 1920년 프랑스로 망명하여 해외에서 시작활동을 계속했다. 발몬트는《호랑이 가죽을 두른 용사》를 1933년에 번역하였고, 이 번역본은 1988년 구소련에서 재편집되어 출판되었다.

가장 뛰어난 업적이 만들어진 것은 문학 분야였다. 이미 12세기 이전에 기독교에 바탕을 둔 종교적 문헌의 발달과 더불어 세속적 문학의 발전이 시작되었다. 루스타벨리는 당대 조지아 문화와 문학의 최정상의 인물이자 완성자로 불리기에 손색이 없는 존재이다. 그의 문학적 천재성이 드러난 작품인《호랑이 가죽을 두른 용사》는 조지아문학 뿐 아니라 세계 문학사에 기념비적인 걸작이다.

루스타벨리의 생애[38]에 대한 믿을만한 정보는 많이 남아 있지 않다. 우리가 저자에 대한 정보를 얻을 수 있는 가장 중요한 자료가 되는 것은 이 작품의 서문이다. 중세 서사 문학의 전통에 따라 기술된 서문의 첫 시구에서 저자는 신과 하늘의 위대함을 찬양하고, 신의 도움과 보호를 요청한다. 다음으로 타마르 여왕과 그녀의 부군인 다비드 소슬란을 찬양한 후 마지막으로 저자 자신과 창작의 바탕이 된 생각에 대해 서술한다. 서사시의 이야기 부분과 유기적으로 연결되는 서문은 이 작품의 중요한 장식 역할을 하며 그 자체로 명시의 반열에 들어간다. 조지아 시선집에 서문 부분만 따로 인용되기도 하고, 조지아 학생들은 초등학교 시절부터 서문의 시구를 암송한다. 서문의 시적 구조는 조화롭게 일관성이 유지되어 있다. 서문에 선언된 저자의 문학적 의도와 구상은 이 서사시의 예술적 몸통을 드러낸다.

오페라의 서곡에서처럼 이 서사시의 시작 부분에 작품 전체의 주제가 선명하게 드러난다. 작품의 바탕이 되는 사상과 주제가 화려한 전주곡처럼 압축된 표현으로 나타난 서문에서는 작가의 창작 동기와 그의 전기에 대한 열쇠가 담겨 있다.

이 서사시는 타마르 여왕에게 헌사하는 작품이다.

---

38) 루스타벨리의 생몰연대는 정확히 알려져 있지 않지만, 1160년 경에 태어나 1220년 이후 사망한 것으로 추정된다.

[서문 4절]

피눈물 같은 찬미의 비로 타마르 여왕에게 영광을 돌린다.
사원에서 울리는 기도처럼 찬미의 시를 그녀에게 바쳤다.
칠흑 같은 호수를 잉크로, 흔들리는 갈대를 펜으로 삼아 쓴
나의 찬미를 들은 이들은 가슴이 창에 찔린 것처럼 놀라리라.

서문의 4절의 시구는 매우 은유적이다. 저자는 이 작품을 쓰면서 타마르 여왕의 눈을 칠흑 같이 검은 호수로 비유하여 이를 잉크로 삼았고, 갈대처럼 유연하고 흔들리는 그녀의 아름다운 몸매를 자신이 사용한 펜에 비유한다고 밝혔다. 이러한 설명을 바탕으로 판단해 보면 타마르 여왕이 저자의 창작에 진정으로 영감을 준 사람이고, 여왕의 아름다운 모습이 작품에서는 네스탄과 티나틴(특히 네스탄)으로 나타났다고 볼 수 있다. 서문의 19절에서는 '나는 그녀의 이름을 드러내지 않고 그녀를 찬양하는 송시를 쓸 것이다'라고 표현하였다. 저자는 타마르 여왕과 함께 그녀의 남편인 다비드 소슬란도 찬양하고 있다. 이 작품은 타마르 여왕이 다비드 소슬란과 결혼한 1189년부터 소슬란이 사망한 1207년 사이에 탄생하였다.

[서문 19절]

내가 변함없이 찬양하는 그녀를 모든 사람이 알게 하라.
나는 이것을 무한한 영광으로 느끼며 아무것도 부끄러워하지 않는다.
그녀는 암호랑이처럼 매섭기도 하지만 나의 생명과 같은 존재이다.
나는 그녀의 이름을 드러내지 않고 그녀를 찬양하는 송시를 쓸 것이다.

'루스타벨리'라는 이름은 '루스타비(Rustavi, რუსთავი)' 지방 출신

이거나 '루스타비'의 영주를 지칭한다. 두 명의 루스타비가 저자로 추정된다. 한 사람은 조지아 남부 지역인 메스케티(Meskhetii, მესხეთი) 출신의 루스타비이고, 다른 한 사람은 케레티(Khereti, ჰერეთი)나 트빌리시 출신의 루스타비이다. 몇몇 자료, 특히 민간전승에 의하면 루스타벨리는 메스케티 사람이라고 한다. 10~12세기 시기에 메스케티(Meskheti, მესხეთი)는 조지아의 정치, 문화 생활에서 중요한 역할을 했다. 현재의 트빌리시에 속하는 루스타비 지역은 당대 정치, 문화의 중심지였다. 다른 루스타비 지방 영주나 이 지역 출신이 저자라는 설도 있어서 저자에 대한 논란은 계속 되고 있다.

루스타벨리의 이름은 쇼타(Shota, შოთა)이다. 이 이름은 조지아가 관할하는 예루살렘의 성십자가수도원[39]에 새겨진 비명(碑銘)을 비롯하여 후에 만들어진 문학기념비에 기록되어 있다. 성십자가교회의 기둥에는 현재까지 부조판과 함께 루스타벨리의 초상이 보관되어 있고, 이 부조판에는 루스타벨리(Rustaveli, რუსთაველი)의 이름이 쇼

39) 예루살렘의 성십자가 수도원(The Monastery of the Cross ჯვრის მონასტერი) – 예루살렘 나요트(Nayot) 지구에 있는 동방정교회 수도원. 11세기 조지아 왕 바그라트 4세 때 건설됨. 조지아의 기독교 수용을 기념하여 콘스탄티누스 황제가 이 교회터를 카르텔리의 미리안 3세 왕에게 하사했다는 전설이 있다. 1685년에 그리스 정교회에 소유권이 넘어가 현재는 그리스 정교회가 관할하고 있다. 수도원이 도서관에는 조지아어 희귀사본이 다수 소장되어 있다.

타라고 분명히 새겨져 있다. 이 사원과 관련된 다른 문헌 자료에는 루스타벨리의 직함이 '메추르츨레투루체시(mechurchletukhutsesi)라고 기록되었는데, 이 직함은 국가재무상을 뜻한다. 루스타벨리의 초상은 세속적 귀인의 화려한 의상을 걸친 현자풍의 원로이자 타마르 여왕의 고관의 모습을 보여주고 있다. 이 작품의 서문에 나타난 특별한 인물 묘사는 쇼타 루스타벨리가 높은 지위에 있는 정치인이었다는 것을 보여주고, 여러 가지 역사적 암시와 현실의 내용을 이해하기 쉽게 만들어준다. 이런 이유로 이 작품에 표현된 문학적 기술을 역사적 사실과 연관시키는 것도 어렵지 않다.

성십자가교회 공동체와 조지아 민중들 사이에서는 루스타벨리가 생애 말년에 수도승이 되었고, 그가 예루살렘의 성십자가교회에서 숨을 거두고 그곳에 매장되었다는 전설이 퍼져있다. 타마르 여왕에 대한 비극적 사랑으로 인해 루스타벨리가 정신이 나갔다는 전설도 있지만 이를 믿기는 어렵다.

몇몇 연구가들은 루스타벨리가 조지아에서 추방된 적이 있고, 그 원인이 타마르 여왕에 대한 작가의 비극적 사랑 때문이라는 주장을 한다. 그러나 이러한 주장도 큰 설득력이 없다. 루스타벨리는 생애 끝까지 고위직을 유지하고 있었다. 작가가 조국을 떠났다면 그 원인은 몽골 침입으로 조지아가 처했던 새로운 역사적, 사상적 환경 때문이라고 보는 것이 맞다. 기독교 지도자들은 몽골 침입으로 인한 참화는 도덕의 추락과 지상적 환락에 과도하게 몰입한 것에 대한 신의 징벌이라고 생각했다.

이 서사의 서문에서 루스타벨리는 시와 사랑에 대한 자신의 견해를 분명히 밝혔다.

[서문 12절]

시를 쓰는 것은 지혜라는 커다란 나무의 한 가지.

시 안에 있는 신의 노래를 듣는 사람은 복 받은 것이다.
시에 귀 기울일 줄 아는 사람은 달콤한 충만감을 느끼고
긴 이야기를 압축된 말로 아름답게 전하는 시의 가치는 소중하다.

루스타벨리는 시를 '지혜의 영역'이라고 정의함으로써 시의 특성이 이성적이라는 점을 강조했다. 시가 '신과 연관된 것'이지만, 시를 듣고 읽는 사람들에게 미적인 만족을 선사하는 '지상의 임무'가 있다고 보았다.

루스타벨리는 시의 성격과 특징에 대해서도 설명하고 있다. 그의 견해에 따르면, 시문학은 언어의 경제성을 살리고, 생각을 간결하고 명징하게 표현하는 예술이다. 시구는 사고와 강한 표현력이 담긴 음악적인 '달콤한 말'로 장식되어야 한다.

사랑에 대해서 언급하며 루스타벨리는 세 가지의 종류의 사랑이 있다고 말한다. 첫째는 '성스럽고 지고지순한' 신적인 사랑이다. 그는 서문에서 '이러한 사랑을 말로 묘사하는 것은 불가능하다'라고 말하고 있다. 두 번째 사랑은 '육체적 갈망을 담은 지상의 감정'에 의한 사랑이다. 루스타벨리는 '비속한 감정에 빠진' 세 번째 사랑을 단호히 거부한다. 작가는 '사랑은 방탕함과는 전혀 다르고 성스러운 것을 추구한다. 사랑과 방탕함은 서로 비교할 수 없고, 넘을 수 없는 경계선이 있다'고 말한다. 이상적인 사랑에 빠진 사람에 대해서는 다음과 같이 묘사하고 있다.

[서문 23절]

사랑에 빠진 사람은 태양과 같은 광채가 빛나며,
인생의 만족과 현명함과 관대함과 평안을 보상으로 받으며
지혜와 유머를 가질 수 있고, 최고의 용맹으로 전투에 임할 수 있다.

> 이러한 자질을 갖추지 못한 사람은 '사랑에 빠진
> 사람(midzhnur)'이라 부를 수 없다.

서문 9절에서 저자가 '오늘날까지 전해져 내려오는 놀라운 페르시아 이야기를 노래로 만들었다'라고 말한 것을 근거로 이 작품의 소재를 외국에서 차용해 왔다고 주장하는 학자들도 있지만 이를 뒷받침하는 증거를 제시하지는 못하고 있다. 페르시아 뿐만 아니라 다른 어떤 외국 문학에도 유사한 소재는 발견할 수 없다. 아마도 루스타벨리는 독자들에게 신비성을 전해 주기 위해 중세 문학에서 널리 사용되는 '플롯 감추기(siuzhetnaia maskirovka)' 기법을 쓴 것 같다. 저자는 작품 저술 당시의 예민한 정치적 사건들과 거리를 두고, 자신의 사회·정치적, 종교·철학적 견해에 대해 가해질 지도 모르는 비난을 피하기 위해 이런 방법을 썼을 가능성이 있다. 자신의 작품의 소재의 출처가 '페르시아'라고 선언함으로써 루스타벨리는 이야기 전개 배경을 조국을 벗어난 훨씬 넓은 지리적 영역인 '아랍, 인도, 호라즘, 하타이'와 가상적 국가인 '물가잔자르, 굴란샤로'로 넓히고 있다. 이와 연관하여 '네스탄-다레잔'처럼 작품 속 일부 인물에게 이국적 이름을 부여하기도 하고, '티나틴, 타리엘'처럼 순수한 조지아 이름을 쓰기도 한다. 루스타벨리의 작품에 대한 깊은 관심을 가지고 1712년 《호랑이 가죽을 두른 용사》를 처음 출간한 조지아 왕 바흐탕 6세는[40]

40) 바흐탕 6세(1675-1737년, Vakhtang VI, ვახტანგ VI) - 조지아 바그라티온 왕가의 군주로 1716년부터 1724년까지 동부 조지아의 카르틀리 왕국을 이란의 분봉왕(vassal)으로 통치했다. 그는 1703년 자신의 삼촌인 기오르기 11세의 섭정으로 분봉왕의 자리에 오른 후, 1707-1709년 사이 성공적인 개혁과 법전 편찬 작업의 완수로 유명해졌다. 왕위를 계승하기 위한 절차인 이슬람 개종을 거부하여 1712년부터 1719년까지 페르시아에 유폐되었다. 1716년 마지못해 이슬람 개종하는 의식을 치렀지만 자신의 신앙과 억울한 처지를 알리기 위해 프랑스의 루이 14세에게 밀사를 보내기도 했다. 카르틀리로 돌아온 그는 러시아가 조지아를 비롯한 트란스코카사스 문제에 관여할 것을 요청하였고, 몇 번의 지연 끝에 러시아의 표트르 대제는 1722년 아스트라한에 주둔한 러시아 군대를 트란스코카사스로 파견하였다. 이란의 수도 아스타판이 아프간인들에 점령당하면서 극도의 혼란에 빠지자 바흐탕 6세는 아르메니아와 연합하여 반란군을 조직하고 러시아의 도움을 기다렸다. 그러나 표트르 대제는 당시 이 지역으로 세력을 팽창하던 오스만 터키 와의 대결을 두

페르시아어에 통달을 했고, 페르시아어로 된 여러 작품과 문헌을 손수 조지아어로 번역했는데, 그는 이 서사시의 구성과 시어는 루스타벨리의 고유한 창작품이 분명하다고 밝혔다.

《호랑이 가죽을 두른 용사》의 줄거리와 플롯은 흥미롭고, 매력적이고 복합적이다. 아랍 나라의 연로한 로스테반왕은 왕위를 물려 줄 아들이 없어서 아름답고 지혜로운 티나틴이란 딸을 후계자로 정해 왕에 즉위시킨다. 그녀는 용맹한 용사이며 군사령관인 압탄딜에 대한 사랑을 몰래 간직하고 있었다. 하루는 로스테반왕과 압탄딜이 사냥을 나가게 되었는데, 깊은 수심에 잠긴 호랑이 가죽을 걸친 신비스런 용사를 발견하게 된다. 그를 데려와 대화를 나누려는 시도는 실패하고, 그 용사는 병사들의 추격을 물리치고 흔적도 없이 사라진다. 이 용사로 인해 로스테반왕이 시름에 빠지자 티나틴은 자신이 사랑하는 압탄딜에게 이 신비스런 용사를 찾아올 것을 부탁하고, 압탄딜은 여왕이 부여한 임무를 수행하기 위해 길을 나선다. 끈질기고 오랜 탐문 끝에 압탄딜은 타리엘이란 이름을 가진 이 용사를 찾는데 성공한다. 타리엘은 압탄딜에게 자신의 가련한 사랑에 대해 털어놓는다. 인도의 파르사단 왕의 군사령관이고 대원수였던 타리엘은 태양과 같이 빛을 발하는 네스탄-다레잔 공주를 흠모하고 있었다. 그러나 파르사단왕은 자신의 딸을 호라즘의 왕자와 결혼시키기로 결정을 하고 양자인 타리엘이 차지하기로 되어 있던 왕좌를 사위에게 넘긴다고 선언한다. 네스탄 공주는 타리엘을 불러 호라즘 왕자를 죽이고 왕좌를 차지하도록 설득한다. 타리엘이 이 일을 수행하자 네스탄 공주는 엄한 벌을 받고 인도 밖으로 추방당한다. 타리엘은 사라진 네스탄

려워하여 군대를 철수하였다. 이란은 반란에 대한 보복으로 카케티의 분봉왕 콘스탄틴 2세가 카르틀리의 통치를 맡도록 했고, 바흐탕은 러시아로 피신하였다. 이란 유폐 생활 덕분에 페르시아어에 능통한 바흐탕 6세는 페르시아 작품을 직접 번역하였고, 직접 시를 쓰기도 하였다. 그는 인쇄소를 설치하여 《호랑이 가죽을 두른 용사》뿐 아니라 성서와 복음서를 간행하였고, 고대부터 당대까지의 연대기도 편찬하여 출간하였다.

공주를 찾아 길을 나서지만 그녀를 찾지 못한다. 극도의 실망과 고통에 빠진 타리엘은 고국을 떠나 외진 곳의 동굴에 거처를 정한다. 압탄딜은 타리엘과 의형제를 맺고 그를 위로하고, 용기를 북돋운다. 네스탄-다레잔을 같이 찾아 나선 두 용사는 네스탄 공주가 마술을 부리는 카지인들의 왕국인 카제티의 요새에 갇혀 있다는 것을 알아낸다. 타리엘과 압탄딜은 또 다른 의형제인 프리돈의 도움을 받아 요새를 점령하고 네스탄을 구해낸다. 목적을 달성한 행복한 세 용사는 각자 고국으로 돌아온다.

이 서사시에서 루스타벨리는 두 개의 이야기 줄거리를 서로 묶어서 전개한다. 하나는 아랍 나라의 스토리이고, 다른 하나는 인도왕국의 이야기이다. 그러나 이 작품의 전체 작품 줄거리는 하나로 잘 통합된 가운데 역동적으로 전개된다. 이 작품의 여러 플롯은 자연스럽게 논리적 연관성을 가지고 이어진다. 중심부 줄거리와 주변부 줄거리도 분리되지 않고 서로 잘 연결되어 있다. 여러 에피소드(사냥, 프리돈왕국의 역사, 상업국인 굴란샤로 이야기 등)는 작품의 핵심 줄거리와 유기적으로 연결되어 작품 안에 자리를 잡고 있다.

루스타벨리는 작품의 중심축에서 벗어나지 않으면서도 많은 유혹을 잠복시켜 놓고 빠른 템포로 이야기를 전개해 나간다. 압탄딜의 여행과 모험에 대한 이야기가 우선적으로 전개된다. 타리엘을 찾아 나선 압탄딜은 엄청난 거리와 넓은 지역을 여행하며 많은 나라를 지나지만 타리엘의 흔적을 찾지 못한다. 압탄딜이 전하는 타리엘의 이야기가 펼쳐지고, 그가 아랍으로 돌아간 이야기가 전개된 후, 압탄딜과 타리엘의 재회, 프리돈과의 만남, 굴란샤로를 찾아 간 이야기 등이 이어진다.

중세 문학 작품에서는 이러한 경우 이야기를 길게 늘어뜨리면서 부수적인 모험담과 엽기적 사건으로 이야기를 채우는 경우가 많다. 루스타벨리는 이러한 전통에서 과감히 벗어나 유연하고 간결한 에피

소드로 이야기를 풀어간다. 그는 같은 소재를 반복하여 이야기를 길게 만들고, 부수적 사건에 독자들의 주의가 분산되는 것을 피하며 이야기 전개 속도를 늦추지 않는다. 저자는 주인공들의 내적 세계와 그들의 감정, 심려, 계획, 생각에 큰 관심을 가진다.

루스타벨리는 비범한 완성도로 인과관계에 맞게 이야기의 연극성을 강화시키며, 독자들이 긴장을 늦추지 못하고 다음 사건의 전개에 관심을 갖게 만든다. 이야기가 전환되는 부분에서 발생하는 감정적 고조도 독자들의 흥미를 배가시킨다. 이야기의 전개는 역동성을 감소시키지 않고, 오히려 정적인 부분(서한, 유서, 서정적 구절, 작가의 논평, 어구 생략, 교훈 등)을 돋보이게 하는 역할을 한다. 이 모든 것이 이야기의 줄거리와 절묘하게 결합되어 있다. 역동적 부분과 정적인 부분이 조화롭게 서로 연결되어 작가의 예술적 의도를 선명하게 구현시키는 역할을 한다.

루스타벨리는 이야기를 전개시켜 나가며 주요 인물들의 성격과 이들의 풍요로운 정신세계를 보여준다. 주인공들의 심리적, 사상적 세계와 인간관계의 내면적 속성에 대한 세밀한 묘사는 조지아 문학과 시의 역사에서 아무도 따라잡을 수 없는 루스타벨리가 만들어낸 혁신적 기법이다. 전체적으로나 각 연결 고리 개별적으로 보아도 서사의 구성 방법도 흠잡을 데가 없다. 이러한 모든 장점으로 인해 《호랑이 가죽을 두른 용사》는 세계 시문학사의 가장 높은 반열에 올라간다.

《호랑이 가죽을 두른 용사》는 사랑에 대한 흉내 낼 수 없는 매혹적인 찬가이다. 이미 지적한대로 서문에 선언적으로 묘사된 사랑의 이론적 원칙들이 이 작품에 실현되어 있다. 작가는 주인공의 입을 빌려 '사랑은 우리의 영혼을 고양시킨다'(782절)라고 말하고 있다. 이러한 사랑의 힘은 네스탄과 타리엘, 티나틴과 압탄딜의 생기를 불어넣는 마르지 않는 도덕적 고상함의 원천이 된다. 사랑은 이들이 살아가는 의미를 부여하고 이들을 위대한 행동에 나서게 한다. 네스탄-다레잔은 사랑의 첫 단계에서부터 사랑에 정신을 잃은 타리엘에게 경고한다.

'죽음을 생각하며 탄식을 하고 눈물을 흘리는 것은 사랑하는
사람이 할 일이 아닙니다.
용사로서 당신은 사랑하는 사람에게 영웅적인 행동을
보여주어야 합니다.'(370절)

루스타벨리가 찬양하는 사랑은 인간의 의지를 단련시키고, 공동체적 책임에 대한 의식을 날카롭게 하며 애국적 자기희생을 고무시킨다. 그는 사랑이 결혼과 가족의 기초가 되어야 한다고 생각한다. 작가는 배우자를 찾는데 어떠한 억지나 강요 없이 완전한 자유 속에 사랑이 발현되어야 한다고 주장한다. 네스탄-다레잔에게 일어난 불행은 부왕인 파르사단이 자기 딸을 먼 나라의 왕자에게 시집보내기로 결정하면서 시작되었다. 파르사단왕은 네스탄과 타리엘 사이의 연정을 감지하고서도 호라즘왕국과의 혼인 동맹으로 인한 정치적 입지 강화를 네스탄의 개인적 행복보다 우선시했다. 12세기의 조지아 작가는 중세에 이러한 일이 도처에 일어나고 있다는 것을 증언한다. 두 사람 사이의 소중한 사랑의 감정이 짓밟히자 네스탄과 타리엘은 이에 맹렬히 저항하며 자신들의 사랑을 지키기 위해 결연히 나선다. 이러한 상황에서 해결할 수 없는 갈등이 발생하고 네스탄이 큰 희생을 치르게 된다. 루스타벨리는 파르사단왕의 미련하고 부당한 행동으로 인해 왕 자신도 대가를 치른다는 것을 보여준다. 이와 정반대로 티나틴과 압탄딜의 사랑을 눈치 챈 아랍의 로스테반왕은 이를 기꺼이 받아들이고 이들이 백년가약을 맺도록 도와준다.

이 작품에는 중세 문학의 전형적인 여성숭배가 선명하게 묘사된다. 기독교가 도입된 조지아에서의 여성의 사회·정치적 상황은 이러한 여성숭배의 발전에 기여했다. 조지아 주민들에게는 하렘에 갇혀 있는 이슬람 여인들의 생활상은 낯설게 여겨진다. 5세기 성 슈샤닉(Shushanik, შუშანიკი, 아르메니아어 Շուշանիկ)[41]의 생애나 8-9세기의 성 니노(Saint Nino, წმინდა ნინო, 아르메니아어 Սուրբ Նունե)[42] 일대기에 이미 남자와 여자는 신 앞에 동등한 존재라는 사상이 강조되어 나타난다. 뛰어난 여성의 일련의 전범과 동시에 격정적인 열정에 사로잡힌 여인상은 조지아의 5세기 최고의 작가인 기오르기 메르출레(Georgii Merchule, გიორგი მერჩულე)[43]에 의해 표현되었다. 조지아의 정치, 문화 생활에서 여성들은 종종 뛰어난 역할을 수행했다. 민간 전승에서는 조지아 국토는 성모의 영지(領地)로 여겨지고, 조지아를 기독교로 개종시킨 공로도 여성인 성 니노에게 돌아간다. 루스타벨리와 동시대인인 12세기의 기독교 작가 니콜로스 굴라베리제(Nikolos Gulaberidze)는 여성의 미덕과 장점을 찬양하는 글을 썼다.

---

41) 성 슈샤닉(440년 경-475년) - 기독교 신앙을 굽히지 않은 이유로 남편에게 살해당한 기독교 역사 초기의 성녀. 아르메니아의 군사령관(sparapet) 바르탕 마미코냔(Vartan Mamikonian)의 딸인 그녀는 미트라드의 영주인 바르크센(Varsken)과 결혼했는데, 그는 기독교를 신봉한 카르텔리의 왕인 바흐탕 1세(Vakhtang I Gorgasali)에 반기를 들고 페르시아 편에 서며 조로아스터교를 신봉하며 기독교를 박해했다. 그는 슈샤닉이 기독교를 버리지 않자 그녀를 살해했으나, 자신도 483년 바흐탄 1세에 의해 죽임을 당했다. 슈샤닉의 종교적 고난과 순교는 그녀를 기독교에 귀의시킨 야콥(Jacob)의 성자전에 기록되었다. 그녀는 조지아 정교회와 아르메니아 사도교회에 의해 성녀로 시성되었다.

42) 성 니노(296년 경-338~340년 경) - 조지아 이베리아 지방에 기독교를 전파한 성녀. 카파도키아의 로마 가족 출신인 그녀는 성 기오르기의 친척으로 기독교 전파를 위해 콘스탄티노플에서 이베리아로 왔다고 알려졌다. 전승에 의하면 그녀는 미리암 3세의 왕비 나나를 신앙의 힘으로 기적적으로 치료하고, 일시적으로 눈이 먼 미리암 3세가 하나님에게 기도함으로써 눈이 떠지자 미리암 3세는 327년 기독교를 받아들였다. 카케티 지방의 보드베(Bodbe) 수도원에 만들어진 성 니노의 무덤은 일반인들이 볼 수 있고, 그녀는 조지아 정교회의 가장 중요한 성인으로 추앙된다. 성 니노의 상징물은 포도넝쿨 십자가는 조지아의 기본 문양으로 쓰인다.

43) 기오르기 메르출레 - 10세기 조지아의 필사가, 작가, 수도사. 현재 터키 북부 지방인 타오(Tao) 칸드즈타(Khandzta)의 조지아 정교회 수도원에서 수도사 생활을 하며 조지아의 위대한 성인 그리골 칸드즈텔리(759-861년)의 일생을 다룬 《그리골 칸드즈텔리의 생애(The Vita of Grigol Khandzteli, ცხოვრება გრიგოლ ხანძთელისა》를 썼다. 951년에 쓰인 이 작품은 후세에 완전히 잊혀졌다가 1845년 조지아 학자 추비나쉬빌리(Niko Chubinashvili, ნიკო ჩუბინაშვილი)가 예루살렘의 동방정교회 총주교청에서 11세기 사본을 발견하면서 세상에 다시 알려졌다.

루스타벨리 자신이 타마르 여왕 재위 시기의 강성한 조지아의 증인이었다는 사실을 잊어서는 안 된다. 타마르 여왕 재위기는 조지아의 국가적 힘과 문화가 화려하게 만개한 시기였다. 루스타벨리의 세기는 여성 숭배를 수용하는데 필요한 모든 조건이 갖추어져 있었다. 저명한 루스타벨리 연구가인 조지아 출신의 소련 언어학자 마르(N. Ia. Marr)[44]는 '이상적으로 묘사된 사랑과 여성에 대한 존경이 결합된 여성 숭배는 타마르 여왕 시대의 우아하고 교양 있는 귀족 계급의 산물이다'라고 지적한 바가 있다.

여성에 대한 존경은 루스타벨리 서사시에 광범위하게 반영되어 여성의 미덕과 여성의 사랑에 대한 열정적인 송가로 나타난다. 네스탄-다레잔과 티나틴은 여성의 순수한 사랑을 인격화한다. 난공불락의 카제티 요새(세속적인 결혼을 상징)에 갇혀 있는 네스탄은 자제심을 잃지 않고 꿋꿋한 정신력과 냉철한 사고력을 간직한다. 극한적으로 어려운 환경에 처해 몸은 허약해졌지만 강한 정신력을 잃지 않은 젊은 처녀는 깊은 지혜에서 우러나오는 말을 한다.

[1284절]

당신의 사랑을 받고 있는 것만으로 내가 살 이유가 충분히 되고
  다른 것은 필요 없습니다.
슬픔과 고통의 불길에 재처럼 타버린 나는
지금 이렇게 외로이 갇혀 있지만, 당신만이 나의 유일한 기쁨입니다.
꽃이 꽃봉우리를 피우듯이 내 마음 속에 사랑이 죽지 않고 다시
  살아나고 있습니다.

---

44) 마르(Никола́й Я́ковлевич Марр, ნიკოლოზ იაკობის ძე მარი, 1865−1934년) − 조지아 쿠타이시 태생의 역사학자, 언어학자. 스탈린 시대 소련 관제 언어학의 대표적 학자. 1920년대−1930년대 조지아어와 셈족언어−햄족언어, 바스크어의 공통 기원설을 주장한 소위 '야벳 이론(Japhetic theory)'으로 큰 각광을 받았으나 1950년 스탈린이 이 이론을 반막시스트적이라고 비난하면서 관제 언어학자의 반열에서 낙마했다. 이 이론은 학문적 객관성을 결여한 이론으로 평가되고 있다. 이 해설에 마르의 평가가 언급되는 것도 당시(1933년)의 그의 위상을 반영하는 일례이다.

네스탄-다레잔은 자신이 당하는 고난에 낙담하지 않고 강한 정신력을 유지하며 죽음도 두려워하지 않는다. 그녀는 사랑하는 남자의 운명과 조국인 인도왕국, 딸을 잃고 상심한 부모를 걱정한다. 네스탄의 편지는 여성의 위대한 사랑과 이기적 열정에 대한 지혜의 승리를 가장 선명하게 시적으로 표현한 걸작이다. 또한 위업을 달성하고, 소중한 사랑을 지키고, 적의 위협으로부터 조국을 수호하기 위해 어떠한 희생도 감내할 준비가 되어 있는 여인의 영감이 넘치는 인간적 고백이다. 여성의 고상한 장점과 여성이 합법적으로 왕위를 계승할 수 있다는 사상은 이 작품뿐만 아니라 12세기 조지아의 사회·정치적 생활의 기본 전제가 되었다.

작품에 묘사된 로스테반 왕가와 마찬가지로 기오르기 3세(გიორგი III, 재위 1156~1184년)도 왕위를 이을 아들이 없었고 이로 인해 잘 알려진 바와 같이 왕조에 위기가 발생했다. 위기를 극복하기 위해 기오르기 3세는 남들이 생각하지 못한 해결책을 내놓았다. 기오르기는 왕위 재직 중인 생전에 딸인 타마르를 왕좌에 앉혔다. 귀족들은 이 조치에 반기를 품고 왕위 계승을 둘러싼 분규를 일으켰다. 기오르기 3세가 죽자 나이 어린 타마르 여왕은 큰 위기에 봉착했고, 즉위식에 초대된 귀족들이 소동을 일으키는 상황이 벌어졌다. 루스타벨리는 자신의 모든 문학적 표현력을 동원하여 여성이 왕위에 오를 수 있다는 정당성과 합리성을 옹호하고 나섰다. '사자의 새끼는 암놈이건 수놈이건 사자의 새끼입니다.'(39절)라는 구절로 작가는 이러한 정치적 행위의 정당성을 주장한다. 로스테반왕의 원모심려를 강조하기 위해 루스타벨리는 파르사단왕이 자신의 딸의 사랑과 왕위 계승을 거절한 행위로 인해 주인공들이 얼마나 큰 고난을 겪는지를 묘사했다. 이런 방법으로 루스타벨리는 12세기 조지아에 닥친 정치적 갈등에 대한 해답을 내놓았다. 이렇게 《호랑이 가죽을 두른 용사》에는 당시의 정치적 상황이 아주 자연스럽고 선명하게 묘사되어 있다. 앞에 언급한

대로 작가는 당신의 예민한 정치적 상황을 고려하여 '플롯 감추기' 기법을 사용할 수밖에 없었던 것으로 보인다.

마르와 누투비드제 같은 루스타벨리 연구가들은 이 작품에 사랑의 주제보다 우정의 주제가 더 중요하게 들어있다고 본다. 이 의견에 전적으로 동의하지 않는다 하더라도 우리는 이 작품에서 우정이란 주제가 아주 중요한 역할을 하고, 때로는 이것이 다른 모든 것에 우선한다는 것을 인정한다. 그러나 루스타벨리는 사랑과 우정을 서로 배타적인 것으로 보지 않는다. 오히려 반대로 루스타벨리는 사랑과 우정은 일심동체이며 서로 분리될 수 없는 것이고, 사랑하는 여인에게 온 영혼을 바친 사랑에서 우정이 탄생한다고 본다. 루스타벨리의 주인공들은 이러한 사랑의 감정을 바탕으로 의형제를 맺으며, 불행에 빠진 네스탄-다레잔을 구원하는데 모든 힘을 합한다.

루스타벨리는 작품에서 '친구를 찾지 않는 사람은 자신의 적이 되는 것이나 마찬가지다'(844절)라고 말한다. 보통 두 남자 사이가 강한 우정으로 맺어지는 다른 중세 문학 작품과 다르게 이 작품에서는 세 명의 영웅이 우정으로 맺어지는데, 이것은 조지아 민담에서 종종 발견되는 예이다. 이 작품의 주인공들은 선사시대부터 현재까지 조지아에서 이어지는, 특히 산악 지대 거주 민족들에게서 발견되는 의형제 전통의 모습을 그대로 보여준다. 타리엘과 압탄딜은 영원한 우정을 맹세하며 의형제의 결의를 맺는다. 곤란에 처한 의형제를 돕기 위해 압탄딜은 조국을 떠나고, 사랑하는 여인과도 오랜 시간 떨어져 지내며 온갖 고난을 겪지만, 용사로서 맺은 성스러운 의형제의 임무를 감당하며 '진정한 친구는 친구를 위해 고난을 두려워하지 말아야 합니다. 마음과 마음이 화답해야 하고 사랑의 길과 다리를 만들어주어야 합니다.'(694절)라는 말을 실천한다. 압탄딜의 연인인 티나틴 여왕은 의형제의 우정을 위해 개인적 행복을 포기한 남자들의 결정을 주저 없이 승인한다. 사랑하는 남자가 위험에 처하게 되면서 티나틴은 정신적 평온을 유지할 수 없게 되지만, 사랑하는 남자와 마찬가지로 그녀는 사랑이라는 성스러운 감정의 승리를 위해 자신을 희생할 준비가 되어 있다.

의형제로 맺어진 세 용사의 우정은 민족 간의 우정을 상징한다. 아랍 출신인 압탄딜, 인도 출신의 타리엘, 물가잔자르 사람인 프리돈은 서로 마음을 나눈 친구이자 의형제가 되었을 뿐 아니라 고국의 국민들 사이의 우정의 다리를 놓았다. 이들은 각각 출신 국가가 달랐지만 인류의 고결한 이상에 고무되었고, 이들은 하나의 목표와 뜻을 위해 힘을 모았다. 이들은 자기희생을 통해 최종적으로 고통과 악을 이기고 승리를 거두었다. 고결한 사랑과 우정의 결합이 루스타벨리가 보여주고자 했던 윤리적 인본주의의 표상이었다.

이 작품에는 처음부터 끝까지 고결한 애국주의가 관통한다. 작품에서는 이교도 왕인 라마즈에 대한 타리엘의 영웅적 도전이 강한 시적 감정으로 표현된다. 파르사단왕과 총사령관 타리엘의 충돌 과정에서도 인도인들의 열정적인 애국심이 드러난다. 타리엘과 네스탄은 조국을 위한 대의를 자신의 개인적 이해관계보다 우선시했다. 이들은 결연하게 조국의 독립과 주권 수호를 위해 투쟁의 길로 나선다. 네스탄은 '적들은 결코 인도에 다다를 수 없다'고 선언하고, 자신은 카제티의 요새에 갇혀 있으면서 타리엘이 조국을 침범한 적들을 물리치러 달려가야 한다고 요청한다.

강력하고 현명하며 자애로운 군주를 수장으로 한 강력한 통일국가의 달성이 루스타벨리의 정치적 이상이다. 그는 봉건적 지방영주들과 분봉왕들의 분리주의적 획책을 비난한다. 그는 중앙집권적 군주제를 높이 평가하고, 군주의 덕을 존경하고 군주의 권위에 복종할 것을 설파하는 한편, 군주는 정의감과 분별력을 갖출 것을 요구한다.

《호랑이 가죽을 두른 용사》는 천 년 가까이 조지아 국민들에게 가장 사랑받는 작품으로 전해져 오며 조지아가 고난에 처했을 때나 영화를 누릴 때 서로 떨어질 수 없는 동반자가 되었다. 이 작품의 낙관적이고 인생을 긍정하는 세계관은 조지아 사람들을 고무시키고 자신들의 힘에 대한 확신을 심어주고, 루스타벨리 사후 이어진 동란의 시기에 외적에 대항한 투쟁에 사기를 북돋아 주었다. 결론적으로 말해 루스타벨리의 서사시는 인본주의적 세계관과 생에 대한 긍정성으로 조지아 문학사뿐만 아니라 세계 문학사에 우뚝 솟은 불멸의 작품으로 남아 있다.

4 《호랑이 가죽을 두른 용사》 유네스코 세계문화유산 추천서 – 2012년

쇼타 루스타벨리의 《호랑이 가죽을 두른 용사》의 사본은 조지아와 영국에 의해 2012년 유네스코 '세계기록물유산(Memory of the World Register)'에 추천되어 2013년 세계기록물유산으로 인정되었다. 아래는 추천서 요약본이다.

〈쇼타 루스타벨리가 조지아 역사의 '황금기'로 불리는 타마르 여왕 재위 시기인 12~13세기의 쓴 중세 서사 작품인 《호랑이 가죽을 두른 용사》는 조지아국민의 민족적 서사시(epos)이다.

이 작품의 의미와 중요성은 다음 몇 가지 현저한 특징으로 설명할 수 있다. 우선 이 작품은 코카서스와 중동지역 전체에 걸쳐 일어난 정치적, 사회·경제적, 문화적 변화에 의해 발생한 조지아, 동양, 유럽의 문화적 전통을 훌륭하게 배합하였다. 바로 이러한 특징으로 인해 이 작품의 중요성은 한 민족이나 국가의 범위를 뛰어넘어 세계문화유산에 해당된다. 두 번째로 이 작품은 왕족에서 시작하여 상인, 농민 등 중세의 여러 사회 계층의 생활양식, 전통, 특징에 대한 소중한 정보를 제공한다. 다음으로《호랑이 가죽을 두른 용사》는 신플라톤(neo-Platonic)적 사고의 발전의 정점과 인간의 본성, 우정, 사랑, 평등, 자유를 위한 투쟁에 대한 찬가라고 특징지을 수 있다. 마지막으로 이 원고는 필적(calligraphy), 장식화(decorations), 세밀화(miniatures) 등의 미적 가치도 뛰어나다.

루스타벨리의《호랑이 가죽을 두른 용사》는 조지아와 코카사스 연구가들뿐만 아니라 중동지역 연구가들에게도 큰 중요성을 가진 자료이다. 이 작품은 모든 지리적 해당 지역의 다양한 정치, 경제·사회, 문화 양상에 대해 다른 것과 비교할 수 없을만한 많은 정보를 제공한다는 사실도 널리 알려져 있다. 추천하는 기록자료는 조지아 국립문서보관서와 영국 보들레이안도서관이 소장하고 있는 16~18세기의 96 서책(조지아 국립문서보관서 소장 94책, 보들레아안도서관 소장 2책)으로 구성된다.

쇼타 루스타벨리의 서사시《호랑이 가죽을 두른 용사》는 1712년 조지아어로 인쇄된 조지아 최초의 세속문학작품이라는 사실도 언급할 필요가 있다.

2012년 유네스코는 이 서사시 인쇄출판 300주년을 기념하여 조지아뿐만 아니라 세계 다른 국가에서 차지하는 이 작품의 의미와 중요성을 강조한 바 있다.〉

[추천 기관]

조지아 국립문서보관서, 트빌리시, 조지아

보들레이안도서관, 옥스퍼드대학교, 대영제국과 북아일랜드

5 조지아 소개[45]

1) 조지아의 개황

조지아(그루지아)는 남 코카사스에 위치한 국가로서 국토는 남한의 2/3정도이다. 위도로는 스페인, 이탈리아와 비슷한 위치에 있고, 수도인 트빌리시(Tbilisi)는 우리나라 청진보다 약간 아래에 있다. 조지아는 산악 지형이 발달해 있고, 대코카사스 산맥이 북쪽 경계를, 소코카사스 산맥이 남쪽 경계를 이루고 있다. 대코카사스 산맥에는 슈카라, 카즈베크, 쇼타 루스타벨리 봉(峰) 등 해발 5,000미터가 넘는 고산이 여러 개 있다. 해발 3,000미터에 달하는 리키 산맥이 조지아를 동서로 나누고 있고, 고대에 서부지역은 콜키스(Colchis)라고 불렸고, 동부 고원 지역은 이베리아(Iberia)라고 불렸다. 대코카사스 산맥이 북쪽의 찬 공기를 막아주고, 소코카사스 산맥은 남쪽 사막지대의 덥고 건조한 공기를 막아주기 때문에 평야 지역은 기후가 온화하고 토양이 비옥하여 고대로부터 포도, 오렌지, 차 재배가 이루어졌다. 조지아의 인구는 493만 명(2015년 기준)이고, 수도 트빌리시 인구는 약 110만 명이다. 조지아 주민의 대부분은 정교회 신자(약 84%)이고, 이슬람 신봉자도 약 10%가 된다.

조지아의 GDP(2016년, 구매력 기준)는 373억불로 세계 120위이고, 1인당 GDP(2016년, 구매력 기준)은 10,100달러이다. 조지아의 주 농산품으로는 오렌지, 포도, 차, 견과, 채소 가금류 등을 꼽을 수 있고, 주 공업생산품은 철강, 기계 장비, 전기 제품, 광물, 화학제품, 목재, 와인 등이다.

조지아어는 카르트벨리 언어군(Kartvelian languages)에 속하며, 이 언어군에 속하는 밍그렐리안어(Mingrelian), 스반어(Svan), 라즈어

45) 〈조지아의 역사〉(허승철 편역, 문예림 간, 2016)에서 인용, 발췌 요약)

(Laz)와 밀접한 관계를 맺고 있다. 일부 학자는 바스크어(Basque)와 조지아어의 연관성을 주장하기도 한다. 방출 폐쇄음(ejective stops)과 자음군(clusters)이 특징으로, 3, 4개의 자음이 연속으로 오는 경우가 많다. 4세기에 기독교를 받아들인 후 5세기에 문자가 만들어졌으나 문자 창제 과정은 분명히 밝혀져 있지 않다. 아르메니아어 문자 창제와 연관되어 있다는 설명도 있다. 처음에는 41글자였으나 현재는 33글자로 줄었다. 11세기에 중세 조지아어가 나타났으며, 《호랑이 가죽을 두른 용사》는 중세 조지아어를 완성시킨 작품이다.

조지아라는 명칭에 대한 기원은 페르시아인들이 조지아인들을 지칭한 '그루지(gurğ, ğurğ)'에서 연유했다고 보는 것이 일반적이다. 또 다른 이론은 '땅의 경작자(tiller of the land)'를 뜻하는 그리스어의 '게오르게스(γεωργός)'에서 연유했다고 본다. 이 이론에 따르면 농경민족인 조지아인들을 판티카페아(Panticapea) 강 너머에 사는 유목민들과 구별하기 위해 이 명칭을 썼다고 한다. 현대의 몇몇 학자들은 조지아가 11~12세기 시리아어의 '그루즈-안(gurz-ān/gurz-iyān)'과 아랍어의 '주르지안(ĵurĵan/ĵurzan)'에서 차용되었고, 이 단어들은 이전에 페르시아어의 '그루지(gurğ/gurğān)'에서 유래한다고 보았다. 조지아인들은 자신들이 사는 지역을 사카르트벨리(Sakartoveli, საქართველო)라고 칭하는데, 그 의미는 '카르트벨리인들(ქართველი, 조지아인들이 자신들을 부르는 명칭)이 사는 땅'이다.

2) 조지아의 고대, 중세 역사

조지아에는 약 5만 전부터 여러 원시 부족이 거주한 것으로 추정된다. 기원전 3천 년 전에는 히타이트인들이 동부 아나톨리아와 조지아 지역을 장악하여 약 천 년 간 주도권을 유지하다가 기원전 12세기 여러 신흥 세력에 의해 멸망하였고, 이때부터 원조지아인들의 시대가 시작되었다. 초기에는 조지아 남서부 디아우에히 지역에 여러 부족들의 연맹체가 나타났지만, 우라르트족과 키메리아족에 의해 쇠퇴되었다.

기원전 5~6세기에는 페르시아의 아케메니드 왕조가 이 지역을 장악하면서 조지아인들이 거주하는 지역은 페르시아의 열아홉번째 지방총독부로 흡수되었다. 기원전 400년 경 그리스의 크세노폰이 조지아로 진격해 오면서 콜키스와 여러 부족들은 아케메니드 왕조의 지배에서 벗어났다. 기원전 3세기 초반 동부의 카르틀리-이베리아의 파르나바지왕이 서부 지역도 점령하면서 조지아 지역 전체의 주도권을 잡았다. 기원전 2세기 말에는 그리스계 왕조인 폰투스가 서부 조지아 지역을 장악하면서 서부 지역은 페르시아와 이베리아의 영향권에서 벗어나 그리스-로마 문화의 영향력 아래 들어갔다. 기원전 190년부터 4세기까지 조지아 지역을 놓고 로마와 페르시아 사산왕조가 여러 번 충돌하면서 조지아는 번갈아 두 제국의 영향력 아래 들어갔다. 먼저 페르시아는 카르트렐리-이베리아와 코카사스 알바니아를 침공하여 분봉왕을 앉혔다. 273년 로마의 카루스의 침입으로 잠시 종주권을 빼앗긴 페르시아는 로마의 내분을 이용해 다시 이 지역의 지배권을 찾고 미리안 3세를 동부 조지아의 왕으로 앉혔다. 298년 로마가 페르시아와의 전쟁에서 승리하자 양측은 니시비스(Nisibis) 강화조약을 맺고, 미리안의 왕위를 인정했으나 카르틀리-이베리아와 아르메니아의 종주권은 로마가 차지했고, 코카사스 알바니아는 페르시아의 영향력 아래 들어갔다. 이렇게 해서 조지아의 고대 시대는 끝나고 기독교 시대가 시작되었다.

3) 조지아의 기독교 전파 과정(《조지아의 역사》 46~50쪽 발췌 인용)

미리안 3세(재위 306~337년) 치세 첫 30년은 안정과 융성의 시기였다. 로마의 영향력 아래 통치를 한 미리안 3세는 신앙적 이유보다 정치적 이유로 기독교를 받아들였다. 로마에 콘스탄티누스(Constantinus) 황제가 즉위하면서 기독교도들을 인정하고 재산을 복원시킨 313년 밀라노 칙령이 공포되고, 군사적 원정 성공에 이어서 로마의 수도를 로마에서 비잔티움으로 이동하고, 콘스탄티노플로 개명하는 사건들이 연이어 일어났다. 아르메니아에 이어 이베리아가 기독교를 받아들이고, 마지막으로 코카사스 알바니아가 원시 종교와 조로아스터교를 버리고 콘스탄티노플의 정교회를 받아들였다.

조지아의 기독교 수용 과정은 중세 조지아 문학의 가장 풍부한 문학 소재였다. 대부분의 학자들은 기독교 수용 과정에 대해 전래되는 이야기는 초기 자료를 11세기에 각색한 것으로 본다. 일부 학자는 8세기 또는 6세기에 이러한 작업이 시작되었다고 주장한다. 따라서 전설과 민담을 역사적 사실과 구별하는 것은 거의 불가능하다. 조지아의 전승에 따르면 카파도키아 난민 출신인 여자 노예이자 수녀였던 니노(Nino)가 유대인 공동체에서 기독교를 전파했는데, 그녀는 미리안 3세의 두 번째 아내 나나(Nana)의 불치병을 기적적으로 치유한 것으로 전해진다. 미리안은 사냥 중 일식(日蝕)을 만났는데, 그가 신께 기도하자 일식이 다시 나타났다고 한다. 미리안은 이러한 하늘의 경고에 대해 니노에게 가르침을 받고나서 므츠케타에 스베티츠호벨리 교회(일명 '살아있는 기둥(Living Pillar)'교회)를 지었다. 노역자들이 도저히 세울 수 없는 기둥을 하룻밤 사이에 천사들이 세웠다고 해서 이러한 이름이 붙게 되었다. 미리안이 기독교로 개종한 시점은 통상 334년으로 알려져 있으나, 이 해에 발생한 개기일식은 이집트의 알렉산드리아보다 동쪽 지역에서는 볼 수가 없었다고 한다. 므츠케타

지역이 일식에 완전히 덮인 해는 317년이었다. 로마와 비잔틴이 기독교를 수용한 325년의 니케아 종교회의 이전에 기독교를 수용했다고 보기 어렵지만, 이러한 이른 시점은 301년 아르메니아의 트르다트 3세의 기독교 개종 전승과 맞아떨어진다. 조지아 정교회 기록은 카르틀리의 첫 대주교 이오바네(Iovane)가 335년부터 363년까지 봉직했고, 이 직책은 1811년 러시아 정교회가 조지아 정교회를 대체할 때까지 이어져 왔다고 전하고 있다.

기독교를 먼저 받아들인 아르메니아의 트르다트 3세는 330년 원시종교 신봉 귀족들에게 살해되었지만, 미리안 3세는 원시종교 우상들을 과감하게 파괴하고 적어도 저지대 지역에 거주하는 이베리아인들을 기독교로 개종시켰다. 니노는 이베리아 고지대 지역 주민들을 개종시키려고 노력하다가 병에 걸려 죽었다. 이베리아인들은 3세기 중반 샤푸르 1세 지배 하에서 마니교 선교사들에 의해 기독교를 접했을 것으로 여겨진다. 마니교는 예수를 메시아로 인정하면서 조로아스터교처럼 번개를 숭상하고 성욕을 죄악시했다. 기독교는 콜치스 지방에도 뿌리를 내렸다.

동부 조지아 교회와 서부 조지아 교회는 분리되어 발전했다. 이베리아에서는 기독교 개종 직후 조지아 알파벳이 만들어지고, 조지아어 의례문헌(litergy)이 나타났지만 라지카에서는 그리스어가 유일한 교회 언어 및 문어로 사용되었다. 이베리아에서 토박이어로 진행되는 교회 예배가 국가 통합에 큰 역할을 하였다. 그러나 라지카의 왕들과 부족들은 고유의 교회 언어를 갖지 못함으로써 국가를 통합하는 구심점을 갖지 못하였다. 두 국가가 서로 가까워지는데 기독교가 중요한 역할을 했다. 라지카와 이베리아 출신 기독교인들은 해외에서도 이름을 떨쳤다. 흑해 지역 출신 이베리아인인 에바그리우스(Evagrius)는 4세기에 이집트에서 고행자로 이름을 날렸고, 또 다른 이베리아 출신인 피터는 예루살렘에 수도원을 세웠다. 400년부터 조지아 수도사들은 예루살렘 성십자가 성당에서 조지아어로 예배를 드렸다. 그리스어, 시리아어, 아르메니아어로부터 교회 서적을 번역하는 수도사들의 번역소도 생겨났다.

4) 11–13세기의 조지아 역사 (《조지아의 역사》 72~84쪽에서 발췌 인용)

• 다비드 대왕 시기(1089~1125년)

다비드 2세는 어느 다른 조지아 군주와 비교될 수 없는 업적을 쌓아서 '건설자 또는 부흥자(aghmashenebeli, დავით აღმაშენებელი)'라고 불린다. 1089년부터 1125년까지 재위하면서 다비드는 조지아 왕국을 재통합하고 침략자들을 물리쳤으며, 정부, 군대, 법제, 교회, 귀족제, 세속 문화를 정비하고 융성시켜 조지아가 12세기에 들어서서 지역 강국의 위상을 누리도록 만들었다. 다비드는 지적 능력이 뛰어나고, 언어에도 조예가 깊으며, 결단력 있으며 기회를 잘 활용할 줄 아는 지도자라고 평가되었다. 다비드는 아버지 기오르기 2세로부터 쇠잔해진 왕조를 물려받았다.

1090년대에 다비드는 셀주크를 격퇴하며 셀주크 투르크의 영향력에서 벗어났고, 이어서 비잔틴제국이 부여한 '최고 지도자'라는 호칭을 벗어버리고 행동의 자유를 얻은 다음 분열을 일삼는 지방 호족들을 제압했다. 그는 모든 땅은 군주에게 속하고, 호족들은 왕에게 충성할 때만 봉토를 계속 유지할 수 있다고 경고했다. 그는 현재의 비밀경찰과 같은 조직을 만들어 귀족과 호족들의 음모와 반란을 감시했다.

1095년 성지 회복을 위해 십자군이 결성되자, 투르크인, 아랍인, 쿠르드인들은 십자군에 대항하기 위해 트랜스코카사스 지역을 방치할 수밖에 없었다. 다비드는 이 기회를 이용하여 1105년 아버지 시대에 왕권에서 벗어나 독자적 세력을 구축하고 있던 카케티의 왕을 격파하고 에레티-카케티(Ereti-Kakheti) 지역을 조지아에 다시 복속시켰다.

다비드 재위 시기에 왕권이 강화되면서 토호들의 세력은 급격히 약화되었다. 이들은 왕에게 협력하거나 아니면 근거지에서 쫓겨났다. 바그라트 3세와 마찬가지로 다비드 2세는 공후들의 자치권을 박탈하거나 최소한 약화시켜 중앙집권화된 위계적인 봉건 왕조체제를 만들려고 했다. 그는 각 지역에 세습적 터전을 유지하고 있는 왕조적 귀족들을 왕에게 전적으로 의존하는 공무적 귀족들로 대체했다. 왕은 각 지역에 지방관을 임명하였다. 이들의 주 임무는 세습적 토호를 제거하는 것이었다. 다비드 2세는 교회에 대한 통제권도 확립했다. 1103년 그는 교회회의를 소집하여 반대파를 구성하는 교회 지도자들을 제거했다. 그는 행정 업무 관리기관과 교회 관리기관을 통합하여 이를 관장하는 관리가 수상의 역할을 하게 했다. 이 기관은 얼마 되지 않아 사법과 대외관계 업무도 관할했다. 이 관리는 이슬람 국가의 수상격인 '비지에르(vizier)'의 명칭을 따서 '바지리(vaziri)'로 불렸다. 다비드 2세는 국내의 반대파를 숙청하기 위한 비밀경찰 같은 기구를 만들어 그 책임자를 바지리 바로 밑의 자리에 두었다.

다비드는 왕국의 중앙집권화와 병행하여 대외 관계에서도 큰 열정을 보여 주었다. 그의 가장 큰 목표는 조지아를 셀주크 침입자들로부터 해방하고, 기독교 왕국을 동쪽으로 팽창시키고, 이슬람들이 정복한 도시들을 탈환하는 것이었다. 다비드는 비잔틴과 평화로운 관계를 유지하는데 힘을 쏟았다. 1118년 그의 딸 카라는 비잔틴 황제의 아들과 결혼했다. 북쪽의 오세트족은 복속시켰다. 다비드 2세의 전쟁의 목적은 이슬람에 대한 종교 전쟁인 십자군 원정과 달리 코카사스를 유목민인 셀주크로부터 해방시키는 것이었다. 1110년 그는 삼쉬빌데(Samshvilde) 도시를 되찾았고, 셀주크는 크베모 카르틀리(Kvemo Kartli)를 포기하고 물러났다. 같은 해 그는 셀주크를 격파하고 간자(Ganja)를 정복했다. 1115년 다비드의 군대는 루스타비를 탈환하고 다음해에 다비드는 직접 타오와 클라르제티로 원정했다. 1117년에는 쉬르반(Shirvan)을 침공하고, 다음해에 이전 아르메니아 왕국이었던 로리(Lori)를 셀주크로부터 해방시켰다. 그러나 다비드 2세가 셀주크를 연파하고, 독립시인 트빌리시에 조공을 요구하자 셀주크의 술탄과 트빌리시, 간자와 드마니시(Dmanisi)의 이슬람 상인들은 연합전선을 펼쳤다. 이 지역의 도시들이 다비드에 대항하기 위해 원조를 요청하자 이라크의 술탄 마흐무드(Mahmud)는 조지아 원정을 위한 막대한 금액의 세금을 거둬들였다.

1121년 8월 12일 조지아 부대와 아르메니아, 킵차크, 오세틴, 쉬르반 연합군이 디드고리(Didgori) 인근에서 이슬람군을 기습 공격하여 큰 승리를 거두었다. 이 승리는 조지아 역사에 '위대한 승리(dzleva sakvirveli, ძლევაი საკვირველი)'로 불리고 오늘날까지 조지아 사람들이 이 날을 기념한다. 디드고리에서 승리를 거둔 다음 해에 조지아의 통일과 이슬람 세력의 축출이 완결되었다. 다비드 2세는 근 4백 년 동안 이슬람이 장악해온 도시인 트빌리시를 포위한 후 점령한다. 약 5백 명의 주민이 고문 후 죽임을 당하였고, 시의 많은 부분이 불에 탔다. 트빌리시는 국왕령의 도시가 되어 조지아의 수도가 되었고, 오랫동안 누려왔던 자치 도시의 지위를 상실했다. 트빌리시의 주민들은 이후로도 오랜 기간 주로 이슬람을 신봉했고, 다비드 2세는 이러한 종교적 관행을 공식적으로 보호해 주었다. 트빌리시에 대한 관대한 대우에도 불구하고 셀주크와의 투쟁은 바로 끝나지 않았다. 1123-1124년에 쉬르반으로 원정하여 이 지역을 조지아에 통합시켰다. 1123년 바그라트 왕조의 수도였고 당시까지 쿠르드 왕조의 수중에 있던지 아니(Ani)는 다비드에게 자신들의 도시를 통치해 달라고 탄원하였다.

다비드 2세는 통치 마지막 시기에 압하지아인, 조지아인, 아르메니아인과 다양한 이슬람 주민들이 사는 거대한 다민족 국가를 통치하였다. 그의 영역은 흑해와 코카사스로부터 남쪽으로 이전의 대아르메니아 지역을 아우르고, 동쪽으로는 카스피해에 이르는 지역까지 다다랐다. 그러나 영토는 크게 확장했지만 유목민과의 반세기 가까운 전쟁으로 코카사스의 많은 지역은 황폐해졌다. 다비드 2세와 후계자인 데메트레는 도시와 마을, 교회, 길, 다리를 건설해야 했을 뿐만 아니라 폐허로 남은 지역에 사람들이 다시 거주하도록 만들어야 했다. 다비드 2세는 후계자들에게 확장된 영토뿐만 아니라 훨씬 강화된 왕권과 권위도 물려주었다. 다비드 2세의 뒤를 이은 데메트레 1세(Demetre I, 재위 1125~ 1154?년), 다비드 3세(1156년), 기오르기 3세(Giorgi III, 재위 1156~1184년)는 큰 영향력을 발휘하지 못하고 영토도 보존하지 못했다. 이들은 아니를 다시 이슬람 세력에 넘겨주고, 남부 타오 지방은 셀주크에게 빼앗겼다. 또한 이들은 조지아의 최고 군주 자리를 놓고 서로 싸웠다.

• 타마르 여왕 시기

타마르(Tamar) 여왕(1184~1212년) 때에 조지아의 중세 시기는 절정에 다다른다. 동시대 사람인 쇼타 루스타벨리에 의해 시로 찬양된 타마르 여왕은 초기에 자신의 권력을 행사하기 위해 많은 노력을 기울여야 했다. 그녀가 즉위할 때 미켈(Mikel) 대주교(Catholicos)는 행정과 종교를 모두 관장하는 수상의 자리를 차지하고 있었다. 그녀는 종교회의를 소집하여 미켈을 제거하려 하였으나 실패했고, 귀족회의가 왕권을 제한하고 권력을 행사했다. 여왕의 첫 남편인 로스토프-수즈달 공국의 대공 안드레이 보골륩스키(Andrei Bogoliubskii)의 아들 유리(Iurii)와의 결혼도 귀족들이 압박을 가해서 성사되었다. 미켈 대주교가 죽자 타마르는 반대파들을 제거하고 권력을 되찾는데 성공한다. 타마르는 러시아인 남편 유리와 이혼하고 1189년 조지아 궁정에서 성장한 오세트인 다비드 소슬란(David Soslan, დავით სოსლანი)과 결혼한다. 타마르는 남편과 함께 1191년 유리의 추종자들인 서부 조지아의 귀족들이 일으킨 반란을 제압하고, 자신의 지지자들을 고위직에 앉혀 왕권을 강화했다. 1191년 타마르는 바르답(Bardav)과 에르제룸(Erzerum)에 원정했다. 아르메니아의 셀주크 세력은 패퇴하여 아나톨리아 지방으로 퇴각하고 조지아는 국경 지역에 봉신국가들을 만들었다. 1195년과 1203년 조지아는 대규모 이슬람 군대를 격파하여 아니, 카르스를 탈환하고, 쉬르반에 가신국을 만들었다.

1204년 이후 비잔틴제국이 라틴계 침입자들로 인해 극도로 쇠약해지자 타마르는 기회를 놓치지 않고 흑해 연안 지역을 공략했다. 조지아어와 비슷한 언어를 사용하는 카르트벨리족의 일파인 라즈족과 그리스인들이 거주하는 시노프(Sinop)부터 트레비존드(Trebizond) 지역을 복속시키고 조지아에 복종하는 완충 국가를 만들었다. 1204년 타마르는 자신의 조카인 알렉시스를 트레비존드 왕국의 알렉시오스 1세(Alexios I)로 즉위시켰다. 조지아 군대는 트레비존드, 삼순(Samsun)과 다른 흑해 연안 도시에 주둔했다. 타마르와 다비드 소슬란은 이웃국가를 자극하는 것을 피하기 위해 더 이상의 해외정복을 자제했다. 1210년부터 1213년 사이에는 고지대 산악민족인 체첸과 다게스탄의 반란을 진압하고 복속시켰다. 1207년 남편 소슬란이 죽자 타마르는 15세 아들인 기오르기 라샤(Griogri Lasha)를 공동 군주로 지명했다. 타마르는 산악부족들의 반란을 진압한 후 1213년 1월 죽었다. 후세에 사람들은 타마르의 무덤을 겔라티, 바르지아(Vardzia), 예루살렘의 성십자가교회에서 찾았지만 아직 타마르 여왕의 무덤의 위치는 밝혀지지 않고 있다. 타마르의 '16세 아들'이 예루살렘에 어머니를 매장하기 위해 유골을 가져왔다는 기록을 담은 서신이 남아있고, 1976년 예루살렘 성십자가교회에서 여성 유골 두 구가 발굴되었지만 DNA검사를 하지 않아 누구의 유골인지 밝혀지지는 않았다. 다비드 나린(David Narin)왕의 왕비인 후세의 타마르가 1260년부터 1293년까지 겔라티의 성당에 있는 타마르 여왕의 무덤에 기도하러 왔었다는 기록이 보다 설득력 있다. 이에 의거해 겔라티에서는 매년 1월 14일 타마르 여왕 추모 미사가 열리고 있다.

조지아의 군주 중 누구도 생애 중에나 사후에 타마르만큼 시인이나 연대기 작가에 의해 칭송되지 못하였다. 타마르는 신비화되었고, 특히 산악부족들은 다산과 풍요의 신으로 신전에 그녀를 모시고 있다. 정교회에서 시성(諡聖)된 타마르는 당대의 성서 필사가들에게는 삼위일체 다음의 네 번째 인물로 묘사되었다.

• 몽골의 침입과 쇠퇴 (《조지아의 역사》 83~84쪽 인용)

타마르의 아들 기오르기 4세(1212~1223년)는 여왕의 위업을 계승하고, 팔레스타인으로의 원정까지 계획했으나 동쪽에서 온 막강한 군대에 의해 큰 타격을 입는다. 1220년 가을 조지아의 군사령관은 '아르메니아를 이미 황폐화시킨 이상한 말을 하는 이상한 군대가 도착'한 것을 왕에게 보고한다. 이렇게 해서 조지아는 몽골의 출현을 최초로 알았다. 기오르기는 약 9만 명의 병사를 모아서 쿠나니(Khunani)에서 첫 전투를 벌였으나 크게 패했다. 1223년 몽골과의 전투에서 중상을 입은 기오르기 4세는 사망했고, 여동생인 루수단(Rusudan, 재위 1223~1245년)이 왕위를 이었다. 1225년에는 투르크멘 부족들이 동쪽에서 침입해 와서 동부 조지아의 많은 지역을 점령했고, 1236년 몽골군이 세 번째로 코카사스를 공격하자 루수단은 트빌리시를 버리고 쿠타이시로 도망했다. 동부 조지아는 몽골 수중에 떨어지고 매년 조공을 바치기로 하고 강화조약을 맺었다. 1243년 루수단 여왕은 몽골의 종주권을 최종적으로 인정했다. 1245년 루수단이 죽자, 몽골은 코카사스 지방을 8개 지역으로 나누어 통치했다. 1250년 몽골은 기오르기의 아들인 다비드 4세와 루수단의 아들인 다비드 5세로 하여금 조지아를 분할하여 통치하도록 했다. 몽골의 행정은 조세와 공물이 제대로 상납되도록 하는데 초점이 맞춰졌다. 몽골의 과도한 징세에 고통을 받던 조지아의 귀족들은 1259-1260년 반란을 일으켰으나 진압이 되고 말았다. 몽골 지배 하의 조지아는 반독립적인 여러 공후국으로 분할되어 쪼개졌다. 몽골은 자신들에게 충성하는 귀족들의 세력을 키웠다. 몽골은 여러 지방의 공후들을 마음대로 임명하고 폐위시켰다. 13세기 후반 여러 왕이 조지아에 나타나 공동으로 통치했다. 바흐탕 2세(재위 1289~1292년), 다비드 7세(재위 1292~1310년) 기오르기 5세(재위 1299~1314년), 바흐탕 3세(재위 1301~1307년), '작은' 기오르기 5세(재위 1307~1314?년) 등이 짧은 기간 왕위에 오르며 몽골 지배 시기에 왕조를 이어나갔다.

페르시아의 일칸국(Il-khan) 지배가 와해되면서 내부 분규의 영향이 조지아와 아르메니아에 미쳤다. 몽골에 의한 잦은 침입은 아르메니아 주민들로 하여금 좀 더 안전한 조지아로 이주하게 하였고, 조지아 농민들은 카르틀리에서 삼츠케 지역으로 이주했다. 타마르 여왕의 전성기로부터 1세기가 지난 후 조지아는 분할되고 황폐해졌다.